国家出版基金项目
NATIONAL PUBLICATION FOUNDATION

总主编 吴俊
总校阅 黄静
肖进
李丹

本卷主编 肖进

第一卷 1949—1957

中国当代文学批评史料编年

华东师范大学出版社

本书为国家出版基金资助项目
国家"双一流"拟建设学科"南京大学中国语言文学艺术"资助项目
江苏高校优势学科建设工程"南京大学中国语言文学"资助项目
江苏省2011协同创新中心"中国文学与东亚文明"资助项目
南京大学中国新文学研究中心资助项目

编纂说明

文学批评史尤其是中国古代文学批评史,本是文学研究中的大宗。但从20世纪90年代开始,批评史退出了学科设置体系,由此对相关的教学和研究都有影响。较之于古代文学批评史,现当代文学批评史显然薄弱,或可说当代文学批评堪称发达,而当代文学批评史的研究却最弱。这从学术上看倒也是正常现象。只是所谓当代的时间范畴一直在无限扩展,恍惚间已达到了六十年,是一般概念中的现代文学时间的两倍。其他不谈,如果现代文学史、现代文学批评史方面的学术成果足以令人惊艳的话,当代文学批评的历史及内涵体量应该也完全能够支持当代文学批评史的研究开展。

或许受到20世纪80年代早期我在复旦大学读书时上过的现代文学文论课的影响,90年代末期我在华东师范大学开设过当代文学文论、当代文学批评史专题之类的课程,大概算是较早的同类课程教学和研究。调南京大学工作后,当代文学批评史方向的研究,我也一直在继续。2010、2011年间,我任首席专家的"中国当代文学批评史"项目竞标成功,立项为教育部重大课题攻关项目。这促使我必须在近年完成至少两项任务:一是结项项目专著《中国当代文学批评史》的撰写,二是原定计划中包括正在进行的《中国当代文学批评史料编年》等的文献整理及研究课题。在我看来,当代文学批评史的研究开展及其学术保障,必须依赖并建立在后者之类的专业史料和文献研究的基础之上。这可以说就是我从事这项具体工作的初衷。

感谢我的合作者多年来的精诚团结,终于完成了这套丛书的编纂。付梓之际,既感欣喜和放松,但也不乏遗憾和不安。毕竟凡事总不能做到尽善尽美。我视这套书为中国当代文学批评的历史图标集成,它应该是将历史的散点集合而成的一种逻辑系统。所以准确性和系统性是它的基本要求,也是它的基本特点,它对专业研究的学术价值也将视此而定。这套书的收录对象主要是狭义的文学批评史料,但也有与文学批评相关的一般当代文学理论史料,甚至包括了一些古代文学研究、外国文学研究等方面的史料;之所以如此,从宏观上简单说是因为中国当代文学批评的开展和理论建设往往与"古为今用,洋为中用"的思想指导相关,在古今、中外研究中,互相间的影响和互动互渗是一种历史的常态。这其实也就给这套书的编纂带来了显见的困难,如何取舍既难轻断,且常易断错。另一方面,失之疏漏、错失的地方又几乎在所难免。尤其是在定稿成书之后,诚惶诚恐就是我现在的真实心理。不管怎样,作为总主编我须为这套书的质量和水平负责。希望学界同道不吝赐教。

感谢丁帆教授慨赐墨宝为本书作书名题签。这套书除了已经署名的主编者、校阅者之外,还有我的研究生吴倩、郭静静参与了资料补充、核查工作,谨表感谢。对于华东师范大学出版社王焰女士、庞坚先生诸位多年来的宽容和照应,特别是他们为这套书的出版所付出的劳动,再次深表由衷的感谢。

吴　俊

2017 年 8 月 8 日

写于南京东郊仙林和园

目 录

1	**1949年**	18	3月	41	**1951年**
3	7月	21	4月	43	1月
4	8月	25	5月	44	2月
5	9月	27	6月	47	3月
6	10月	29	7月	50	4月
9	11月	31	8月	54	5月
11	12月	33	9月	57	6月
		35	10月	60	7月
13	**1950年**	37	11月	63	8月
15	1月	39	12月	66	9月
16	2月			69	10月

72	11月	121	**1954年**	193	2月
74	12月	123	1月	196	3月
		125	2月	200	4月
79	**1952年**	128	3月	203	5月
81	1月	130	4月	206	6月
83	2月	132	5月	210	7月
85	3月	135	6月	214	8月
87	4月	137	7月	218	9月
90	5月	139	8月	222	10月
92	6月	141	9月	226	11月
94	7月	143	10月	230	12月
95	8月	145	11月		
96	9月	148	12月	**237**	**1957年**
98	10月			239	1月
100	11月	**153**	**1955年**	243	2月
101	12月	155	1月	248	3月
		158	2月	253	4月
103	**1953年**	161	3月	259	5月
105	1月	165	4月	266	6月
106	2月	168	5月	272	7月
107	3月	172	6月	277	8月
108	4月	174	7月	282	9月
110	5月	177	8月	288	10月
111	6月	179	9月	294	11月
112	7月	182	10月	299	12月
114	8月	184	11月		
115	9月	186	12月		
116	10月				
117	11月	**189**	**1956年**		
118	12月	191	1月		

1949年

1946년

7月

2日,《光明日报》以"中华全国文学艺术工作者代表大会特刊(一)"为总题,发表顾仲彝的《到解放区后我学习到些什么?》,刘念渠的《略谈文代大会的戏曲演出》。

3日,《光明日报》以"中华全国文学艺术工作者代表大会特刊(二)"为总题,发表林杨的《〈王秀鸾〉观后》,董小吾、杜烽、平原、何捷明、庆胜、顾宝璋、程冰、刘莲池、林杨、严寄洲、胡愈之、巴波等的《部队文艺座谈会》。

4日,《光明日报》发表郭沫若的《为建设新中国的人民文艺而奋斗——在中华全国文学艺术工作者代表大会上的总报告》;以"中华全国文学艺术工作者代表大会特刊(三)"为总题,发表王朝闻的《概念化与说服力——致友人书第十七》,张白的《访问作家丁玲》。

5日,《光明日报》发表《十年来国民党反动派统治区革命文艺运动总报告(初稿)》。

6日,《光明日报》发表钟纪明的《〈反"翻把"斗争〉观后感》;林杨的《向〈反"翻把"斗争〉学习》。

7日,《光明日报》以"中华全国文学艺术工作者代表大会特刊(四)"为总题,发表王淑明的《旧剧改造问题——略谈新文艺的几个问题之二》,钟纪明的《旧艺人新道路——戏剧课笔记之四》,李蕤的《河南梆剧在蜕变》。

9日,《光明日报》发表钟纪明的《关于〈不要杀他〉的我见》;羽山的《时刻不能脱离人民——〈不要杀他〉观后》。

10日,《光明日报》发表王逸的《粗糙的精致——文代观剧杂谈之一》。

11日,《光明日报》以"中华全国文学艺术工作者代表大会特刊(五)"为总题,发表陈叔亮的《从群众的意见谈起》,力群的《在实际工作中锻炼》,钟敬文的《关心民间文艺的朋友们集合起来》。

13日,《光明日报》发表钟纪明的《民间艺术应加重视》;黄吾的《再谈〈绞架随笔〉》。

14日,《光明日报》发表钟纪明的《向〈红旗歌〉学习——戏剧课笔记之七》;羽山的《从〈九股山上来的英雄〉谈起》;张明的《〈王秀鸾〉和〈刘胡兰〉两个剧本是怎样写成的——在战斗的生活中取材,接受群众指导的写作典型》。

19日,《光明日报》发表萧殷的《谈诗人的人生观与情绪》;马凡陀的《用各种方言写作》。

20日,《人民日报》发表王仲元的《〈新儿女英雄传〉给了我些什么》。

《光明日报》发表羽山的《从〈四劝〉看旧剧改革》。

21日,《光明日报》发表克平的《创作典型与真人真事——对〈不要杀他〉一点意见》;林杨的《新的喜悦——电影〈回到自己队伍来〉看后》;钟纪明的《更进一步为工农兵服务——戏剧课笔记之九》;张承民的《从歌剧〈立功〉谈到工人剧的创作问题》。

22日,《光明日报》发表王克锦的《对歌剧创作上的意见》;辛垦的《生活的主人与主人的生活态度》。

23日,《光明日报》发表王朝闻的《矛盾的魅力——致友人书第二十》;李蕤的《为"中国丹娘"再加工》。

26日,《光明日报》发表鲁易的《关于〈上战场〉等三个戏的创作》。

27日,《光明日报》发表马少波的《评剧改革工作的初步体验》;钟纪明的《〈祥林嫂〉感动了我——戏剧课笔记之十》。

28日,《光明日报》发表马少波的《评剧改革工作的初步体验(续)》。

8月

3日,《光明日报》发表西门亮的《苏联的电影》;刘得复的《劳动创造世界——〈王秀鸾〉观后感》。

7日,《光明日报》发表唐因的《从民歌中所见到的》;吴倩的《〈原动力〉给了我些什么》。

13日,《光明日报》发表孙怡的《写工农兵和写小市民与思想改造》。

14日,《光明日报》发表陈学昭的《马芬姐的现实性——我对于〈红旗歌〉的一点意见》;王朝闻的《真人真事的典型意义——致友人书第二十九》。

17日,《光明日报》发表西门亮的《〈高干大〉是一本好小说》。

21日,《光明日报》发表马烽的《农民的创作》;王朝闻的《行动、环境与性格描写——致友人书之二十九》。

22日,《文汇报》发表《剧影协昨开会,欢迎返沪文代》。

《光明日报》发表王一之的《读〈我也谈《不要杀他》以后〉》。

26日,《光明日报》发表史行的《看了〈红旗歌〉以后》;王朝闻的《连续画的结构——致友人书第二十六》;刘念渠的《由内容到形式——旧剧改革杂谈之二一》。

27日,《文汇报》发表洗群的《关于"可不可以写小资产阶级"的问题》。

29日,《光明日报》发表艾青的《文学与政治》;唐因的《形象及其他——学习民歌劄记之二》。

30日,《光明日报》发表王朝闻的《连续画的字幕及人物——致友人书第二十七》。

31日,《文汇报》发表张毕来的《应不应该写小资产阶级呢?》。

9月

3日,《文汇报》发表陈白尘的《误解以外》;黎嘉的《我对"可不可以写小资产阶级"的一点意见》;乔桑的《关于"可不可以写小资产阶级"问题的几点意见》。

《光明日报》发表辛垦的《〈只不过是爱情〉里的爱情》。

4日,《光明日报》发表王朝闻的《论肖像与性格描写》;徐昭文的《马凡陀的〈解放山歌〉》。

5日,《光明日报》发表刘念渠的《旧剧中的个人主义——旧剧改革杂谈之三》。

7日,《光明日报》发表叶滋的《评〈母亲〉》。

8日,《人民日报》发表郭沫若的《读了〈新儿女英雄传〉》。

《文汇报》发表左明的《对"可不可以写小资产阶级"的看法》。

《光明日报》发表刘念渠的《为工农兵的演技》。

10日,《光明日报》发表王朝闻的《变化与和谐》。

12日,《光明日报》发表吴青的《介绍〈百万雄师下江南〉》;罗静予的《〈百万雄师下江南〉观后》。

13日,《文汇报》发表何若非的《也谈"可不可以写小资产阶级"问题》。

16日,《文汇报》发表简范的《论为工农兵》。

18日,《光明日报》发表金近的《转变中的儿童文学》;唐因的《锐利的投枪——学习民歌劄记之四》。

19日,《光明日报》发表张子厚的《〈刘胡兰〉观后》。

25日,《文艺报》(半月刊)创刊,中华全国文学艺术界联合会、《文艺报》编辑委员会编辑,本期发表茅盾的《一致的要求和期望》;丁玲的《〈百万雄师下江南〉赞》;杨犁整理的《争取小市民层的读者》;"专论"栏发表王朝闻的《含蓄与含糊》,张庚的《关于戏剧创作及形式问题》,徐坚、樊以楠译的《粉碎电影艺术中资产阶级的世界主义》,黄药眠、蒋天佐、凌鹤、陈中凡、吴天、臧云远、赵望云、汪巩的《参观东北归来》(特辑)。

10月

1日,《小说》第3卷第1期发表茅盾的《略谈工人文艺运动》;雪峰的《关于鲁迅和俄罗斯文学关系的研究》;以群的《写什么》、《抓住"时代的剪影"》。

3日,《光明日报》发表荒芜的《〈英雄底童年〉译后记》。

4日,《光明日报》发表赵仲邑的《〈新儿女英雄传〉读后》。

6日,《光明日报》发表王禾的《〈新儿女英雄传〉在部队中》。

9日,《光明日报》发表王朝闻的《再论典型》;白拓方的《华尔街与美国作家——评西蒙诺夫的〈俄罗斯问题〉》。

10日,《文艺报》第1卷第2期发表社论《庆祝中华人民共和国的诞生》;[苏]法捷耶夫的《法捷耶夫在中苏友好协会总会成立大会上的讲话》;[苏]西蒙诺夫的《普式庚底世界意义》;茅盾的《欢迎我们的老大哥,向我们的老大哥看齐》;黄药眠的《欢迎苏联的文化使节们》;丁玲的《西蒙诺夫给我的印象》;曹靖华的《苏联文学在中国》;杨朔的《〈江山村十日〉读后》;"工作通讯"栏发表何公超的《十七种〈白毛女〉连环图画》,司马文森的《我从南方来》,任桂林的《石家庄的旧剧改造工作》,之冉的《天津的影剧批评座谈会》,石池的《对杭州文艺活动的几点意见》。

《光明日报》以"向《新儿女英雄传》学习"为总题,发表刘鹏的《提高政治觉悟——读完了〈新儿女英雄传〉》,杨鹤龄的《记袁静同志的谈话〈新儿女英雄传〉创作经过》,王珂的《读了〈新儿女英雄传〉才引起对新文化的喜爱》,刘惜愚的《向〈新儿女英雄传〉学习》,则因的《〈新儿女英雄传〉给我的启示》。

11日,《光明日报》发表梦庚的《读〈新儿女英雄传〉后》;萧廉的《没有共产党就没有中国——读〈新儿女英雄传〉后的认识》。

12日,《光明日报》发表刘梦华的《〈思想问题〉观后》;言身寸的《看〈思想问题〉》。

13日,《光明日报》发表单复的《坚强的信念——〈祖国炊烟〉读后感》。

16日,《光明日报》发表辛垦的《西蒙诺夫和他的〈祖国炊烟〉》;王朝闻的《论艺术的完整性》;雪生的《诗与生活》。

17日,《光明日报》发表杨犁的《读〈光棍汉〉以后》。

18日,《光明日报》发表刘念渠的《变"守旧的力量"为革命的力量——旧剧改革杂谈之四》;马其的《几个被否定了的人物——看〈大团圆〉后想起的》。

19日,《人民日报》以"鲁迅逝世十三周年纪念特刊"为总题,发表茅盾的《学习鲁迅与自我改造》,胡风的《不死的青春——在人民祖国的第一年纪念鲁迅先生》,许广平的《在欣慰下纪念》。

《光明日报》以"鲁迅逝世十三周年纪念特刊"为总题,发表茅盾的《认真研究,认真学习》,宋云彬的《纪念鲁迅的一个建议》,李桦的《鲁迅先生怎样指导我们学习》,李何林的《鲁迅是伟大的文学家、思想家与革命家》,蒋天佐的《在新时代纪念鲁迅》,端木蕻良的《一切是为了对新的爱——纪念鲁迅先生而作》。

《解放日报》以"鲁迅逝世十三周年特刊"为总题,发表[苏]法捷耶夫的《论鲁迅》,徐仑的《鲁迅逝世十三周年祭》,董秋斯的《学习鲁迅的翻译精神》;同期,发表《贯彻毛主席的文艺思想——李伯钊在上海文艺界欢迎会上的演讲》。

22日,《光明日报》发表傅彬然的《还要学习鲁迅先生的战斗精神》。

《解放日报》发表伊兵的《进入改造运动中的越剧概貌》;洪荒的《群众拒绝工农兵立场吗?》。

23日,《光明日报》发表严辰的《断想——纪念鲁迅先生》;王朝闻的《接近高潮》;西蒙诺夫的《论鲁迅》;郑文森的《关于"写工人"与"写市民"》。

24日,《光明日报》发表赵仲邑的《〈传家宝〉》。

25日,《人民文学》创刊,中华全国文学工作者协会、《人民文学》编辑委员会编辑,主编茅盾,副主编艾青。创办要旨:通过各种文学形式反映新中国的成长,表现和赞扬人民大众在革命斗争和生产建设中的伟大业绩,创造为人民所喜爱的文学。本期发表茅盾的《发刊词》;周扬的《新的人民的文艺》;陈涌的《孔厥创作的道路》;陈汉章译的《在艺术和文学中高举起苏维埃爱国主义底旗帜(柯洛文青柯作)》;周立波的《我们珍爱苏联的文学》;以"鲁迅先生逝世十三周年纪念"为总题发表巴金的《忆鲁迅先生》,胡风的《鲁迅还在活着》,冯雪峰的《鲁迅创作的独立特色和他受俄罗斯文学的影响》,郑振铎的《中国小说史家的鲁迅》。

《文艺报》第1卷第3期以"鲁迅先生十三周年祭"为总题,发表曹靖华的《法捷耶夫眼中的鲁迅》,郭沫若的《继续发扬韧性的战斗精神》,许广平的《从鲁迅的著作看文学》,褚曼的《鲁迅教导我们向苏联学习》,唐因的《访鲁迅先生故居》;"专论"栏发表姚远方的《苏维埃战时文学成了我们无形的军事力量》,王朝闻的《题材与主题》,[苏]萨哈洛夫的《彻底打垮音乐批评中的资产阶级世界主义者》;"工作通讯"栏发表高介云的《农村剧团需要具体的帮助》,安娥的《工人自己的戏剧活动》,刘莲池的《战斗剧社土改宣传队》,柳昂的《台湾两年来文艺运动》,孟千的《第一次文艺座谈会的收获》;同期,发表杨犁的《法捷耶夫与中国作家交换文学上的意见》;萧殷的《评〈红石山〉与〈望南山〉——略论主题与主题说服力》;蔡仪、丁进的《谈〈距离说〉与〈移情说〉》。

27日,《光明日报》发表蔡仪的《鲁迅先生思想发展的窥测》;刘念渠的《远方的来信——对于〈为工农兵的演技〉的一点重要补正》。

29日,《光明日报》发表王朝闻的《背景道具与情调》;梦庚的《〈清宫外史〉观后感》;方明的《文艺工作面向群众——文代会后北京市群众性文艺运动概况》。

11月

1日,《小说》第3卷第2期发表唐弢的《怎样写》;以群的《表现新事物》;许杰的《论〈桑干河上〉》。

《光明日报》发表辛垦的《一部接触的艺术电影——推荐〈青年近卫军〉》;唐达的《评〈远方未婚妻〉》。

2日,《光明日报》发表杨林的《学习〈青年近卫军〉的英雄们》;姜瑞的《看〈远方未婚妻〉》。

3日,《光明日报》发表金丁的《一部宏大瑰丽的英雄史诗——介绍〈青年近卫军〉》。

6日,《人民日报》发表彭明的《评"清宫外史"》。

《光明日报》发表王朝闻的《间接描写》。

7日,《光明日报》发表[苏]里修乞夫斯基作、袁水拍译的《文学与政治(上)》;刘念渠的《看苏联电影》。

8日,《光明日报》发表[苏]里修乞夫斯基作、袁水拍译的《文学与政治(下)》;刘华的《革命英雄》;唐达的《童话影片〈金钥匙〉》。

9日,《光明日报》发表黄秉的《影片〈米邱林〉介绍》;世麟的《看〈青年近卫军〉后》;李龄的《向〈青年近卫军〉学习》。

10日,《文艺报》第1卷第4期发表何其芳的《一个文艺创作问题的争论》;罗果夫的《鲁迅与俄罗斯文学》;茅盾、张忠江的《略谈革命的现实主义》;何庄的《从电影广告谈起》;[苏]安妮西莫夫作、隐名译的《美国文学——为反动派服务》(专论);张今译的《他们失去了理性》;王亚平的《大众文艺工作的推进》;安波、张凡的《帮助蒙古同学创造民族艺术》;司马文森的《华南的文艺通讯员运动》;卞之琳的《开讲英国诗想到的一些体验》;邵嘉陵、韩彤的《辽西省文艺工作》;张铭的《我们需要戏和电影》;岑风的《浙东的民间文艺》;以"纪念十月革命"为总题,发表[苏]基尔沙诺夫作、石健、蔡毅译的《苏联的生活方式》,[苏]席基作、陈汉章译的《苏维埃电影的胜利》,康濯的《说说肖洛霍夫的一本书》,荒芜的《略谈吉洪诺夫的作品》。

12日,《光明日报》发表王朝闻的《表情的现实根据》。

13日,《光明日报》发表丁柳译的《真理报》社论《苏联人民的文艺》。

14日,《光明日报》发表辛垦的《向苏联作家学习爱国主义的精神》;刘远的《谈旧影响》。

16日,《光明日报》发表金丁的《我爱谢廖士卡——〈青年近卫军〉中的一个典型人物的剪影》。

25日,《文艺报》第1卷第5期发表王朝闻的《谈谈如何学习〈文艺座谈会上的讲话〉》;白艾整理的《〈胜利渡长江〉的创作总结》;江华的《"问题在于要善于学习"》;杨朔的《〈宁死不屈〉》;丹波的《"鞍钢"职工的文艺活动》;洛雨的《关于上海的诗运》;石池的《闸口机务工人怎样创造自己的戏》;沈巴人的《秧歌剧在闽北》;凤子的《漫谈苏联电影及其他》;"文艺信箱"栏发表杜子劲等的《关于学习旧文学的话》,舒强等的《关于歌剧的问题》;"短论"栏发表欧阳予倩的《略谈唱工》,耕耘的《连环图画的改造问题》,沙立德的《谈"花旦"与"丑"的改造》。

26日,《光明日报》发表于是之的《向工人作家学习——谈〈生产长一寸〉的剧本成就》。

27日,《光明日报》发表[日]宫本显治作、陈秋帆译的《新的政治和文学》;李微含的《谈陕北的"信天游"》。

28日,《光明日报》发表宁固的《看完〈九尾狐〉的几点意见》。

29日,《光明日报》发表辛垦的《伟大的爱和深情的恨——略谈爱伦堡的短篇作品》。

30日,《光明日报》发表张桦的《〈三毛流浪记〉评介》。

12月

1日,《人民文学》第1卷第2期发表何其芳的《文艺作品必须善于写矛盾和斗争》;陈汉章译的苏联《真理报》专论《提高文学批评的水平》;秦兆阳的《从曲艺改进工作谈到写新词》;竹可羽的《评〈新儿女英雄传〉》。

《小说》第3卷第3期发表冯至的《杜甫的家世与出身》;沈起予的《读〈江山村十日〉》;许杰的《魏金枝的〈活路〉》;魏金枝的《对于〈活路〉的自白》。

4日,《人民日报》发表罗青的《关于旧剧改革》。

10日,《人民日报》发表洪深的《新剧评〈九尾狐〉的成就》。

《文艺报》第1卷第6期发表[苏]法捷耶夫作、陈冰夷译的《论文学和文学批评》;李季的《我是怎样学习民歌的》;王朝闻的《主题的深刻性》;陈汉章译的《为文学的高度思想艺术素质和原则性的批评而斗争》;村夫的《关于旧剧改造》;白苏林的《从〈红须客〉的演出谈京剧改革》;沈立人的《新区文艺运动的几个问题》;黎明、凌霄的《连环图画改造工作》;吕男的《浙东的农村文艺活动》;以"关于中国旧文学的学习问题(讨论)"为总题,发表陈涌的《对〈关于学习旧文学的话〉的意见》,叶蠖生的《关于中国旧文学的技术水平和接受遗产问题》;"短论"栏发表何远的《多多表现新的人物》,苏平的《"一二·一"随感》,石家庄地委宣传部的《从四十四篇群众文艺作品中看到了什么》,张庆田的《改造乡村旧剧团的商榷》。

《光明日报》发表赵仲邑的《高干大》;肖甲的《从瘪三谈起》(《三毛流浪记》影评)。

11日,《光明日报》发表钟敬文的《略谈民间讽刺诗》;田焰的《从长工歌谣说起》。

13日,《光明日报》发表[苏]斯米诺娃作、曰村节译的《苏联电影的高度成就(上)》。

14日,《光明日报》发表[苏]斯米诺娃作、曰村节译的《苏联电影的高度成就(下)》。

23日,《天津日报》发表孙犁的《怎样认识解放区文学的内容和主题》。

25日,《文艺报》第1卷第7期发表"新年献辞"《人民共和国给文学艺术的光荣任务》;田间的《关于诗的问题》;江华的《要努力驱逐使人糊涂的词汇》;张虹的《我们的诗歌朗诵运动》;胡丹沸整理的《创作·政策·新人物等问题》(漫谈记录);王亚平的《大众文艺创作问题》;王菊芳的《我们怎样学习写作的》;周巍峙的《在需要与自愿的基础上开展春节文艺工作》;"问题讨论"栏发表王子野的《〈关于中国旧文学的技术水平和接受遗产问题〉的几点意见》,文宝的《一条走不通的道路》,颜默的《关于接受中国旧文学遗产问题》,达之的《从所谓"旧文学技术"谈起》,许天曙的《这是接受遗产的正确态度吗?》,林园的《关于旧文学作品的欣赏与领会》,石光的《讨论问题的态度》。

28日,《光明日报》发表李云子的《〈普通兵〉座谈记录》。

1950年

1950年

1月

1日,《人民日报》发表李伯钊的《谈工人文艺创作》;王亚平的《攻破封建文艺堡垒》。

《人民文学》第1卷第3期发表周恩来的《在中华全国文学艺术工作者代表大会上的政治报告》;陈清漳的《关于〈嘎达梅林〉》;[日]德田球一作、适夷译的《斗争的新阶段和党艺术工作者的任务》;[苏]西蒙诺夫作、肖扬译的《苏联戏剧底任务和戏剧批评》;《小说》第3卷第4期发表魏金枝、程造之、柯灵、叶以群、靳以、李健吾、许杰、冯雪峰、周而复的《〈高干大〉座谈会》;雪峰的《欧阳山的〈高干大〉》;唐弢的《关于会话语言》。

8日,《光明日报》发表李岳南的《歌谣及其阶级性》;敬文的《民间文艺断片》;陈漾的《土地革命时期中央苏区的民歌》。

10日,《文艺报》第1卷第8期发表光未然的《谈剧本创作的几个问题》;赵起扬的《农村剧运中存在的几个问题》;玉华的《鲁中土改中的农民诗歌》;以"四幅漫画的问题"为总题,发表编者的《编辑部的话》,华君武的《对四幅漫画的意见》,蔡若虹的《从〈就画谈画〉说起》,附录一为李意的《致本报编辑的信》,附录二为高莽的《原画四幅》,附录三为方生等的《〈学习报〉上的三篇检讨》;"问题讨论"栏发表黄药眠的《答朱光潜并论治学态度》,蔡仪的《略论朱光潜的美学思想》,朱光潜的《关于美感问题》。本期始《文艺报》主编为丁玲、陈企霞、萧殷。

12日,《光明日报》发表彭定安的《发展人民的电影事业》。

15日,《人民日报》发表赵树理的《关于〈邪不压正〉》;竹可羽的《评〈邪不压正〉和〈传家宝〉》。

《文艺》(月刊)创刊,南京文联、文艺月刊社编辑出版(第三期起编辑者为南京文联出版委员会),本期发表三野文工一团的《关于〈抢修二号锅炉〉在剧本创作上的几个问题》。

《光明日报》发表杨晦的《斯大林与文艺》。

《解放日报》发表蔡天心的《描写新人物的成长》。

16日,《光明日报》发表李云龙的《读草明的〈原动力〉》。

18日,《光明日报》发表柳也明的《略谈文艺作品的说服力》。

20日,《解放日报》发表周而复的《谈工人文艺》;柯蓝的《关于〈群众文艺〉三个月工作》。

21日,《光明日报》发表艾芜的《〈刘胡兰〉歌剧观后的感想》。

22日,《人民日报》发表[苏]缪斯尼科夫作、酒泉译的《列宁与文艺问题》。

25日,《文艺报》第1卷第9期发表舒强的《关于歌剧和话剧的问题》;茅盾的《目前创作上的一些问题》;陈大远的《工人写作中的一些问题》;肖扬、严源译的《论文学批评(法捷耶夫作)》;吴晓邦的《〈进军舞〉的创作及演出的总结》;孟千整理的《从戏曲研究班看旧艺人改造》;刘承宏的《编写新鼓词和改造旧艺人》;江风的《青岛市的曲艺工作》;任桂林的《石家庄市文艺工作问题》;戈振缨的《开展农村冬季文艺活动的几点意见》;专栏"秧歌提高问题"发表《编辑部的话》,光未然的《秧歌舞和秧歌剧如何提高》,石池的《关于秧歌的几点意见》,胡沙的《谈秧歌舞的提高》;"读物介绍"栏发表严辰的《读〈蒙古民歌集〉》,王门的《读〈士敏土〉》。

本月,山东新华书店出版山东省人民政府教育厅编的《文艺政策与文艺理论》。青年出版社出版冯文彬等的《怎样写作》。

2月

1日,《人民文学》第1卷第4期发表彭真的《关于目前北京文艺工作的几个问题》;陈涌的《刘白羽近年的小说》;萧殷的《为什么不能本质地反映生活?》;丁里的《莫斯科性格》;安敏的《一部描写冀中抗日游击队的新作》。

《小说》第3卷第5期发表冯放的《略谈创造典型性格》;巴金、唐弢、程造之、李健吾、许杰、冯雪峰、叶以群、周而复、黄源、魏金枝的《〈种谷记〉座谈会》;许杰的《立高的〈老营长〉》。

《文艺生活》复刊,编辑人司马文森,发行人陈远,出版者文艺生活社,本期发表黄绳、陈君葆、韩北屏、林焕平、华嘉、秋云、马国亮、杜埃等的《对一九五零年华南文艺工作的希望》；黄药眠的《思想底散步》。

《文艺学习》（天津）创刊,本期发表孙犁的《略谈下厂》；阿垅的《论倾向性》。

2日,《光明日报》发表梦庚的《看〈三打祝家庄〉后的感想与意见》。

3日,《光明日报》发表米阳的《读〈莫斯科性格〉》。

4日,《光明日报》发表焦菊隐的《〈莫斯科性格〉演出的意义》。

5日,《人民日报》发表王朝闻的《迫切需要学习毛主席在延安文艺座谈会上的讲话》。

6日,《文汇报》发表茅盾的《从话剧〈红旗歌〉说起》；顾仲彝的《我谈〈红旗歌〉》。

7日,《光明日报》发表刘念渠的《记〈莫斯科性格〉 一个值得纪念的开始》。

9日,《人民日报》发表端木蕻良的《谈农民的语言》。

10日,《文艺报》第1卷第10期"读稿随谈"栏发表《编辑部的话》,《谈人物与作者的爱憎》,《关于写新人物》,《一个不能很好解决的问题》,《能不能写小资产阶级呢?》同期,发表丁玲的《谈文学修养》；赵树理的《谈群众创作》；杨野的《一个衷心的呼吁》；[苏]狄莫维埃夫作、黄药眠译的《文艺理论的建设》；王朝闻的《戏剧中细节描写的一种倾向》；杨觉的《〈兵演兵〉的一些问题》；魏照风的《形影戏的创造与演出》；"读物介绍"栏发表孙犁的《红杨树和曼晴的诗》,高宁的《〈无敌三勇士〉读后》,牧原的《北线》。

11日,《解放日报》发表张拓的《谈秧歌的表演》；哈华的《歌舞剧的创作》。

12日,《光明日报》发表艾丁的《试谈〈莫斯科性格〉的艺术性》；田焰的《民歌与社会生活》；方望的《民间传说里的知识阶级》；[日]石田英一郎作、秋子译的《苏联民间故事研究的趋向》。

13日,《人民日报》发表《全国文联半年来的工作概况及今年工作任务——周扬在全国文联四届扩大常委会议上的报告》。

14日,《人民日报》发表赵树理的《谈群众创作》。

《光明日报》发表辛垦的《苏联电影和我们的生活》；晴的《读〈何家店〉》。

15日,《文艺》第1卷第2期发表农菲的《坚持列宁的文艺原则,树立新时代的文艺批评》；何方、张存宝的《关于〈军民一家〉》。

《东北文艺》创刊,编委王曼硕、古元、白朗、安波、李劫夫、马加、陈其通、舒群、塞克、蔡天心、刘芝明、罗烽,主编蔡天心,出版兼发行者东北新华书店,本期发表刘芝明的《将文艺提高到人民建设时期的新水平》;《有组织有计划的进行创作活动》;[苏]V·奥佐罗夫作、文戎译的《苏联文学上的英雄人物》;谢挺宁的《〈北线〉与〈列宁格勒日记〉》;王化南的《更坚定的站在自己的岗位上》。

18日,《戏曲报》(周刊)创刊,戏剧报编辑部编辑,本期发表陈白尘的《门外谈戏曲》;吕林的《京剧剧本问题与群众性谈戏改戏运动》;汪培的《关键在于思想改造》;蒋星煜的《评京剧〈西游记〉》。

25日,《文艺报》第1卷第11期"作品批评"栏发表萧殷的《评〈红旗歌〉及其创作方法》,梨阳的《评〈红旗歌〉》,蔡天心的《〈红旗歌〉的主题思想》;同期,发表周扬的《全国文联半年来工作概况及今年工作任务》;记者的《秧歌舞提高问题》(座谈会);周巍峙的《发扬地方艺术形式继承民族文化遗产》;赵起扬的《谈戏曲改革与改造艺人思想》;[苏]H·葛里巴屈夫作、史千译的《提高文学的思想性和艺术性》;唐挚的《我对〈莫斯科性格〉的理解》;程秀山的《西宁的新文艺工作》;贾霁的《农村的戏剧节》;"短论"栏发表陈涌的《略谈"新瓶装旧酒"》;力牧的《学习民间形式的一个偏向》;"读稿随谈"栏发表本报编辑部《"没有写作的前途"吗?》,《不要表面地记录事实》。

《解放日报》发表《文艺工作者怎样深入工农兵?》。

26日,《光明日报》发表王淑明的《评〈红旗歌〉》;竹可羽的《再谈谈〈邪不压正〉》。

《解放日报》发表李洛整理的《〈红旗歌〉演出座谈会》。

3月

1日,《人民文学》第1卷第5期发表茅盾的《文艺创作问题》;[苏]M·布宾诺夫作、王子野译的《关于华连亭·卡达耶夫的新小说〈拥护苏维埃政权〉》;[苏]克鲁普斯卡娅作、萧三译的《列宁喜欢什么文艺作品》;[苏]V·尼考拉耶夫作、谢素台译的《文学和文学批评》。

《文艺生活》新2号发表林山的《略论旧文艺和旧艺人的改造》；周而复的《开展文艺创作运动》；本报顾问部的《介绍周扬同志〈新的人民的文艺〉》。

《文艺学习》第1卷第2期发表阿英的《在〈文艺学习〉创刊号漫谈会上的讲话》；方纪的《学习普希金的单纯和明了性》；萧荻的《素材·想象·诗》。

《小说》第3卷第6期发表冯放的《创造与生活》；雪峰、许杰、李健吾的《〈江山村十日〉笔谈》。

《光明日报》发表钟敬文的《关于民间文艺的一些基本认识》；早霞的《介绍〈唱十二月〉》。

4日，《戏曲报》第2期发表吕仲的《编写〈万户更新〉的动机》；吕林、袁斯洪的《依靠旧艺人，改造旧艺术》。

《人民日报》发表亚群的《谈"李珊裳"的思想——读陈学昭著〈工作着是美丽的〉》。

5日，《人民日报》发表钟惦棐的《评〈战斗里成长〉》；甘驭的《从尚小云的〈墨黛〉谈旧剧的结构布景与"效果"问题》；马少波的《略谈戏曲改革》；《部队看〈战斗里成长〉后座谈的意见》；马全、孙廷霞的《连队干部与战士看了〈钢铁战士〉之后》。

7日，《解放日报》发表印秋的《读〈走向那里〉》。

《人民日报》发表老舍的《习作新曲艺的一些小经验》。

10日，《文艺报》第1卷第12期以"新诗歌的一些问题"为总题，发表萧三的《谈谈新诗》，田间的《写给自己和战友》，冯至的《自由体与诗歌体》，马凡陀的《诗歌与传统的关系》，邹荻帆的《关于歌颂》，贾芝的《对于诗的一点理解》，林庚的《新诗的"建行"问题》，彭燕郊的《诗质与诗的语言》，王亚平的《诗人的立场问题》，力扬的《关于诗》，沙鸥的《谈诗的偏向》；专栏"工厂文艺工作"发表沈阳市总工会文教部的《开展工厂文艺的意见》，魏连珍的《一个工厂剧作者的自述》，达之的《介绍〈不是禅〉及其作者》，田耕的《我向工人学习了什么》；同期，发表黄药眠的《论美与艺术》；[苏]F·安托科尔斯基作、晓澜译的《诗——青年的教养——文化》；石池的《不要忽视"小人书"这个阵地》；王克浪的《谈江南的文艺工作》；陈淼的《开展中的华南文艺工作》；本报编辑部的《批评与鼓励》。

11日，《解放日报》发表李洛的《对"思想问题"的意见》。

《戏曲报》第3期发表人民日报社论《有步骤有计划地进行旧剧改革工作》；魏金枝的《我看了〈万户更新〉》；许杰的《我看过一次越剧（〈万户更新〉观后）》；汪

培的《新方向与新作风》；伊兵的《越剧改造诸问题》；士虹的《剧改工作中的几个问题》。

12日，《人民日报》发表陈涌的《论文艺与政治的关系——评阿垅的〈论倾向性〉》；郝彤、编者的《从一篇小说看文艺创作中的一种倾向》(评方纪短篇小说《让生活变得更美好罢》)；邹荻帆的《略评〈白衣战士〉》。

《解放日报》发表啸凤的《我爱〈万户更新〉》。

13日，《光明日报》发表竹可羽的《现实主义与浪漫主义的结合》。

15日，《文艺》第1卷第3期发表陈山的《文艺工作者下厂工作总结》；王啸平的《关于戏剧性》。

《东北文艺》第1卷第2期发表洛甫的《歌颂生产建设中的新人物使文艺更好地为生产服务》；谢力鸣的《贯彻全国及东北文代会精神开展辽东文艺运动》；未易的《"赶现实,赶任务"的一解》；蔡天心的《从〈暴风骤雨〉里看东北农村新人物底成长》；温华的《人类命运的转折(影评)》；安危的《介绍〈人民是不朽的〉》。

17日，《光明日报》发表水源的《歌颂、批评、打击——看〈如何恰如其分〉后》。

18日，《人民日报》发表史笃的《反对歪曲和伪造马列主义》；艾青的《关于修改〈鸿鸾喜〉的问题》；王朝闻的《关于学习旧年画形式》。

《戏曲报》第4期发表阿英的《悲剧为什么演得使人发笑?》；伊兵的《越剧改造诸问题》。

23日，《解放日报》发表劳辛的《略谈〈思想问题〉的主题和人物》。

25日，《人民日报》发表[苏]斯大林的《论自我批评》。

《文艺报》第2卷第1期发表陈波儿的《故事片从无到有中的编导工作》；栗龙、王宗的《电影放映队在农村》；越风的《对〈无形的战线〉主题的一点意见》；[苏]薇拉·马列兹卡作、思叶译的《创作的喜悦》；[苏]伯林斯基作、邵人黎译的《论文学的民族性》；陈沂的《艺术的思想性与艺术的教育意义》；专栏"关于《莫斯科性格》的批评与讨论"(冰夷译辑)，发表[苏]西蒙诺夫的《珍惜苏维埃作家的干部》，[苏]苏尔科夫·奇契罗夫的《争取有助于剧作家的批评》,文学报社论《处理的不正确的戏剧性冲突》；"读稿随谈"栏发表编辑部的《关于作品的趣味》、《单纯注意"技巧"是绝路》、《离开生活会有艺术的语言吗?》、《应该与现实紧密结合》；同期，发表徐孔的《兵演兵和军人舞》；何西先的《火线上的文艺活动》；白苏林的《如何组织战士编剧》；王亚平的《新旧曲艺创作问题》；陈大远的

《工人创作演出点滴》;王雁的《下厂后的收获》;本报编辑部的《第二卷〈文艺报〉的三项征文》(一、文艺普及工作的经验和意见;二、目前文工团工作中存在着的问题;三、在学习写作中有什么困难)。

《戏曲报》第5期发表英郁的《地方戏必须创造工农兵的歌舞》;王班的《谈旧剧形式的改造》。

26日,《人民日报》发表茅盾的《读〈新事新办〉等三篇小说》;[苏]谢妙诺夫作、陈冰夷译的《太阳上升的时候——评丁玲著〈桑干河上〉》;曰木的《读〈新事新办〉及〈亲家婆儿〉后的感想》;阿垅的《阿垅先生的自我批评》;马少波的《评歌剧〈大家欢喜〉》。

《光明日报》发表王淑明的《论作品中的人物转变》;束萌的《论真人真事与"反自然主义"》。

28日,《人民日报》发表河北军区政治部天明的《读〈海上风暴〉之后》。

《解放日报》发表史笃的《反对歪曲和伪造马列主义》。

29日,《光明日报》发表敬文的《表现被压迫阶级意识的民间故事》。

30日,《解放日报》发表曰木的《〈海上风景〉读后》。

本月,晨光出版社出版钱小惠的《工人写作讲话》。

海燕出版社出版何其芳的《关于现实主义》。

4月

1日,《人民日报》发表王亚平的《戏曲改革的生力军》。

《人民戏剧》第1卷第1期发表田汉的《怎样做戏改工作》;杨绍萱的《中国戏曲发展史略与旧剧革命的方向》;马彦祥的《希望新音乐工作者共同改革旧剧》;光未然的《大力组织剧本创作》;焦菊隐的《戏曲界组织起来》;欧阳予倩的《关于旧剧改造的几小点》;张庚、阿甲、凤子、薛恩厚、魏晨旭、安娥、荆直、胡沙、马少波、鲁煤等的《今后戏剧运动的希望》;马少波的《关于戏曲导演》;洪深的《一个人在一个坑里》；黄芝冈的《补谈花旦与丑的改造》。

《人民文学》第1卷第6期发表[苏]M·布宾诺夫作、王子野译的《关于华连亭·卡达耶夫的新小说〈拥护苏维埃政权〉》（续完）；[苏]A·法捷耶夫作、王子野译的《论文艺批评》；[苏]·波兹德聂耶娃作、陈冰夷节译的《〈太阳照在桑干河上〉俄译本序》。

《文艺生活》新3号发表陈程的《为什么要学习毛主席的文艺思想》。

《文艺学习》第1卷第3期发表李克简的《虚心再学习》；邢公畹的《论诗底形式》；陈炳然的《〈我们夫妇之间〉读后》；景毓梅整理的《第二次创作漫谈会笔录》。

《文汇报》以"《红旗歌》讨论专辑"为总题，发表顾仲彝、牧野、许杰、叶苗、林朴晔、鲁思、李洛、靳以、田鲁、唐弢、师陀、李雪影、何占春、沈浮、蓝马、孟君谋等的《〈红旗歌〉座谈》。

《戏曲报》第6期发表社论《再论戏曲界救灾运动》；葛多的《关于创作新剧本的意见》；王朝闻的《旧剧演技里的现实主义》。

2日，《人民日报》发表贾芝的《谈新曲艺如何更好地为群众服务》。

3日，《文汇报》发表华田的《也谈艺术与政治的结合》；李健吾的《〈大榆林〉和〈小鬼凤儿〉》。

《光明日报》发表晨耕的《应该真实的表现生活——看了〈江南春晓〉以后》；爱卉的《对〈怎样才该表扬〉的检讨》。

4日，《文汇报》发表黄裳的《杂文复兴》；竹均的《创作自由与自我改造》。

《光明日报》发表可兼的《关于〈评千年河水开了冻〉的不同意见》。

《解放日报》发表左铉的《略谈京剧〈雪罗山〉》；凌明的《批评与自我批评》。

5日，《光明日报》发表陈真的《关于阶级立场》；汪彦的《看了〈江南春晓〉之后》。

《文汇报》发表《红旗歌》座谈会。

8日，《戏曲报》第7期发表社论《制度改革是当前首要任务》；东山越剧社的《〈万户更新〉的编写过程和检讨》；骆宏彦的《克服目前困难的两个办法》；蒋星煜的《历史戏曲与历史真实》。

9日，《光明日报》发表赵小崧述译的《苏联工人底文艺生活》；[日]藏原惟人作、适夷节译的《为了民主主义文学的前进——以艺术方法问题为中心》。

10日，《文艺报》第2卷第2期发表茅盾的《谈〈水浒〉的人物和结构》；艾青的

《谈大众化和旧形式》;武汉大学中国文学系教员互助小组的《我们对于接受文学遗产的意见》;老舍"现成"与"深入浅出";陆希治的《怎样体验生活》;陈汉章译自《苏维埃艺术报》的《为战斗的党的批评而斗争》;白希智的《秧歌舞的提高》;郭钧的《记群众美术创作运动》;戈振缨的《生产救灾和农忙期间如何开展文艺工作》;编辑部的《〈油〉和〈母亲〉读后》;"短论"栏发表江华的《要求有正常的剧评》,周擎宇的《高贵的写作品德》,肖萌、杨子江的《"兵演兵"应提高一步》,魏质彬的《开展军人舞的一些意见》,丘沙的《从〈关羽之死〉想到旧剧改革》。

《文汇报》发表黄裳的《再论生产救灾》。

11日,《文汇报》以"关于杂文特辑"为总题,发表金戈的《杂文的道路》,辛禾的《杂文小论》,喻晓的《关于〈杂文复兴〉》,季美棠的《略谈散文》。

13日,《解放日报》发表王若望的《〈光芒万丈〉的教育意义》;程致中的《读〈李文的转变〉后》。

15日,《文艺》第1卷第4期发表南京文艺处、文联的《南京文艺工作半年初步总结》;胡野擒的《从〈石双宝〉的创作道路研究开展连队群众性文艺运动的根本问题》。

《光明日报》发表亚风的《整风前后——何其芳讲解毛主席的〈在延安文艺座谈会上的讲话〉》。

《东北文艺》第1卷第3期发表刘芝明的《一九五零年春节文艺活动初步总结》;白希智的《从〈熔炉〉谈起》;安波的《歌曲创作的几个基本问题》;师田手的《谈谈写作》;[苏]法捷耶夫作、刘宾雁译的《关于〈论文学批评的任务〉报告的结论》。

16日,《人民日报》发表蔡若虹的《美好的生活和健康的形象》;何其芳的《关于中国旧剧下降的原因》;[苏]艾德林作、王金陵译的《上升中的中国文学》。

《解放日报》发表南方的《〈海上风暴〉给部队文艺写作上的几点启示》;袁鹰的《对〈杂文复兴〉的一些意见》。

17日,《光明日报》发表英的《略评〈野火春风〉》。

20日,《解放日报》发表魏高畴的《"洋铁桶"与"万金油"》。

21日,《文汇报》发表张淇的《关于杂文的写作》。

22日,《戏曲报》第9期发表社论《再论制度改革》;合作剧团同人的《观摩了〈红旗歌〉之后》。

23日,《人民日报》发表萧殷的《写"真人真事"与艺术的加工》;王朝闻的《谈如何掌握旧技巧》。

24日,《光明日报》发表王淑明的《论文学中的乐观主义》;适夷的《说〈不是蝉〉》;刘国盈译的《文学的礼拜四》;王云波的《〈三嫂子〉和〈进城〉读后》。

25日,《文艺报》第2卷第3期专栏"唱法问题研究"发表周巍峙的《努力发展新的中国唱法》,郭兰英的《从山西梆子看传统的中国唱法》,欧阳予倩的《再谈唱工》,音乐问题通讯部的《关于"唱法问题"研究参考提纲》;"写作园地"栏发表董品芬的《撞车》,远的《读〈撞车〉》,韩庄的《战鼓为什么不敲?》,远的《读〈战鼓为什么不敲?〉》;"问题讨论"栏发表钟惦棐的《关于文艺上的细节描写问题》,王朝闻的《作品中如何处理英雄就义的情节》,何其芳的《试论戏剧上的刘胡兰的铡头》,刘金、李国经的《读〈戏剧中细节描写的一种倾向〉后》;"读稿随谈"栏发表本报编辑部的《关于〈红楼梦〉》、《空想与真实》、《谈作品的题材》;同期,发表陈涌的《论文艺与政治的关系》;史笃的《反对歪曲和伪造马列主义》;[俄]伯(别)林斯基作、邵人黎译的《论文学的一般意义》;坪生的《北京大众文艺创作研究会半年来工作情况》。

29日,《人民日报》发表《工人创作的帮助问题——河北省文联答王合群等问》。

《戏曲报》第10期发表何其芳的《关于中国旧剧下降的原因》;斯洪的《改革旧剧后的演出困难问题》。

《解放日报》发表林湖的《在批评与自我批评上为什么有"疲踏"现象?》;及明的《谈〈叫喊〉》。

30日,《人民日报》发表刘三的《读〈我要他粮食堆成山〉等三首诗》;陈汉章译的《提高文学批评的水准》;钟惦棐的《看〈内蒙春光〉》;布赫的《一个蒙古人看一部蒙古片——〈内蒙春光〉》。

《文汇报》以"漫画检讨会"为总题,发表沈同衡的《检讨的意义》,陆万美的《学习深入提高》,陈叔亮的《应该走向工农兵》,沈凡的《应提出商榷的三幅漫画》,洪荒的《接受批评提高自己》,米谷的《关于新闻日报上漫画作品的意见》,陈烟桥的《体验新的形象事物学习群众思想感情》。

《解放日报》发表肖蔓若的《略谈杂文复兴兼及讽刺问题》。

5月

1日,《人民文学》第2卷第1期发表茅盾的《关于反映工人生活的作品》;艾青的《谈工人诗歌》;胡可的《记生活手册的几点经验》;转载《人民日报》的《关于〈让生活变得更美好吧〉——从一篇小说看文艺创作中的一种倾向》;庐湘的《评〈工作着是美丽的〉》。

《小说》第4卷第1期发表李兰译的《巴尔扎克与现代》。

《文艺生活》新4号发表编者的《纪念"五四"卅一周年》;林林的《谈赶任务与创作》;钟敬文的《谈谈口头文学的搜集》;顾问部的《关于集体创作》。

《文艺学习》第1卷第4期发表阿英的《工人文娱活动竞赛的意义和我们下厂的工作任务》;劳荣的《略谈职工创作修养》;肖笛的《工人刘德善和他的诗》。

3日,《光明日报》发表王朝闻的《〈内蒙春光〉》;李真的《问题的提法——关于〈三嫂子〉和〈进城〉》。

4日,《光明日报》发表李何林的《五四以来——中国新文学的性质和领导思想问题》。

6日,《光明日报》发表杨翙、戴天的《〈烟花女儿翻身记〉》。

《戏曲报》第11期发表伊兵的《迷恋旧的,还是创造新的?》。

7日,《人民日报》发表周扬的《论〈红旗歌〉》;魏连珍《我怎样写〈不是蝉〉的》;丁克辛的《一个好话剧:〈不是蝉〉》。

《光明日报》发表英的《看了〈白毛女〉再度试演后》。

10日,《文艺报》第2卷第4期"文艺副刊笔谈"栏发表《编辑部的话》,严文井的《编副刊要联系群众》,绿原的《长江日报文艺副刊现状》,叶迈的《文艺副刊应与现实结合》,孙伏园的《三十年前副刊回忆》;"读稿随谈"栏发表达的《对一首诗的意见》,达的《关于描写人物》;同期,发表《中华全国文学艺术界联合会为响应展开和平签名运动的号召》;丁玲的《五四杂谈》;郭沫若的《论写旧诗词》;何其芳的《话说新诗》;[苏]N·谢尔盖耶娃作、高骏千译的《破产的"中国通"——赛珍珠》。

《新中华》第13卷第9期发表王西彦的《论为人民服务的文艺》;许杰的《论

"五四"以来中国的新文化运动》。

13日,《戏曲报》第12期发表丁涛的《改革戏曲的几个问题》;英郁的《戏曲形式改造诸问题》。

15日,《东北文艺》第1卷第4期发表《东北文艺工作者协会一九五零年第一季度工作报告》;肖贲的《读〈山沟的妇女〉》;严正的《怎样创造一个角色?》;[苏]A·德列莫夫作、刘仲平译的《地方党对于文学艺术的领导》。

16日,《文汇报》发表杜高的《杂文应该属于谁?》。

《新中华》第13卷第20期发表王西彦的《鲁迅的创作小说的时代意义》。

17日,《人民日报》发表《一篇文艺作品描写工人生活不符实际,西安汽车工人提出批评》。

《光明日报》发表王淑明的《关于〈红旗歌〉的修改问题》。

20日,《戏曲报》第2卷第1期发表伊兵的《戏改运动中的两股阻力》。

21日,《人民日报》发表方纪的《我的检讨》。

《文艺报》编辑部的《〈文艺报〉编辑工作初步检讨》。

25日,《文艺报》第2卷第5期发表社论《加强文学艺术工作的批评与自我批评》;[俄]伯(别)林斯基作、邵人黎译的《论个性与民族性》;王子野译的《反对文艺批评底庸俗化》(《真理》报专论);王子野译的《〈十月〉杂志编委会的自我检讨》;丁里的《英雄·群众与敌人》;鲁亚农的《二十天来的"文化列车"》;"批评与检讨"栏发表牧原的《改变对劳动群众来稿的不正确态度》,王子辉的《编演〈关羽之死〉的检讨》,张明东的《评〈女工赵梅英〉》,赵树理的《〈金锁〉发表前后》;专栏"部队文艺工作"发表庆德、诸辛的《部队快板的发展》,黎白的《谈兵演兵的提高》;"工作经验"栏发表王亚平的《改写旧曲艺的一点体验》,陈述的《〈挂帅点将〉》。

27日,《文汇报》以"新京剧《文天祥》座谈会"为总题,发表周信芳的《〈文天祥〉创作的动机在表扬人民的爱国主义》,冯雪峰的《编写历史剧首先需要正确的观点》,周玑璋的《文天祥是中华民族的英雄不是宋室衰落王朝的奴才》,流泽的《人民反抗侵略的怒火感召和推动了文天祥》,英郁的《必须站在人民的立场编写人民的历史剧》,伊兵的《写出人民斗争的历史 鼓动群众生活的热忱》,叶以群的《提出几点具体意见 希望演出加以考虑》,姜椿芳的《创造民间人物 发掘历史真理》,吕君樵的《〈文天祥〉的演出表现了高度的艺术性和完整性》,黄裳的《不但要写正面人物也要多写反面人物》,吕林的《暴露了宋室的罪恶统治发扬了民族的浩然正气》。

《戏曲报》第2卷第2期发表马少波的《正确执行"推陈出新"的方针》(上);健男的《关于改编〈一捧雪〉的商榷》;伊兵的《评〈文天祥〉》。

28日,《人民日报》发表王震之的《〈内蒙春光〉的检讨》(附编者按);人民文学社的《改进我们的工作——〈人民文学〉第一卷编辑工作的检讨》。

31日,《光明日报》发表成文英的《对于〈金锁〉的看法》;陶建基的《表现农村新景象的诗》;徐洲的《〈关连长〉读后》;[苏]塔拉辛科夫作、张荫槐译的《苏维埃文学的新特色》。

本月,新文艺出版社出版艾青的《新文艺论集》。

6月

1日,《人民文学》第2卷第2期发表老舍的《鼓词与新诗》;严辰的《谈民歌》;柯蓝的《杂谈收集、研究民间故事》;方纪的《我的检讨》;以"关于《改造》"为总题,发表徐国纶的《评〈改造〉》,罗溟的《掩盖了阶级矛盾的本质》,秦兆阳的《对〈改造〉的检讨》。

《人民戏剧》第1卷第2、3期发表黄芝冈的《论"神话剧"与"迷信戏"》;马少波的《从李自成谈"贼盗流寇"》;张庚的《新歌剧——从秧歌剧基础上提高一步》;洪深的《试验手与小资产阶级知识分子的手》;黄悌的《〈爱国者〉观后》。

《大众电影》创刊,编辑委员为夏衍、于伶、叶以群、顾仲彝、柯蓝、梅朵、王世桢、张可奋、刘北汜、金欣,主编梅朵、王世桢,本期发表杨帆的《无形的战线告诉我们些什么》;黄宗英的《两种文化》。

《文艺生活》新5号发表叶兮、刘钊的《〈红旗歌〉给了我们一些什么》;王迅流的《评冯至〈杜甫的家世和出身〉》;耶戈的《我看刘胡兰这个人物》。

《文艺学习》第1卷第5期发表阿英的《戏剧故事是怎样构成的》;希夫的《关

于深入工人生活》;冯达的《读波列伏衣的〈又回家啦〉》。

《小说》第 4 卷第 2 期发表曰木的《描写成长和发展中的新人物》。

2 日,《解放日报》发表正才的《从两个哲学观点来看》。

3 日,《戏曲报》第 2 卷第 3 期发表社论《开展批评与自我批评》;马少波的《正确执行"推陈出新"的方针》(下)。

4 日,《人民日报》发表吴小武的《怎样运用文学作品来进行宣传教育工作》(附编者按);《苏联文学》编辑部的《苏联文学的发展及其问题》;[苏]尼·费德林的《自由中国的文学》;[苏]斯大林的《给比尔——别洛采尔科夫的回信》。

10 日,《文艺报》第 2 卷第 6 期发表丁玲的《谈谈普及工作》(为庆祝北京市文代大会而作);胡苏的《积极发展新文艺大力改革旧文艺应密切结合起来》;唐挚的《加强我们刊物的政治性、思想性与战斗性》(座谈会记录);王崑的《我怎样演〈白毛女〉》;臧林的《〈我们的爱情〉及其它》;水生的《首都人民文艺的胜利》;"短评"栏发表王朝闻的《宣传画的说服力》,敏泽的《多多为儿童们写作》,陈大远的《更好的帮助工人写自己》,陆希治的《"技巧"决定于"思想"》,王青竹的《两种演法》。

《戏曲报》第 2 卷第 4 期发表黄芝岗的《论"神话剧"与"迷信剧"》;吕林的《关于改编〈秦香莲〉的意见》。

11 日,《人民日报》发表胡苏的《积极发展新文艺与大力改革旧文艺应密切结合起来》。

15 日,《文艺》第 1 卷第 6 期发表方光焘的《文学的党性与艺术性》;望昊的《关于战士诗歌》;王季星的《从〈伐檀〉到〈翻身谣〉》;马又之的《〈海上风暴〉读后感》。

《山东文艺》(月刊)创刊,山东省文学艺术界联合会筹委会编辑,本期发表于寄愚的《用坚实的工作迎接文化建设高潮》;虞棘的《关于旧剧改革的我见》;王希坚的《关于写转变》。

《东北文艺》第 1 卷第 5 期发表刘芝明的《纪念中国近代伟大的文艺批评家瞿秋白同志》;白石的《纪念高尔基,歌颂伟大时代的英雄人物》;部队文艺研究室的《部队文艺活动概况》;杨哲的《读〈马〉》;编者的《漫谈诗歌写作中的几个问题》。

16 日,《大众电影》第 1 卷第 2 期发表柯蓝的《看〈红旗漫卷西风〉》;金仲如的《〈红旗漫卷西风〉给我们的教育》;桑弧的《关于〈太平春〉》;沈凡行的《〈太平春〉的故事》;林的《老裁缝看〈太平春〉》;《电影工作者与观众第一次座谈会》。

17日,《戏曲报》2卷5期发表赵起扬的《谈戏曲改革与改造艺人思想》;萧凤的《首都戏曲改进工作的新阶段》;蒋星煜的《对〈关羽之死〉的几点意见》;金倚萍的《〈白蛇传〉改编的商榷》;刘纹的《关于〈白蛇传〉的改编》。

24日,《文汇报》发表梅朵的《评〈太平春〉》;黎远冈的《对〈太平春〉的几点意见》。

《戏曲报》2卷6期发表社论《加紧克服困难,冲破淡月!》;戴不凡的《从历史的发展看昆腔戏的前途》;田河、金迅记录的《〈阿飞〉戏座谈会》。

25日,《文艺报》第2卷第7期发表陈定民的《瞿秋白对于中国文字改革的贡献》;张致祥的《关于部队文艺创作》;吴伯箫的《谈业余写作》;编者的《在通讯中反映新的问题》;劫夫的《从"一般化"谈到歌曲创作问题》;刘思训译的《不可估量的帮助》(肖斯塔可维奇作);于晴的《号召开展创作运动》;专栏"高尔基逝世纪念"发表[苏]B·巴列克作、何家槐译的《列宁是怎样影响高尔基的》,[苏]A·华戈林作、陈徵明译的《为和平奋斗的热情的战士》;"创作经验谈"栏发表刘白羽的《永远应该到前面去》,黄谷柳的《谈写小说》,王希坚的《离奇的故事和典型的故事》,周立波的《关于写作》,马加的《我学习群众语言的一点经验》,秦兆阳的《生活·思想·形象》;"读稿随谈"栏发表达的《批评与批评的态度》,知的《略谈写诗》。

《人民日报》发表陈荒煤的《开展部队的创作运动》;张致祥的《提高部队文艺创作的水平——在华北军区文艺创作座谈会的讲话摘要》。

《解放日报》以"《文艺》周刊笔谈"为总题,发表夏衍的《方向与任务》,向隅的《作家须与群众结合》,陈叔亮的《我们需要文艺批评》。

本月,新文艺出版社出版冯雪峰等的《写稿杂谈》。

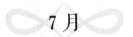

7月

1日,《人民文学》第2卷第3期发表秦兆阳的《谈自我批评与批评》;沈巨中的《文艺理论批评的大众化》;[苏]尼·费德林作、曹靖华译的《论中国的新文学》；[苏]郭发列夫作、李江译的《文学与人民》；齐谷的《谈我所读到的三篇工人创作》；陈学昭的《关于〈工作着是美丽的〉》；庄风、何其芳的《关于〈文艺作品必须善于写矛盾和斗争〉》。

《人民戏剧》第1卷第4期发表丁玲等发言的《戏剧创作·批评座谈会》。

《文艺生活》新6号发表文静的《论民谣》。

《戏曲报》2卷7期发表应毅的《排演〈王贵翻身〉的经过》；徐以礼的《〈红鬃烈马〉中的毒素》；青枫的《关于〈济公〉》；苏蓬庐的《评〈皇帝与妓女〉》。

2日，《人民日报》发表[苏]斯大林作，曹葆华、毛岸青译的《斯大林给季谟史·别德讷衣的信》。

《光明日报》发表流金的《谈望夫石的故事》。

5日，《大众电影》第1卷第3期发表江岭的《〈赵一曼〉座谈会漫记》；黄宗英、路小近的《我们现在怎样生活》。

8日，《戏曲报》2卷8期发表黄芝冈的《补论〈关羽之死〉》。

9日，《人民日报》发表赵树理的《对〈金锁〉问题的检讨》。

10日，《文艺报》第2卷第8期"批评与检讨"栏发表刑迎楚的《谈谈几个影片》，陆希治的《起码的要求》，陈森的《我们需要深刻具体的检讨》，杨荫寰的《评〈爱国者〉》，周沉的《大众日报副刊对小说〈赵同志〉的批评与检讨》，赵树理的《对〈金锁〉问题的再检讨》，常佳东等的《读者对于〈金锁〉的看法》；"写作园地"栏发表刘艺亭的《手套》，因的《读〈手套〉》，李庆香的《拖拉机开进高家村》，平的《读〈拖拉机开进高家村〉》；同期，发表[苏]康·西蒙诺夫的《关于普里斯特莱的答复》；丁玲的《向英勇的人民解放军致敬》；彭志齐的《我怎样从幻想走到实际》；张季纯的《民族文艺的初次交流》；鲁亚农的《下现场》；陈大远的《工人文艺活动新收获》；卞和之的《山头文艺活动》。

《光明日报》发表梦庚的《新大团圆——〈小二黑结婚〉观后感》；方明的《〈白毛女〉和〈红旗歌〉的修改》。

11日，《光明日报》发表楠栢的《对三篇寓言的意见》。

12日，《光明日报》发表萧枫的《谈谈〈我们夫妇之间〉》；《苏联作家协会对〈十月〉杂志的讨论》；武宝光的《关于文艺批评的战斗性与策略性》。

15日，《文艺》第2卷第1期发表茹志鹃的《集体创作的几个思想问题》。

《山东文艺》1卷2期发表于寄愚的《即早动手，迎头赶上，"挤"出创作来》；陶钝的《以歌颂为主》；虞棘的《仍然普及第一，不要忘记农村》；冯毅之的《为什么写不出》。

《光明日报》发表夏秋冬的《民歌中的国民党反动派(下)》；本刊编者的《关于望夫石故事的讨论》。

《戏曲报》2卷9期发表方非的《关于改编〈连环套〉的意见》；慧言的《从〈河间府〉到〈连环套〉，看窦尔敦的一生》；王子辉的《也谈〈皇帝与妓女〉》；葛多的《对〈皇帝与妓女〉的点滴观感》。

20日，《大众电影》第1卷第4期发表以群的《人民的力量可以战胜一切》。

22日，《戏曲报》2卷10期发表社论《祝上海市第一届文代大会》。

25日，《文艺报》第2卷第9期发表适夷的《朝鲜的文艺》；金波的《民主朝鲜的新文艺》；雪峰的《谈谈杂文》；立兵的《关于杂文问题的讨论》；陆希治的《一本庸俗的文艺理论书》；王松声的《关于〈石榴裙〉的创作与演出的检讨》；柳青的《读〈开不败的花朵〉》。

"征文选载"栏发表《编辑部的话》，顾工的《我不善于把"素材"写成"作品"》，陈碧芳的《在学习写作中有什么困难》，张新辰的《生硬》，任大星的《我写不出诗了》，汉非的《我感觉到生活狭隘》；"读者中来"栏发表徐孔的《部队文艺工作的普及与提高》，杨澂钧的《对报纸副刊工作的一点感想》，金甲的《关于〈我怎样演〈白毛女〉〉》；"读稿随谈"栏发表平的《要从现实中吸取题材》，挚的《谈运用旧形式》。

26日，《人民日报》发表《范泉关于〈创作论〉的检讨》。

31日，《光明日报》发表高歌今的《读〈海上风暴〉》。

本月，中南新华书店出版刘祖春的《生根开花论》。

8月

1日，《人民戏剧》第1卷第5期发表杨绍萱的《论〈水浒传〉与水浒戏》；光未然的《方言剧与地方形式》；阿甲的《谈〈将相和〉的人物思想与表演艺术》；欧阳予倩的《克服缺点,发挥创造》；老舍的《暑中写剧记》；陈白尘的《习剧随笔》；曹禺的《关于工厂戏剧辅导工作》；陈嘉平的《坚持工厂文艺辅导工作》；叶子的《我们在工厂排戏中的收获》；乃刚的《宣传什么？表演什么？》；丁帆的《向苏联演员学习》。

《人民文学》第2卷第4期发表曹靖华的《"铁流"的解放》；[苏]G·布罗甫曼作、吴道平译的《列宁主义与艺术》；朱曦的《〈家〉在我们部队中的作用》。

《文艺学习》第2卷第1期发表方纪的《略谈帮助工人创作》；邢公畹的《谈方言文学》。

《贵州文艺》(月刊)创刊,贵州省文学艺术界联合会筹备会、《贵州文艺》编辑委员会编辑,本期发表陈廷瓒的《大众文艺底语言问题》；萧家驹的《略论"土嗓子"与"洋嗓子"》。

5日,《戏曲报》2卷12期发表社论《把上海市第一届文代大会的决定和精神贯彻到实际工作中去》；苏蓬庐的《关于〈皇帝与妓女〉问题的再商榷》；王子辉的《我们怎样排演了〈皇帝与妓女〉》。

10日,《文艺报》第2卷第10期发表江华的《试谈作品的思想性》；刘金的《读〈春节〉》；达之的《关于〈我的儿子〉》；[俄]杜布洛留勃夫作、邵人黎译的《论艺术家和他的世界观》；[苏]V·普罗左金作、闻博译的《高尔基作品中的劳动》；王克浪的《出版事业与普及问题》；吴倩的《文艺刊物自我检讨的综合报道》；孙望等的《南京市第一届诗歌展览》；张庆田的《发展新文艺与改革旧文艺》；"工厂文艺工作"栏发表黄仁晓的《副刊怎样帮助工人创作》,方松的《努力培养工厂文娱骨干》,刘亚的《培养工人文艺干部的一点经验》,钱小惠的《一个工人文艺小组的经验》,凤子的《更好的做好工厂文艺工作》,屠岸译的《苏联底工厂文学团体》(介绍)；"读者中来"栏发表高昂等的《怎样提高呢?》,白苏林等的《关于编写历史剧》。

《光明日报》发表李耀的《电影〈花街〉观后》。

《甘肃文学》(月刊)创刊,《甘肃文学》编辑委员会编辑,本期发表孙明的《组织起来,多多创作》。

13日,《人民日报》发表王朝闻的《〈水浒传〉里的一个两面性的典型——何九叔》。

《光明日报》发表成文英的《评〈柳堡的故事〉》；萧枫的《〈柳堡的故事〉的思想性和艺术性》；刘秉彦的《〈柳堡的故事〉读后》。

15日,《大众电影》第1卷第5期发表《电影工作者与观众第二次座谈会——

影片〈影迷传〉的检讨》;佐临、夏衍、陈白尘、石挥、梅朵、丁力、金欣、陈西禾的《电影工作者座谈〈影迷传〉》;石榛的《〈妇女春秋〉评价》。

《文艺》第2卷第2期发表艾明的《南京工人写作讲习班总结》;萧方的《怎样帮助文化水平低的工人搞文艺》。

《山东文艺》1卷3期发表臧云远的《写作杂谈》;李微冬的《紧张的行动起来开展创作运动》。

17日,《光明日报》发表史米的《田永泰毫无缺点吗?——谈〈光荣人家〉的创作方法》。

19日,《光明日报》发表端木蕻良的《使创作和学习结合在一起》。

20日,《戏曲报》3卷1期发表蔚新的《论〈一捧雪〉的两种改编本》;本报的《再谈旧艺人应否演新歌剧》。本期始,《戏曲报》改为半月刊。

25日,《文艺报》第2卷第11期发表丁玲的《跨到新的时代来》;记者的《表现技术人员和真人真事》;陶萍的《谈作品中工人与技术人员的关系》;英乔的《工人如何学写作》;方联的《要正视现实中的矛盾》;劳辛的《谈诗歌的主题与表现》;李枫的《记上海首届文代大会》;因的《读〈合伙〉与〈纠纷〉》;"征文选载"栏发表《编辑部的话》,山西军区文工团文艺组《整顿剧团的几点经验》,铁矛的《培养事业心及其他》,夏余的《苏北文工团目前存在的问题》,江蔓的《两点意见》;"文艺信箱"栏发表芦玲等的《"生动"与"严肃"》,吉星等的《"真实"与"现实"》。

27日,《光明日报》发表竹可羽的《关于〈柳堡的故事〉》;刘恩启的《也谈〈柳堡的故事〉的思想性和艺术性》;刘金的《读〈我的儿子〉》;李耀的《评〈水上姻缘〉》。

本月,西北新华书店出版钟纪明的《向民间文艺学习》。

9月

1日,《人民文学》第2卷第5期发表陈涌的《丁玲的〈太阳照在桑干河上〉》;孙伏园的《文艺上反映的农村新婚姻》;臧克家的《为什么开端就是顶点》;艾青的

《诗选自序》。

《人民戏剧》第1卷第6期发表黄芝冈的《从秧歌到地方戏》;欧阳予倩的《集体力量完成集体的艺术》;光未然的《舞剧〈和平鸽〉的演出》;常任侠的《关于中国音乐舞蹈与戏剧起源的一考察》;胡海珠的《漫谈〈兵演兵〉的剧本创作》;鲁威的《有关连队〈兵演兵〉运动中的意见》;金山等发言的《〈俄罗斯问题〉演出座谈会》;武宝光的《漫谈体验生活》;李伯钊等发言的《〈钢铁是怎样炼成的〉演出座谈会》。

《大众电影》第1卷第6期发表苏音的《一部舞台剧的纪录片——〈思想问题〉》;《革大同学谈〈思想问题〉》;张耀祥的《〈光荣人家〉给我的印象》;梅朵的《伟大人民的形象》。

《文艺学习》第2卷第2期发表方纪的《对于天津文艺工作的几点感想》;郑文森的《谈写景》;萧荻的《谈写转变》;邢公畹的《种植和建筑》;贾纳的《对〈雄鸡和米〉一诗的讨论》。

《贵州文艺》第2期发表李铎的《对〈大众文艺底语言问题〉中几个问题的商榷》;禾子的《从批评〈转变〉谈批评》;艾枫的《读〈大众文艺底语言问题〉》;寄云、德颙的《评〈九件衣〉的上演》;宗和的《评〈闯王进京〉》。

2日,《解放日报》发表贺宜的《儿童文学创作上的几个问题》;童辛农的《不能停留在"真人演真事"阶段》。

5日,《戏曲报》3卷2期发表本报社论《加强和扩大与旧艺人的团结合作》;王子辉等的《华东戏曲改革工作干部会议代表笔谈会》;李布的《关于处理戏曲中历史人物的问题》;司徒平的《再谈〈连环套〉的改编》。

9日,《光明日报》发表江波的《关于如何处理材料——读〈孙桂珍〉后》;古田的《谈〈孙桂珍〉》。

10日,《文艺报》第2卷第12期发表《全国文联抗议美机侵入我国领空》;[俄]杜勃洛留波夫作、邵人黎译的《论爱国心》;杨野的《作品中党的领导问题》;马烽的《战斗的朝鲜文艺界》;专栏"土改与创作"发表张志民的《如何在土改中体验生活》,希坚的《接近农民和写作》,俞林的《我在土改中的一点经验》,艾中信的《先做好工作呢,先体验生活?》,王克浪的《为土地改革进行准备》;"工作经验"栏发表铁肩的《我怎样在连队里体验生活》,刘俊鹏的《我怎样从现象看到本质》,苏凡、肖野的《在〈战斗里成长〉舞台工作上的一点经验》;"文艺副刊笔谈"栏发表沈清联的《谈文艺副刊的编辑工作》,孟千的《无锡工人报副刊编辑工作的一些小经验》,哈华的《关于〈解放副刊〉》,黎洪等的《副刊编辑工作中的问题与经验》;"读稿随谈"栏发表庄的《不要单纯的传达技术知识》,达的《歌颂与麻痹》,平的《故事与环境》;"读者来信"栏发表胡屏的《从概念出发》,刘样的《我们的创作走了弯路》。

《光明日报》发表曰木的《写的不好的诗——评正风版〈人民诗丛〉》;江海的《读〈戴红花的故事〉后》;粒沙的《读〈戴红花的故事〉以后》;李岑峻的《〈活路〉读后感》。

《甘肃文学》第2期发表孙明的《克服文艺领域中官僚主义的作风》。

《解放日报》发表雪峰的《谈两个问题》。

11日,《光明日报》发表梦庚的《越剧〈祝福〉观后感》。

15日,《文艺》第2卷第3期发表陈瘦竹的《关于南京学生戏剧创作》;王啸平的《评〈爱国者〉》。

《山东文艺》1卷4期发表隋问樵的《从〈赵同志〉检讨自己的写作》;李多采的《〈劳动号子〉读后》。

20日,《戏曲报》3卷3期发表本报社论《把戏改工作与土改宣传结合起来》;黄芝冈的《论〈黄巾起义〉和〈三国战争〉》;胡汝慧、慕白、孟特、斯洪、谢晓、孔进的《关于改编〈武松与潘金莲〉的商榷》。

24日,《光明日报》发表陈哲文的《我们需要青少年文学读物》;白宇的《读〈"臭煤"订婚记〉》;秋白文艺学习组集体讨论的《赵树理的〈登记〉》。

10月

1日,《人民日报》发表陈荒煤的《有计划的组织关于人民解放战争的历史创作》;胡风的《人民的爱和党性所哺育起来的无敌的革命英雄主义——印象断片》;臧克家的《战斗英雄的形象》。

《人民文学》第2卷第6期发表萧殷的《论小说中的故事和人物》；丁易的《郁达夫选集序》；"写作漫谈"栏发表马加的《〈开不败的花朵〉小记》，草明的《写〈原动力〉经过》，戴夫的《我仍在摸索中》，而重的《写作杂谈》，王文兵的《在写作中所遇到的问题》。

《人民戏剧》第2卷第1期发表田汉的《一年来的话剧运动》；欧阳予倩的《我对一年来戏剧创作的感想》；贺敬之的《谈提高作品的思想性》；光未然的《谈学校戏剧运动》；王朝闻的《谈旧歌剧的布景及其他》；舒强的《新歌剧表演的初步探索（中）》；欧阳山尊的《新诗篇与新歌剧》；乔羽的《谈新歌剧的形式与内容》；钟惦棐的《谈舞蹈的民族形式》；田野的《〈搬运工人翻身记〉创作经过及其他》。

《小说》第4卷第3期发表王瑶的《鲁迅对于中国文学遗产的态度和他所受中国文学的影响》；顾介希的《〈奥得河之春〉和〈光明照遍大地〉》。

《大众电影》第1卷第8期发表《工农兵谈〈中国人民的胜利〉》。

《内蒙古文艺》（月刊）创刊，内蒙古文艺社编辑发行，本期发表《内蒙古文学艺术工作者第一次代表会议决议》；陈清漳的《从〈内蒙古文艺〉出刊谈起》编辑。

《华南文艺》（月刊）创刊，华南文学艺术界联合会、《华南文艺》编辑委员会编辑，主编欧阳山，编委欧阳山、周钢鸣、王了一、林林、华嘉、陈残云、李门、黄宁婴、叶素、黄新波、楼栖、韩北屏、陈卓猷、黄河、陈芦荻，本期发表社论《团结起来，力求进步！》；黄宁婴的《发动批评，推进剧改》；楼栖的《搞起赶任务的创作热潮》；马孟平的《评〈美国之音〉》。

《贵州文艺》第3期发表江承纲的《从〈参加土改的收获〉谈起》。

5日，《西北文艺》创刊，群众文艺社编辑，本期发表本社的《迎接西北文艺运动的新时期（代发刊词）》；郑伯奇的《如何展开创作》；胡采的《作品的主题》；沙驼铃的《略谈〈战斗里成长〉》。

《戏曲报》3卷4期发表应毅的《对〈剧改工作中的几个问题〉的商榷》；蒋星煜的《论戏曲中岳飞与神怪迷信之关系》；非琴的《关于如何处理历史上的"小人物"——丑》。

10日，《甘肃文学》第3期发表高天白的《贯彻鲁迅先生的战斗精神》；忆访的《主题与表现》。

12日，《人民日报》发表赵凯明的《读了〈毛泽东号〉以后》。

15日，《文艺》第2卷第4期发表焦敏之的《鲁迅与苏联文学》。

《解放日报》发表华东军政委员会文化部的《华东戏曲改革工作的初步总结》;徐仑的《关于开展创作运动的意见》。

16日,《大众电影》第1卷第9期发表佐临、鲁勒、丁力、罗毅之、叶明、吕复的《〈思想问题〉为什么搬上银幕》;《教员学生座谈〈思想问题〉》;梅朵的《什么叫思想性与艺术性——以〈中国人民的胜利〉为例,做一个极片段简单的解释》。

20日,《戏曲报》3卷5期发表社论《动员新文艺工作者参加戏改工作》;夏衍的《关于戏改工作的一些初步意见》;伊兵的《剧改工作中的若干问题》;本报编辑部的《我们对黄巾起义和三国的看法》;杨少坪的《民族艺术遗产的保存和发掘》。

22日,《人民日报》发表王朝闻的《精炼些》。

25日,《文艺报》第3卷第1期发表胡乔木的《我们所已经达到的和还没有达到的成就》;雪峰的《思想的才能和文学的才能》;张天翼的《关于学习鲁迅的一两个问题》;丁玲的《创作与生活》;筌麟的《论文艺创作与政策和任务相结合》;王西彦的《从提高作品的思想性谈到批评家的任务》;刘白羽的《响亮的玛耶阔夫斯基的声音》;曹禺的《我对今后创作的初步认识》;朱定的《我的检讨与希望》;碧野的《我的创作过程》;苏平的《兄弟民族艺术的会师》;雪原的《〈永不掉队〉对我们的教育》;李御的《〈永不掉队〉怎样展开它的主题》。

本月,武汉通俗出版社出版解清的《谈谈批评方法》。

11月

1日,《人民文学》第3卷第1期发表何其芳的《论民歌》;严辰的《谈谈民歌的表现手法》;王淑明的《群众看法与专家看法》;臧克家的《批评家要懂得生活、联系群众》;药眠的《需要集中文艺批评的火力》;王朝闻的《精炼些》;陈涌的《一个伟大的知识分子的道路》;钦文的《进一步研究鲁迅先生底遗作》。

《小说》第4卷第4期发表冯雪峰的《关于人物和性格的一点意见》;魏金枝

的《论〈关连长〉的现实性》。

《大众电影》第1卷第10期发表柯蓝的《小二黑结婚的故事背景——杂谈影片〈小二黑结婚〉》。

《内蒙古文艺》第1卷第2期发表本社的《有组织地进行文艺创作》；阿优的《创作应熟悉生活》；马舟的《"胜利鼓"的创作和表演》。

《华南文艺》第1卷第2期发表肖向荣的《华南文艺运动当前的几个问题》；肖向荣的《对华南人民文艺工作的建议》；李凡夫的《第一届代表大会上的讲话》；欧阳山的《一九五零年广东全省文艺工作总结》；欧阳山的《华南文学艺术工作者第一届代表会议总结报告》；《华南文学艺术界联合会半年工作计划》；《华南文学艺术工作者第一届代表会议日志》。

5日，《西北文艺》第1卷第2期发表马健翎的《对于戏曲改进工作应有的认识》；鲁直的《部队文艺工作的情况及今后的任务》。

《戏曲报》3卷6期发表伊兵的《剧改工作中的若干问题(续)》；袁斯洪的《改编〈刁刘氏〉的商榷》；钟琴的《论京戏中"引子"的作用》；徐以礼、蒋星煜、袁斯洪的《武打研究座谈会》；本报信箱《纠正消极的禁戏办法，使戏曲为土改宣传服务》。

8日，《人民日报》发表[苏]查斯拉夫斯基的《论小品文》。

10日，《文艺报》第3卷第2期发表《关于文艺界展开抗美援朝宣传工作的号召》；萧殷的《试论普及与提高》；罗华的《歌颂与暴力》；钟惦棐的《论〈和平鸽〉》；胡沙的《谈歌剧〈王贵与李香香〉的剧作》；牧虹的《关于〈王贵与李香香〉的演出》；于晴的《关于小说〈界限〉的批评》。"读者来信"栏发表心田的《关于部队文艺工作者的提高问题》；石化玉的《我对普及与提高的一点体会》。

《山东文艺》1卷6期发表寄愚的《大力开展创作并与群众文艺活动密切结合起来》；江风的《从〈小二黑结婚〉的编演谈到戏剧工作的两个问题》；冯沅君的《看〈小二黑结婚〉后的感想》；理宁的《要掌握住问题的本质——评〈爱面子的人〉》；汪志凯的《评〈主佃之间〉》；李兴文的《对〈为了和平〉的两点意见》；袁玉伯的《关于〈练兵〉中的战士语言》；郑秀梓的《评〈我们一定要解放台湾〉》。

《甘肃文学》第4期发表张季纯的《西北文学艺术工作者大会开幕词》；柯仲平的《组织创作运动，表现人民建设的新时代》。

20日，《戏曲报》3卷7期发表谷斛的《论〈四郎探母〉的改编》；孟特的《关于改编〈四郎探母〉的补充意见》。

22日,《人民日报》发表[苏]查斯拉夫斯基的《怎样写小品文》。

25日,《文艺报》第3卷第3期发表《在京文学工作者宣言》;雪峰的《要在朝鲜怎么办呢?》;企霞的《评王林的长篇小说〈腹地〉》;方联的《评〈冲破黎明前的黑暗〉》;吴倩的《谈谈美帝电影的"艺术性"》;敏泽的《反动没落的美国文学》;江华的《读〈吉普车〉和〈礼物〉》;《全国文联积极展开抗美援朝宣传工作》。

12月

1日,《人民文学》第3卷第2期发表丁玲的《一个真实人的一生》;黄药眠的《〈蒋光慈选集〉序》;李广田的《〈闻一多选集〉序》;适夷的《最重要的方面》;王淑明的《也来谈谈普及与提高问题》。

《人民戏剧》第2卷第2、3期发表《关于文艺界展开抗美援朝宣传工作的号召》;田汉的《迎接全国戏曲改革工作会议胜利召开》;杨绍萱的《全国戏曲工作会议的历史意义》;杨绍萱的《中国戏曲史上的南北曲问题》;周贻白的《关于中国戏曲发展的几个实例》;侯金镜的《吹起响亮的号角》;胡稣的《从生活形势写政治形势》;光未然的《谈〈俄罗斯的问题〉的演出》;舒强的《新歌剧表演的初步探索(中)》;胡沙等的《我们是怎样训练演员的》;付铎的《〈冲破黎明前的黑暗〉创作经过》。

《小说》第4卷第5期发表许杰的《也谈〈关连长〉》。

《内蒙古文艺》第1卷第3期发表《关于文艺界展开抗美援朝宣传工作的号召》。

《华南文艺》第1卷第3期发表叶剑英的《在华南文学艺术工作者第一届代表会议闭幕典礼上的讲话》;《关于文艺界开展抗美援朝宣传活动的号召》。

3日,《人民日报》发表冯至的《在伟大的主题下——关于抗美援朝的诗歌》。

5日,《大众文艺》第2卷第1期发表王久芬、肖蔓若的《关于鲁迅的"遵命文学"》;紫池的《在普及为主的方针下发展我们的秧歌舞》;何剑熏的《下工厂后的一些感想》。

《西北文艺》第1卷第3期发表王立德的《配合抗美援朝宣传多写些简短通俗的东西》;侯外庐讲、刘承忠记的《从鲁迅笔名与"阿Q"人名说到怎样认识鲁迅并怎样向鲁迅学习》;韩启祥的《我的创作和说书经验》;雷行的《深入生活中体验生活》;云风的《对文艺工作者参加土改的两点意见》;钟时的《文艺工作者参加土改应注意的几点》。

10日,《文艺报》第3卷第4期发表欧阳予倩的《漫谈京戏改进的一二事》;老舍的《略谈剧改问题》;周巍峙的《发展爱国主义的人民戏曲》;李广田的《两篇讲义,两篇报告》;于晴的《评美国小说〈飘〉》;焕之的《评舞剧〈和平鸽〉的音乐》;企霞的《评王林的长篇小说〈腹地〉》(续完);蔡若虹的《从年画中看形象与思想性的关系》。

《甘肃文学》第5期发表鲜东林的《对〈张银花离婚〉的几点意见》。

15日,《文艺》第2卷第6期发表成文英的《评〈柳堡的故事〉》;竹可羽的《关于〈柳堡的故事〉》;王啸平、沈西蒙的《我们对〈柳堡的故事〉的看法》;赵道、王雯的《读〈海上一兵〉》;沈雷的《〈人民·干部〉以及〈邻居〉读后》;奠耳的《〈教训〉读后小感》。

20日,《戏曲报》3卷8、9期发表社论《高扬爱国主义精神,掀起戏改运动的新高潮》;杨绍萱的《〈新大名府〉里所反映的阶级斗争和统一战线》。

《大众文艺》第2卷第2期发表殷白的《关于赵家兴妹》;邓均吾的《看了〈易比河会师〉以后》;游黎的《小说创作的几个问题》。

25日,《文艺报》第3卷第5期发表新年献辞《迎接爱国主义的新高潮》;唐至的《以文艺武器打击侵略者》;梅兰芳的《全国戏曲工作会议后的感想》;李昭、申述的《评〈平原烈火〉》;侯金镜的《应该设法解决这个苦闷》;许云的《从阅读调查中看到的几个文艺问题》;卢肃、山尊整理的《格拉西莫夫谈〈王贵与李香香〉和中国新歌剧》;郑永晖的《对〈王贵与李香香〉歌剧几个场面的商榷》。

31日,《人民日报》发表任之的《加强创作的战斗性》。

本月,中南新华书店出版熊复等的《围绕土改展开创作运动》。

中南新华书店出版荒煤等的《开展抗美援朝创作运动》。

晨光出版社出版阿英的《下厂与创作》。

1951年

1951年

1月

1日,《人民文学》第3卷第3期发表胡稣的《反映新的时代》。

《河北文艺》第2卷第3期发表尹喆的《为抗美援朝保家卫国而创作》;胡稣的《文艺组织工作者应成为文艺理论工作者》;陈大远的《工人文艺要继续提高》;张蕴华的《开展工厂文艺必须有利于生产》;思奇的《关于故事性(编剧漫谈之二)》;刘绍棠的《我怎样写〈新式犁杖〉》。

《华南文艺》第1卷第4期发表丁波的《歌舞剧〈乘风破浪解放海南〉总结》;秋云的《关于副刊编辑工作的几个问题》。

《新中华》第14卷第1期发表王亚平的《怎样阅读文艺作品》。

5日,《大众文艺》第2卷第3期发表邵子南的《一部恶毒的美国小说——〈飘〉》;戴祖德的《戏剧运动如何在农村中进行》;穆仁的《美国人民的呼声——〈美国之音〉》。

《山东文艺》2卷1期发表吕枫的《对〈报名去〉的几点意见》;王深的《两首诗简评》。

《西北文艺》第1卷第4期发表沈江的《从〈香娥〉一文所引起的讨论》;编者的《要善于抓住新的主题》;匡扶的《大鼓书词创作上的诸问题》;张季纯的《陕甘宁边区十三年来直属部门的工作》;王玉胡的《〈九股山〉歌剧的创作和演出》;仪明的《略谈戏剧中的方言土语》。

10日,《文艺报》第3卷第6期发表丁玲的《寄朝鲜人民军》;李又然的《这样的时候还能在家吗?》;立云、启祥、魏巍的《评王亚平同志的〈愤怒的火箭〉》;方联、苏凡的《评〈不拿枪的敌人〉》;段星灿的《评〈驴大夫〉》;唐至的《评〈和平的最强音〉》;易士的《不要无视人民的力量》;季镇淮的《谈〈无巧不成书〉》;侯金镜的《处在新的历史阶段下的新任务》;赵仲沅的《腐朽的美国反动文学》;[苏]安多而斯基作、朱子奇译的《诗人——为和平而战的英雄》;吕剑的《〈人民民主国家电影周〉观后》。

13日,《人民日报》发表白原的《记中央文学研究所》。

《光明日报》发表竹可羽的《略谈五七九言》;田方的《从〈圣诞老人旅行记〉谈

起》;紫兮的《读诗笔记——介绍几本新诗集》;赵捷民的《评〈渔夫恨〉》;徐昭文的《读李季的〈信天游〉》;杨树先的《对两个问题的意见》。

14日,《人民日报》发表钟惦棐的《看〈方珍珠〉》;王朝闻的《克服"一般化"的倾向不能从形式出发》;华君武的《歌颂人民领袖的主题》。

15日,《文艺》第3卷第1期发表罗荪的《展开爱国主义的文艺创作运动》。

《福建文艺》创刊,福建省文学艺术界联合会、《福建文艺》编辑委员会编辑,主编鲁岩,副主编晓植、郭风,本期发表《福建文艺界继续深入抗美援朝宣传工作》;鲁岩的《关于福建省文工团下乡参加土改的几个问题》;陈辛仁的《谈谈文艺写作问题》;黄帆的《深入下去,反映出来》。

16日,《新中华》第14卷第2期发表王西彦的《论鲁迅的爱国意义》。

20日,《大众文艺》第2卷第4期发表沙汀的《对于开展西南文艺工作的几点意见》;邵子南的《与兽性作斗争》;林辰的《从李齐贤看中朝文学关系》。

《戏曲报》3卷11期发表蒋星煜的《编演表扬中国历史上的爱国主义的戏曲》;崔嵬等的《全国戏曲工作会议代表笔谈会》。

25日,《文艺报》第3卷第7期发表马彦祥的《论〈将相和〉》;老舍的《谈〈将相和〉》;老舍的《谈〈方珍珠〉剧本》;远之的《评〈永远向着前面〉》;王钺的《办好群众文艺刊物》;牧原的《进一步展开文艺评论工作》;杜印的《创造积极人物的几点经验》;郭沫若的《简单的谈谈诗经》;林淡秋的《"混乱"和"争吵"》;[美]史沫特莱的《我控诉》(丁聪插图);鲁芝的《铁锁链的故事》;苏平的《评〈铁锁链的故事〉》;"读者中来"栏发表辛原的《应该关心和培养青年写作者》,彭湃的《对〈大众诗歌〉处理稿件的意见》,余章瑞的《对〈新民报〉副刊〈萌芽〉的意见》。

27日,《光明日报》发表沙鸥的《评〈略谈五七九言〉》。

2月

1日,《人民文学》第3卷第4期发表沈巨中的《文学批评应面向读者群众》。

《人民戏剧》第2卷第5期发表舒强的《新歌剧表演的初步探索(下)》；黄芝冈的《论"王魁"戏文的演变与新编的〈情探〉》；光未然的《介绍几个爱国主义的独幕剧》。

《文艺新地》(月刊)创刊,上海文学艺术联合会、《文艺新地》编辑委员会编辑,主编雪峰、唐弢,本期发表陈白尘的《关于新爱国主义》；思慕的《略谈爱国主义与文艺工作》；柯蓝的《上海文艺界抗美援朝创作运动小结》；许杰的《赶任务与通俗化问题》；雪峰的《创作随感》。

《长江文艺》第4卷第1期发表社论《爱国主义——文艺创作的伟大主题》。

《河北文艺》第2卷第4期发表本社社论《创作爱国主义的文艺》。

《华南文艺》第1卷第5期发表草明的《我怎样写新中国的工人》；袁效贤的《下乡演出的一些问题》；林标的《谈粤剧的"锣鼓"》；虞弓的《也谈"锣鼓"问题》；周国瑾的《广州市文联抗美援朝文艺宣传工作初步总结》。

《新中华》第14卷第3期发表程千帆的《文学批评的新任务》。

3日,《人民日报》发表李伯钊的《北京市一年来文艺工作的成就和尚待解决的问题》。

4日,《人民日报》发表老舍的《〈龙须沟〉写作经过》；李伯钊的《看〈龙须沟〉》；阮章竞的《谈文艺创作中的几种倾向》；王黎拓的《〈长江文艺〉是怎样开展通讯员工作的?》。

《光明日报》发表李伯钊的《从〈龙须沟〉看北京》；叶子的《〈龙须沟〉的排演》；焦菊隐的《〈龙须沟〉所引起的话》；石一夫的《我所学到的——〈龙须沟〉观后》。

5日,《山东文艺》2卷2期发表希坚的《关于〈爱面子〉问题》；如禾的《〈填土地证〉简评》。

《西北文艺》第1卷第5期发表胡采的《我对于抗美援朝诗歌创作的看法》；编者的《把抗美援朝的创作推进一步》。

《戏曲报》3卷12期发表新华社的《中央人民政府文化部和教育部发出关于开展春节群众宣传工作与文艺工作的指示》；以礼的《关于〈得意缘〉的改编》。

10日,《文艺报》第3卷第8期发表企霞的《无敌的力量从何处来》；吴甫的《我对〈我们的力量是无敌的〉意见》；李赐等的《对卞之琳的诗〈天安门四重奏〉的商榷》；王朝闻的《为什么主题不明确》；王亚平的《对于〈愤怒的火箭〉的自我批判》；贾霁等的《欢迎这样的文艺批评》；张庚的《文艺思想和创作》；华君武的《多多创作歌颂人民领袖的作品》;敏泽的《办好文艺刊物》;雪原的《地方文艺刊物的地方性与群众性》。

《光明日报》发表[苏]L·爱特林作、张萌槐译的《评草明的〈原动力〉(原名〈新中国的建造者〉)》;蒲阳的《谈〈再谈九言诗〉》;文简的《对林庚先生几首诗的意见》。

11日,《人民日报》发表周巍峙的《略谈歌颂毛主席的歌曲创作》。

12日,《文汇报》发表唐弢的《关于〈百草书屋札记〉》。

《光明日报》发表王瑶的《关于鲁迅笔名与"阿Q"人名问题》。

15日,《文艺》第3卷第2期发表林番的《〈桑干河上〉片谈》;丁华的《能不能写小资产阶级》。

《贵州文艺》第2卷第1期发表雪苇的《为工农兵文艺的几个问题》;钱革、郁放的《下乡后的文艺工作》;江蓠的《介绍几篇有关抗美援朝的作品》;李铎的《加强农村反封建斗争的文艺报道》。

16日,《新中华》第14卷第4期发表丁易的《文艺第一次和兵农的结合》。

18日,《人民日报》发表陶雄的《澄清戏曲的舞台形象》;袁水拍的《影片〈钢铁战士〉观后》。

《解放日报》发表罕真的《关于开展诗歌批评》;柯蓝的《新的问题 新的尝试》。

19日,《文汇报》发表杨力的《谈利用小说作材料来改编剧本》。

20日,《戏曲报》4卷1期发表杨少坪的《关于武打的改革》。

22日,《文汇报》发表黎南的《赵树理谈"赶任务"》。

24日,《光明日报》发表牧原的《评剧本〈走向一条路〉》;紫分的《评歌焚同志的〈种子〉》;李耀的《〈夜来风雨声〉读后》;齐谷的《也谈〈母亲和孩子〉》;林青的《简评〈小梅也参加了军干校〉》。

25日,《人民日报》发表侯金镜的《严肃准确地创造战士形象》。

《文汇报》发表袁庆望的《读〈新事新办〉剳记》。

《文艺报》第3卷第9期发表社论《在实践中不断开辟认识真理的道路》;雷萌的《在毛泽东的教养下》;林淡秋的《从风险到风险》(丁聪插图);王西彦的《为了和平的战争》(程果插图);杨黎的《评〈龙须沟〉》;老舍的《〈龙须沟〉的人物》;咏群的《从〈毛泽东之歌〉谈起》;沙鸥的《关于〈驴大夫〉的检讨》;胡考的《我的检

讨》;胡丹沸的《跳出狭小的圈子》;《新民报》副刊部的《关于〈萌芽〉退稿的检讨》;张天翼的《关心和注意的方面》;雪峰的《鲁迅著作编校和注释的工作方针和计划草案》;本报编辑部的《关于"赶任务"问题的讨论》。

《解放日报》发表向隅的《对〈江南土改组曲〉的意见》;李金波的《试行文艺工作者的行动纲领》;唐景丁的《对〈消灭战争〉一诗的意见》。

26日,《光明日报》发表孙瑜的《编导〈武训传〉记》;长之的《〈武训传〉电影和武训画传》;李士钊的《我看〈武训传〉电影》;陶宏的《我看了〈武训传〉电影》。

29日,《文汇报》发表方典的《形式主义的栅栏》;魏金枝的《土改和爱国热潮》。

3月

1日,《人民文学》第3卷第5期发表何其芳的《〈实践论〉与文艺创作》;艾青的《谈〈四进士〉》。

《人民戏剧》第2卷第6期发表田汉的《为爱国主义的人民新戏曲而奋斗》;王朝闻的《关于接受遗产》;黄芝冈的《〈琵琶记〉与旧戏封建说教的典型性》;周洁夫的《试论真人真事》;胡果刚的《从〈幸福山〉的演出谈新歌舞剧中的舞蹈》;日木的《评〈钢铁是这样炼成的〉》;老舍的《〈龙须沟〉写作经过》。

《文艺新地》第1卷第2期发表郭绍虞的《〈实践论〉与文艺工作者》。

《天津文艺》(月刊)创刊,天津文艺社编委会编辑,本期发表阿英的《把工作做得更适合于读者需要一些》;文化局文艺指导科的《抗美援朝运动中的工人文艺创作》;王昌定的《漫谈工人的剧本创作》;徐国纶的《要正确反映现实》;冯宝兴的《试评〈王师傅和他的女徒弟〉》。

《长江文艺》第4卷第2期以"谈李文元的诗"为总题,发表白刃的《读李文元同志的诗》,周洁夫的《要更深刻地观察与体验生活》,海默的《从李文元看农村通讯员的创作道路》,柳江的《起点的意义》,毕免午的《我读李文元的作品后》,薛汕的《对李文元〈鬼计〉的一点意见》。

《光明日报》发表彭慧的《苏联文学中的爱国主义(上)》;廖承志的《贺〈龙须沟〉演出成功》。

《东北文艺》第3卷第2期发表白石的《要创造有生命的人物》;念都的《是否可以不加选择的反映客观事物》;越明的《读〈宝音得利〉》;叶蓝的《读〈爷爷的心愿〉》;卉贝的《不要离开生活凭空臆造》;张羽的《我对表演的几点体会》。

《华南文艺》第1卷第6期发表欧阳山的《华南文学艺术的事业与成就》;陈卓莹的《如何利用"锣鼓"》;林标的《再谈粤剧的"锣鼓"》;秦枫的《读〈翻身姻缘〉》。

《新中华》第14卷第5期发表许杰的《阿Q新论》。

2日,《光明日报》发表彭慧的《苏联文学中的爱国主义(下)》。

4日,《人民日报》发表周扬的《从〈龙须沟〉学习什么?》;《关于不正确的文艺批评》。

5日,《大众文艺》第2卷第7期发表游黎的《应该关心、培养文艺的后备力量》。

《西北文艺》第1卷第6期发表汶石的《西北文艺界的抗美援朝运动》;高培支的《写新爱国主义历史剧的一点意见》;范紫东的《编写爱国主义的历史剧》;沙驼铃的《评赵树理的〈传家宝〉》。

《戏曲报》4卷2期发表严孤直的《根据以前的经验教训重编〈四郎探母〉》。

6日,《解放日报》发表徐邦仪的《生动些,活泼些,通俗些》;阿洛的《读〈韩秀贞〉》;日木的《略谈开展文艺批评》。

8日,《人民日报》发表王子野的《评〈高歌猛进〉》。

《光明日报》发表吕班的《〈新儿女英雄传〉摄制简记》;向东的《〈新儿女英雄传〉》。

9日,《人民日报》发表孙谦的《关于影片〈陕北牧歌〉的写作动机》。

10日,《人民日报》发表社论《改进报刊发行工作是重要的政治任务》。

《文艺报》第3卷第10期"问题讨论"栏发表刘作骢的《我对〈谈方言文学〉的一点意见》,邢公畹的《关于方言文学的补充意见》,周立波的《谈方言问题》;同期,发表吕莹的《关于工人文艺创作的几个问题》;方焓的《成长中的工农作家》;侯金镜的《优秀的"人"和优秀的文艺工作者》;徐光耀的《我怎样写〈平原烈火〉》;[俄]杜那也夫斯基等的《诗人呢,还是玩弄句子的词作家呢?》。

《文汇报》发表刘任涛的《我怎样写〈当祖国需要的时候〉中的几个正面人物的》。

《光明日报》发表罗慧的《欢迎〈新儿女英雄传〉》；史仁的《我对五七九言诗的看法》；刘榕的《评沙鸥的政治讽刺诗》；蒙树宏的《对〈圈套〉的分析——阮章竞作》。

11日，《人民日报》发表《西北群众日报检查该报的地方性》；冯至的《关于处理中国文学遗产》。

《解放日报》发表苏联《文学报》社论《文学批评与为艺术技巧而奋斗》；陈静云的《对〈小黑人〉错误的自我检讨》；辛克的《要求写的精炼》。

12日，《光明日报》发表沙里的《新儿女颂》。

15日，《人民日报》发表钟惦棐的《评〈女司机〉》。

《文艺》第3卷第3期发表罗荪的《关于生活和创作的问题》；劳黎的《关于散文和杂文》。

《光明日报》发表菲亚、向东的《〈儿女亲事〉》；杜生华的《〈儿女亲事〉的创作企图》；唐漠的《向爱国主义前进——从〈儿女亲事〉谈起》。

《北京文艺》第2卷第1期发表老舍的《散文并不散》；王亚平的《为表现伟大的人民首都而努力》；杨振声的《看罢〈龙须沟〉》；胡丹沸的《剧本的结构和对话》；李岳南的《论白蛇传深化的反抗性》；凤子的《评〈腐蚀〉》；杨雨明、端木蕻良的《论〈武训传〉》。

16日，《人民日报》发表郑文森的《评〈内蒙人民的胜利〉》。

18日，《人民日报》发表何其芳的《关于梁山伯祝英台故事》；冯宜民的《谈谈报纸上登载歌曲的问题》。

20日，《大众文艺》第2卷第8期发表任白戈的《致参加土地改革的文艺工作者》；重庆市文联筹委会的《抗美援朝文艺活动在春节中》；游藜的《看川剧〈美人计〉后所想到的》。

《戏曲报》4卷3期发表布毅的《我对于舞台形象的理解》；魏晨旭的《我怎样修改了〈三打祝家庄〉》。

《解放日报》发表陈白尘的《上海市戏剧电影工作者协会第一届文代会以来工作报告》；黄钢的《〈团结起来到明天〉写作经过》；张拓的《〈王贵和李香香〉改编和演出》。

21日，《人民日报》发表侯金镜的《评〈生产战线〉》。

22日，《人民日报》发表侯金镜的《评〈胜利重逢〉》。

23日,《人民日报》发表社论《书报评论是领导出版工作和报纸工作的最重要的方式之一》。

24日,《光明日报》发表[苏]M·伊萨科夫斯基作,蔡时济、刘辽逸合译的《论作诗的"秘诀"——答复给我来信的人》。

25日,《文艺报》第3卷第11期发表《中华全国文学艺术界联合会一九五零年工作总结及一九五一年工作计划》;周文的《〈实践论〉与革命文艺工作者》;[苏]法捷耶夫作、冰夷译的《作家的劳动》;艾青的《描画新事物的成长》;肖星的《工人文艺的新成就》;[苏]波列伏依作、陈汉章译的《多写些精彩多样的短篇小说》;沙驼铃的《谈工人董迺相的小说》;周立波的《关于〈四十八天〉》;向真的《两篇优秀的短篇小说》。

《部队文艺》(月刊)创刊,部队文艺编辑室编辑,本期发表孙泱的《谈谈部队文艺创作》;徐灵的《加强部队文艺工作问题》。

《解放日报》发表柯蓝的《目前上海工人文艺运动中的几个问题》;王世德的《也谈〈无巧不成书〉》;李健吾的《读〈铺草〉》。

《新观察》第2卷第6期发表李晴的《上海戏剧界百花初放》。

26日,《人民日报》发表端木蕻良的《评〈团结起来到明天〉》。

《光明日报》发表林庚的《略谈形式决定内容——兼答蒲阳先生》。

29日,《解放日报》发表丹敏的《艺术创作的泉源》。

30日,《人民日报》发表严蒙的《评〈翠岗红旗〉》。

本月,东北人民出版社出版柳溪的《试谈写小说》。

4月

1日,《人民日报》发表郭沫若的《在中国民间文艺研究会成立大会上的讲话》。

《人民文学》第3卷第6期发表周立波的《〈鲁彦选集〉序言》。

《文艺新地》第1卷第3期发表许杰的《实践——生活的实践与写作的实践》;君里的《目前山东秧歌剧的几个问题》;章枚的《评〈王贵与李香香〉》;劳辛的《〈解放战争诗钞〉读后》。

《小说》第5卷第3期发表谭颀的《实践与创作》；齐谷的《在文艺思想上的一个原则分歧》。

《山东文艺》2卷3、4期发表放舟的《写诗要避免"一般化、口号化"》。

《东北文艺》第3卷第3期发表石昱的《写人物》；方冰的《向〈在新事物的面前〉学习》；杨哲的《对结构题材的一点感想》；简慧的《真正的幸福》。

《天津文艺》第1卷第2期发表阿垅的《谈〈大团圆〉》。

《长江文艺》第4卷第3期发表俞林的《从生活到创作》；章明的《评〈浅水滩头〉》。

《西北文艺》第2卷第1期发表本社的《文艺运动领导者、组织者、文艺作者都应该拿起文艺批评的武器来！》；胡采的《评〈金元帝国〉的溃败》；汶石的《谈纪明同志的创作》；尚继征的《我对〈航空员之歌〉的一点意见》；纪叶的《谈创作态度》；汶石的《批评和创作为什么不能很好的开展起来》；宋肖的《关于〈团结建设新新疆〉的创作和演出》；本刊编者的《关于〈血地〉》；丁明的《描写小资产阶级知识分子的一点认识》；向太阳、卢萌的《如何写老干部》；土增的《我是怎样整理和修改〈过年〉这篇稿件的》；燕风的《读〈爸爸赶麦场回来〉》。

《河北文艺》第2卷第6期发表刘流、红菲、宋青的《读者、观众：关于〈源泉〉的反映》；黄青、金铮、章羽的《关于演出〈新事新办〉的讨论》；刘正平的《修改旧秧歌戏〈白蛇传〉的两点意见》；李耀的《读〈后娘〉与〈家务事儿〉》；王斑的《对〈巧姻缘〉主题思想一点意见》。

《华南文艺》第2卷第1期发表黄宁婴的《粤剧剧本的改编与创作》；陈寒舟的《谈华南文艺的语言问题》。

《东北文艺》第3卷第3期发表《加强与读者的联系》；石昱的《写人物》；〔苏〕格拉契夫斯基作、金志军译的《把独幕剧引上新现实主义的道路》；方冰的《向〈在新事物的面前〉学习》；杨哲的《对结构题材的一点感想》；简慧的《真正的幸福》；路道明的《谈太平鼓》；以"读者中来"为总题，发表晓端的《关于电影〈腐蚀〉》，鲁林的《小游击队员的真实感》，史马、魏鸣的《我们对〈一把钳子〉的一点意见》，常辛的《读〈好亲戚〉》。

《甘肃文学》第2卷第4期发表黄眉的《发扬高度的爱国主义情感》；蓝坪的《谈目前诗歌创作上的几个问题》。

《新中华》第14卷第7期发表谭丕谟的《走苏联文学的道路》。

2日,《文汇报》发表蓝竹的《呐喊及其他——读〈鲁迅全集〉杂记》;方典的《论题外发言》。

4日,《光明日报》发表史洪的《关于对武训先生的看法问题》。

5日,《戏曲报》4卷4期发表社论《贯彻戏曲舞台形象的澄明》;伊兵的《略谈历史剧的问题》;贝涣智的《改编〈得意缘〉的商榷》;蔚新的《谈杨四郎的转变》;余惠民的《关于〈剧改工作中的若干问题〉的补充意见》。

7日,《文汇报》发表伊兵的《略谈历史剧的问题》;沙丘的《再谈京剧〈信陵君〉中的几个问题——答伊兵先生〈略谈历史剧的问题〉一文》。

《光明日报》发表白村的《谈"生活平淡"与追求"轰轰烈烈"的故事的创作态度》;蒙树宏的《从任务的转变说起——〈撞车〉与〈母亲河孩子〉读后》;则因的《奥列格与其家庭——〈我的儿子〉读后》;李之的《E·加德威尔笔下的黑人——读〈跪在上升的太阳下〉等五篇小说》。

8日,《解放日报》发表方英执笔的《对漫画〈特务阴谋要警惕〉的意见》。

9日,《文汇报》发表胡风的《〈文艺笔谈〉后记》;张禹的《论赶任务》。

10日,《文艺报》第3卷第12期发表陆希治的《热爱我们伟大的祖国》;杜高的《完整的人》;萧殷的《生活的真实与艺术的真实》;李枫的《关于写作指导》;刘剑青的《民间小调不适当的套用》;卞之琳的《关于〈天安门四重奏〉的检讨》;李广田的《土地改革与抗美援朝》;卞之琳的《土地改革展示了两种文化的消长》;杨人缏的《农民是怎样站起来的》;"讨论问题"栏发表[苏]尼·奥斯特洛夫斯基的《争取语言的纯洁》;邢公畹的《文艺家是民族共同语的促进者》;文怀沙、吕叔湘的《大众语言与文法》。

14日,《文汇报》发表陈英的《〈关连长〉的成就与缺点》。

15日,《北京文艺》第2卷第2期发表郭良夫的《改造思想情感与学习写作》。

《贵州文艺》第2卷第3期发表孙仲的《文艺活动在农村中》;罗象贤的《给山歌以新内容》。

《福建文艺》第1卷第2期发表《文艺工作要进一步普及与深入抗美援朝爱国主义运动》;黄帆的《从效果上看〈美帝暴行图〉的演出》。

《解放日报》发表红浩的《要求正确表现人民的形象》。

16日,《文汇报》发表清华大学ABC文艺小组讨论、李家骏整理的《〈实践论〉与文艺创作结合问题》;莫斐的《两个世界——读香港报小感》。

《新中华》第14卷第8期发表王西彦的《一本血写的书——讲述共产党人的精神力量的故事》。

19日,《光明日报》发表明的《写新的英雄人物,新的思想品质——华北军区政治部文化部三个月来部队文艺创作初步总结摘要》。

20日,《文汇报》发表郑振铎的《〈蛰居散记〉新序》。

21日,《光明日报》发表[苏]伊利亚·爱伦堡作、蔡时济译、刘辽逸校的《作家与生活——摘自和高尔基文学研究院学生的谈话》;郑远的《由〈撞车〉谈到思想矛盾的描写》;紫兮的《最可爱的人与完整的人》。

22日,《文汇报》发表徐士年的《学习〈实践论〉克服创作中的公式教条主义和经验主义》。

《长江日报》发表陈荒煤的《为创造新的英雄典型而努力》。

《解放日报》发表蓝野的《关于"方言文学"问题》;方英执笔的《对漫画〈长线深水钓大鱼〉的意见》。

23日,《文汇报》发表白流的《读〈绞索套着脖子时的报告〉》。

25日,《文艺报》第4卷第1期发表记者的《记工人作家文艺座谈会》;《鲁迅先生谈武训》;贾霁的《不足为训的武训》;袁水拍的《人民,当心你身边的凶手》;郑振铎的《伟大的艺术传统》(序);李广田的《〈实践论〉与艺术工作》;陈荒煤的《为创造新的英雄的典型而努力》;洪禹的《不是单纯的写作问题》;[苏]戈尔巴托夫作、郑雪来译的《生活与作品》;编辑部整理的《为什么"赶"不好"任务"》;[苏]佛·马特洛索夫作、朱子奇译的《在宣传鼓动工作中如何运用艺术文学》;专栏"新语丝"发表胡乔木的《短些,再短些》,晓涵的《一个钉子》,企霞的《中国人有一句老话》,江华的《建议教育界讨论〈武训传〉》,何远的《再深入一步》。(本期编者的话:"新语丝"是从本期起新开的专栏。这一栏里的文章,我们希望能有下列特点:一、简要有力的对文艺工作、文艺创作和广及文化思想的各方面发表意见,虽然短在千字以内,务求见解鲜明,有的放矢。二,形式力求生动活泼,举凡杂感、随笔、笔记、学习心得、寓言、书信……以及其他各种形式均可。)

《部队文艺》第2期发表本刊编辑部的《以镇压反革命为创作主题》;侯金镜的《严肃准确地创造战士形象》;《"赶任务"问题》;七零六部文化部的《纠正创作中脱离实际的偏向》。

本月,西北人民出版社出版胡采的《思想、主题及其他》。

5 月

1日,《人民文学》第4卷第1期发表曹靖华的《谈苏联文学》;零乱、刘新涌、齐谷、王崇禹的《关于〈好娘儿〉》。

《小说》第5卷第4期发表曰木的《评李尔重的〈领导〉》。

《文艺新地》第1卷第4期发表社论《普遍发动,个别准备,用创作来检阅我们的文艺力量》。

《长江文艺》第4卷第4期发表田涛的《大量创作镇压反革命的文艺作品》;张涨的《工人文艺创作的成长》。

《西北文艺》第2卷第2期发表山川的《王老九和他的快板》;程秀山的《多多创作反映青海各组人民生活的剧本》;杨维乔的《略谈目前"兵演兵"中几个问题》;古鲁的《文艺创作与思想改造》;刘振羽的《对〈一贯害人道〉的剧作和演出的几点意见》;小默的《试谈创作中的两个小问题》。

《华南文艺》第2卷第2期发表华南文学艺术工作者订的《爱国公约》。

《东北文艺》第3卷第4期发表东川的《广泛开展爱国主义的文艺运动》;白石的《对新秧歌剧提供几点意见》;杨红的《要如何表现正面人物》;三川的《如何在诗中描写英雄人物》;路村的《谈目前剧作中的几个问题》;陈旗整理的《加紧学习改造自己提高作品质量》;"读者中来"栏发表李实用的《〈在新事物面前〉读后》、高柏苍的《看过〈星星之火〉》、漫洪的《〈爱国心不老〉读后》、宁鉴的《对诗作〈裴大姐〉的意见》、北雁的《我们需要这样的作品》。

《河北文艺》第2卷第7期发表吴倩的《漫谈创作》;克明的《要写的通俗、短小、生动》。

《新中华》第14卷第9期发表许德珩讲,沧海笔记的《谈"五四"》;卢文迪的《"五四"前后》;任访秋的《谈谈五四文学革命运动在思想上的领导问题》。

3日,《文汇报》发表雪峰的《关于〈鲁迅日记〉影印本》。

4日,《中国青年报》发表丁玲的《怎样对待"五四"时代作品》。

5日,《光明日报》发表[苏]康·斐定著、汪松华译、刘辽逸校的《作家的技巧——在第二次全苏青年作家大会上的演说》;季镇淮的《谈小说〈活人塘〉》;齐谷的《关于〈撞车〉与〈母亲和孩子〉》。

《解放日报》发表包明的《影片〈白毛女〉的艺术技巧》；汪培的《从今年春节竞赛演出看上海戏曲创作的提高》；丁景唐、陈给的《必须给饿狼以狠狠地打击——评〈饿狼〉和〈勇士和狼〉》。

《文汇报》发表赵涵的《评〈我们夫妇之间〉》。

10日,《人民戏剧》第3卷第1期发表萧殷的《论主题的普遍意义——兼评柯夫的剧本〈堤〉》；胡采的《评〈金元帝国〉的溃败》；柳汀的《关于"〈金元帝国〉的溃败"论战》；韩尚义的《谈舞台设计上的思想性》；若诚执笔的《〈龙须沟〉舞台效果的创作经验》。

《大众文艺》第2卷第10、11期发表沙汀的《为开展爱国主义运动的文艺创作而奋斗》；游藜的《评黄贤光同志的小说〈幸福〉和〈觉醒〉》；艾然的《读白峡的〈分果实〉有感》。

《文艺报》第4卷第2期发表全国文艺研究室整理的《抗美援朝文艺宣传的初步总结》；力群的《评〈大众图书出版社〉的连环图画》；廖华的《从新连环画〈王秀鸾〉的一个形象谈起》；何家槐的《我对于短篇小说的一些看法》；陈学昭的《多注意多写些短篇小说》；许杰的《我们也要更多的更精彩的短篇小说》；李纳的《关于〈多写精彩多样的短篇小说〉》；杨耳的《试谈陶行知先生表扬"武训精神"有积极作用》；邓友梅的《关于武训的一些材料》；李昭、申述的《读〈幸福〉》；常晓照的《〈土改宣传剧〉应该停止发行》；陈廷瑞的《评〈烟的故事〉》；程溪林的《评〈传达制度〉》；李霓的《〈苏联农女美娜〉读后》；[苏]佛·马特洛索夫的《在宣传鼓动工作中如何运用艺术文学》；本报编辑部整理的《读者对第三卷〈文艺报〉的意见》。

12日,《文汇报》发表喻安玉的《写〈分碗〉的前前后后》；高畴的《评〈诗礼传家〉》；今宜的《剥落〈武训传〉的"进步"外衣》。

《贵州文艺》第2卷第4期发表蹇先艾的《贯彻文艺界抗美援朝运动的几点意见》；江帆的《试谈少数民族的歌谣》；陈荣德的《对于〈打豺狼〉的一些意见》；徐欣的《我对于〈团圆〉的意见》；张弓的《我们怎样搞群众性的文艺活动》。

《解放日报》发表唐克新的《文艺作品应该表现新人新事》。

15日,《北京文艺》第2卷第3期发表老舍的《怎样写通俗文艺》；汪曾祺的《丹娘不死》。

19日,《文汇报》发表肖勇的《评〈诗礼传家〉》。

《解放日报》发表白宇的《文艺作品要善于描写人民的智慧》；谢云的《评独幕话剧〈饭烧焦了〉》；梅朵的《评影片〈关连长〉》。

20日，《文艺》第3卷第4、5期发表陈山的《面向南京，结合实际，展开爱国主义的文艺创作运动》；蔡田的《论舞台的现实性与客观的真实性》；朱克可的《谈现阶段美术创作上的问题》。

《戏曲报》4卷7期发表人民日报社论《重视戏曲改革工作》。

《文汇报》发表王维堤的《也谈"方言文学"》；雨薪的《鲁迅的〈故乡〉》。

21日，《文汇报》发表张俊祥的《从龙须沟的演出说起——在上海文联研究室学习〈实践论〉座谈会上的发言》。

25日，《文艺报》第4卷第3期发表《中央人民政府政务院关于戏曲改革工作的指示》；丁玲的《读魏巍的朝鲜通讯》；孙楷第的《中国短篇白话小说的发展与艺术上的特点》；田涛的《生动真实与长短》；西虹的《从政治热情想起的》；吕荧的《读〈实践论〉》；周文的《两点商讨》；佘树声的《我对于〈实践论〉的体会》；赵自译、苏联《文学报》社论《论儿童读物的主题》；杨犁的《儿童文学杂谈》；徐行的《关于〈说猫〉》。

《光明日报》发表于伶的《展开对〈武训传〉的批评和讨论》。

《部队文艺》第3期发表李绍彦的《我们的群众文艺活动》。

26日，《文汇报》发表顾慰祖的《我澄清了对〈武训传〉的看法》。

《光明日报》发表谷春、稼人整理的《上海影评工作者讨论〈武训传〉》。

《解放日报》发表雪苇的《武训和〈武训传〉（上）》；王云缦的《不要写一些枝节的，缺乏普遍意义的东西——评〈老工人郭福山〉》。

28日，《文汇报》发表罗石的《略论我们的文艺批评》；梅林的《对于武训和〈武训传〉的几点感想》；罗洛的《"武训精神"的反动本质》；奚巍鸣的《读卞之琳的一首诗》。

29日，《光明日报》发表李长之的《我在关于〈武训传〉的讨论中获得了教育》。

31日，《文汇报》发表丁玲的《读魏巍的朝鲜通讯——〈谁是最可爱的人〉与〈冬天和春天〉》。

《光明日报》发表李士钊的《我初步认识了崇拜与宣扬武训的错误》；刘榕的《从〈武训画传〉看武训》。

本月，中南人民出版社出版赵毅敏的《开展文艺通讯员运动》。

6月

1日,《人民文学》第4卷第2期发表艾青的《反对武训奴才思想》;钟敬文的《〈现代歌谣〉引言》;俞平伯的《后三十回的红楼梦》;熊白施的《读〈火车头〉》;戒虞的《读〈走向胜利第一连〉》。

《小说》第5卷第5期发表竹可羽的《谈徐光耀的〈平原烈火〉》。

《文艺新地》第1卷第5期发表《中共上海市委关于开展对〈武训传〉的讨论的指示》;陈白尘的《从武训到〈武训传〉及其他》(第6期续完);唐弢的《缺乏政治的敏锐性和严肃性》。

《长江文艺》第4卷第5期发表程千帆的《向伟大的爱国主义者屈原学习》;吕元春的《评〈笑〉和〈生活与创作〉》;孟世才的《评〈爱什么〉》;赵其钧的《战士不喜欢〈落后转变〉》。

《西北文艺》第2卷第3期发表全国文艺研究室整理的《抗美援朝文艺宣传的初步总结》;刘斌的《集体创作中的几点体验》;马琰的《试谈马亚古柏的性格》;纪叶的《谈谈主题问题》;翟宏儒的《对〈牛道士的下场〉的意见》。

《河北文艺》第2卷第8期发表任桂林的《关于〈李舜臣〉》;朱汀的《〈袜子〉读后》;狄耕、杨济的《〈纪念〉读后》;李瑶的《读〈一副金耳环〉》;克明的《试评〈爱国公约〉》;张庆田的《也谈谈〈新事新办〉的演出》;刘文彬的《对〈源泉〉的几点意见》。

《东北文艺》第3卷第5期发表白石的《关于镇压反革命创作上的一些问题》;安危的《要深刻的了解与经常的研究生活》;越明的《读〈巴特尔一家〉和〈小凤子和双喜〉》;话语的《对〈起来——善良的人们〉的意见》;萧令的《要更深刻的表现爱国主义的主题》;"读者中来"栏发表寒梅的《需要短小精悍的文艺作品》,王克信小组的《〈距离〉读后》,于飞的《读〈在竞赛中〉》,周明的《要创造健康的人物》。

2日,《光明日报》发表立云的《评李长之先生对歌颂〈武训传〉的检讨》;刘榕的《读了李士钊同志的检讨》。

《人民教育》第2卷第2期社论《开展〈武训传〉讨论,打倒"武训精神"》;[苏]

康·西蒙诺夫的《论批判态度》；蒙树宏的《评〈火车头〉》；白村的《评〈野狼湾〉》。

《解放日报》发表雪苇的《武训和〈武训传〉》(下)；木可的《讨论〈武训传〉错误思想中应端正的几种偏向》；罗洛的《评新诗中的概念化倾向——谈新诗底感染力》。

3日，《光明日报》发表陈哲夫的《读了〈我在关于《武训传》的讨论中获得了教育〉后的两点意见》。

5日，《山东文艺》2卷5、6期发表《山东省文学艺术节联合会关于近期开展文艺工作的号召》；初升的《抗美援朝创作上的几个问题》；王度的《对〈乡村三教师〉的几点意见》；吕枫的《〈人面的魔鬼〉和〈除害〉读后》；一丁的《写批评时不要在枝节问题上打圈子》；桀臣的《旧京戏是否可以禁演？》；本社的《对旧京戏应该采取怎样的态度》；樊庆荣的《不要把劳动人民"丑"化》。

《光明日报》发表沙天的《武训"行乞兴学"的动机》；罗慕法的《我不同意李士钊先生的检讨》；魏煌的《对李士钊先生的一点意见》。

《戏曲报》4卷8期发表本报社论《戏曲界应当热烈开展对〈武训传〉的讨论》；《人民日报》社论《应当重视电影〈武训传〉的讨论》；新华社的《对坏电影〈武训传〉的赞誉，说明当前文化界思想混乱》；杨耳的《陶行知先生表扬"武训精神"有积极作用吗？》；汪曾祺的《武训的错误》；宋之的讲、君良整理的《〈皇帝与妓女〉的创作思想和改编意见》；俞玉的《根据什么原则来改编〈四郎探母〉？》；景孤血的《关于〈四郎探母〉答谷苇先生》。

6日，《光明日报》发表胡一声的《评"教育创造风"对于武训的颂扬》；方兴严的《"借题发挥"所造成的坏影响——由〈武训传〉引起的自我检讨，兼评〈武训传〉》。

9日，《解放日报》发表宋之的的《〈皇帝与妓女〉的创作和改编》；陈安湖的《向苏联作家学习写作经验》；蔚锦的《对独幕话剧〈你逃〉的意见》。

10日，《人民日报》发表陈涌的《萧也牧创作的一些倾向》。

《人民戏剧》第3卷第2期发表本社的《戏剧界应当开展〈武训传〉的讨论》；马少波的《从信陵君的讨论谈起》；舒强的《主义柯夫表演上的公式化倾向》；焦菊隐的《〈龙须沟〉导演艺术创造的总结》；老舍的《谈体验生活》；顾宝璋的《关于演员体验生活的方法问题》。

《文艺报》第4卷第4期发表社论《庆祝全国文工团工作会议开幕》；本报编

辑部的《文工团与〈文艺报〉》；于晴的《以实际行动支援前线！》；《人民日报》社论《应当重视电影〈武训传〉的讨论》；丁曼公的《武训的真面目》；孟冰的《我们讨论了电影〈武训传〉》；张天翼的《关于武训的"事业"和"精神"》；丁浩川的《〈武训传〉和〈武训传〉底称颂者们在宣传着什么？》；本报记者的《广泛开展关于〈武训传〉的讨论》；唐因的《朝鲜战场上的中朝文艺》；于彤的《评赵景深的〈民间文艺概论〉》；王钺的《这样的改法很成问题》。

《新观察》第3卷第11期发表林砺儒的《从〈武训传〉说到教育工作者的思想方法》。

11日，《人民日报》发表丁玲的《谈谈普及工作——为祝贺北京市文代大会而写》。

12日，《大众文艺》第2卷第12期发表艾芜的《文艺工作者参加土地改革工作的报告》；《西南区文联筹备委会、重庆市文学艺术界联合会为〈大众文艺〉改名〈西南文艺〉筹备出版启事》。

15日，《文艺》第3卷第6期发表邹霆的《关于武训、〈武训传〉及其他》；江波的《关于小说〈柳堡的故事〉的思想性》；钟琪的《我对〈界线〉的几点意见》。

《北京文艺》第2卷第4期发表老舍的《对于观摩演出节目的意见》；田耕的《工人文艺创作演出检阅》；端木蕻良的《讨论〈武训传〉所得到的启发和教育》。

《光明日报》发表孟冰的《我们讨论了电影〈武训传〉——记中央文学研究所对〈武训传〉的讨论》。

《贵州文艺》第2卷第5期发表赵休宁的《文艺工作者应当重视全省首届各族各界人民代表会议》。

《解放军文艺》创刊，解放军文艺社编辑，人民文学出版社出版，本期发表刘白羽的《将部队文艺创作提高一步》；陈荒煤的《创造伟大的人民解放军的英雄形象》；吴强的《巩固成绩提高创作水平》；华革飞的《谈快板诗歌创作的点滴经验》；胡可的《〈英雄的阵地〉初稿小结》；陈斐琴的《推荐〈铁锁链的故事〉》。

16日，《光明日报》发表石丁的《〈武训传〉研究》；无名的《〈武训传〉讨论中所发生的几个问题》。

20日，《光明日报》发表方明的《工人和学生文艺作品的新面貌——北京工人和学生文艺创作观摩演出后》。

21日，《光明日报》发表陆克的《影片〈关连长〉歪曲了人民解放军的英雄形象》。

25日,《文艺报》第4卷第5期发表周扬的《坚决贯彻毛泽东文艺路线》;冯雪峰的《党给鲁迅以力量》;荃麟的《党与文艺》;李定中的《反对玩弄人民的态度,反对新的低级趣味》(附编者按);张学星等的《评〈关连长〉》(中央文学研究所通讯员小组集体讨论,张学星整理);梁南的《谈〈关连长〉中错误的军事思想》;克驭路的《评电影〈关连长〉》;碧野的《碧野同志来信》;萧殷的《论"赶任务"》;专栏"新语丝"发表侯金镜的《骑着马找马》,庄始原的《不可节省的时间》,严文井的《利用大家的眼睛》;同期,发表周文的《谈几个形容词连用的解释》;吕叔湘的《关于口语和文章里的新词新语》;杨堤的《关于方言文学的几个问题》;吴士动的《我对"方言问题"的看法》。

《部队文艺》第4期发表本刊编辑部的《结合部队的现实生活进行创作》;徐灵的《体现军事思想反映新英雄的重要品质》;《人物是作品的灵魂(转载)》;杨辛的《深入生活从实践中发掘题材》;李森的《我学习〈实践论〉后体会了普及与提高的关系》。

29日,《戏曲报》4卷9期发表音波的《〈皇帝与妓女〉是怎样再修改的》;柴池的《关于戏曲创作中公式主义问题的通信》。

30日,《光明日报》发表李家骏的《比较艾青和希克梅特的〈索亚〉》;尤琴的《中国共产党与"五四"新文学运动》。

7月

1日,《人民文学》第4卷第3期发表萧殷的《论人物转变与新人物的描写》。

《小说》第5卷第6期发表许杰的《〈草包生了机灵心〉读后》;魏金枝的《读〈竞赛〉》。

《文艺新地》第1卷第6期发表雪苇的《从〈实践论〉谈到我们文艺工作上存在的根本问题》(第7期续完);唐弢的《鲁迅和武训》;刘友瑾的《关于〈饭烧焦了〉

的自我检讨》。

《天津文艺》第1卷第5期发表阿垅的《试谈武训和〈武训传〉》；邢公畹的《参加批判〈武训传〉座谈会以后》。

《长江文艺》第4卷第6期发表社论《加强文艺工作中党性的锻炼》；于黑丁的《为提高文艺思想水平而斗争》；黎辛的《更加广泛和深入的开展对〈武训传〉的批判》；陈荒煤的《向创造革命英雄主义的典型更前进一步》；于黑丁、王黎拓、田涛、朱天、李季、武克仁、俞林、郭敬、张惠良、崔嵬、梅关桦、黄铸夫、熊复等的《〈新渔家仇〉座谈会》；熊复的《反对创作中反历史反科学观点》；尚弓的《对〈笑〉四评》。

《西北文艺》第2卷第4期发表胡采的《谈写党》；马英的《创作思想漫谈》；熊人的《〈解仇合密〉读后》；王玉胡的《谈谈大众诗》；杨兴的《〈诡辩〉读后》。

《华南文艺》第3卷第2期发表刻演·编者的《初学写作的一些问题（讨论）》。

《东北文艺》第3卷第6期发表白石的《歌颂党，创造党的伟大形象》；安危的《武训的阶级成分》；刘和民的《评电影〈关连长〉》；珈蓝的《读稿漫谈》；简慧的《再读〈第四十一〉》；"批评园地"栏发表石化玉的《评〈战士的话〉》，萧甫的《看了歌剧〈幸福山〉》，章光肖的《对〈两条路〉的几点意见》，郭焕义、何均地、韩略的《读〈中国客人〉的感想》；"读者中来"栏发表王克信小组的《我们的态度》，果军的《谈谈橱窗诗》，卢伦的《批评电影〈武训传〉来教育文艺工作者》，郝占杰的《我看了〈无形的战线〉》；"业务研究"栏发表肖贲的《由〈绸子舞〉与〈扇子舞〉谈起》，孔方的《如何向中国民族旧有艺术学习》。

2日，《文汇报》发表吕蘋的《从创作方法上谈〈武训传〉》。

4日，《光明日报》发表老舍的《剧本习作的一些经验——在全国文工团工作会议上的发言》。

5日，《戏曲报》4卷10期发表伊兵的《再谈历史剧的问题》；莫骞的《〈大劈棺〉的封建本质和改编试探》；梅花笑的《旧戏的改进问题》。

6日，《人民日报》发表范文澜的《武训是个什么人？为什么有人要歌颂他？》。

7日，《文汇报》发表肖勇的《我对〈翠岗红旗〉的意见》。

8日，《文汇报》发表雨华的《论鲁迅阶级论观点的萌芽》；张德林的《关于〈鲁迅的《故乡》〉——评雨华同志的分析》。

9日，《光明日报》发表苏一萍的《西北农村及少数民族地区的文艺普及工作——在全国文工团工作会议上的发言》。

10日,《人民戏剧》第3卷第3期发表本社短论《正确地表现党的领导》;刘芝明的《歌颂新生的、革命的英雄人物》;张庚的《略谈英雄人物的描写》;阿甲的《从〈四进士〉谈周信芳先生的舞台艺术》;李珂的《评电影〈关连长〉》;钟惦棐的《论〈阴谋〉在艺术上的成就》;杨叶的《评〈艺海深仇〉》。

《文艺报》第4卷第6期发表全国文联研究室整理的《关于地方文艺刊物改进的一些问题》;中央电业局艺术委员会编剧总结小组的《一九五零年电影剧本创作工作的总结》;郑雪来译自《苏联文学》的《作家的技巧》;唐因的《一样都是庄稼人》;草明的《忆东平》;蔡仪的《武训性格与阿Q精神有本质上的不同》;华君武的《不要分开来看一张画》;专栏"新语丝"发表企霞的《不是用词不当的问题》,谷柳的《敌情观念》;专栏"新事物"发表碧野的《在这伟大光辉的时代里》,禾平的《文化担子》。

11日,《光明日报》发表陈波儿的《从〈武训传〉谈到电影创作上的几个问题》。

14日,《光明日报》发表谭之仁的《藏在〈死水〉里的火焰》;尤琴的《不是用词不当的问题——答企霞先生》;[苏]叶戈林作、余向葵节译的《苏联文学发展的道路》;萧枫的《写东西要正确反映现实》;布思的《读〈渡荒〉》。

《解放日报》发表夏明的《评上海工人"红五月"文学创作》;顾孟平的《试评莽野先生的诗〈彻底肃清反革命〉》;陈伯静的《革命的英雄主义和乐观主义的创作主题》。

15日,《文艺》第4卷第1期发表陈山的《党的三大作风与文艺工作》;邹霆的《从〈武训传〉谈起》。

《北京文艺》第2卷第5期发表老舍的《剧本习作的一些经验》;郭良夫、老舍、冯至、杨振声、王彭寿的《"通俗化问题"笔谈》。

《光明日报》发表李伯钊的《工人文艺创作中的一些问题》;方松的《谈工人文艺竞赛中的文学创作》。

《解放军文艺》第1卷第2期发表张立云的《论小资产阶级思想对文艺创作的危害性》;西虹的《谈体验部队生活》。

16日,《文汇报》发表耿庸的《关于〈武训传〉的创作倾向》。

20日,《说说唱唱》第19期发表赵树理执笔的《对发表〈"武训"问题介绍〉的检讨》。

21日,《文汇报》发表王云缦的《评〈高歌猛进〉》。

《解放日报》发表周扬的《坚决贯彻毛泽东文艺路线》;苏丛麟的《评王安友的〈李二嫂改嫁〉》。

25日,《文艺报》第4卷第7期发表记者的《中央文学研究所第一学季学习情况与问题》;叶秀夫的《萧也牧的作品怎样违反了生活的真实》;乐黛云的《对小说锻炼的几点意见》;华君武的《谈米谷的三幅漫画》;克恒译自苏联《戏剧》杂志的《剧作家的技巧》;本报记者的《关于方言问题的讨论》;胡沙的《向民族传统的舞蹈艺术学习》;王雪漫的《加强影评的严肃性和战斗性》(读者中来);专栏"新语丝"发表谭顾的《要有严肃热情的态度》,李高华的《不要拿"挡箭牌"来检讨》,冯世则的《谁是同志?》

28日,《文汇报》发表刘衍文的《有关武训与阿Q的两篇文章》。

《光明日报》发表裘祖英的《论正确的批评态度》;李家骏的《反对尖酸刻薄的批评态度》;紫兮的《反对歪曲现实的作品——评任大心的小说〈黄河坝上〉》;[苏]B·科瓦列夫斯基作、蔡时济译的《苏联作家协会创作组的活动》。

30日,《文汇报》发表张禹的《武训歌颂者的思想基础》。

本月,武汉通俗图书出版社出版老舍等的《关于相声写作》。

8月

1日,《天津文艺》第1卷第6期发表阿英的《新的营养与新的要求》;阿垅的《没有文化》。

《长江文艺》第5卷第1期起改为半月刊,本期发表《大量创作反映民主改革运动的作品》;社论《学习〈实践论〉,坚持毛泽东文艺方向》;俞林的《〈实践论〉读后笔记》;西虹的《怎样体验部队生活》;俞天翚的《生活是创作的源泉》;李尔重等的《关于〈笑〉和〈生活与创作〉的讨论》。

《西北文艺》第2卷第5期发表侯外庐的《暴风雨中武训的"义"行》;胡海的

《武训批判以外》;纪叶的《要真实地表现部队》;刘斌的《〈血训图〉观后感》;王丕祥的《略谈〈血训图〉》;王任的《对〈同心为国〉一剧的看法》;于绍的《评〈全世界人民在看着咱们〉》;露茜的《坚持文艺批评的原则性》;苏一平的《西北农村及少数民族地区的群众文艺运动》;萧征的《从群众实际需要与条件出发开展农村新文艺运动》。

《东北文艺》第4卷第1期发表社论《有组织有步骤的开展文艺批评》;越明的《关于〈小凤子和双喜〉及其读后》;吴逸明的《介绍爱伦堡的〈暴风雨〉》;编者的《要虚心向作者学习》;"文艺评论"栏发表刘穆的《评话剧〈清宫外史〉》,汪声裕的《对〈伪君子〉的意见》,寒梅的《读〈光荣的胸章〉》,梁志异的《我从电影〈阴谋〉学到了什么》,白水的《要表现人民的力量》;"读者中来"栏发表徐仁民的《对〈歌颂毛泽东〉的一些意见》,董荫琪的《要正确的表现政策思想》,王哲佩小组的《要突破描写个人仇恨的公式》。

《新观察》第3卷第1期发表魏巍的《我怎样写〈谁是最可爱的人〉》。

4日,《光明日报》发表丁易的《大众文艺论集(一九三零——三二年)序》。

《解放日报》发表张禹的《评白危同志的短篇——〈火是从那里起的?〉》;周均的《一篇优秀的短篇小说——介绍马烽的〈结婚〉》;日木的《反对创作中的低级趣味》;李静文的《评〈匪徒们的出路〉》。

5日,《人民日报》发表《重庆文艺界严厉批判反动小说〈再生记〉》。

《戏曲报》4卷12期发表屠岸的《华东地区一年来戏曲创作、改编、审定工作概况》;何慢、汪培的《上海市戏剧界镇压反革命创作演唱运动总结》;阿甲的《从〈四进士〉谈周信芳先生的舞台艺术》;孟特的《谈赵廉、刘瑾和宋巧娇》。

6日,《文汇报》发表赵涵的《评〈一千零一天〉》;高畴的《有错误的〈活菩萨〉》。

8日,《人民日报》发表周扬的《反人民、反历史的思想和反现实主义的艺术——电影〈武训传〉批判》。

10日,《人民戏剧》第3卷第4期发表人民日报社论《加强文艺工作团,发展人民新艺术》;张庚的《文工团工作中的几个问题》;刘沧浪的《正确地认识现实与本质地反映现实——评〈新沂河蓝图〉》;朱芄的《反对戏曲创作中违反历史的不正确的观点——中南文艺界对〈新渔家仇〉的批评》;李超的《评电影〈红旗歌〉》;沙驼铃的《评歌喜剧〈新条件〉》;马少波的《把舞台上历史的颠倒,颠倒过来!——从〈武训传〉谈起》;张啸虎的《论历史剧的主题——兼评电影〈武训传〉》;张真的《从创作方法上看〈武训传〉的错误》。

《文艺报》第4卷第8期发表杨犁的《庆祝歌剧〈长征〉的演出》;李伯钊的《我怎样写〈长征〉》;发表丁玲的《作为一种倾向来看》;本报记者的《记影片〈我们夫妇之间〉座谈会》(丁玲主持,严文井、钟惦棐、柳青、吴祖光、黄钢、瞿白音、韦君宜等出席并发言);贾霁的《关于影片〈我们夫妇之间〉的一个问题》;黄钢的《我国记录影片的新成就》;葛杰的《慎重出版旧作》;谢云的《不应该强调作品的政治性吗?》;童理的《评一本关于鲁迅的书》;之兔的《和平的声音是不可压制的!》;专栏"新语丝"发表张祺的《表现谁?》,郑震的《扔掉旧包袱》,王钺的《非这样"逗哏"不可吗?》。

《福建文艺》第1卷第4期发表陈集云的《对〈地主的花样〉的一些意见》。

11日,《光明日报》发表[苏]法捷耶夫作、蔡时济译、刘辽逸校的《苏联作家协会忘记了创作工作的社会方式》;余向葵译自苏联《真理报》的《反对文学中思想意识的歪曲》;仇重的《从儿童文学角度看寓言》。

13日,《文汇报》发表杨灏的《不要歪曲了"最可爱的人"——评戈风作的〈同心酒〉》;方陶的《是对人民负责的态度吗?——评〈中美合作所〉等几个短剧》;贺萍的《评司马仑作的〈匪特你往哪里逃〉》;雪乔的《评晚风作的〈谁给的灾难〉》。

15日,《文艺》第4卷第2期发表杨育平的《对红旗诗丛第一辑〈为了和平〉的几点意见》。

《文艺新地》第1卷第7期发表欧阳翠的《评〈李二嫂改嫁〉》。

《北京文艺》第2卷第6期发表李伯钊的《我怎样写长征》;郭良夫的《怎样写新人新事》;汪曾祺的《赵坚同志的〈磨刀〉与〈检查站上〉》。

《长江文艺》第5卷第2期发表熊复的《组织创作力量为民主改革服务》;魏东明的《〈实践论〉与文艺工作者的修养》;司马龙的《论典型的塑造》;俞天翟的《生活是创作的源泉》。

《解放军文艺》第1卷第3期发表陈毅的《在华东军区、三野文艺体育检阅大会上的讲话》;甘泗淇的《怎样写人民军队》;老舍的《我怎样学习语言》;丁里的《写小些写好些》。

20日,《文汇报》发表赵自的《评〈火凤凰〉》;《影评工作者谈〈方帽子〉》;靳先的《〈火凤凰〉不是一部好影片》。

《戏曲报》5卷1期发表社论《坚决贯彻建设爱国主义新戏曲的任务》;屠岸

的《评〈父子争光〉》；袁斯洪的《评绍兴大班的〈目连救母〉》；音波的《再谈〈皇帝与妓女〉的修改过程》；徐以礼的《改编〈苏武牧羊〉》。

25日，《文艺报》第4卷第9期发表郭沫若的《读〈武训历史调查记〉》；周扬的《反人民、反历史的思想和反现实主义的艺术》；苏联《真理报》的《把思想水平和艺术技巧提得更高一些》；王化东的《向通俗化、地方化的大道前进》；犁阳的《反对打击和压制正确的批评》；程千帆的《〈实践论〉对于文艺科学几个基本问题的启示》；专栏"新语丝"发表李光的《"清除"与散布》，金草的《有害的"闲话"》，谭颃的《光辉灿烂的前途》，李英华的《严肃的表现革命干部的形象》；"读稿随谈"栏发表达的《从批评稿件中看到的几个问题》，志的《关于"新事物"》。

《光明日报》发表文光的《能够运用"文艺"这一武器反映这一时代的是什么人呢？》；谭之仁的《谈创作上的公式化》；蒲阳的《评〈母亲的意志〉》；凤子的《歌剧〈长征〉给我的教育和启示》。

26日，《人民日报》"关于武训和〈武训传〉的批判"专栏发表夏衍的《从〈武训传〉的批判检讨我在上海文化艺术界的工作》；杨刚的《读〈爱国诗人杜甫传〉》。

27日，《人民日报》发表王石利来信《反对歪曲中朝人民友谊的作品——评〈山东文艺〉三卷一期刊载的陶钝的诗〈绣红旗〉》。

31日，《人民日报》发表艾青的《谈〈牛郎织女〉》。

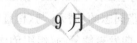

9月

1日，《人民文学》第4卷第5期发表策的《论一般化公式化》；张立云的《论小资产阶级思想对文艺创作的危害性》；陈徵明译自苏联《真理报》的《提高创作组织工作思想水平》；[苏]西蒙诺夫作、于向葵译、刘辽逸校的《论与人为善的批评态度》；蒋孔阳的《学习苏联小说表现英雄人物的经验》；陶萍的《谈〈杜大嫂〉》；雪原的《谈〈祖国〉和〈春〉》；李浩华的《请把杂文写的通俗化些》。

《长江文艺》第5卷第3期发表华嘉的《关于生活实践和创作实践》；南黎诞、

何干的《关于〈笑〉和〈生活与创作〉的检讨》。

《西北文艺》第2卷第6期发表刘芝明的《歌颂新生的、革命的英雄人物》；沈红的《谈写工人》；李俊的《谈谈写部队的英雄人物》；沙陵、田奇记的《关于歌颂毛主席的几首诗》；戈壁舟的《写作态度不严肃的结果》。

《华南文艺》第3卷第4期发表立信的《我读〈彭湃同志的故事〉一文的意见》。

《东北文艺》第4卷第2期发表社论《为在一年半时间内创作一百套质量较好的连环画而奋斗》；东川的《东北区文工团的基本情况和所存在的若干问题》；[苏]布拉郭依作、李致远译、万峰校的《论文学底民族特征》；朱澜的《读〈巴库油田〉后的一点体会》；林景煌的《建立正确的写作态度》；青野的《对〈渔夫运粮曲〉的意见》；良声的《略谈〈渔夫运粮曲〉》；"文艺批评"栏发表寒梅的《必须明确地方文艺刊物的对象和方针》，吴梦起的《读〈火车头〉后的几点意见》，郑爱、王弓、郝志的《评〈火车头〉》，乌兰巴干小组的《评〈草原上的故事〉》，麦风的《反对歪曲劳动人民的形象》；"读者中来"栏发表程锡级的《〈要虚心向作品学习〉读后感》，海枫阅读小组的《改正对生活目不关心的态度》，赖应棠的《不要歪曲"我们最可爱的人"的形象》。

《新观察》第3卷第3期发表萧凤的《〈长征〉公演以后》。

3日，《文汇报》发表雪乔的《再评晚风的〈谁给的灾难〉》。

《解放日报》发表艾青的《谈〈牛郎织女〉》。

5日，《戏曲报》5卷2期发表郭沫若的《由〈虎符〉说到悲剧精神》；老舍的《剧本习作的一些经验》；孟般的《应当正确的表现工人阶级》；金重文的《〈立场问题〉读后》；俞玉的《对检讨问题的小意见》。

6日，《文汇报》发表杨华生的《修正〈活菩萨〉的经过》。

8日，《光明日报》发表陈瑾的《评歌剧〈长征〉》；苏联《布尔什维克》杂志的《苏联文学在新的高涨中》；黎是的《荒谬的〈文艺探索与人生探索〉》。

9日，《人民日报》发表文化生活简评《作家应该具有最起码的政治常识》。

10日，《人民日报》发表柳青的《毛泽东思想教导着我——〈湖南农民运动考察报告〉给我的启示》。

《人民戏剧》第3卷第5期发表本社的《歌剧〈长征〉在京演出》；李伯钊的《我怎样写〈长征〉》；荆直的《评歌剧〈长征〉》；张庚的《谈地方戏与新歌剧的关系》；朱光璧的《反对戏剧创作上思想懒惰的不良作风》；秦芬的《澄清戏曲改编中的混乱

思想和演出中的丑恶形象》;李国文的《关于语言不纯的检讨》。

《文艺报》第4卷第10期发表企霞的《关于文艺批评》;全国文联研究室的《应该注意相声的改进》;杜黎均的《提高农村剧团的宣传质量》;李真的《语言有阶级性吗?》(文艺信箱);黄钢的《没有完成剧作者的职责》;谢云的《一个值得注意的问题》;克明的《注意地方性、群众性、面向农村》;陶萍的《读〈为了幸福的明天〉》;徐北文的《关于写的真实》(文艺学习笔记);专栏"新语丝"发表于晴的《貌似公正的议论》,闻博的《从一篇通讯想到的》;"读者中来"栏发表贾华含等的《对批评肖也牧作品的反应》,徐淦的《小人书〈关连长〉编者的检讨》。

《文汇报》发表梅朵、丘沙、汪培、左弦的《对于信陵君问题的再认识》。

15日,《文艺新地》第1卷第8期发表夏衍的《从〈武训传〉的批判检讨我在上海文化艺术界的工作》;一熔的《对小说〈前进〉的意见》;以"关于'征服形式'的讨论"为总题,发表伊兵的"阳春白雪"和"下里巴人"》,希坚的《谈形式》,孔罗荪的《从"征服形式"到被形式征服》。

《广西文艺》第1卷第5期发表力衡的《〈扑灭死信〉和〈在生产竞赛中的吕茂荣〉读后》。

《长江文艺》第5卷第4期发表郑思的《农村剧团的巩固与发展》;俞林的《文艺作品中的人物与故事》;王克浪的《在土地改革中对〈实践论〉的一点体会》。

《解放军文艺》第1卷第4期发表陈荒煤的《丰富我们的创作内容》。

17日,《文汇报》发表赵涵的《影片〈白毛女〉演员们的成就》。

20日,《戏曲报》5卷3期发表马少波的《创造健康、美丽、正确的舞台形象》;伊兵的"阳春白雪"和"下里巴人"——评夜澄的〈征服形式〉》;董源的《对〈信陵君〉历史题材的商榷》;金重文的《关于〈牛郎织女〉的新演出》。

21日,《人民日报》发表老舍的《为人民写作最光荣》;《文学刊物应多发表指导写作的文章》(文化生活简评)。

22日,《文汇报》发表马少波的《创造健康、美丽、正确的舞台形象》。

《光明日报》发表郭罗的《关于〈我们夫妇之间〉的一点意见》;牧原的《不要把问题庸俗化》;李凡的《试评〈拍碗图〉》。

24日,《文汇报》发表汪培的《欢迎〈好媳妇〉的演出》;程芷的《从〈杏花村〉想起的一个问题》。

29日,《文汇报》发表冯雪峰的《怎样读鲁迅的杂文》。

《人民日报》发表李清的《多创作反映民主建政的文艺作品》(读者来信)。

30日,《人民日报》发表马烽的《最丰富的创作题材》。

10月

1日,《人民文学》第4卷第6期发表艾青的《表现新中国,表现爱国主义》;冯雪峰的《论〈阿Q正传〉》;陈涌的《鲁迅文艺思想的几个重要方面》;钦文的《读〈药〉新感》;郑谦的《两个时代的农村婚姻》;萧殷的《再论普及与提高》。

《小说》第6卷第3期发表竹可羽的《论文艺与现实之间的关系》;王西彦的《从〈药〉看鲁迅创作的特色》;梁群的《对〈双儿和苓苓〉的意见》;范力的《关于〈打井〉》;钱子辰的《评〈红色的锦旗〉》。

《长江文艺》第5卷第5期发表于黑丁的《坚持毛泽东文艺方针,加强党对创作的领导》。

《文艺报》第4卷第11、12期以"鲁迅先生诞生七十周年纪念"为总题,发表冯雪峰的《鲁迅生平及他的思想发展的梗概》,王西彦的《像这样,就是一个伟大的人物》,欧阳予倩的《观剧琐谈》,老舍的《谈文艺通俗化》,陈涌的《什么是〈牛郎织女〉正确的主题》,艾芜的《略谈学习、锻炼和创作》,张季纯的《两年来的西北文艺活动》;同期,发表《编辑部的话》。

《西北文艺》第3卷第1期发表立德整理的《开展普及工作!编写通俗作品!》(本社座谈会记录);老舍的《怎样写通俗文艺》;醉乡的《对办通俗读物几点小意见》;刘钟垚的《出版通俗读物的道路》;张季纯的《两年来西北地方文艺活动概况》;沙陵记的《高敏夫同志的几首诗作》(座谈会记录)。

《东北文艺》第4卷第3期发表任捷的《反对脱离群众,脱离实际的作风》;单复的《学习鲁迅先生结合实际的创作精神》;[苏]巴甫连科的《作家的学校就是生活》;《我们是怎样培养工人文艺工作者》;"文艺评论"栏发表林希的《评〈一夜〉的主人公》，林景煌的《谈谈〈报仇〉》，吴梦起的《对〈伪君子〉的检讨》；"读者中来"栏发表李汀的《〈建立正确写作态度〉读后》，沈思的《对〈用行动写下新爱国主义诗章〉两点意见》，古凤武的《关于〈小凤子和双喜〉》，朱木荣的《〈评战士的话〉读后》，盛哲之的《谈〈一碗白饭〉》。

5日，《戏曲报》5卷4期发表马少波的《把舞台上历史的颠倒，颠倒过来！》；刘厚生的《从沪剧〈一千零一天〉论上海戏曲创作中的小资产阶级倾向》；袁斯洪的《"大世界"的现状和前途》；伊兵的《关于〈文天祥〉的演出》；刘纹的《谈两个工人创作的剧本》。

6日，《光明日报》发表林志浩、张炳炎的《对孙犁创作的意见》；王文英的《对孙犁的〈村歌〉的几点意见》。

8日，《文汇报》发表赵涵的《评影片〈刘胡兰〉》；佚名的《〈白毛女〉对小资产阶级的教育》；林蓝、魏琏、明琨的《对〈光辉灿烂〉的几点意见》。

10日，《人民戏剧》第3卷第6期发表本社的《巩固成绩，克服缺点》；光未然的《中央戏剧学院创作室的经验教训》；贺敬之的《彻底检查戏剧创作中的小资产阶级思想》；刘沧浪的《话剧〈开快车〉的失败教训》；鲁煤的《从〈孟厂长〉的失败检查自己的创作思想》；张啸虎的《试论"神话剧"》；杨绍萱的《论戏曲改革中的历史剧和故事剧问题》；李厚光的《我对〈江汉渔歌〉的几点意见》；田汉的《关于〈江汉渔歌〉答李厚光同志的信》；马少波的《清除戏曲舞台上的病态和丑恶形象》；包哥廷的《思想性、技巧与生活》。

15日，《文艺新地》第1卷第9期发表社论《文艺工作者投身到火热的斗争中去》。

《文汇报》发表田枫的《对影片〈刘胡兰〉的意见》。

《长江文艺》第5卷第6期发表李蕤的《〈实践论〉——文艺创作的指南针》；艾耶等的《肃清创作中的病态现象》。

《解放军文艺》第1卷第5期发表陈斐琴的《作者要努力研究人民战争和人民军队的历史和现状》；曹欣的《电影〈钢铁战士〉所起的战斗作用》。

《福建文艺》第1卷第5期发表苏月的《关于群众文艺活动》。

19日，《人民日报》以"鲁迅先生逝世十五周年纪念"为总题，发表社论《学习鲁迅，坚持思想斗争》；茅盾的《鲁迅谈写作》；许广平的《不容情的对敌战斗（附照片两帧）》；本报综合稿《怀念思想战线上的伟大战士——鲁迅先生——发表在一部分报刊上的鲁迅先生逝世十五周年纪念文字摘要》。

《文汇报》发表唐弢的《鲁迅思想所表现的反自由主义的精神》;开炉的《谈鲁迅思想》;单复的《学习鲁迅的战斗精神》。

20日,《人民日报》发表胡绳的《我们要向鲁迅学习什么?》;冯雪峰的《关于鲁迅著作的编校注释和出版》。

《光明日报》发表[苏]A·德罗亚陀夫作、郭从周译的《高尔基论文学语言》;严薇青的《关于鲁迅先生作品写作的年代和月日》。

《戏曲报》5卷5期发表刘厚生的《上海戏曲艺人的改造工作与经验》;陈涌的《什么是〈牛郎织女〉正确的主题》;茅庐的《应当正确的表现党和人民政府的干部》。

23日,《人民日报》发表刘剑青的《写好报告文学,迅速反映飞跃进展中的祖国——读四篇朝鲜战场通讯后》。

25日,《文艺报》第5卷第1期发表社论《学习毛泽东思想,为贯彻文艺的工农兵方向而奋斗!》;康濯的《我对萧也牧创作思想的看法》;萧也牧的《我一定要切实的改正错误》;伍梦德的《关于粤剧〈刘永福〉的讨论》(广州通讯);"对文艺批评的反应"栏发表吴燕的《"不问政治"害了我》,李卉的《〈我们夫妇之间〉连环画改编者的检讨》;"读者中来"栏发表郭建新等的《评阅工人作品应该慎重》,艾耶的《不要把政治内容庸俗化》,刘俊鹏的《通俗作品应加强思想性》。

《西南文艺》(月刊)创刊,西南区文学艺术界联合会筹备委员会、《西南文艺》编辑委员会编辑,本期发表西南文联筹委会的《〈西南文艺〉的方针和任务》;胡耀邦的《表现新英雄新人物是我们创作的方向》;苏策的《写英雄写光明》;陈斐琴的《关于组织创作力量的几点意见》;蹇先艾的《关于开展文艺创作的几点体会》;马戎的《〈龙须沟〉创作的成功说明什么》;洪钟的《反对文艺思想上的"人性论"》;林彦的《反对凭空臆造的"创作"》;何幽的《作为一种堕落倾向来看》;游藜的《展开对于反动文艺的斗争》;刘农荣的《〈再生记〉再生了些什么》。

本月,人民文学出版社出版企霞的《光荣的任务》。

11 月

1 日，《人民文学》第 5 卷第 1 期发表《电影文学剧本的创作问题》；陈沂的《把我们的创作认真的组织领导起来》；张啸虎的《从几首群众诗歌谈起》。

《东北文艺》第 4 卷第 4 期发表社论《庆祝〈毛泽东选集〉出版，深入学习毛泽东思想》；白石的《一个迫切需要表现的主题》；江山的《要写婚姻题材的作品》；李卓然的《纪念鲁迅，学习鲁迅》；安波的《学习鲁迅精神，检查我们自己》；张帆的《评〈在竞赛中〉》；简慧的《评〈郭大夫〉》；白戈的《评〈对面炕〉》；而未等的《对〈对面炕〉的几点意见》；寒梅的《反对在"阶级观点"掩护下传播错误思想》；李林的《给初学写作者的一封信》。

《西北文艺》第 3 卷第 2 期发表胡采的《把我们的创作思想，和当前的政治任务和现实的要求，结合得更紧密些》；沈江的《学习鲁迅的战斗精神》；汶石的《我们怎样与工农作家合作》；士增的《怎样集中表现主题》。

《长江文艺》第 5 卷第 7 期发表社论《为提高文艺工作的思想水平而斗争》；俞林的《推荐李文元的小说——〈开端〉》；丽尼的《学习苏联文艺界的批评与自我批评》。

3 日，《人民日报》发表杨绍萱的《论"为文学而文学、为艺术而艺术"的危害性——评艾青的〈谈牛郎织女〉》（附杨绍萱同志的来信三封）。

《文汇报》发表成章的《评〈战斗英雄王学智〉》。

《光明日报》发表黄钢的《错误的例证和混乱的论点（对〈谈"生活平淡"与追求"轰轰烈烈"的故事的创作态度〉的批评）》；单复、欧阳齐修的《评〈中国客人〉》。

4 日，《人民日报》发表马少波的《严肃对待整理神话剧的工作——从〈天河配〉的改编谈起》。

5 日，《戏曲报》5 卷 6 期发表伊兵的《关于〈梁山伯与祝英台〉》。

《文汇报》发表明琨的《有问题的古装剧〈鸳鸯剑〉》；力耳的《评〈糖衣炮弹〉》。

7 日，《文汇报》发表老舍的《关于写作的几个问题》。

9 日，《人民日报》"文化生活简评"栏发表《坚决反对取消文艺上党的倾向性的论调》；同期，发表阿甲的《评〈新大名府〉的反历史主义观点》。

10日,《文艺报》第5卷第2期以"关于高等学校文艺教学中的偏向问题"为总题,发表张祺的《离开毛主席的文艺思想是无法推行文艺教学的》、郭木的《文艺教学不能脱离实际》、詹铭新的《学习文艺的目的何在?》、柯可的《应该重视教授们的文艺教材》、王之棣等的《怎样才能学好"文艺学"?》、程千帆的《武大中文系的教学情况》;同期,发表丁玲的《我读〈收获〉》;杨犁的《党给电影以生命》;黄钢的《加强电影批评的严肃性、战斗性和群众性》;张庆田的《加强文艺作品的思想性》;安理的《读〈种棉记〉》;萧殷的《从工人阶级的高处看现实》("文学写作常识"之一);"读者中来"栏发表姚文元的《一个值得严重注意的数字》、魏峨的《我们不要宣传庸俗趣味的刊物》。

《文汇报》发表振甫的《曹禺先生怎样修改〈日出〉?——关于"主题"与"人物和情节"》。

《人民戏剧》第3卷第7期发表马少波的《关于历史剧题材的选取与人物的评价》;沈铭的《信陵君是"肯定"的人物吗?》;《学习》杂志编辑部的《关于历史人物的评价问题》;马少波的《严肃对待整理神话剧的工作》;罗合如的《谈〈新白兔记〉》;徐进的《〈梁山伯与祝英台〉的再改编》;李洪的《反对戏剧创作中的小资产阶级思想(评话剧〈女难〉)》。

11日,《光明日报》发表沈从文的《我的学习》。

12日,《人民日报》发表艾青的《答杨绍萱同志》。

《文汇报》发表陈诏的《论历史剧的非历史主义倾向》;野萍的《我对〈糖衣炮弹〉的意见》。

15日,《文艺新地》第1卷第10期发表李洛的《文艺创作问题》;黄之俊的《评申均之的〈警惕〉》。

《解放军文艺》第1卷第6期发表本社综合报道《一年来全国各军区文艺检阅的情况和收获》;吴强的《一个作品的诞生》;张立云的《用什么教育战士》;李伟的《评〈小鬼与团长〉》;徐诚之的《关于文工团、队的工作、创作、学习问题》。

16日,《人民日报》发表何其芳的《反对戏曲改革中的主观主义公式主义》。

17日,《光明日报》发表谭丕谟的《发掘古典文学的人民性、斗争性》。

19日,《文汇报》发表吴善元的《评〈葡萄熟了的时候〉——该剧载〈人民文学〉五卷一期》。

20日,《戏曲报》5卷7期发表伊兵的《论神话剧》;墨易的《谈神话与影射》;

庐毓文的《我对神话剧演出效果的看法》；刘纹的《评杨绍萱的〈新白兔记〉》；《学习》杂志编辑部的《关于历史人物的评价问题》；鲁竹、金忠的《评〈京戏发展略史〉》。

25日，《文艺报》第5卷第3期发表苏联《真理报》专论《反对重复文学批评中的反爱国主义观点》；李枫的《评柳青的〈铜墙铁壁〉》；何远的《评〈葡萄熟了的时候〉》；于晴的《读孙犁的新作〈风云初记〉》；记者的《认真的改进文艺教学工作》；高旭华等的《关于高等学校文艺教学中的偏向问题》；《山东文艺》编辑部的《纠正错误、提高思想、办好刊物》；武汉市文联编辑出版部的《端正编辑思想和编辑作风》；《苏北文艺》编辑部的《改进〈苏北文艺〉的编辑工作》；萧殷的《在斗争中认识生活》（"文学写作常识"之二）；耕耘的《戏曲中的反历史主义倾向》；专栏"新语丝"发表金草的《严重的错误必须纠正》，何庄的《进攻与抵御》。

《西南文艺》第2期发表廖井丹的《站在人民斗争的前列》；刘仰峤的《参加土地改革，正确的反映土地改革》；洪钟的《从〈卍字旗下〉看刘盛亚的创作思想》；文铮的《评刘盛亚底〈汉城的儿子〉》；倪子冲的《反对歪曲工人阶级的形象》；鄢方刚的《怎样正确的写农民》；张地等的《学习〈站在人民斗争的前列〉以后》。

本月，新文艺出版社出版萧殷的《论文学与现实》。

春明出版社出版《苏联文学》月刊编辑部编、苇丛芜译的《文学青年写作论》。

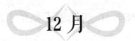

12月

1日，《人民文学》第5卷第2期发表策的《必须全面深入地认识生活》；《从写"真人真事"说起》；《再谈"写落后转变"问题》；徐进的《〈梁山伯与祝英台〉的再改编》。

《小说》第6卷第4期发表李子云的《读〈白金国的爱素丹〉》；刘果生的《评〈红色的锦旗〉》；汪福昌、顾孟平的《评李丹人的〈心事〉》。

《长江文艺》第5卷第8、9期发表杜润生的《到农村去，到土地改革战线上去〉;于黑丁的《更进一步贯彻"普及第一,生根第一"的文艺方针》;欧阳山的《加强文艺工作者的思想改造》;陈亚丁的《加强中南部队中的文艺创作》;王东维的《我怎样写〈我们的工厂〉》;高玉宝的《我的创作经过》。

《东北文艺》第4卷第5期发表蔡天心的《坚决贯彻"普及第一"的编辑方针》;吴伯箫的《真理的发扬》;以"关于如何创造英雄人物的讨论"为总题,发表单复的《评〈火车头〉中的正面人物李学文》,郭锋、寒梅的《一个失败的英雄形象》,李若的《奥斯特洛夫斯基笔下的英雄人物》,吴梦起的《对如何创造正面人物的看法》;同期,发表向阳的《正确表现新旧事物的斗争》;之君的《〈他不走了〉是对技术人员的歪曲》;白石的《创造要结合实际》;刘敏然的《要正确的反映现实》;三川的《介绍叙事诗〈白头山〉》。

《西北文艺》第3卷第3期发表柯仲平的《战斗的文艺——歌颂人民的英雄》;胡采的《写土地改革》;向太阳的《深入到工厂里去,展开工人文艺运动》;汶石的《美满婚姻及其它》;刘宗文的《开展工厂文艺活动的几点意见》;王立德的《应当写出农民的斗争性来》。

5日,《人民日报》发表胡乔木的《文艺工作者为什么要改造思想?(十一月二十四日在北京文艺界学习动员大会上的讲演)》。

《光明日报》发表社论《使文艺成为工人阶级的战斗的武器》。

《戏曲报》5卷8期发表新华社的《全国文联常委会在北京文艺界组织整风学习》;阿甲的《评〈新大名府〉的反历史主义观点》;孟般的《不是形式问题》;云天的《从历史看〈巾帼英雄〉》;刘纹的《关于〈四郎探母〉的改编》。

7日,《人民日报》发表周扬的《整顿文艺思想,改进领导工作(十一月二十四日在北京文艺界学习动员大会上的讲演)》。

10日,《人民日报》发表丁玲的《为提高我们刊物的思想性、战斗性而斗争——在北京文艺界整风学习动员大会上的讲话》。

《人民戏剧》第3卷第8期发表贾霁的《剧本〈迎着明天〉歪曲和污蔑了中国工人阶级》;蓝光的《以〈从头学起〉为例检查自己的创作思想》;王啸平的《谈演员思想改造的重要性》;光未然的《历史唯物论与历史剧、神话剧问题》;何其芳的《反对戏曲改革中的主观主义公式主义》;马彦祥的《一九五一年的戏曲改革工作和存在的问题》。

《文艺报》第5卷第4期发表社论《认真学习、改造思想、改进工作》;周文的

《我对目前文艺工作的意见》；欧阳予倩的《拥护文艺界整风学习——在北京文艺界学习动员大会上的发言》；老舍的《认真检查自己的思想》；李伯钊的《北京市文艺思想领导工作的检讨》；李广田的《必须坚决改造我们的文艺教学》；张禹的《读夏衍同志关于〈武训传〉问题的检讨以后》；吴倩的《应当加强通俗文艺刊物的思想内容》；李晴的《提高通俗文艺刊物的思想性》；梅朵的《影片〈刘胡兰〉为什么没有塑造起英雄形象》。

《文汇报》发表梅再的《关于〈糖衣炮弹〉》；力耳的《不应该歪曲人物，捏造故事——再评白刃的〈糖衣炮弹〉》。

12日，《文汇报》发表慧闻的《丁玲的〈欧行散记〉》。

14日，《文汇报》发表木耳的《读〈平原烈火〉》；马彦祥的《一九五一年的戏曲改革工作和存在的问题》。

《解放军文艺》第1卷第7期发表胡乔木的《文艺工作者为什么要改造思想？》；邓力群的《要正确的反映现实》；清醒的《对〈小铁腿长征记〉的两点意见》；朱立基的《评白刃〈目标正前方〉》。

16日，《长江文艺》第5卷第10期发表徐懋庸的《毛泽东思想与鲁迅的思想》；龙国炳等的《对〈战斗到明天〉的批评意见》。

19日，《文汇报》发表熊白施的《我们从〈桑干河上〉与〈暴风骤雨〉里学习什么》。

20日，《戏曲报》5卷9期发表胡乔木的《文艺工作者为什么要改造思想？》；李岳南的《论表现在戏曲上的〈孔雀东南飞〉》。

21日，《文汇报》发表徐凤的《贺宜先生的两篇童话》。

25日，《文艺报》第5卷第5期发表周文的《〈实践论〉与文艺上的反映问题》；张庚的《坚决纠正错误，实现毛主席的文艺方向》；王亚平的《为彻底改正通俗文艺工作中的错误而奋斗》；黄钢的《电影局开展整风学习的两个关键问题》；钟皓等的《关于高等学校文艺教学中的偏向问题》；陈骢的《影片〈抗美援朝〉是一部杰作》；唐挚的《评剧本〈在新事物的面前〉》；李祖襄的《昆明文艺界对范启新错误言论的批判》；萧殷的《生活现象的提高和概括》（"文学写作常识"之三）。

《西南文艺》第3期发表社论《迎接文艺界的整风学习运动》；艾芜的《为了适应工农兵的要求，必须提高文艺工作者的政治思想水平》；温田风的《对普及工作实践的体会》；刘继祖的《从〈说古唱今〉所看到的几个通俗文艺创作问题》；田家的《纠正通俗文艺写作的单纯技术观点》;黄宗念、王先高、顾工、郑洪的《关于〈丈夫和妻子〉》。

《光明日报》发表周文的《〈实践论〉与文艺上的反映问题(十二月六日在北京文艺界学习委员会主办的文艺干部第二次学习报告会上的讲话)》。

27日,《文汇报》发表萧凤的《老舍谈整风》;慧闻的《读〈收获〉》。

1952年

1952年

1月

1日,《人民文学》1月号发表周扬的《整顿文艺思想,改进领导工作》;丁玲的《为提高我们刊物的思想性、战斗性而斗争》;魏承的《重要的问题在善于学习》;李晴的《平凡的事物与伟大的主题》;丁敏俊的《为消除思想错误的作品而努力》;策的《必须全面深入的认识生活(续)》;李晓白执笔的《关于〈重新发给我枪吧〉——〈重新发给我枪吧〉读后》;任访秋的《关于晚清诗人黄遵宪——对于〈晚清诗人黄遵宪〉的意见》;王瑶的《答任访秋先生》。

《东北文艺》第4卷第6期发表社论《迎接一九五二年展开东北文艺界的整风运动》;刘芝明的《正确反映群众的现实生活和美丽远景》;石昱的《深入群众 深入生活 结合自我改造》;以"关于如何创造正面人物形象的讨论"为总题,发表每成的《评〈女厂长〉中的正面人物》,胡零的《从"如何创造正面人物"谈起》;简慧的《一本充满爱国主义精神的散文集》;三川的《注意发展工厂中的快板诗》;寒梅的《逐渐贯彻"普及第一"方针的辽西文艺》。

《西北文艺》第3卷第4期发表沙驼铃的《评价〈战友〉》。

《长江文艺》第5卷第11期发表中南文艺工作团美术部的《纠正忽视政治和不严肃的创作思想》;阿金的《对两篇杂文的检讨》;俞林的《在"生根第一"的号召下前进(〈一把火〉后记)》。

3日,《文汇报》发表《关于批判人物——看〈在新事物面前〉》。

5日,《光明日报》发表孟冰的《更深入、准确地表现中国人民志愿军》。

《文汇报》发表刘芝明的《集中起来,普及下去——推广〈在新事物面前〉的创作经验(上)》。

6日,《文汇报》发表刘芝明的《集中起来,普及下去——推广〈在新事物面前〉的创作经验(中)》;本报记者的《从三个戏的得奖看华东、上海戏改领导工作的思想混乱》;高欣的《反对不严肃的演出——评宏声话剧团上演的〈方珍珠〉》。

7日,《文汇报》发表徐风的《地方戏曲表现现代生活的问题》;王渭山的《对〈辽远的乡村〉的一些意见》;明琨的《评〈蜕化〉》。

8日,《文汇报》发表刘芝明的《集中起来,普及下去——推广〈在新事物面前〉

的创作经验（下）》；王才强的《加强文章的宣传效果——读〈李四喜思想〉的讨论所想到的》。

9日，《文汇报》发表蔚明的《澄清全国戏曲演出的混乱现象 中国戏曲研究院修改京剧本》；董光保的《特殊材料制成的人——〈上饶集中营〉读后》。

10日，《文艺报》第1号发表何其芳的《用毛泽东的文艺理论来改进我们的工作》；陆希治的《做好苏联小说通俗本的改写工作》；敏泽的《艾明之的作品怎样歪曲了工人阶级的面貌》；孙机的《对雪苇〈野草〉的"题辞"的意见》。

《人民日报》发表王淑明的《从〈文学评论〉编辑工作中检讨我的文艺批评思想》。

11日，《文汇报》发表《越剧〈梁山伯与祝英台〉在演出上有混乱现象》；艾苏的《向"最可爱的人"学习》。

《光明日报》发表王淑明的《从〈文学评论〉编辑工作中检讨我的文艺批评思想》。

14日，《人民日报》发表蔡楚生的《改造思想，为贯彻毛主席文艺路线而奋斗！》。

《文汇报》发表汪谦记录整理的《青年团工作干部及学生座谈〈在新事物的面前〉》；乙丁的《〈常胜将军〉是怎样歌颂历史人物的？》。

16日，《长江文艺》第5卷第12期发表中南文艺书刊书评《加强地方文艺刊物的思想领导》。

《解放军文艺》1月号发表荒草的《反对非无产阶级观点的创作倾向》；胡耀邦的《表现新英雄人物是我们的创作方向》；婴迈编的《关于体验生活问题》；侯金镜的《一个好的连队创作》。

18日，《文汇报》发表叶清江的《加强工人创作活动的思想领导》。

19日，《文汇报》发表戏曲改进会的《蔚明对滑稽戏〈活菩萨〉的检讨》。

《光明日报》发表赵树理的《我与〈说说唱唱〉》。

20日，《剧本》（月刊）创刊，中央文化部艺术事业管理局、中华全国戏剧工作者协会编辑。《剧本》的任务是：配合当前的革命斗争，经常地、有计划地选载具有一定思想内容和艺术水平的新歌剧、新话剧、新戏曲剧本，供应全国工农兵群众业余剧团和全国专业的剧院、剧团、戏曲团体采作上演节目。

21日，《文汇报》发表耿明宸的《坏影片〈无限的爱〉》；夏筑的《〈无限的爱〉》；江东山的《评影片〈辽远的乡村〉》。

22日,《文汇报》发表司徒俊的《要端正演出态度——评话剧〈千年冰河开了冻〉》;赵树理的《我与〈说说唱唱〉》。

25日,《文艺报》第2号发表本报记者的《为肃清文艺界的贪污、浪费、官僚主义而斗争》;江丰的《坚决进行思想改造,彻底肃清美术教育中的资产阶级影响》;《人民文学》编辑部的《文艺整风学习和我们的编辑工作》;金草的《必须放弃小资产阶级立场》;陈肃的《加强对新连环图画编绘工作的思想领导》;刘辽逸译自苏联《文学报》的《文学语言中的几个问题》(续完);以"关于高等学校文艺教学中的偏向问题"为总题,发表《吕荧同志来信》,李希凡的《对我校文艺教学问题的几点意见》,崔粲民等的《为什么不热爱新的人民文艺》。

《文汇报》发表应启后的《略谈"通俗化"》。

《西南文艺》第4期发表《更明确、更具体地为贯彻本刊的方针任务而奋斗》;《西南一些文艺团体开始检查文艺思想,迎接整风》;王一奇的《读〈南征北战〉》;唐平铸的《评〈永久的友谊〉》;《关心乡村小镇群众的文艺生活,反对封建和歪曲现实的戏剧演出》。

26日,《文汇报》发表《关于〈白毛女〉的几个镜头》。

本月,中华出版社出版侯金镜的《部队文艺新的里程》。

2月

1日,《人民文学》2月号发表《向资产阶级思想进行坚决的反攻》;编辑部的《文艺整风学习和我们的编辑工作》;左介贻的《给〈人民文学〉编辑部的信》;以"关于《葡萄熟了的时候》"为总题,发表项项的《需要更多像这样的好作品》,韩洁的《〈葡萄熟了的时候〉在艺术上的一些特点》,忱木的《我所见的〈葡萄熟了的时候〉》;以"关于〈梁山伯与祝英台〉"为总题,发表林霜的《〈梁山伯与祝英台〉读后》,俞维荣的《更多改编有关反对封建婚姻制度的旧剧》;同期,发表李浩华的《评〈幸福〉》;陈寿恒的《读〈老船长〉》;徐太行的《读〈电报〉与〈一个美国儿童的罪状〉》。

《文汇报》发表林科夫的《剧本创作不允许再粗制滥造》;张文的《〈手〉的商榷》;为法的《写在〈〈手〉的商榷〉后面》;洗群的《文艺整风粉碎了我的盲目自满——从反省我提出"可不可以写小资产阶级"的问题谈起》。

《东北文艺》第5卷第1期发表江帆的《我对〈女厂长〉底检讨》;鲁琪的《深入群众、深入生活、下定决心改造自己》;乌兰巴干的《不能创造出英雄形象的原因何在》;编者的《关于〈警钟〉和〈蜕化〉》;郭锋的《对写婚姻题材作品的几点意见》;佳邻的《脱离生活,是你作品失败的主要原因》;三川的《怎样写快板诗》。

《西北文艺》第3卷第5期发表本社社论《做好准备工作,迎接文艺整风学习》;高天白的《检查自己文艺思想,重视文艺整风》;陈幼韩的《对〈祥梅寺〉剧本的意见》。

《光明日报》发表支援的《创造新的英雄典型——哈尔滨市工人文艺运动的通讯》。

4日,《文汇报》发表陈洽的《评越剧〈漏洞在哪里?〉》。

9日,《文汇报》发表楚晓的《评沪剧〈可爱的妻子〉》。

10日,《文艺报》第3号发表社论《文艺工作者与伟大的反贪污、反浪费、反官僚主义的斗争》;张天翼的《文艺工作者和群众》;陈森的《根本的问题》;[苏]H·拉祖丁作、熊秉慈译的《苏联文学中的家庭与婚姻》。

《长江文艺》2月号发表《深入开展文艺界反贪污反浪费反官僚主义斗争并迎接文艺整风学习运动》;莎菲的《纠正文艺创作上的反现实主义的倾向》。

11日,《文汇报》发表沁君的《介绍〈南征北战〉》;谢群的《对电影〈有一家人家〉的意见》;青山的《读〈葡萄熟了的时候〉》;丁乙的《评影片〈有一家人家〉》。

12日,《文汇报》发表鲁静子的《新评弹应有新内容》;甘兰的《一本可爱的书——介绍魏巍的朝鲜通讯集》。

14日,《文汇报》发表《赶任务要不得吗?韩义同志的想法是不对的》。

16日,《文汇报》发表《关于〈赶任务要不得〉的问题》;周鹤生的《把眼光看得远一点——读西虹的短篇〈家〉》。

17日,《人民日报》发表袁水拍的《一本有严重错误和缺点的小说——〈战斗到明天〉》。

《文汇报》发表沪剧编导李智雁、幸之、文牧、乔红薇的《韩义同志错误思想应予反对》;《必须开展对韩义同志错误思想的批评》。

18日,《文汇报》发表陈新的《关于〈新房子〉》。

19日,《文汇报》发表《戏曲编导为五反运动而赶任务是光荣的》;张智行、赵燕士、叶峰、苏丹的《把眼光放在广大人民的利益上——对韩义同志错误思想的批评》。

20日,《文汇报》发表周行的《韩义同志的思想是绝对错误的》;麦茵的《这是资产阶级的艺术观》。

21日,《文汇报》发表傅全香的《韩义同志应该积极参加五反运动求取改进》;应启后的《张天翼的两篇童话》。

22日,《文汇报》发表才强的《不老实的思想作风——韩义同志必须自我检讨》;周廷斅、邱志政、王宝云、白枫、缪淼的《韩义同志应赶快斩断资产阶级的尾巴》。

23日,《文汇报》发表《对韩义同志的错误思想的批判》。

25日,《文艺报》第4号发表于子的《欧阳山等人的例子证明了什么》;本报综合报道的《在文艺工作中贯彻无产阶级的领导》;欧阳山的《我的检讨》;黄药眠的《关于文艺学教学的初步检讨》;马畴等的《关于高等学校文艺教学中的偏向问题》。

《文汇报》发表廖勤的《韩义同志的思想很顽固,但必须有勇气纠正过来》;一个电影工作者的《沈浮同志应正视对〈无限的爱〉的批评》。

26日,《文汇报》发表姜薏的《这不是打官司——批判韩义同志的"错到底"》;王云缦的《韩义同志的错误是带有根本性质的》。

27日,《文汇报》发表苏一风的《学习赵树理》。

本月,西北人民出版社出版纪叶等编的《写作研究(第二辑)》。

3月

1日,《文汇报》发表顾非的《反对"官僚主义"的写作态度》;邵慕水的《检查韩义同志的错误根源》。

《东北文艺》第5卷第2期发表刘芝明的《是何居心?! 是何用意!》;中耀、单复的《现实主义与爱国主义的光辉榜样》;《在"三反""五反"运动文艺宣传战线上》寒梅的《提高地方文艺刊物"三反""五反"运动创作的思想性战斗性》;李光的《要表现三反运动的实质》;明辉的《〈从一支金星笔开始〉读后》;于飞的《做好通俗读物的出版工作》。

《西北文艺》第3卷第6期发表石船的《把配合"五反"运动的文艺活动更好地开展起来》;华恩的《我对目前西北文艺界的意见》;卢小满的《宁夏文艺运动中存在的问题》;胡采的《重视群众中文艺活动的潜在力量》。

2日,《文汇报》发表麦茵的《谈〈改变〉》;丁有客的《试评〈回头是岸〉》;《韩义同志来信表示已在进行思想检查》。

3日,《文汇报》发表石践的《洁白朴素的生活——读方志敏烈士的〈清贫〉》;徐风的《评〈娘惹〉》;马平的《斥影片〈娘惹〉》;上海剧专戏剧文学科三年级集体讨论的《滑稽剧〈老账房〉》。

4日,《文汇报》发表甘如怡的《鲁迅与果戈理》。

8日,《文汇报》发表梁容的《从"煤渣子"到英雄——读〈儿女的诞生〉》。

9日,《文汇报》发表编者的《对于〈改变〉的批评》;杜星的《我对〈改变〉一文的看法》;望原的《略谈人物的思想转变——读光天同志的〈改变〉》;钟婴的《从〈生活的光芒〉看妇女在生产建设中的力量》。

10日,《文艺报》第5号发表社论《对资产阶级展开思想斗争史革命的迫切任务》;张啸虎的《重视宣传员的诗歌作品》;秦策的《评〈红旗朵朵开〉》;立云的《〈南征北战〉的思想性》;江华的《一本为不法商人作辩护的小说》;严子峥的《资产阶级创作方法的失败》;姚文元的《注意反动的资产阶级的文艺理论》。

《文汇报》发表姚芳藻的《缺乏阶级观点的〈闯王进京〉》;梅朵的《伟大的热情——推荐三反五反新闻特辑》;王云缦的《光辉的妇女形象——〈生活的光芒〉中的尼娜》。

《长江文艺》3月号发表陈亚丁的《初评〈战斗到明天〉》;章明的《〈战斗到明天〉是一部小资产阶级自我表现的作品》;张波的《读〈试验〉》。

11日,《文汇报》发表辛婴的《读〈陕北风光〉》;劳元的《关于母亲·女人》。

12日,《文汇报》发表戴旭的《写在韩义同志的检讨以前》。

《西南文艺》第5期发表记者的《西南一级和重庆市文艺机关、团体的贪污、浪费、官僚主义严重现象》;石非石的《反对在文娱活动中假"思想改造"之名宣传错误的反动的思想》。

13日,《文汇报》发表方纾的《评〈历史无情〉》。

16日,《文汇报》发表钟婴的《新评弹必须在现有基础上改进与提高》;《〈珍珠塔〉等八部坏书停止演唱》。

17日,《文汇报》发表姚芳藻的《评中国影片经理公司华东区公司等的错误决定》;高汶的《缺乏党的领导与政策观念的越剧〈千军万马〉》;周葭的《推荐〈无罪的人〉》。

18日,《文汇报》发表叶平的《对本版几个独幕剧的意见》。

19日,《文汇报》发表任方整理的《没有充分揭露资产阶级丑恶的〈王老板〉——上海市戏评联座谈会记录》。

《光明日报》发表石丁的《评路翎的〈祖国在前进〉》。

24日,《文汇报》发表丁浅的《评〈狂风之夜〉》;王云缦的《中国人民团结前进!——推荐〈解放西藏大军行〉》。

25日,《文艺报》第6号发表冯雪峰的《越涂抹越明显的罪证》;企霞的《一部明目张胆为资本家捧场的作品——评路翎的〈祖国在前进〉》;路工的《试评小说〈火车头〉》;李彤的《关于反贪污、反盗窃的剧本创作》。

28日,《文汇报》发表《重视〈阿Q正传〉的改编》。

29日,《文汇报》发表徐风的《评〈老账房〉》。

《光明日报》发表葛杰的《尽情地歌颂领袖毛泽东——读民间歌谣集〈中国出了个毛泽东〉后》。

本月,人民文学出版社出版人民文学出版社编辑部编的《文艺工作者为什么要改造思想》。

4月

1日,《人民文学》3、4月号发表王淑明的《〈神龛记〉宣传了什么》;丁克辛的

《从〈老工人郭福山〉的错误检讨起》；张天民的《多写些好的短篇小说》；朱敬的《我在创作上走了弯路》。本期起，副主编为丁玲，增加编辑委员艾青、何其芳、周立波、赵树理。

《广西文艺》第2卷第5期发表刃锋的《关于〈许官莲〉》；陈母生的《关于〈许官莲〉的批评》。

《东北文艺》第5卷第3期发表刘芝明的《大量组织创作，打退资产阶级的猖狂进攻》；塞克的《建设人民的剧场艺术》；中耀、单复的《〈是谁在进攻〉的创作和演出》；《五一年东北文艺创作质量普遍降低，废品多，极应引起注意！》；大华的《吉林文艺领导存在着严重问题》；韩毅的《克服"三反""五反"创作中的混乱思想》。

《西北文艺》第4卷第1期发表社论《彻底打击资产阶级思想对文艺界的猛袭，巩固文艺战线上的工人阶级领导，提高文艺的战斗力》；田益荣的《西安市文艺工作者急需改造思想，整顿工作》；程秀山的《下决心彻底改造思想》、《我对目前西北文艺工作的意见》；张棣庚的《陕西省文联存在的问题》；杨兴的《对开展西北文艺批评的意见》；艾克恩的《重要的问题在于改造思想》；江东池的《诗歌的主题与情感》。

6日，《文汇报》发表劳辛的《谈谈诗的表现问题》；赵景深的《关于民间文艺的教学》；尤大军的《为什么五反戏会千篇一律》。

7日，《文汇报》发表左弦的《一部反映了最新的最美的现实的作品——评〈一定要把淮河修好〉》；蓝谷的《歪曲历史的〈人民英雄李自成〉——评大新游乐场正在上演的〈人民英雄李自成〉》；周葭的《影片〈山野的春天〉和小说〈萨根的春天〉》。

10日，《文艺报》第7号发表杜黎均的《谈"三反"和"五反"运动中的诗歌和快板》；王世德的《谈作品中的矛盾与斗争》；蔡时济译自苏联《文学报》的《社会主义现实主义文学的新成就》；甘泉的《必须坚持工农兵方向》；[苏]约·里瓦伊作、徐继曾译的《作家的责任》。

《长江文艺》4月号发表姜弘的《关于王采的文艺思想》；凤阁等的《批判〈战斗到明天〉》。

12日，《文汇报》发表钟惦棐的《〈无罪的人〉为什么不是"消极影片"？（上）》。

13日，《文汇报》发表编者的《略谈怎样表现新的英雄人物》；钟惦棐的《〈无罪的人〉为什么不是"消极影片"?(下)》。

14日,《文汇报》发表周葭的《评影片〈红旗歌〉》;宋史焘的《评〈跑街先生〉》;杨禾的《电影〈红旗歌〉的失败》;《对电影〈山野的春天〉的几点意见》。

16日,《解放军文艺》4月号发表本刊编辑部的《为部队文艺工作的群众性、战斗性而斗争——〈解放军文艺〉的基本总结和检讨》;张立云的《论〈战斗到明天〉的错误思想和错误立场》;陈亚丁的《初评〈战斗到明天〉——兼作自我检讨》;冯健男的《作者首要的任务在于改造思想——评白刃:〈战斗到明天〉》。

18日,《文汇报》发表应启后的《对人物描写的几点体会——〈我们会见了彭德怀司令员〉读后》。

《中国青年报》发表周立波的《〈暴风骤雨〉的写作经过》;丁毅的《歌剧〈白毛女〉创作的经过》。

19日,《光明日报》发表劳明的《关于认识生活》。

20日,《光明日报》发表斯大林奖金获得者周立波的《〈暴风骤雨〉的写作经过》;丁毅的《歌剧〈白毛女〉创作的经过》。

21日,《文汇报》发表周立波的《〈暴风骤雨〉的写作经过》。

23日,《文汇报》发表丁毅的《歌剧〈白毛女〉创作的经过》。

25日,《文艺报》第8号发表郭沫若的《光荣与使命》。

《西南文艺》第6期发表陈新的《使人民大众创造的理想人物更美丽些》;李皓的《评〈廉吏风〉在贵阳市的演出》;刘良云的《我参加改编〈信陵公子〉的感想》。

26日,《文汇报》发表力扬的《〈飘〉——一部反历史的宣扬资产阶级腐朽思想的作品(上)》。

《光明日报》发表汪继远、汪福昌的《读〈红花朵朵开〉——一篇值得向读者推荐的文章》。

27日,《文汇报》发表欧阳海的《推荐〈带枪的人〉》。

28日,《文汇报》发表力扬的《〈飘〉——一部反历史的宣扬资产阶级腐朽思想的作品(下)》;周琤洁的《辉煌的远景——读〈天兰铁路最长隧道的修建〉》;阮自强的《谈〈女司机〉中的党委书记》;阿里的《评沪剧〈女会计〉》;王云缦、马平的《伟大的领袖和普通的士兵——〈带枪的人〉观后》。

30日,《文汇报》发表草原的《认识了为谁而战斗!——读〈带枪的人〉的主题意义》。

5月

1日,《人民文学》5月号发表编辑部的读者评论综述《关于〈红花朵朵开〉》;于蓟的《谈写诗的态度》。

《东北文艺》第5卷第4期发表社论《克服资产阶级思想的侵蚀,贯彻毛泽东的文艺路线》;刘芝明的《巩固与发扬剧场结合政治、联系群众、及时演出的正确作风》;白晓虹的《我们脱离生活的创作倾向》;东川的《坚决纠正脱离生活脱离政治的倾向提高作品质量》;羽佳的《写诗必须深入生活》。

6日,《文汇报》发表姜薏的《评〈光芒万丈〉》。

7日,《文汇报》发表王骏的《文艺工作者应更好的创造工人形象》。

9日,《文汇报》发表李伟的《一篇美丽的爱国主义抒情诗》。

10日,《文艺报》第9号以"关于创造新英雄人物问题的讨论"为总题,发表曾炜的《关于英雄人物的描写》,梁泳的《作家应该忠实于生活》,李树楠的《帮助作家正确的描写矛盾与斗争》,童晓天的《不应忽视生活中的矛盾和斗争》;专栏"新语丝"发表黄钟的《文艺应当更好的为工人阶级服务》,夏阳的《文艺必须有教育意义》;同期,发表肖扬译的苏联《真理报》专论《克服戏剧创作的落后现象》;陆希治的《歪曲现实的"现实主义"——评路翎长篇小说〈朱桂花的故事〉》;陈骢的《提高通俗文艺刊物的质量——评北京文艺刊物调整后的〈说说唱唱〉》。

《长江文艺》5月号发表陈缘黎的《试评王采的文艺思想》;《"三反""五反"作品中所存在的问题》。

12日,《文汇报》发表丁玲的《中国的春天——为苏联〈文学报〉而写》;天闻的《评独幕剧〈这都是毛主席领导的〉》;山冈的《胜利属于工人阶级——推荐〈每日的粮食〉》。

13日,《文汇报》发表樊彬的《从〈黑旋风李逵〉谈到民族遗产的改编问题》。

14日,《文汇报》发表陈德康的《〈收获〉及其作者》;圣康的《马铁丁同志谈写作》;任方的《评滑稽戏〈老宝东〉》。

16日,《解放军文艺》5月号以"纪念毛主席《在延安文艺座谈会上的讲话》发表十周年"为总题,发表肖向荣的《部队文艺运动的发展》;刘白羽的《表现新的时代新的人物》;丁毅的《毛主席给了我正确的道路》;胡可的《到火热的斗争中去》;荒草的《用高玉宝的精神学文化》;[苏]巴维尔·斯珂莫洛霍夫的《论苏联文学与军人职责及纪律的几个问题》;读者通讯《对〈突破临津江〉的意见》。

17日,《文汇报》发表臧克家的《谈新事物》;萧雄的《评沪剧改编的〈大雷雨〉(上)》。

《光明日报》发表劳明的《关于概念化》。

18日,《文汇报》发表萧雄的《评沪剧改编的〈大雷雨〉(下)》。

19日,《文汇报》发表忱木的《活的伟大,才写的伟大》;何占春的《推荐〈拖拉机手〉》;程芷的《评沪剧〈错爱〉》。

20日,《剧本》5月号发表本刊编辑部的《坚持戏剧创作的群众路线》。

21日,《人民日报》发表老舍的《毛主席给了我新的文艺生命》。

22日,《人民日报》发表赵树理的《决心到群众中去》。

《文汇报》发表王亚平的《在毛主席文艺思想指导下前进》。

23日,《人民日报》发表社论《继续为毛泽东同志所提出的文艺方向而斗争——纪念毛泽东同志〈在延安文艺座谈会上的讲话〉发表十周年》;郭沫若的《在毛泽东旗帜下长远做一名文化尖兵》;茅盾的《认真改造思想,坚决面向工农兵》。

《光明日报》发表《工人群众对文艺工作的意见和希望》;《贯彻毛主席文艺方针!更好的为兵服务!》

24日,《人民日报》发表丁玲的《要为人民服务的更好》;曹禺的《永远向前——一个在改造中的文艺工作者的话》。

《文汇报》发表郭沫若的《在毛泽东旗帜下长远做一名文化尖兵》;于伶的《检查错误,改造思想!——为毛主席文艺方向在电影艺术中的彻底胜利而奋斗》;老舍的《毛主席给了我新的文艺生命》;刘白羽的《表现新的时代新的人物(上)》。

《光明日报》发表张白的《农民群众对文艺工作的意见和希望》;赵树理的《决心到群众中去》。

25日,《大众电影》第1、2期合刊发表社论《电影工作者纪念毛主席〈在延安文艺座谈会上的讲话〉发表十周年》;颜一烟的《光辉的典范》;《中央电影局关于处理人民电影观众来信的决定》。

《文艺报》第10号发表欧阳予倩的《毛主席的文艺思想引导着我们向前》;张

庚的《在文艺思想整风中所体会到的几个问题》;马烽的《坚持为工农兵的方向》;冯雪峰的《〈太阳照在桑干河上〉在我们文学发展上的意义》。

《文汇报》发表刘白羽的《表现新的时代新的人物(中)》;丁毅的《毛主席给了我正确的道路》;赵树理的《决心到群众中去》。

《长江日报》发表舒芜的《从头学习〈在延安文艺座谈会上的讲话〉》。

《西南文艺》第7期发表本刊编辑部的《改进我们的编辑工作》;何剑熏的《正确使用讽刺武器,对中国资产阶级的反动思想行为进行批判》;陈播的《我的检讨》;刘绍祥的《对川西文联的文艺思想领导的意见》;杨禾的《必须改造我的文艺思想》;左寻的《接受顾工同志错误的教训,端正我的写作态度》。

26日,《人民日报》发表周扬的《毛泽东同志〈在延安文艺座谈会上的讲话〉发表十周年》;茅盾的《认真改造思想,坚决面向工农兵!》;刘白羽的《表现新的时代新的人物(下)》;陈学昭的《为实践毛主席的文艺方针而奋斗!》。

27日,《文汇报》发表丁玲的《要为人民服务的更好》;何慢的《京剧创作中的新的重大收获——推荐〈黑旋风李逵〉》。

《光明日报》发表周扬的《毛泽东同志〈在延安文艺座谈会上的讲话〉发表十周年》。

本月,新文艺出版社出版[苏]维诺格拉多夫著、以群译的《新文学教程》。

6月

1日,《人民文学》6月号发表丁玲的《要为人民服务的更好》;康濯的《还在学习的路上》;田间的《纪念〈在延安文艺座谈会上的讲话〉发表十周年》;柳青的《和人民一道前进》;何远的《希望有更多的好作品出世》;陶萍的《对儿童文学创作的几点意见》;陈寿恒的《希望作家多创作儿童文学作品》;余迪的《〈小小北斗村〉读后》;萧殷的《克服诗歌创作中的概念化和现象罗列倾向》。

《东北文艺》第5卷第5期发表社论《坚决进行文艺整风为配合国家经济建

设任务而奋斗》;白朗的《检讨过去,加强思想改造》;安危的《思想性改造是实践毛泽东文艺路线的出发点》;张笙的《贯彻毛泽东文艺思想是提高美术业务的关键》;鲁琪的《我们需要在普及基础上提高的作品》;蔡天心的《论田风的资产阶级文艺思想》;至铭的《关于田风艺术思想的批判》;艾伯的《旅大文工团创作上脱离生活的错误倾向》;刘敏的《在资产阶级文艺思想侵蚀下旅大区的文运工作》;王同禹的《从〈赵桂兰〉看田风同志的创作思想》;康桂秋的《〈潜在力〉是怎样失败的?》;单复、厉风的《鲁艺教学中存在着严重问题》。

8日,《人民日报》转载舒芜的《从头学习〈在延安文艺座谈会上的讲话〉》。

《西北文艺》第4卷第2、3期发表《群众日报》社论《纪念毛主席〈在延安文艺座谈会上的讲话〉十周年》;柯仲平的《为坚持毛主席文艺方针而奋斗》;吴文遴的《认真检讨我们对毛主席文艺方针的执行》;张季纯的《检讨我的脱离政治和保守观点》;苏一萍的《加强学习毛泽东思想是克服文艺界一切落后现象的关键》;胡采的《坚决和我的脱离实际的思想倾向作斗争》;郑伯奇的《检讨我的非无产阶级的文艺思想》;傅鲁的《彻底改造文艺教学中违反毛主席文艺方针的错误思想》;《人民日报》社论《应当重视电影〈武训传〉的讨论》;周文的《〈实践论〉与文艺上的反映问题》;何其芳的《用毛泽东的文艺理论来改进我们的工作》;林丰的《继续循着人民文艺的道路前进》;戈壁舟的《我怎样走了十年》;刘斌的《对组织创作开展批评的几点意见》;张汝云的《我对甘肃文艺工作的意见》;董绍宣的《我对青海文艺运动的意见》;士增的《如何正确的认识和反映农业生产中的互助问题》。

《长江文艺》6月号发表陈荒煤的《开展文艺整风运动坚决贯彻毛泽东的文艺路线》;于黑丁的《彻底改造思想是文艺工作的一个根本问题》;来稿述评《正确全面的认识和反映土地改革》。

12日,《光明日报》发表叶以群的《坚决改正错误,改进工作,执行毛主席的文艺路线!》。

16日,《解放军文艺》6月号发表《人民日报》社论《继续为毛泽东同志所提出的文艺方向而斗争》;萧华的《大力开展连队文化工作》;张立云的《关于写英雄人物和写"落后到转变"的问题》。

21日,《光明日报》发表冯健男的《谈作家的观察力——从一篇通讯说起》。

25日,《大众电影》第3期发表贾霁的《人民电影要多多表现先进人物》;于春华、冼群的《〈女司机〉中的一个问题》。

《文艺报》第11、12号以"关于创造新英雄人物问题的讨论"为总题,发表鲁勒的《正确的认识生活与反映生活》,蔡田的《在创作上遇到的问题》,江林的《现实是唯一的标准》,缘由的《关于创造新英雄人物》;同期,发表夏衍的《纠正错误,改进领导,坚决贯彻毛主席的文艺方针》;柯仲平的《为坚持毛主席文艺方针而奋斗》;周立波的《谈思想感情的变化》;陈涌的《〈暴风骤雨〉》;王淑明的《〈白毛女〉奠定了中国新歌剧的基础》;达的《请不要采取这样的批评态度和批评方法》。

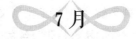

7月

1日,《东北文艺》7月号发表社论《彻底批判资产阶级的文艺思想》;玉铭的《将文艺整风正确地贯彻下去》;白韦的《青年写作者在生活实践中存在着什么问题》。

《西北文艺》第4卷第4期发表社论《改造好思想,迎接祖国建设的新时期》;傅庚生的《批判我文艺教学的错误思想》;刘旷的《我的非无产阶级文艺思想的检讨》;刘萧芜的《根本问题在于改造思想》;《新疆文艺界纪念毛主席〈在延安文艺座谈会上讲话〉十周年,邓力群同志作重要报告》。

《西南文艺》7月号发表普梅夫的《检查我搞"诗歌与散文"的动机》。

《群众文艺》(月刊)创刊,重庆市文联、《群众文艺》编辑委员会编辑,本期发表本社的《群众文艺的方针任务及其他》。

10日,《大众电影》第4期发表本刊编辑部的《欢迎群众建议拍摄电影的题材》;孙一竹、王玉胡的《建议拍摄电影题材的一个例子——〈阿合买提与帕格牙〉》;易企衡、许珂的《〈光芒万丈〉影片中的几个问题》。

《文艺报》第13号以"关于创造新英雄人物的讨论"为总题,发表安理的《歪曲生活和公式化的"英雄"》,周良沛的《笼统地反对写落后到转变不能解决根本问题》,金树声的《学习〈矛盾论〉,克服文艺创作和文学理论中的偏向》;同期,发表陆希治的《通俗文艺读物的情况和问题》;草明的《加强学习,提高作品的战斗性》;[苏]A·卡拉干诺夫作、李纬武译的《冲突与性格》;王戟的《对胡风文艺理论的一些意见》。

16日,《解放军文艺》7月号发表陈沂的《保证把连队的文化工作作好》;王新亭的《把"面向连队,为兵服务"的文艺方针坚持贯彻下去》;冯健男的《谈作家的观察力》;王从训等的《高玉宝的学习精神鼓舞着我们》;魏风的《一个文工团创作室的文艺整风总结》。

21日,《人民日报》发表臧克家的《充满热情的诗篇——读诗集〈光荣归于你们〉》。

25日,《大众电影》第5期发表《中央人民政府文化部一九五二年电影制片工作计划》;本刊记者的《人民解放军同志座谈对电影工作的意见和要求》。

《文艺报》第14号发表苏平的《文学作品在培养青年新道德新品质上的作用》;王江汉的《关于创造新英雄人物问题的讨论——对写"落后到转变"问题的一些意见》;冯雪峰的《中国文学中从古典现实主义到无产阶级现实主义的发展的一个轮廓》(连载于本期,第15号、第17号)。

8月

1日,《西南文艺》8月号发表陈治策的《"表演"教学失败的基本原因》;萧秦的《文艺整风杂写》;严寄洲的《评〈在资产阶级面前〉》;编者的《关于"新事物速写"》。

《南方日报》发表钱起的《为保卫和平而战的人民,是永远不能被战胜的——介绍影片〈人民的战士〉》。

2日,《文汇报》发表伊敏的《读〈清贫〉》。

7日,《文汇报》发表汝吉的《读〈我的儿子〉的一点体会》。

10日,《大众电影》第6期发表周立波的《一部真实描写农民向地主斗争的影片》。

《文艺报》第15号发表郑振铎的《为提高剧本创作的水平而努力》;企霞的

《试论剧作〈控诉〉》。

《西北文艺》8月号发表本社社论《重视生活,重视伟大人民的生活斗争》;赵静之的《向文化大进军,加强部队创作的思想性、战斗性》;赵戈的《开展创作运动,表现我们人民的政治保卫队》;王立德的《评介〈二巧离婚〉》;王淡如的《我写〈二巧离婚〉的动机和一点体会》;西北剧协的《目前农村业余剧团存在的问题及意见》;向太阳的《写什么〈写作研究〉》。

14日,《文汇报》发表王亚平的《战士的创作给通俗文艺开辟了新道路》。

16日,《解放军文艺》8月号发表朱德的《八路军新四军的英雄主义》;胡可、胡征记的《刘伯承将军关于文艺工作的谈话》。

17日,《文汇报》发表吴逸的《重读〈太阳照在桑干河上〉的心得和体会》。

25日,《大众电影》第7期发表钟惦棐的《为影片〈江湖儿女〉说几句话》;陈西禾的《关于〈姐姐妹妹站起来〉影片的几个问题》。

《文艺报》第16号发表王朝闻的《创造真实的形象》;苏平的《要创作大量优秀的通俗文艺作品》;陆希治的《关于文艺刊物对初学写作者的指导问题》;蔡田的《要忠实于生活》;以"希望展开对概念化、公式化倾向的批评"为总题,发表蔡田的《要忠实于生活》,芝芳的《注意文艺宣传的实际效果》,刘炳善的《概念化、公式化的作品歪曲了生活》;以"关于创造新英雄人物问题的讨论"为总题,发表关太平的《关于创造新人物的一点意见》,王正的《重视生活的真实》。

本月,人民文学出版社出版周扬的《坚决贯彻毛泽东文艺路线》。

武汉通俗出版社出版沈联清的《怎样写特写》。

9月

1日,《人民文学》9月号发表秦策的《论形象与感受》;吴倩的《评路翎的短篇小说集〈平原〉》;雪原的《评冀汸的小说〈走夜路的人们〉》。

《东北文艺》8、9月号以"关于向民族、民间艺术学习的讨论"为总题,发表程光华的《我对在评戏基础上发展新歌剧的看法》,而文的《评戏不能表现我们今天伟大工人阶级的思想情感》,刘谦等的《对话剧如何向民族、民间艺术学习的几点意见》,高源兴的《关于评剧改革问题的几点意见》;严正的《〈曙光照耀着莫斯科〉提高了我们》;胡零的《可贵的启示》;韶华的《从〈曙光照耀着莫斯科〉看我们的文艺创作》;寒梅的《〈曙光照耀着莫斯科〉的主题与结构》;未辞的《曲艺创作要不要生活?》;景煌的《略谈作品中新旧思想的冲突》;中耀的《谈谈怎样深入生活》。

3日,《人民日报》发表袁水拍的《评话剧〈控诉〉和由此引起的一些意见——宋之的作载〈剧本〉月刊二、三月号及〈解放军文艺〉四月号》(附编者按)。

《文汇报》发表丁玲的《谈新事物——一九五二年八月十九日在天津学生暑期文艺讲座的讲话》。

8日,《文汇报》发表汤廷诰的《一本优秀的少年读物——〈罗文应的故事〉》。

9日,《文汇报》发表凌叔铭的《读〈新事物〉后的一些感想》;卫明的《介绍京剧〈梁山伯与祝英台〉》。

10日,《文艺报》第17号发表老舍的《和平与文艺》;孙犁等的《关于小说〈荷花淀〉的通信》。

《西北文艺》9月号发表李易方的《以当前农业互助合作运动题材充实文艺创作内容》,谢怀德的《对文艺工作岗位上同志如何反映农村生产工作的几点希望》;李浩的《关于写互助合作问题的一点意见》;吴坚的《加强对毛主席文艺方针的学习,整顿我们的文艺队伍》;杨公愚的《从参加修改三十五本流行旧剧目我所得到的收获》;姜炳泰的《吸取精华与剔除糟粕》;田益荣的《严肃对待剧本编印工作》;耿慕的《评介〈陕西文艺〉》;王立德的《应当在典型环境中把握典型性格》;江东池的《谈几首战士诗》;薛凡林的《多多创作适合农村的通俗作品》。

《长江文艺》7月号发表王东维等的《工人群众对文艺工作的意见》;本刊综合报道《中南各省文艺界的整风运动》。

11日,《文汇报》发表丁峤的《关于影片〈海上风暴〉》。

14日,《文汇报》发表黎之的《以优秀的文艺作品教育青年》。

16日,《解放军文艺》9月号发表陈沂的《发扬成绩,克服困难,继续贯彻毛泽东文艺方向》;丁玲的《谈谈与创作有关诸问题》;欧阳予倩的《珍爱部队文艺的每一次成就》;王亚平的《战士的创作给通俗文艺开辟了新道路》;王一之的《深入连队开展文化活动的几点意见》;王亚平的《谈谈部队的说唱诗歌》;刘鹏的《我是怎样创作〈侦察英雄韩起发〉的?》。

24日,《文汇报》发表臧克家的《她的名字呼唤着我们前进——〈刘胡兰小传〉读后》。

25日,《人民日报》发表萧殷的《"白毛女"是否实有其人?(答记者问)》。

《文艺报》第18号发表舒芜的《致路翎的公开信》;马少波的《加强戏曲批评工作的严肃性》。

《文汇报》发表白危的《我对于怎样阅读文艺作品的一些意见》;钦文的《向鲁迅先生学习自我批评》。

27日,《人民日报》发表沈雁冰的《三年来的文化艺术工作》。

28日,《文汇报》发表周立波的《苏联影片〈在和平的日子里〉观后》。

29日,《文汇报》发表萧殷的《"白毛女"是否实有其人?》。

本月,人民文学出版社出版冯雪峰的《论文集(第一卷)》。

泥土社出版许杰的《鲁迅小说讲话》。

10 月

1日,《人民文学》10月号发表茅盾的《文艺工作者发挥力量保卫和平》;刘白羽的《爱好和平的人的职责》;[苏]伊萨科夫斯基作、孙玮译的《关于诗的构思、诗的思想性》;《中华全国文学工作者协会全国委员会常务委员会关于整理组织改进工作的方案》;《中华全国文学工作者协会整理会员工作的方案》。

《东北文艺》10月号发表《关于向民族、民间艺术学习的讨论》;美晨的《评剧的生长和发展》;单复的《还是思想问题》;田之汉的《评〈监督〉》;漫伟的《读〈回到互助组〉》;郭锋、高越的《从几篇创作看东北的工人文艺》。

《西南文艺》10月号发表马戎的《评〈四十年来的愿望〉》;殷白的《读郭庭萱同志的作品》。

10日,《大众电影》第10期发表宋之的《〈南征北战〉的教育意义》;沈默君的《学习的开端》;杨远的《〈南征北战〉是一部优秀的影片》。

《文艺报》第19号发表社论《把戏曲改革工作向前推进一步!》;冯雪峰的《中国文学从古典现实主义到无产阶级现实主义的发展的一个轮廓(续)》;贺兴敏的《不应忽视对农村群众文艺活动的领导》;陈荒煤的《加强团结,做好戏曲改革工作》。

《西北文艺》10月号发表阎文俊的《谈谈西北工人中的文艺活动》;刘宗文的《三年来西安市工人文艺活动的成就》;赛福鼎的《为发展新疆各民族人民的新文学艺术而奋斗》;沛翔的《评〈变工好〉》;王侠整理的《农民对〈变工好〉一剧的几点意见》;柳滨的《评介歌剧〈草原进军〉》。

11日,《文汇报》发表丁浅的《介绍〈在和平的日子里〉》。

13日,《文汇报》发表茅盾的《文艺工作者要发挥力量保卫和平》。

15日,《文汇报》发表姜薏的《〈在和平的日子里〉给我们的启发和教育》。

16日,《文汇报》发表丁玲的《谈谈与创作有关诸问题——对参加"八一"运动大会的全体文艺工作者的讲话(一)》;陈德康的《文学作品对青年的影响》。

《解放军文艺》10月号以"运用群众写作经验来提高群众写作能力"为总题,发表刘锦堂的《我怎样写〈好样的人〉》,陈啸麓、李泽甫的《林树森同志怎样写〈一堆柚子〉》,李朝的《王玉英同志怎样写〈苦尽甜来〉》;《人民前线报》的《用词要恰当,语句要通顺》;荒草的《要写出新人物的精神力量》;丁云鹏等的《我们对于〈于舰长〉这篇小说的意见》;洪洋的《决心深入生活》。

17日,《文汇报》发表发表丁玲的《谈谈与创作有关诸问题——对参加"八一"运动大会的全体文艺工作者的讲话(二)》。

18日,《文汇报》发表发表丁玲的《谈谈与创作有关诸问题——对参加"八一"运动大会的全体文艺工作者的讲话(三)》;《市郊农民座谈〈寸土〉与〈解放了的土地〉》。

19日,《人民日报》发表社论《继承鲁迅的革命爱国主义的精神遗产——纪念鲁迅逝世十六周年》。

《文汇报》发表宋云彬的《"鲁迅的方向,就是中华民族新文化的方向"》;张鸣春的《学习鲁迅先生的"伟大的憎"——读〈铸剑〉》。

20日,《文汇报》发表适夷的《从鲁迅的杂文学习什么——为纪念鲁迅先生逝世十六周年作》;丁玲的《谈谈与创作有关诸问题——对参加"八一"运动大会的全体文艺工作者的讲话(四)》;汤廷诰的《试谈怎样阅读鲁迅著作》。

21日,《文汇报》发表李洛的《话剧〈龙须沟〉看后》;丁玲的《谈谈与创作有关诸问题——对参加"八一"运动大会的全体文艺工作者的讲话(五)》。

24日,《文汇报》发表丁玲的《谈谈与创作有关诸问题——对参加"八一"运动大会的全体文艺工作者的讲话(六)》。

25日,《文艺报》第20号发表李真的《读〈回忆鲁迅〉》;《〈中国新文学史稿(上册)〉座谈会》;冯雪峰的《中国文学从古典现实主义到无产阶级现实主义的发展的一个轮廓》(续完)。

《文汇报》发表圣康的《英雄们使我们充满力量——读〈朝鲜通讯报告选〉》;樊彬的《"山东魏胜"和京剧〈红旗魏〉》。

11月

1日,《人民文学》11月号发表杨必宁的《读巴甫连科著的〈幸福〉》;陈午楼的《读小说〈巴库油田〉》;钦文的《读〈非攻〉》;吴调公的《不要避重就轻》;[苏]伊萨科夫斯基作、孙玮译的《给初学写作的诗人的信》(1953年2月号续完)。

《东北文艺》11月号发表本刊编辑部的《生活、人物及其他》;以"关于向民族、民间艺术学习的讨论"为总题,发表纪又鸣的《我们要明确理解"百花齐放"与"推陈出新"的方针》,显谛的《我对于以评剧为基础发展新歌剧的看法》,东川的《由评剧的发展来谈发展民族的新歌剧》,本刊编辑部整理的《虚心向民族、民间艺术学习》;安危的《关于塞克同志艺术思想的批判》;东北文联研究室的《为坚决贯彻"普及第一"的文艺方针而斗争》。

《西南文艺》11月号发表吴天佑的《共产主义是永远不可战胜的——读〈可爱的中国〉》;游藜的《反和平的阴谋——介绍〈在顺川发现的一本日记〉》;林彦的《读国庆征文稿件》;鄢方刚的《谈歌颂国庆诗稿》。

2日,《文汇报》发表顾褒登的《新中国的新妇女》。

9日,《文汇报》发表曹靖华的《苏联文学帮助我们青年塑造新品质》。

10日,《大众电影》第12期发表唐漠的《〈我们坚持和平〉的艺术成就》;马中婴的《〈明朗的夏天〉给我们指出了什么问题》。

《长江文艺》11月号发表陈荒煤的《加强团结,做好戏曲改革工作》。

《西北文艺》11月号发表匡扶的《鲁迅与俄罗斯和苏联文学》;张岂之的《从〈普通一兵〉中学习些什么》;方旂的《具体解决农村业余文艺活动的方向问题》;高彬的《工地文艺鼓动好的形式——曲艺》;张玉堂的《我和新旧相声》。

12日,《文汇报》发表军委总政治部文工团的《关于越剧〈西厢〉的演出》。

16日,《解放军文艺》11月号以"在文化学习战线上"为总题,发表辛洪章的《我怎样写〈扛活赔了大黄牛〉》,谭尧的《我怎样写〈我和我的战马〉》,宋群、中干的《谭尧同志的写作经验告诉了我们些什么》,谭尧的《我怎样阅读〈日日夜夜〉》;胡人的《连队文化学习后的新面貌》。

18日,《南方日报》发表傅明来信《〈劳动新夫妻〉是一个比较好的粤剧》。

22日,《南方日报》发表《人民日报》社论《正确的对待祖国的戏曲遗产》。

24日,《文汇报》发表周塑的《杂谈苏联影片中的爱情》。

27日,《文汇报》发表孟凡的《从几本文艺作品看苏联青年英雄人物的爱国主义品质》。

28日,《南方日报》发表梁荣杰的《评粤剧〈牛郎织女〉的演出》。

30日,《南方日报》发表符公望的《评粤剧〈劳动新夫妻〉》。

本月,平明出版社出版[苏]高尔基著、以群译的《给初学写作者》。

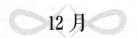

12月

1日,《人民文学》12月号发表王朝闻的《优美的喜剧》;严敦易的《关于深化题材的处理》。

《东北文艺》12月号发表安危的《苏联电影艺术给予我们的启示和借鉴》;本

刊编辑部的《统一认识,稳步前进!》;本刊编辑部的《关于我们的写作指导工作》;林景煌的《英雄性格的成长》。

《西南文艺》12月号发表席明真的《〈秋江〉试评》;记者的《新的主题、新的人物》;元工的《介绍〈为了幸福的明天〉》;李眉的《手脑并用的战士——介绍〈红花朵朵开〉》。

4日,《文汇报》发表陈德康的《苏联文学在中国》;陈赀的《作家必须向生活学习——记吉洪诺夫向中南文艺工作者谈文艺创作》。

7日,《文汇报》发表程芷的《谈沪剧〈罗汉钱〉——全国戏曲会演节目展览演出介绍之一》。

10日,《文艺报》第23号以"关于《白蛇传》的讨论"为总题,发表杨刚的《评越剧〈白蛇传〉》,张庚的《关于〈白蛇传〉故事的改编》,阿英的《谈谈许宣的转变》。

《长江文艺》7月号发表于黑丁的《提高创作水平,进一步开展文艺运动》;来稿综述《试谈剧本创作中的几个问题》。

《西北文艺》12月号发表林泉的《评介〈工人文艺〉》;石船的《关于通俗剧本编写的一些问题》;冯树番的《西北文艺阵营中一支有力队伍》;白龙的《看〈明朗的夏天〉的一点心得》;高鹏的《珍贵的学习》;柳风的《学习苏联改进我们的文艺工作》;孜牙·莎麻德的《新疆文艺的新阶段》;苗朴夫的《四乡业余创作剧团为啥受到群众的欢迎》。

13日,《文汇报》发表静知的《介绍楚剧〈葛麻〉》;艺军的《谈京剧〈雁荡山〉》。

14日,《文汇报》发表萧雄的《介绍评剧〈小女婿〉》。

16日,《解放军文艺》12月号发表《八一》杂志专论《推广常青的经验,改进语文教学法》;苏联《文学报》社论《争取短篇创作的高度艺术技巧》;茜芙的《初学写作的三窍门》;树村的《常青同志及其写作教学法的创造经过》。

19日,《文汇报》发表卫明的《观剧杂感》。

23日,《人民日报》发表《文学批评的战斗任务》(苏联报刊论文摘要)。

25日,《文艺报》第24号发表周扬的《改革和发展民族戏曲艺术》;光未然的《戏曲遗产中的现实主义》;辽逸译的苏联《真理报》社论《文学批评的战斗任务》;苏联《文学报》社论《作家的思想武器》。

26日,《文汇报》发表姜葸的《关于〈南征北战〉》。

31日,《人民日报》发表《作家的思想武装》(苏联报刊论文摘要)。

1953年

1953年

1月

1日,《人民文学》1月号发表艾青的《迎接一九五三年》;陈淼整理的《几个创作思想问题的讨论——记全国文协组织第二批深入生活作家的学习》;陈涵的《文学创作的新收获》;杨朔的《我的感受》。

《东北文艺》1月号发表寒梅、斯兵的《学习政策,深入生活》;魏华的《谈谈深入生活的态度》;徐汲平的《审定修改评剧原有剧目问题笔记》;张啸虎的《曲艺的语言问题》;谭次民的《关于〈谁也不能阻挡它前进〉》;陆霄的《读〈关于《谁也不能阻挡它前进》〉》;肖责的《创作上的"政治敏感"》;霁岗的《创作的框子》。

《翻身文艺》发表编辑部的《迎接一九五三年的新任务》。本刊1953年7月1日改名为《河南文艺》,仍为半月刊,日期、篇幅无变动,1955年11月起休刊,1956年4月复刊。1957年1月改名为《奔流》(月刊)。

3日,《西南文艺》1月号发表任白戈的《深入工厂中去》;李长路的《略谈川剧的传统、现状及其远景》。

5日,《文汇报》发表周扬的《改革和发展民族戏曲艺术——一九五二年十一月十四日在第一届全国戏曲观摩大会上的总结报告(上)》。

6日,《文汇报》发表周扬的《改革和发展民族戏曲艺术——一九五二年十一月十四日在第一届全国戏曲观摩大会上的总结报告(下)》。

10日,《文艺报》第1号发表社论《克服文艺的落后现象,高度地反映伟大的现实》;《中央人民政府文化部关于整顿和加强全国剧团工作的指示》。

《西北文艺》1月号发表张定亚的《怎样写鼓词》;孜牙·莎麻德的《新疆文艺的新阶段》(续完);阎振俗的《百花齐放》;雷翀云的《作品应该忠实的正确的反映生活中的矛盾和斗争》;傅庚生的《明朗的艺术形象》;西北局党校文工室创作组的《必须大胆的表现生活的矛盾与冲突》。

11日,《人民日报》发表周扬的《社会主义现实主义——中国文学前进的道路》(附编者按)。

《文汇报》发表楚拉基的《苏联共产党怎样领导文艺工作——一九五二年十一月七日在北京艺术工作者大会上的报告》。

15日,《文艺月报》创刊,文艺月报社编辑,主编巴金,副主编黄源、唐弢,编委王西彦、石灵、雪苇、靳以、赖少其、魏金枝,本期发表夏衍的《克服文艺创作的落后状态》;柏山的《关于作家下厂下乡的若干问题》;雪苇的《关于写作思想中的一个问题》;韦世琴的《〈作家的责任〉阅读杂记》;海仪的《读〈韩秀贞〉》;韦真的《〈出击〉读后》;"短论"栏发表玄仲的《"赶任务"》,叶粟的《组织创作和培养干部》,若思的《纠正粗暴的偏向》,于乙的《还得从根本上着想》。

30日,《文艺报》第2号发表林默涵的《胡风的反马克思主义的文艺思想》;光未然的《沿着戏曲遗产的现实主义轨道前进》;蒋路译的苏联《共产党人》杂志专论《苏联文学的当前任务》。

31日,《江苏文艺》创刊,江苏文艺社编辑,江苏人民出版社出版,发刊词强调本刊主要是"供给群众文艺活动材料,指导文艺工作者创作、学习、批评,和推动群众文艺活动"。本期发表钱静人的《进一步开展群众文艺工作中需要解决的问题》;陈雷的《听过华东剧本创作会议传达后的感想》。

本月,人民文学出版社出版何其芳的《西苑集》。

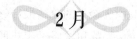

2月

1日,《人民文学》2月号以"社会主义现实主义的理论问题"为总题,发表高叔眉译的苏联《共产党人》杂志专论《苏维埃文学的迫切任务》,[苏]T·洛米哲作、高叔眉节译的《为在文学中真实反映生活冲突而斗争》,[苏]梅拉赫作、殷涵节译的《文学典型问题》,[苏]拉西斯作、关露节译的《关于正面人物与反面人物》;艾青的《歌剧〈梁山伯与祝英台〉》;尧公的《梁祝故事的发生和演变》。

《西南文艺》2月号发表李南力的《谈川剧〈踏伞〉的修改与演出》;刘又辛的《谈谈〈儒林外史〉》;袁珂的《〈儒林外史〉的讽刺》。

《解放军文艺》1、2月号发表公刘的《樊斌同志和他的小说》;柳三朵、段兴华的《崔八娃和他的写作》;宋之的《论群众性的工农战士创作》;文大家等的《必须刻画英雄人物的精神品质》;陈希平的《〈高玉宝〉鼓舞了人民的写作热情》。

3日,《南方日报》发表张友莲来信的《看了〈反对细菌战〉影片后的感想》。

10日,《大众电影》第3期发表孙谦的《我所想到的》;洗群的《两种社会,两种生活》。

15日,《文艺报》第3号发表韦君宜的《青年们希望作品中表现什么样的人物?》;王朝闻的《细节,具体描写》;何其芳的《现实主义的路,还是反现实主义的路?》。

《文艺月报》第2期发表社论《坚决和违法乱纪的罪恶行为作斗争》;《纠正工人文娱活动中的混乱现象》;柏山的《关于目前上海文学艺术创作的思想问题》;以群的《论文艺的典型性》;思慕的《学习马林科夫报告关于文艺部分的笔记》;[苏]叶尔米洛夫作、张挚译的《苏联戏剧创作理论的若干问题》;叶如桐的《要注意实际效果》;若思的《及时的反映生活的真实》;方隼的《别林斯基断片》;张禹的《一本反映江南土改的小说》。

19日,《文汇报》发表闵生的《〈见习生〉和〈迟到的信〉读后》;伊敏的《一见难忘的人物》;萌子的《我看光明之路》。

25日,《大众电影》第4期发表唐漠的《关于婚姻问题的两部影片》;钟惦棐的《电影〈龙须沟〉在艺术描写上的一个问题》。

28日,《文艺报》第4号发表于晴的《关于婚姻和家庭生活的作品的一些问题》;陈肃的《评〈朝鲜战场速写〉》。

本月,华东人民出版社出版石红写的《怎样写快板》。

3月

1日,《人民文学》3月号发表[苏]高尔基作、孟昌译的《论社会主义现实主义》。

《西南文艺》3月号发表一闻整理的《对于川剧改革的意见》;张默生的《谈谈〈水浒〉》;何剑熏的《关于〈水浒〉的思想和艺术》。

3日,《剧本》3月号发表李钦的《重视独幕剧的创作和演出》。

《山东文艺》复刊,3月号发表湘之的《克服农村文娱活动领导上的官僚主义命令主义》。

4日,《南方日报》发表于燕郊的《谈粤剧〈罗汉钱〉的演出》。

12日,《解放军文艺》3月号发表毕革飞的《实践战斗性群众文艺工作方针的一面旗帜》。

15日,《文艺月报》第3期发表《为创作更多更好的贯彻婚姻法的作品而努力》;[苏]安东诺夫作、岳麟译的《论短篇小说写作中的肖像、性格和典型》;方隼的《论正面人物与否定现象》;佐临的《我对〈曙光照耀着莫斯科〉的几点体会》;于乙的《从实际出发》;克彬的《重视群众对话剧的热爱》;宋云彬的《谈〈水浒传〉》;记者的《苏南六个常锡剧团下乡巡回演出的收获与经验》;姜立田的《欢迎反映现实的作品与作者》。

《江苏文艺》第2、3号发表曾从坡的《要更好的关心工人的文艺生活》;汪普庆的《关于编写剧本的意见》。

14日,《南方日报》发表欧阳山的《斯大林同志所指示的道路》。

18日,《南方日报》发表杨浩泉的《个人主义的黑影》。

19日,《南方日报》发表张华的《走入歧途的越剧〈山东响马〉》。

30日,《文艺报》第6号发表敏泽的《对〈三千里江山〉的几点意见》;王钺的《关于通俗文艺读物》。

《人民日报》发表《全国文协常务委员会举行扩大会议通过改组文协和加强领导文学创作的方案》。

本月,人民文学出版社出版陈涌的《文学评论集》。

中南文艺出版社出版中南军政委员会文化部编的《进一步贯彻"百花齐放,推陈出新"的方针》。

4月

1日,《人民文学》4月号发表林的《批评家和作家》;白的《作者应注意提高艺术修养》。

《文汇报》发表黀谷的《重读马烽的〈结婚〉》;程芷的《评弹〈海上英雄〉给我们的启发》;海仪的《谈两部关于婚姻问题的电影——〈儿女亲事〉和〈两家春〉》。

《西南文艺》4月号发表殷白的《关于初学写作者创作上的几个问题》。

7日,《文汇报》发表沈默君的《创作〈南征北战〉的一点心得》。

8日,《文汇报》发表王朝闻的《评电影〈葡萄熟了的时候〉》。

10日,《文汇报》发表高启沃的《关于〈药〉的主题思想》。

12日,《解放军文艺》4月号发表傅钟的《继续贯彻面向连队的文艺方针与提高创作思想问题》;傅钟的《关于部队通俗读物问题》;李达的《文艺部队的作用和今后的工作任务》;陈沂的《用三五零部队的经验更深入、更普遍的发展连队业余的文艺工作》;[苏]安东诺夫的《论短篇创作》;胡征的《略谈内在精神的描写》;崔八娃的《我是怎样进行写作的》;王熙麟的《〈为了美好的明天〉的写作过程》;方民的《人物性格必须在矛盾斗争中刻划》;东心的《我不应该给英雄脸上抹黑》;志愿军铁道兵团文化部的《为什么写不好新英雄人物?》。

15日,《文艺报》第7号发表茅盾的《体验生活、思想改造和创作实践》;萧乾的《两种制度、两种电影、两种英雄》。

《文艺月报》第4期发表夏衍的《整顿文艺团体,加强创作领导》;柏山的《关于党的政策思想与文学艺术创作问题》;少其的《作家应该和落后现象作斗争》。

《江苏文艺》第4号发表王世德的《正确宣传婚姻法精神》;正良的《群众文艺活动应密切结合生产》。

19日,《人民日报》发表读者来信综述《对改进当前文艺工作的意见》。

20日,《剧本》4月号发表光年的《滇剧〈闯宫〉中的人物描写》;《关于〈蓝桥会〉的问题》。

30日,《文艺报》第8号发表郑克西的《我们的文艺创作落后于现实》;晓梅的《应注意工人文艺活动的领导》。

5 月

1 日,《人民文学》5 月号发表徐群的《一本作家谈创作经验的好书》。

《西南文艺》5 月号发表何剑熏的《关于〈西厢记〉》;元工的《谈"真人真事"与艺术加工》;记者的《重庆文艺界座谈胡风错误文艺思想及其恶劣的影响》;丁东的《胡风错误的文艺理论对我的影响》。

《南方日报》发表张绰的《一切为了和平与美好的将来——介绍彩色纪录片〈青年运动节〉》。

4 日,《人民日报》发表王朝闻的《谈文学书籍的插图》。

10 日,《文汇报》发表周塱的《龙须沟的今日——推荐影片〈龙须沟〉》。

12 日,《解放军文艺》5 月号发表宋之的的《对改善领导创作组创作活动的一些意见》;荒草的《谈〈一车高粱米〉的人物、结构和语言》;高平的《〈劈开雀儿山〉的创作前后》。

14 日,《文汇报》发表姜薏的《试评影片〈龙须沟〉》。

15 日,《文艺报》第 9 号发表成荫、冼群、伊琳的《试谈电影导演处理人物和环境的问题》;刘金锋的《地方文艺刊物的几个问题》;方浦的《评剧作〈妇女代表〉》。

《文艺月报》第 5 期发表夏衍的《马克思列宁主义的伟大胜利》;[苏]A·法捷耶夫作、张挚译的《作家协会工作的若干问题》;若思的《开展工农通信运动》;于乙的《扩大对于现实生活的认识》;铁马的《语言与生活的联结》;丁景唐的《上海工人文艺活动发展概况》;招明的《对于〈追肥〉等三篇小说的几点意见》;刘巴的《不要对自己民族的文学遗产乱摇头》;李健吾的《曙光照耀着戏剧艺术》;罗洛的《向苏联作家学习》。

《江苏文艺》第 5 号发表方丹的《读〈没有过不去的山〉》。

20 日,《剧本》5 月号发表本刊编辑部的《关于话剧团上演剧目的意见》;张真的《谈〈黑旋风李逵〉的改编工作》;老舍的《我怎么写的〈春华秋实〉》。

23 日,《南方日报》发表欧阳山的《毛主席教导着我们》;《深入生活,认识生活,反映生活——重读毛主席〈在延安文艺座谈会上的讲话〉的一点体会》;韩北屏的《改造思想,提高水平为创造社会主义现实主义的作品而奋斗》。

25日,《文汇报》发表张紫的《关于〈建设鞍山的人们〉几篇报告》;王波云、刘超、邱国栋的《关于正确对待民间艺术的问题》;沙丹的《关于〈光明照耀着西藏〉》。

26日,《文汇报》发表陈伯吹的《从童话与语文教学谈到〈三只熊〉》。

27日,《文汇报》发表上官玉的《反对小资产阶级的低级趣味——评蓝光的独幕剧〈走向一条路〉》;潘培元的《也谈〈龙须沟〉》。

28日,《文汇报》发表陈伯吹的《谈谈少年儿童文艺读物》;鲁风的《读张天翼的〈去看电影〉》。

29日,《长江日报》发表赵起扬的《我们怎样深入生活改造思想》。

30日,《文艺报》第10号发表本报编辑部整理的《读者对创作问题的意见》;曾炜的《陷于停滞状态的文艺创作》。

6月

1日,《人民文学》6月号发表罗立韵的《反对把工人生活套在公式里》。

《西南文艺》6月号发表陈思岑的《屈原的爱国主义与浪漫主义》;席明真的《〈摘红梅〉杂谈》;沙汀的《谈谈人物的创造》;沈重的《英雄与"吐痰"》;游藜的《从"赶任务"想到的》。

12日,《解放军文艺》6月号发表本刊专稿《向苏联军队学习,向现代化、正规化迈进》;陈沂的《如何领导当前的战士创作》;葛振邦的《我是怎样进入生活的》。

14日,《南方日报》发表《苏联文学界批判格罗斯曼小说〈为了正义的事业〉》;[苏]法捷耶夫的《作家协会工作的若干问题(摘要)》。

15日,《文艺报》第11号发表社论《屈原和我们》;戴不凡的《试论〈白蛇传〉的故事》;葛杰的《对〈诗与现实〉的两点意见》。

《文艺月报》第6期发表于乙的《不要自我陶醉》;唐弢的《人民的诗人——屈原》;熊佛西的《看〈曙光照耀着莫斯科〉》;张骏祥的《〈曙光照耀着莫斯科〉演出我

见》;[苏]C·安东诺夫作、岳麟译的《论短篇小说写作中的主题、原因说明和爱情的线索》;戴深渊的《试谈小说〈白桦〉的人物描写》。

《江苏文艺》第6号发表中共江苏省委宣传部文艺处的《农村群众业余文艺活动中存在的问题和改进的方向》。

《长江日报》发表游国恩的《屈原文学作品的人民性》。

17日,《南方日报》发表丁东父的《"人民只有一个必要——和平"——影片〈战斗的乡村〉观后感》。

19日,《南方日报》发表郭彦汪来信《影片〈战斗的乡村〉加强我们保卫和平的决心》。

20日,《剧本》6月号发表孙芋的《〈妇女代表〉的写作经过》;屠岸的《〈妇女代表〉的语言和人物描写》。

26日,《南方日报》发表范明的《毛主席伟大民族政策的光辉——为介绍〈光明照耀着西藏〉而作》。

28日,《文汇报》发表木耳的《朝鲜反侵略战争是场炼钢的烈火——读杨朔的〈三千里江山〉》。

30日,《文艺报》第12号发表宋涛的《关于文艺创作组织领导工作中的一些问题》;唐挚的《关于深入生活的一些问题》;敏泽的《对于社会主义现实主义的一些错误理解》。

《南方日报》发表梁朝泰的《热爱祖国的伟大建设事业——介绍纪录片〈成渝铁路〉、〈天门铁路通车〉、〈戈壁滩上的石油〉》。

本月,《文学书刊介绍》第2期发表方白的《读〈雪峰寓言〉》;建基的《读〈大进军〉》;陆希治的《向保守主义者作斗争》;高宗禹的《〈父子劳模〉》。

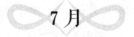

7月

1日,《西南文艺》7月号发表孙淳的《评〈秀女翻身记〉》;沈重的《从把英雄写成大力士谈起》。

6日,《长江日报》发表司马文森的《关键在于思想改造——参加中南文学工作者代表大会的感想》。

8日,《南方日报》发表梁朝泰的《搬运工人英勇斗争的史诗——介绍影片〈六号门〉》。

10日,《人民日报》发表周立波的《歌颂了工人阶级的先进思想和创造力量——话剧〈四十年的愿望〉观后》。

《南方日报》发表马德来信的《看电影〈六号门〉的感想》;何慧贤来信的《〈六号门〉表现了工人阶级团结的力量》。

12日,《解放军文艺》7月号发表[苏]列宁的《党的组织和党的文章》;陈沂的《树立长期学文化的思想》;李志民的《继续全面发展志愿军的文化艺术工作》;郭预衡的《谈〈雪山进军〉》;战士文化读物社的《关于当前部队业余创作问题》。

15日,《文艺报》第13号发表韦君宜的《从儿童文学作品中看到的几个问题》;田间的《新时代的主人》;"短评"栏发表江山的《表现什么》;同期,发表苏文秀的《讽刺的正面力量》;顾工的《集体创作》。

《文艺月报》第7期发表社论《罗森堡夫妇的精神领导着美国人民前进》;雪苇的《关于话剧团的工作方针与学习问题》;孔华的《巨大的激情》;[苏]B·杜伐金的《关于马雅可夫斯基》;天明的《为什么停滞不前》;若思的《"诅咒文学"》;陈安湖的《从一篇〈真理报〉的专论谈到〈《阿Q正传》的研究〉》;沈仁康的《驳〈《阿Q正传》研究〉的一些错误论点》;绀弩的《〈水浒传〉的影响》;王兆乾的《谈傩戏》;洪非的《试谈黄梅调》;姜立田的《对今后发掘、发展民间艺术的几点意见》;洪野的《从〈白娘子〉说起》;林枫的《对上海广益书局出版的民众通俗本〈渔夫恨〉的意见》。

30日,《文艺报》第14号发表方浦的《"戏"从哪里来》;敏泽的《评小说〈不疲倦的斗争〉》;伊凡的《鲁迅先生的〈故事新编〉》;刘衍文的《作品分析的倾向性》;白石的《对〈短篇小说剖析〉的几点意见》。

8 月

1日,《长江文艺》发表社论《为祖国经济建设积极服务》;俞林的《对于"典型"与"社会主义现实主义"的一点理解》;李文元的《我学写〈水利委员〉的经过》;俞林的《关于对生活细节的描写(对〈送公粮〉的意见)》;吴及的《反对创作上的投机取巧》。

《西南文艺》8月号发表张默生的《谈〈西游记〉》;时雨的《我对于苏联小说〈大学生〉的理解》;陈艾新的《谈石果的小说》;蔡国铭的《〈喜期〉是一篇好作品》;吴颖的《创作不要简单化》;张焕明等的《关于〈林子与爱情〉的讨论》。

7日,《人民文学》7、8月号发表詹安泰的《〈诗经〉里所表现的人民性和现实主义的精神》。本期始,《人民文学》主编为邵荃麟,副主编为严文井,编辑委员为何其芳、沙汀、邵荃麟、胡风、袁水拍、张天翼、葛洛、严文井。

12日,《解放军文艺》8月号发表[苏]哥尔布诺娃的《论社会主义现实主义理论的几个问题》。

15日,《文艺报》第15号发表马海辙的《三年来中南的文艺批评》;[苏]B·奥泽洛夫作、杨成夫译的《站在主要问题的一边》。

《文艺月报》第8期发表社论《和平的胜利、和平力量的胜利、和平思想的胜利》;若思的《斯坦尼斯拉夫斯基印象记》;赵明的《克服导演艺术处理上的概念化、公式化倾向》;五伦的《伟大的公民,英雄的形象》;靳以的《英雄和英雄的语言》;王西彦的《在沃土里的成长起来的》;华群的《必须从生活模拟阶段再提高一步》;啸一的《正确对待农村剧团的创作》。

《江苏文艺》第7、8号发表华齐平的《从"天天吃饺子"说起》;黄浅的《提倡业余写作》;颜而镡的《打开选择文艺活动材料的狭隘"框子"》。

16日,《南方日报》发表秋耘的《我们同样需要讽刺作品——学习马林科夫报告的一点体会》。

20日,《剧本》8月号发表胡可的《关于体验生活的几点意见》。

30日,《文艺报》第16号发表张啸虎的《对戏曲界互相改编剧本的几点意见》;吴组缃、王瑶的《对〈短篇小说剖析〉的一点说明》。

本月，人民文学出版社出版陈沂的《把人民解放军的文艺工作提高一步》。

9月

1日，《人民文学》9月号发表束沛德的《在丰富的现实生活里》；缘由的《我对〈关于神话题材的处理〉一文的意见》。

《西南文艺》9月号发表席明真的《试论川剧〈柳荫记〉的主题、人物及其它》；赵循伯的《关于川剧〈柳荫记〉的修改工作》。

《长江文艺》9月号发表武汉大学中文系二年级讨论、程一中整理的《生活，艺术创作的源泉》；程千帆的《读〈伟大水道建设者〉》。

12日，《解放军文艺》9月号发表陈毅的《对部队干部业余文娱活动的意见》；冯健男的《谈〈上甘岭〉的人物创造》；叶一峰的《略谈〈上甘岭〉爱国主义与国际主义的表现》。

15日，《文艺报》第17号发表徐光耀的《〈星〉读后感》。

《文艺月报》第9期发表蒋孔阳的《要善于通过日常生活来表现英雄人物》；丁景唐的《简评上海出版的儿童文学作品》；汪培的《为提高戏曲创作水平而努力》。

《江苏文艺》第9号发表小玉的《读〈一件湖绿色的印花布衫〉》。

20日，《剧本》9月号发表光未然的《评老舍作话剧〈春华秋实〉》。

22日，《浙江日报》发表韦君宜的《读伏尼契著〈牛虻〉》。

30日，《文艺报》第18号发表王血波的《我为什么不能正确表现矛盾与冲突》。

本月，《文学书刊介绍》第5期发表贾芝的《〈为和平而斗争〉的教育意义》；石永礼的《介绍〈三个穿灰大衣的人〉》；敏泽的《评小说〈不疲倦的斗争〉》。

10 月

1 日，《人民文学》10 月号发表史东山的《电影艺术在表现形式上的几个特点》；尼古拉耶娃作、庄寿慈译的《我怎样写〈收获〉》；萧乾的《读〈金星英雄〉》。

《西南文艺》10 月号发表袁山的《读〈康藏高原的春天〉》；慕公等的《关于〈林子与爱情〉的讨论》。

《长江文艺》10 月号发表社论《论文艺工作者深入生活问题》；刘绶松的《鲁迅后期杂文中的社会主义现实主义的精神》；于逢的《工厂生活的一点体会》。

《东北文学》（月刊）创刊，东北作家协会、东北文学编委会编辑，编辑委员白朗、师田手、马加、草明、韶华，本期发表发刊词《更好地为经济建设服务》；罗烽的《"言词"和"行动"》；寒梅的《农村生活体验记》。

12 日，《解放军文艺》10 月号发表[苏]特里峰诺娃的《关于社会主义现实主义的几个问题》。

15 日，《文艺报》第 19 号发表《人民日报》社论《努力发展文学艺术的创作》；周扬的《为创造更多的优秀文学艺术作品而奋斗——在中国文学艺术工作者第二次代表大会上的报告》；茅盾的《新的现实和新的任务——在中国文学艺术工作者第二次代表大会上的报告》。

《江苏文艺》第 10 号发表社论《开展农村文娱活动》；社论《开展增产节约宣传，大力创作文艺作品》；苏隽的《伟大的文学家、思想家、革命家——鲁迅》。

《浙江文艺》第 10 号发表一农的《农村剧团要坚持正确方向（五）》；余本中的《怎样描写人物》。

19 日，《南方日报》发表李迪生的《记着鲁迅先生的教导——纪念鲁迅先生逝世十七周年》。

20 日，《剧本》10 月号发表田汉的《做好戏剧工作满足人民的需要——在中华全国戏剧工作者协会全国委员会扩大会议上的报告》；洪深的《发展人民的话剧艺术——在中华全国戏剧工作者协会全国委员会扩大会议上的发言》；马彦祥的《巩固并扩大戏曲改革工作的成绩——在中华全国戏剧工作者协会全国委员会扩大会议上的发言》；李啸仓的《谈京剧〈打渔杀家〉》。

30日,《文艺报》第20号发表丁玲的《到群众中去落户》;冯雪峰的《伟大的奠基者和导师》。

本月,《文学书刊介绍》第6期发表王士菁的《读〈鲁迅小说集〉》;陈启明的《介绍〈我所认识的鲁迅〉》。

11月

1日,《人民文学》11月号发表周扬的《为创造更多的优秀的文学艺术作品而奋斗》;茅盾的《新的现实和新的任务》;巴金的《衷心的祝贺》;柯仲平的《创造社会主义内容民族形式的诗歌》;何其芳的《更多的作品,更高的思想艺术水平》;萧三的《谈谈创造新人物典型的问题》;曹禺的《要深入生活》;张天翼的《我要为孩子们讲一句话》;邵荃麟的《沿着社会主义现实主义的方向前进》。

《文艺月报》第10、11期发表周扬的《为创造更多的优秀的文学艺术作品而奋斗》;茅盾的《新的现实和新的任务》;夏衍的《华东文学艺术工作的一般情况》;巴金的《衷心的祝贺》;老舍的《两点意见》;周立波的《谈人物创造》;曹靖华的《关于研究和介绍苏联文学》;靳以的《深刻的感受》;刘厚生的《上海戏曲界和戏曲改革工作的最近情况》;《中国文学艺术工作者第二次代表大会情况报道》;刘衍文的《评〈新艺术论〉的增订本》;刘洵的《诗的主题、构思、思想和语言》;刘金的《读天蓝同志的两本诗集》;[苏]B·叶尔米洛夫的《雅柯布逊的讽刺剧〈豺狼〉》;雪苇的《鲁迅的作风》;巴人的《一点感想》;[苏]B·罗果夫的《鲁迅作品在苏联》;唐弢的《鲁迅的反对自由主义的精神》。

《长江文艺》11月号发表《工人作者座谈〈铁砂〉》;胡青坡的《文艺普及工作仍然是重要任务》;朱天的《试论李文元的短篇小说》;俞林的《为什么要阅读文艺作品》;何凌云的《评武汉市〈白蛇传〉的改编和演出》;林焰的《我在生活中的一些体会》。

《东北文学》11月号发表汪波的《"要"和"不要"》。

《西南文艺》11月号发表林彦的《〈沸腾的生活〉与〈平静的心境〉》;顾工的《要在深入生活中留意生活》;沈重的《关于"新事物速写"的一些问题》;"读者与通讯员之页"栏发表张立平的《读〈林子与爱情〉后》,魏仲云的《对于〈林子与爱情〉的意见》,黄宗念的《谈谈反面人物——张号子》。

2日,《南方日报》发表广东文学艺术工作者联合会群众创作辅导组《对辅导群众创作的意见》。

12日,《解放军文艺》11月号发表《人民日报》社论《努力发展文学艺术的创作》;傅钟的《写我们伟大的现实——革命战争》;王亚凡的《目前海军文艺创作中的一些问题》。

15日,《文艺报》第21号发表文心慧的《小说中的细节描写》;吕白寿的《开展农村群众文化艺术活动的两个问题》。

《江苏文艺》第11号发表罗荪的《为创造广大群众所热爱的文艺作品而努力》;程宗骏、知四的《应当关心工人的文艺生活》;申坚、三言的《读〈打垮海潮〉》。

30日,《文艺报》第22号发表康濯的《在更艰巨的路线上》;吴越的《读〈黄文元同志〉》;敏泽的《读〈风波〉》。

《南方日报》发表广州作家和工人作者文学创作问题座谈会记录的《关于工人文学创作的一些问题》。

本月,《文学书刊介绍》第7期发表刘岚山的《评胡可的〈英雄的阵地〉》。

本月,中南文艺出版社出版程千帆的《文学批评的任务》。

平明出版社出版唐弢的《向鲁迅学习》。

中南人民出版社出版熊复的《为坚持毛泽东文艺路线而斗争》。

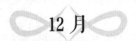

12月

1日,《长江文艺》12月号发表社论《争取创作丰收》;曾卓的《关于对工人作者的培养》。

《东北文学》12月号发表许克的《"说"和"做"》；寒梅的《思想感情和形象》；王铭的《批评、讽刺什么？》；陆霁的《"堵"不住的"坝"》。

《西南文艺》12月号发表《人民日报》社论《努力发展文学艺术的创作》；茅盾的《新的现实和新的任务》；殷白的《批评和创作都需要深入生活》；系铃的《读〈高原上的炊烟〉》；贺远明的《对张默生先生〈谈谈水浒〉的意见》；张默生的《对贺远明同志的文章的几点意见》。

《河南文艺》第24本发表苏金伞的《读〈不能走那一条路〉》。

12日，《解放军文艺》12月号发表李伟的《对部队文艺工作建设中几个问题的理解》；张立云的《发挥特写的战斗作用》；丁玲的《到群众中去落户》；柯仲平的《创造社会主义内容民族形式的诗歌》。

15日，《文艺报》第23号发表社论《国家在过渡时期的总路线和文学艺术的创造任务》；臧克家的《反抗的、自由的、创造的〈女神〉》。

《文艺月报》第12期发表巴人的《读〈列宁〉》；郭绍虞的《学习古典文学的问题》；宋云彬的《我还想做一点文艺工作》；陈伯吹的《让少年儿童高呼作家们的名字》；刘金的《这不是源泉》；方隼的《关于汉剧〈宇宙锋〉》；黄清江的《政策不能代替生活》；石灵的《关于〈犍子娘告状〉》；唐弢的《谈〈选举〉》；魏金枝的《我对于〈小丰产〉的意见》。

《江苏文艺》第12号发表社论《全省文艺工作者要认真学习和努力宣传国家在过渡时期的总路线》。

《浙江文艺》第12号发表王子辉的《谈谈新年春节文娱活动》。

20日，《南方日报》发表于燕郊的《反映伟大现实》；杜埃的《主题思想与主题的选择——和初学写作者谈写作之一》。

《剧本》发表焦菊隐的《戏剧界应当努力艺术实践——在中华全国戏剧工作者协会全国委员会扩大会议上的发言》。

30日，《文艺报》第24号发表冯雪峰的《英雄和群众及其它》；李如的《关于语言问题的意见》；王亚平的《在创作实践中写出优秀的曲艺文学作品》。

本月，《文学书刊介绍》第8期发表杜维沫的《读〈夜歌和白天的歌〉所想起的》。

本月，中南文艺出版社出版于黑丁的《生活、学习、创作》。

棠棣出版社出版黄药眠的《沉思集》。

1954年

1954年

1月

1日，《长江文艺》1月号发表社论《学习总路线，认清我们的灯塔》；于黑丁的《从现实生活出发表现人物的真实形象——评〈不能走那一条路〉》；黎辛的《关于目前省（市）文艺刊物编辑工作的一些意见》；王克浪的《对地方文艺刊物的几点意见》；梁原的《读〈刘大汉种瓜〉》；泰江的《作家应该重视学习语言》；邓立品的《地方文艺刊物要提高演唱作品的质量》。

《东北文学》1月号发表毛星的《文艺必须为总路线服务》；草明的《在总路线照耀下检查王铭的创作实践》；吴伯箫的《颂"灯塔"》；师田手的《严重的任务》；杨朔的《〈三千里江山〉写作漫谈》；吴伯箫的《文学——教育底有力武器》。

《西南文艺》1月号发表马仪的《介绍川剧〈望娘滩〉》；李明璋、朱禾、李华飞的《〈望娘滩〉的创作经过》；渥丹的《问题仍然在于深入生活》；余薇野的《关于一首诗的讨论》；刘振东的《读〈谢光老师〉》；向承灿的《关于〈谢光老师〉》。

《剧本》1月号发表张光年的《总路线指引着中国戏剧艺术前进的道路》；张真的《谈京剧〈三堂会审〉》；陈凡的《读〈西厢记〉随笔》。

3日，《南方日报》发表杜埃的《生活——创作的宝藏——和初学写作者谈谈写作之二》。

5日，《工人文艺》1月号发表李绮的《作品要写的真实（读稿随谈）》；李民生、邱祁的《对〈唱西北建筑英雄〉的意见》。

8日，《文汇报》发表［苏］叶·伊琳娜的《我怎样写古丽雅的道路》。

9日，《光明日报》发表胡奇的《跨过困难，迎接胜利——〈智取华山〉影片观后》。

10日，《贵州文艺》第1本发表周青明的《〈闯进院来的牛〉读后》。

11日，《大众电影》第1期发表周立波的《一部具有重大政治意义和历史价值的影片》。

12日，《解放军文艺》1月号发表吕骥的《为发展和提高人民音乐文化而努力》。

13日，《文汇报》发表庐纹的《陶美是怎样成长的——介绍波兰影片〈飞行的开端〉》。

《南方日报》发表《人民日报》社论《进一步发展人民电影事业》;《中央人民政府政务院关于加强电影制片工作的决定(一九五三年十二月二十日政务院第一百九十九次政务会议通过)》;《中央人民政府政务院关于建立电影放映网与电影工业的决定(一九五三年十二月二十日政务院第一百九十九次政务会议通过)》。

14日,《南方日报》发表艾治平的《〈智取威虎山〉是一部好影片》。

15日,《广西文艺》第1本发表陈土的《怎样能深入生活》;蒋昌绪的《农村剧团必须为生产服务》。

《文艺报》第1号发表吕荧的《列宁的文学思想》;陆希治的《饱满的政治热情》。

《文艺月报》第13期发表社论《文学艺术创作应积极为国家总路线服务》;魏金枝的《一个危险的计划》;方光焘的《作家与语言》;叶知秋的《"言语的巨人,行动的矮子"》;宋云彬的《谈金圣叹》;苏隽的《开展农村群众文艺活动的初步经验与存在的问题》;吴强的《高尚的精神,明朗的艺术形象》;晓立的《读〈他高高举起雪亮的小马枪〉》。

《中国青年》第2期发表侯金镜的《谈从文艺作品中学习英雄人物》。

《江苏文艺》第1号发表编者的《必须用社会主义思想教育群众》;中共江苏省委宣传部文艺处的《农村业余文娱活动的现况和今后工作的意见》。

《浙江文艺》第1号发表非文的《略谈宣传总路线的文艺创作》。

《湖北文艺》第1期发表社论《文艺工作为宣传总路线服务》。

16日,《文汇报》发表顾仲彝的《介绍记录电影〈伟大的土地改革〉》。

17日,《文汇报》发表思慕的《可供总路线参考的一些影片》。

《南方日报》发表杜埃的《关于人物性格的描写——和初学写作者谈谈写作之三》;黄谷柳的《鼓励和鞭策》。

19日,《人民日报》发表《中国文联和各协会确定今年工作计划要点根据总路线发展文艺创作》。

20日,《戏剧报》(月刊)创刊,中国戏剧家协会、《戏剧报》编辑委员会编辑,主编张庚,编委张庚、阿英、马彦祥、张骏祥、焦菊隐、马少波、丁里、吴天、葛一虹、凤子,本期发表田汉的《在灯塔的巨大光芒下前进》;记者的《首都各剧院一九五四年演出计划》;欧阳予倩的《我怎样学会了演京戏》;常香玉的《一个演员最光荣和最幸福的日子》;于是之的《让我们的生活充满朝气,让我们的创造充满青春》;陈刚的《高振林和于荒地的形象》(观剧漫谈);钟惦棐的《影片〈智取华山〉的惊险样式和它的表演艺术》;戴不凡的《和萧长华先生谈〈群英会〉》;焦菊隐的《向斯坦尼斯拉夫斯基学习》;张庚的《中国话剧运动史初稿》。

《河北文艺》复刊,本期发表远千里的《努力学习创作(代发刊词)》;社论《国家在过渡时期的总路线是文艺创作的灯塔》。

23日,《文汇报》发表张德林的《必须正确指导青年阅读文艺作品》;何歌的《伟大的曙光照耀着全世界——介绍苏联影片〈伟大的曙光〉》。

《光明日报》发表林晨的《伟大的曙光照耀着全世界——介绍影片〈伟大的曙光〉》。

25日,《文汇报》发表俞平伯的《我们怎样读〈红楼梦〉?》。

《贵州文艺》第2本发表丁江的《读我省一九五三年文艺创作征文中的文学作品》。

26日,《大众电影》第2期发表王云缦的《一部描写农村丰产运动的影片——评〈丰收〉》;杜华的《引导农民走向正确的道路》。

《南方日报》发表凤翔的《粉碎了封建枷锁,走社会主义的道路——介绍影片〈伟大的土地改革〉和〈星火集体庄园〉》。

《文汇报》以"吴运铎——我们的榜样"为总题,发表李凤莲的《我读了〈把一切献给党〉》,郝建秀的《〈把一切献给党〉读后》。

30日,《文艺报》第2号发表李琮的《〈不能走那一条路〉及其批评》;巴人的《读〈初雪〉》;唐挚的《评〈淮河边上的儿女〉》;华岗的《鲁迅论文艺和政治的关系》。

《光明日报》发表贾霁的《伟大的土地改革》。

本月,人民文学出版社出版瞿秋白译的《高尔基论文选集》。

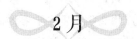

2月

1日,《长江文艺》2月号发表徐士年的《读〈水浒传〉的现实主义》;李蕤的《试评〈高秀山回家〉》；李准的《我怎样写〈不能走那一条路〉》；李冰的《〈给未来的孩子〉读后》；黎之的《读〈铁砂〉》。

《西南文艺》2月号发表冯牧的《英雄的业绩，英雄的赞歌》；丰中铁的《〈沙汀短篇小说选〉读后》；马仪的《真实、普通人与英雄》；贾绍旭等的《关于〈张瞎子的名字〉的讨论》。

《东北文学》2月号发表俞平伯的《〈红楼梦〉的思想性与艺术性》；赵明的《怎样写短篇小说》；林景煌的《试谈〈归来〉的人物创造》；张啸虎的《关于曲艺作品的故事性问题》；鲁琪的《关于省、市文艺工作中在创作上的几个问题》；冷岩的《新人物近在身边为什么不能发觉》。

5日，《工人文艺》2月号发表白浪的《先进人物要写得合理（读稿随谈）》；薛浩、华盛鸿的《读〈工人文艺〉十二期后的几点意见》。

6日，《光明日报》发表金丁的《关于沙汀的短篇小说〈沙汀短篇小说集〉》。

7日，《人民文学》2月号发表周志宏等的《读〈新的家〉》。

8日，《光明日报》发表巴人的《关于〈士敏土〉》。

9日，《文汇报》发表玲的《胡征的〈红土乡纪事〉》。

11日，《大众电影》第3期发表《中央人民政府政务院关于加强电影制片工作的决定》；《中央人民政府政务院关于建立电影放映网与电影工作的决定》；《人民日报》社论《进一步发展人民电影事业》。

《光明日报》发表林微的《群众喜爱反映真实生活的短篇小说——读者对艾芜的〈新的家〉的一些意见》。

《天津日报》发表鲍昌的《王贵——"最可爱的人"之一》。

12日，《解放军文艺》2月号发表社论《运用文艺武器，努力宣传国家过渡时期的总路线》。

13日，《南方日报》发表陶铸的《关于创作上的一些问题——一月二十日在广州文学艺术界学习讨论会上的讲话》；王匡的《深入生活，改造思想，更好地为总路线服务——一月二十日在广州文学艺术界学习讨论会上的发言》。

14日，《文汇报》发表费祎的《中国文艺作品在苏联》；慧闻的《创造幸福的人——读波列伏依的〈斯大林时代的人〉》。

15日，《广西文艺》第2本发表寒哉的《读〈大冲桥头〉》；陈土的《打开生活仓库的钥匙》；黄荣开、陈列的《再谈关于农村剧团的几个问题》。

《文艺报》第 3 号发表冯雪峰的《回答关于〈水浒〉的几个问题》；贺宜的《读张天翼的几篇儿童文学作品》。

《文艺月报》第 14 期发表［苏］符·马托夫作、秦顺新译的《再论短篇小说》；张禹的《一本反映江南土改的小说》；《厦门日报》编辑部·库伦的《厦门日报等对〈评小女婿及其演出〉一文的检讨》。

《江苏文艺》第 2 号发表编者的《为什么说你的作品不真实？》；霍焕明的《谈谈〈我要读书〉里的高玉宝》；易人的《〈张家姆妈上工厂〉不值得推荐》。

《浙江文艺》2 月号发表非文整理的《新登县农村剧团是怎样进行总路线宣传的》。

16 日，《河南文艺》第 4 本发表李琮的《〈不能走那一条路〉及其批评》；李准的《我怎样写〈不能走那一条路〉》。

18 日，《文汇报》发表王延龄的《火一样的青春，钢一般的意志——介绍〈燃烧的月尾岛〉》；周慕白的《读〈无产者安娜〉》。

《南方日报》发表黄谷柳的《寄最可爱的人——看〈抗美援朝〉第二部有感》。

19 日，《文汇报》发表黪谷的《读〈静静的群山〉》。

20 日，《文汇报》发表伊敏的《体验悲欢——读〈归来〉随笔》。

《戏剧报》2 月号发表洪深的《评〈尤里乌斯·伏契克〉的演出》；叶圣陶的《在西安看的戏》；向思赓的《谈〈猎虎记〉中张云溪的表演》；欧阳予倩的《我怎样学会了演京戏》（续完）；张庚的《中国话剧运动史初稿（二）》；欧阳山尊的《谈演员俱乐部的工作》。本期始《戏剧报》社长为田汉。

25 日，《福建文艺》第 2 本发表林禾火的《关于写正面人物》。

28 日，《文艺报》第 4 号发表李梁的《斯大林与文学艺术》；巴人的《读〈浪涛中的人们〉》；方联的《评〈组长和女婿〉》。

本月，作家出版社出版丁玲的《到群众中去落户》。

通俗读物出版社出版高玉宝、崔八娃等的《我是怎样学习写作的》。

3月

1日,《长江文艺》3月号发表刘绶松的《中国新文学史研究工作中的几个问题》;李冰的《读诗笔记——谈几位〈长江文艺〉通讯员发表的诗作》;杜埃的《描写人物的内心世界——与初学写作者谈谈写作》;方萌的《不要写自己不熟悉的东西》;麦寒的《为什么写不出来》;林白芒的《应当保护业余文艺创作》。

《西南文艺》3月号发表《和人民一同前进,放开喉咙歌唱》(诗歌座谈会纪要);李眉的《读〈把一切献给党〉》;殷白的《作为一种精神来看》。

《河南文艺》第5本发表木风的《读〈两个女瓦工〉》。

《东北文学》3月号发表《〈斯大林时代的人〉座谈记录》。

2日,《南方日报》发表张绰的《为独立、自由而战——介绍〈革命的一八四八年〉》。

3日,《剧本》3月号发表戴不凡的《谈京剧〈群英会〉》;张真的《谈京剧〈猎虎记〉》。

5日,《工人文艺》3月号发表沙陵的《谈写"生活小故事"》;杨小一的《文艺作品与新闻报道的区别》;沙陵的《要真实的描写生活》;小苗的《我对相声〈说服你爸爸〉和〈新的发展〉的几点意见》。

6日,《文汇报》发表熊佛西的《如何在舞台上塑造英雄形象?——为华东话剧团演出〈尤利乌斯·伏契克〉一剧而作》。

7日,《人民文学》3月号发表艾青的《诗的形式问题》。

12日,《解放军文艺》3月号发表陶铸的《关于创作上的一些问题》。

14日,《文汇报》发表瞿白音的《对川剧的印象》。

《南方日报》发表楼栖的《总路线的灯塔照耀着文艺创作——学习总路线、总任务与社会主义现实主义创作方法的体会》;杜埃的《从一篇来稿谈表现新人、新思想的问题——和初学写作者谈谈写作之四》。

15日,《广西文艺》第3本发表不周的《读〈李二叔的喜悦〉》。

《文艺报》第5号发表丁玲的《给陈登科的信》;王瑶的《读〈夏衍剧作集〉》;冯雪峰的《回答关于〈水浒〉的几个问题》(第六号、第九号、第十一号续完)。

《文艺月报》第15期发表社论《向着新的胜利前进》；[苏]波列伏依作、严大春译的《在共产主义的道路上》；于伶的《总路线照耀下的电影艺术工作》；吴颖的《亦门的唯心论的文艺思想》；天明的《不要把生活割裂开来》；胡志涵的《工人文艺运动中的一个问题》。

《文汇报》发表赖少其的《"你们要警惕！"——关于〈绞刑架下的报告〉和剧本及华东话剧团的演出》。

《江苏文艺》第3号发表记者专论《进一步加强对工人文艺创作的领导》；树成林的《几篇工人作品的研究》。

《浙江文艺》3月号发表金松的《谈谈以通讯改编剧本的问题》；一农的《不要滥用旧的形式》。

16日，《文汇报》发表丘岗的《阳光照耀着草原上的人们——介绍影片〈草原上的人们〉》。

17日，《文汇报》发表吴逸的《上甘岭的英雄是祖国的荣耀——介绍中篇小说〈上甘岭〉》。

19日，《南方日报》发表丁东父的《谈粤剧〈妇女代表〉的改编和演出》。

20日，《戏剧报》3月号发表屠岸、陈刚的《评话剧〈非这样生活不可〉的演出》；张真的《天津会演观摩散记》；鲜灵霞的《我演杜十娘的一点体会》；顾仲彝的《在上海看的四个地方戏》；张庚的《中国话剧运动史初稿（三）》；记者的《中国戏曲研究院、东北人民艺术剧院一九五四年演出计划》。

25日，《福建文艺》第3本发表谢怀丹的《把妇女问题更多地反映到文艺作品中来》。

26日，《大众电影》第6期发表纪叶的《关于〈智取华山〉的几个问题》。

28日，《南方日报》发表杜埃的《用总路线的精神描写新人物——和初学写作者谈谈写作之五》。

30日，《文艺报》第6号发表闻山的《读〈漳河水〉》；浦存伍的《谈秦兆阳的〈农村散记〉》；徐北文的《从一个"人物表"说起》。

本月，四联出版社出版吴调公的《人民作家赵树理》。

东方出版社出版吴奔星的《阅读和写作的基本问题》。

新文艺出版社出版辛未艾译的《杜勃洛留波夫选集（第一集）》。

4 月

1日,《文汇报》发表吴逸的《斩断帝国主义侵略中国的魔爪——电影〈斩断魔爪〉观后之一》;姜薏的《胜利果实保卫者的颂歌——电影〈斩断魔爪〉观后之二》。

《长江日报》发表苍洱星的《向英雄们致敬向英雄们学习——读〈驻守在边疆的卫国战士〉》。

《西南文艺》4月号发表任白戈的《在总路线照耀下的文艺工作的任务》;席明真的《一部描写农业集体化运动的史诗》;殷白的《从〈新的家〉谈起》;《关于〈张瞎子的名字〉的讨论》。

《群众文艺》4月号发表吴承汉的《新的主题,真实的描写》;罗泗的《读苏温洪的两首诗》。

《东北文学》4月号发表霜林的《我对于〈回家〉的意见》;盛光荣的《怎样提高省、市文艺工作者的水平》;旭日的《在残酷的压榨下》;临木的《〈从鞍钢来的战士〉读后》。

3日,《长江日报》发表若虚的《再谈〈为了人及其需要〉》。

5日,《工人文艺》4月号发表叶秀文记录并整理的《〈卖粮给国家〉剧本座谈会》;建三师、王生荣的《我对〈加油〉的意见》;二羽的《读〈夫妻关系〉后》;张中兴的《对〈这条路走错了〉一剧的意见》。

《长江日报》发表柯夫的《勇敢与怯懦——从看〈飞车走壁〉谈起》。

9日,《长江日报》发表柳池的《是一家人,走一条路——〈和解〉读后》。

10日,《文汇报》发表何适的《我学习了一段志愿军的创作——谈谈"老病号"找目标》。

11日,《文汇报》发表《农民诗人王老九和他的读者》。

12日,《长江日报》发表周光廊的《人民的脚步声——介绍〈时间呀,前进!〉》。

《解放军文艺》4月号发表《志愿军一日》编委会的《为完成〈志愿军一日〉的写作而努力》;张铁弦的《谈苏联反映社会主义建设的文学作品》。

13日,《文汇报》发表吴岑的《可爱的棉桃,勇敢地少先队员——介绍苏联儿童片〈棉桃〉》;陈伯吹的《〈棉桃〉的思想性和艺术性》。

15日,《广西文艺》第4本发表吴子厚的《〈种麦子的故事〉读后》。

《文艺报》第7号发表康濯的《谈〈不能走那一条路〉及其批评》;吴廷珺的《读〈夜走黄泥岗〉》;金近的《童话创作上的几个问题》。

《文艺月报》第16期发表以群的《关于戏剧作品中的创作思想问题》;[苏]阿尔希帕夫作、曹康译的《忠于生活的艺术的美学》;罗荪的《生活和政策》;张立云的《关于小说〈上甘岭〉》;函雨的《关于川剧〈帝王珠〉》。

《文汇报》发表郑马的《推荐〈黄继光的故事〉》;小弘的《两本儿童自己写的书》;金锁的《注意儿童画片的教育作用》。

《江苏文艺》第4号发表编者的《钻到人物心灵深处去》;朝华的《向〈不能走那一条路〉学习什么?》。

《浙江文艺》4月号发表菲舒的《几个有关创作问题的我见》。

《湖北文艺》第4期发表宋少良的《谈剧本〈百里长堤〉的创作》。

17日,《南方日报》发表李允中的《鼓舞青年献身革命斗争的好榜样——读〈把一切献给党〉》。

20日,《戏剧报》4月号发表马彦祥的《评京剧〈猎虎记〉的演出》;欧阳予倩的《演员必须念好台词》;罗常培的《台词和语音学的关系》;本报资料室的《莎士比亚的戏剧在中国》;张庚的《中国话剧运动史初稿(四)》;何海生的《〈麻疯女〉是一出坏戏》。

《河北文艺》4月号发表《河北日报》社论《在总路线照耀下努力发展文学艺术创作活动》。

25日,《福建文艺》第4本发表缘秋的《谈在矛盾斗争中表现生活表现性格》。

26日,《大众电影》第8期发表梅的《关于影片〈教师〉的几个问题》。

《河南文艺》第8本发表《河南日报》社论《为多写好作品、多演好戏、多唱好歌、多画好画、多说唱好曲艺而斗争》;李准的《谈一些家常话》;林金光的《部队文艺工作在发展中》。

27日,《文艺学习》(月刊)创刊,中国作家协会、文艺学习编辑部编辑,本期发表胡耀邦的《文艺作品是青年的老师和朋友》;冯雪峰的《〈药〉》(附鲁迅《药》);臧克家的《郭沫若的〈地球,我的母亲!〉》(附郭沫若《地球,我的母亲》);贾霁的《英勇的劳动和集体的功勋》;张立云的《〈上甘岭〉英雄们的事迹感染和教育着我们》;韦君宜的《漫谈怎样读文艺作品》;《作品内容与自己生活没有直接关系读了有什么用》问题讨论;郑震的《谈学习面的狭窄》;宗瑞的《不要急于写长篇》;艾青的《论诗和感情》;邓友梅的《我和生活手册》;柯蓝的《谈唐克新同志的〈我的师傅〉》;张岱的《读〈保价邮包〉》。

28日,《文汇报》发表梅的《关于影片〈教师〉的几个问题》。

《南方日报》发表黄雨的《〈萌芽集〉读后》。

30日,《文艺报》第8号发表王沛的《文艺应加强为社会主义工业化而服务》;柳青的《灯塔,照耀着我们吧!》;王亦放的《谈〈钢铁运输兵〉》;方灿的《小说〈上甘岭〉读后》;唐挚的《读几篇描写兄弟民族生活的作品》。

《文汇报》发表崔景泰的《剧场里的笑声——看沪剧〈罗汉钱〉》。

本月,上海出版公司出版周遐寿的《鲁迅小说里的人物》。

新文艺出版社出版周而复的《新的起点》。

5月

1日,《长江文艺》4月号发表刘祖春的《文艺刊物工作中一个重要的问题——纪念毛主席〈在延安文艺座谈会上的讲话〉发表十二周年》;康濯的《评〈不能走那一条路〉及其批评》;李桑牧的《卓越的讽刺文学——〈故事新编〉》;王大海的《正确认识和表现"宋老定"》;方萌的《作品不是商品》;宋忠的《农村剧团"结合中心工作问题"》。

《文汇报》发表丘岗的《优秀的纪录片〈鞍钢在建设中〉》。

《中国青年》第9期发表冯雪峰的《〈狂人日记〉》。

《西南文艺》5月号发表邱璜峰的《为建设社会主义而奋斗的英雄的史诗》;杨知勇的《撒尼族叙事诗〈阿诗玛〉整理经过》。

《群众文艺》5月号发表余薇野的《谈短诗〈心头话〉》;成文高的《关于小品文写作的几点意见》。

3日,《人民日报》发表张光年的《谈独幕剧》。

4日,《人民日报》发表周扬的《发扬"五四"文学革命的战斗传统》;聂绀弩的《论〈水浒〉的思想性和艺术性是逐渐提高的》。

《文汇报》发表沈柔坚的《勇敢的走向生活,走向明天》。

5日,《工人文艺》5月号发表方林的《谈作品的真实性》;杨小一的《诗稿漫谈》;《展开正确的文艺批评》;侯秦生的《对〈过年回家〉的一点意见》;薛浩的《对〈一根螺丝钉〉〈过年回家〉和其他作品的意见》;志英的《对〈铺灰器代替了旧泥壁〉的几点意见》。

《河南文艺》第9本发表康濯的《评〈不能走那一条路〉及其批评》。

7日,《人民文学》7月号发表周扬的《发扬"五四"文学革命的战斗传统》。

9日,《南方日报》发表王予的《在建设中——看影片〈鞍钢在建设中〉》。

10日,《广东文艺》(月刊)创刊,广东文艺社编辑,本期发表文华冰的《一本农民的诗》;廖玉文等的《梅县召开群众文艺作者会议》。

11日,《南方日报》发表林秀的《略评几本描写工人的文艺通俗读物》。

12日,《解放军文艺》5月号发表付铎的《〈冲破黎明前的黑暗〉创作经过》;丁正微的《形象的内心生活的探索》;张立云的《艰苦斗争的历程》;马寒冰的《读〈保卫延安〉的几章》。

14日,《南方日报》发表钱起的《优美的童话影片〈棉桃〉》。

15日,《文艺报》第9号发表萧三的《伟大的运动,伟大的力量》;力群的《读〈追肥〉》;严秀的《诗歌有感》;印敏的《我们需要更多的优秀的特写》。

《文艺月报》第17期发表叶如桐的《欢迎文艺生活中的批评和自我批评》;柯蓝的《目前工人创作中的问题》;姜添的《"知识"分子》;恽海的《也谈"知识"》;谢云的《"新面貌"和旧命运》;潭影的《注意语言的纯洁和健康》;晓立的《从〈瓦干诺夫〉联想到〈洼地上的战役〉》;招明的《铁道游击队》;何慢的《关于越剧〈梁山伯与祝英台〉的"楼台会"》;龙梭的《试谈川剧的演出和表演艺术》;吉夫的《读短篇小说〈解约〉》;叶明的《读〈铁道游击队〉》。

《长江日报》发表李培坤的《在生活斗争中百炼成钢——谈〈钢与渣〉》。

《江苏文艺》第5号发表华毅、刘饶民的《对〈我要夺红旗〉的意见》;徐一辉的《读〈小俩口拉车〉》。

16日,《中国青年》第10期发表何其芳的《关于现代格律诗》。

18日,《长江日报》发表闻耀的《看了〈走向生活〉之后》。

20日，《戏剧报》5月号发表屠岸、陈刚的《谈〈钢铁运输兵〉及其演出》；李诃的《坚持从生活出发——〈剧本〉月刊一九五三年独幕剧征稿得奖剧本读后记》；刁光覃的《角色的任务》；胡浩的《写角色自传》；[苏]尼·米·戈尔卡柯夫作、孙维世译的《〈智慧的痛苦〉的爱国主义》；张庚的《中国话剧运动史初稿（五）》；记者的《中国青年艺术剧院访问记》；萧凡的《一个突出的例子》；唐湜的《读〈访问盖叫天〉》；戈歌的《湖南的影子戏》；以"反对演坏戏"为总题发表耿树青的《〈火烧圆明园〉也是一出坏戏》，刘贵的《〈梅降雪〉也是一处坏戏》，张侃的《一个医务工作者对〈麻疯女〉的意见》，关凤奎的《我对改编评剧〈麻疯女〉的初步检讨》。

《河北文艺》5月号发表杨烈的《对搜集和整理民间文学的意见》。

21日，《文汇报》发表知侠的《〈铁道游击队〉写作经过》；林静的《读〈铁道游击队〉》。

23日，《文汇报》发表路英的《关于向五儿的性格——电影〈翠岗红旗〉读后》。

25日，《长江日报》发表河池的《〈棉桃〉——一部优秀的童话片》。

《福建文艺》第5本发表陈炳岑的《"真"和"深"》；赵家欣的《真实的生活，明朗的形象》；亚夫的《谈山歌小调等的写作》。

27日，《文艺学习》第2期发表张铁弦的《高尔基怎样指导青年写作》；巴人的《高尔基的〈母亲〉》；仲持的《读〈二十六个和一个〉》；杜黎均的《小说〈第一个职务〉中的新人形象》；青田的《伟大建设中的平凡人物》；韦明的《我怎样学习〈水浒〉的》；《作品内容与自己生活没有直接关系读了有什么用（问题讨论）》；思蒙的《"贪多求快"不会有什么好处》；牧丁的《关心生活吧》；刘崇善的《不要做"言语的巨人，行动的矮子"》；李珂的《谈〈春风吹到诺敏河〉》；艾芜的《练习写小说先从哪里开始》；吕剑的《从一首诗谈起》；江松的《我读〈远离莫斯科的地方〉的心得》；小牧的《介绍北京工人业余创作研究组》。

30日，《人民日报》发表夏衍的《谈小品文》。

《文艺报》第10号发表刘白羽的《自由的呼声》；郭璜的《〈战斗在滹沱河上〉读后》；记者的《文学教学中的一些问题》；胡稣的《"够不着"与"够着它"》。

本月，时代出版社出版[苏]尼基丁著、许铁马译的《文艺作品中的苏联军人形象》。

6月

1日,《长江文艺》5月号发表俞林的《为创造新的人物典型而奋斗》;徐懋庸的《高尔基论社会主义现实主义文艺的二三问题》;宋谋玚的《反映在〈远离莫斯科的地方〉中的社会冲突》。

《东北文学》6月号发表朱红的《买公债与买料子》;世凯的《"理论的巨人,行动的矮子"》;赵明的《读〈钢与渣〉》;杨士华的《读〈验收员〉》;方振的《注意细节描写的真实性》。

《西南文艺》6月号发表胡度记的《关于川剧〈情探〉的表演》;田工的《不要忽视自己周围的生活》;殷白的《故事与生活》;洪钟的《农民形象,典型和主题》。

《河南文艺》第11本发表何海生的《〈麻疯女〉是一出坏戏》;王敬先的《我对〈麻疯女〉的认识》。

《群众文艺》6月号发表《小品文——进行思想斗争最灵活的武器》。

2日,《文汇报》发表路夫的《为儿童的幸福生活而奋斗——介绍影片〈幸福的儿童时代〉》。

3日,《剧本》6月号发表柯夫的《在生活和创作的实践里逐步提高》。

5日,《文汇报》发表傅起玉的《读小说〈无边的土地〉》。

7日,《人民文学》6月号发表贾芝的《柯仲平的诗作》;茅盾的《关于"歇后语"》;晋湘等的《一篇鼓舞我们战斗意志的小说》;文外生的《读诗人卞之琳的五首近作》。

《工人文艺》6月号发表学徒群的《一种不好的现象》;向明的《我对〈过年回家〉的认识》;王景昌的《谈〈一根螺丝钉〉〈过年回家〉及其他》;毛宙的《读〈把一切献给党〉》。

9日,《文汇报》发表张逸的《从影片〈走向生活〉里学习什么?》;容城的《青年人,生活在迎接你们!——向同学们介绍影片〈走向生活〉》。

10日,《广东文艺》6月号发表谭林的《农村剧团为什么不好向职业化发展》;汤明哲的《为互助合作服务》。

12日,《解放军文艺》6月号发表虞棘的《谈纪录片〈伟大的土地改革〉》。

15日,《广西文艺》第6本发表《广西日报》社论《全省文艺工作者组织起来争取为本省文学艺术创作的开展与繁荣而努力》;周钢鸣的《为争取广西省的文学艺术繁荣而奋斗》。

《文艺报》第11号发表闻山的《谈未央的几首诗》;李昌庆等的《描写爱情的一个公式》。

《文艺月报》第18期发表《解放日报》社论《加强对上海工人业余文艺活动的领导》;[苏]革拉特柯夫作、陈廷中译的《论作家的道德》;张春桥的《报纸是作家接触生活的一个基地》;丁景唐的《关于儿童文学》;斯人的《评童话诗〈桥和墙〉》。

《江苏文艺》第6号发表孟平的《读〈借红豆〉》。

《浙江文艺》6月号发表浙江文联筹委会编审部的《巩固现有成绩,把群众创作提高一步》。

20日,《文汇报》发表顾仲彝的《重视电影对儿童的教育作用——在"儿童电影观众联谊大会"上的讲话》。

《戏剧报》6月号发表《人民日报》社论《加强民间职业剧团的领导》;《中央人民政府文化部关于加强民间职业剧团的领导和管理的指示》;葛一虹的《契诃夫的戏剧在中国》;唐湜的《读〈契诃夫的〈小形式〉〉》;赵寻的《谈〈春风吹到诺敏河〉的主题思想》;张庚的《为什么上演〈法西斯细菌〉》;刘念渠的《谈〈法西斯细菌〉的再演出》;林彦的《〈贞女血〉和〈盗金砖〉是两出坏戏》;吴祖光的《和孩子们一起看戏》;一兼的《〈小鸭〉——一个儿童喜爱的木偶戏》;曾荣华的《演〈评雪辨踪〉中吕蒙正的一些体会》;许倩云的《我怎样演〈评雪辨踪〉中的刘翠屏》。

21日,《中国青年》第12期发表冯雪峰的《单四嫂子和祥林嫂》。

23日,《文汇报》发表李璟的《为了幸福,为了将来——看影片〈争取和平与友谊〉》。

25日,《福建文艺》第6本发表孙涛的《关于写诗》;修廉的《读微润同志的诗》。

27日,《文艺学习》第3期发表潘之汀的《契诃夫是怎样一位作家?》;天蓝的《关于契诃夫的〈宝贝儿〉》;彭慧的《卡达耶夫的〈时间呀,前进!〉》;梁明的《对劳动,对青年的赞歌》;《作品内容与自己生活没有直接关系读了有什么用(问题讨论)》;王以平的《读书的兴趣》;静仪的《读四中全会决议后想起的》;杨晦的《三国演义〉、〈西游记〉、〈红楼梦〉等作品对我们有什么帮助呢?》;[苏]阿布拉莫维奇作、刘宾雁译的《论文学作品的主题和思想》;冯至的《一首好诗》;王乙的《〈饲养员赵大叔〉》。本期起,《文艺学习》主编为韦君宜,编辑委员为李庚、杜麦青、吴伯箫、韦君宜、康濯、黄药眠、彭慧、萧殷。

《文汇报》发表姜薏的《银幕上的〈梁祝〉》。

30日,《文艺报》第12号发表侯金镜的《评路翎的三篇小说》;秦兆阳的《关于对〈农村散记〉的批评的感想》。

本月,人民文学出版社出版[苏]爱伦堡著、叶湘文译的《谈作家的工作》。

东方出版社出版徐中玉的《论文艺教学和语文问题》。

新文艺出版社出版荒草的《论部队文艺》。

7月

1日,《长江文艺》7月号发表徐士年的《试谈〈三国演义〉的思想性》;杜高的《单纯和美及其他》;张长有的《不要把生活简单化》;秦江的《不能"例外"》。

《东北文学》7月号发表吴伯箫的《工作的教科书》;单复的《一部描写工人生活的杰作》。

《西南文艺》7月号发表周慕莲述、胡度记的《关于川剧〈情探〉的表演》。

5日,《文汇报》发表庄辛的《永生的战士——〈真正的战士〉读后》。

6日,《文汇报》发表何绍平的《青春的火花——介绍抗美援朝短篇选集〈祖国的儿女〉》。

9日,《文汇报》发表华君武的《谈内部批评的讽刺画》。

12日,《解放军文艺》7月号发表陈沂的《把我们的创作提高到新的水平》;冯雪峰的《关于人物及其他》;冯牧的《我们在组织文艺创作上作了些什么》。

15日,《文艺报》第13号发表袁文殊的《一九五三年电影剧作中的几个问题》;丁诺的《正确认识"五四"剧目的上演》;徐明的《从工厂业余文艺活动的艺形式谈起》。

《文艺月报》第 19 期发表社论《文学艺术工作者当前的光荣职责》；社论《对文艺团体的一记警钟》；〔苏〕高尔基作、张挚译的《关于契诃夫的新作短篇小说〈在峡谷里〉》；田庐的《〈春风吹到诺敏河〉和它的演出》；牛玉华的《关于〈韩秀贞〉一书的错误及检讨》。

《文汇报》发表满涛的《对契诃夫小说的感受——纪念契诃夫逝世五十周年》。

《江苏文艺》第 7 号发表孟平的《以严肃的态度对待写作》；闵怀良的《〈借豆种〉是一篇比较好的作品》。

《浙江文艺》7 月号发表编辑部的《演唱与阅读》；张文的《要到生活里去找"戏"》。

20 日，《戏剧报》7 月号发表郭文灿的《我们如何在地方戏曲的基础上发展了歌剧》；洪深、张逸生的《导演〈法西斯细菌〉自问录记》；唐湜的《谈越剧〈红楼梦〉》；刘有宽的《戏曲剧目贫乏的现状必须改变》；张汗的《剧场与"企业化"》；李帝的《纠正滥编滥印传统戏曲剧本的现象》；微言的《两条不同的道路》；邓小秋的《刘利华的脸谱》；张庚的《中国话剧运动史初稿（六）》；桑夫的《读〈史楚金传〉》；马连良的《以实际行动补偿我的过失》；李乔的《我的初步检讨》。

22 日，《文汇报》发表路夫的《开辟道路的人们——看〈最初的日子〉》。

24 日，《文汇报》发表李纹的《人，是最坚强的——影片〈最后阶段〉介绍》。

26 日，《大众电影》第 14 期发表满涛的《关于〈钦差大臣〉的讽刺》；颜一烟的《我看〈妇女代表〉》。

27 日，《文艺学习》第 4 期发表何家槐的《〈子夜〉》；适夷的《〈保卫延安〉——一首光辉的诗篇》；臧克家的《撒尼族人民的叙事长诗〈阿诗玛〉》；李希凡的《谈豹子头林冲》；《作品内容与自己生活没有直接关系读了有什么用（问题讨论）》；叶圣陶的《文艺写作必须依靠语言》；老舍的《诗与快板》；大有的《谈谈〈走在前面的人〉》；良真的《〈宝贝儿〉教育了一个落后的女同志》；文兵的《康藏高原上战士们的文艺阅读活动》；孟照的《首先要求思想进步》（文艺学习座谈）。

30 日，《文艺报》第 14 号发表适夷的《紧张些，更紧张些》；冯雪峰的《论〈保卫延安〉的成就及其重要性》（第十五号续完）。

《文汇报》发表容城的《银幕上的〈妇女代表〉》。

本月,胡风向中央提交30万言书《关于解放以来的文艺实践情况的报告》。

8月

1日,《长江文艺》8月号发表《人民日报》社论《提高文艺干部的政治修养和艺术修养》;丽尼的《契诃夫——伟大的现实主义作家》;俞林的《读〈高小毕业生〉》;任访秋的《伟大的现实主义散文作家司马迁》;华夏的《加强年画创作上的群众观点》。

《中国青年》第15期发表江华的《一部描写人民解放军的优秀小说〈保卫延安〉》。

《东北文学》8月号发表韶华的《作品的生命力》;《业余文学研究班座谈〈崔毅〉、〈苇青河上〉、〈验收员〉、〈裤子〉》。

《西南文艺》8月号发表邵子南的《"无冲突论"并不是容易肃清的》;殷白的《从〈走向生活〉的生活谈起》。

10日,《广东文艺》6月号发表欧阳山的《和平力量的重大胜利》;谭林的《农村剧团必须克服铺张浪费的现象》。

11日,《大众电影》第15期发表戴不凡的《谈电影〈梁山伯与祝英台〉》;桑弧的《荧幕上的〈梁山伯与祝英台〉》。

12日,《解放军文艺》8月号发表宋之的的《错在哪里?——评路翎的小说〈洼地上的"战役"〉》。

13日,《文汇报》发表柯之朗的《推荐〈保卫延安〉》。

15日,《广西文艺》第8本发表李文钊的《〈又一个最高纪录〉评改》。

《文艺报》第15号发表方白的《读叶圣陶的〈倪焕之〉》;舒霈的《作家们应该关心当前的作品》;力群的《更好的描画我们的生活》。

《文艺月报》第20期发表张自强的《鲜花和黑旗》;石红的《讽刺?诽谤?》;钱

东甫的《关于洪升和他的戏曲〈长生殿〉》;单平的《读〈信〉后的意见》。

《江苏文艺》第8号发表记者专论《肃清资本主义思想,端正创作态度》;静人的《看苏剧、常锡剧和维扬戏杂谈(上)》。

《浙江文艺》8月号发表《浙江日报》社论《努力发展文学艺术事业为总任务服务》;林辰夫的《把群众创作提高一步》;王子辉的《关于戏曲工作中的几个问题》。

20日,《戏剧报》8月号发表田汉的《三万里慰问归来》;祁兆良、刘木铎、黄克保、唐湜的《萧长华先生谈丑角的表演艺术》;安冈的《谈〈雷雨〉的新演出》;陈卓猷的《谈〈法西斯细菌〉的舞台人物形象》;焦菊隐的《契诃夫和莫斯科艺术剧院与斯坦尼斯拉夫斯基》;记者的《关于京剧〈锁麟囊〉的演出》。

21日,《文汇报》发表路夫的《斗争的史诗——读〈活着的人们〉》。

22日,《人民日报》发表钟洛的《关于发展少数民族文艺工作的几个问题》。

《天津日报》发表文卿的《关于〈牛郎织女〉的演出》。

25日,《文汇报》发表何绍平的《读〈钢与渣〉》。

26日,《大众电影》第16期发表黎的《关于影片中反映党的领导的问题》。

《文汇报》发表桑弧的《关于电影〈梁山伯与祝英台〉》。

27日,《文艺学习》第5期发表何家槐的《〈祝福〉》;冯雪峰的《〈纪念刘和珍君〉文中几个句子的解释》;朱子奇的《勇往直前的新社会的建设者(读〈金星英雄〉)》;张真的《谈谈读〈水浒〉的态度》;李伟的《平凡与伟大》;老舍的《回答〈文艺学习〉编辑部的问题》(一);柳青的《回答〈文艺学习〉编辑部的问题》(二);王亚平的《学习和欣赏说唱文学》;孟安的《〈小卫生员〉的人物描写》;贾霁的《答关于〈钢与渣〉的几个问题》。

30日,《文艺报》第16号发表无咎的《理论与现实》;陈幹、高汉的《〈建筑艺术中社会主义现实主义和民族遗产的学习与运用的问题〉的商榷》;荒草的《大胆的表现生活的矛盾和冲突》;吕哲的《读〈铁道游击队〉》。

本月,五十年代出版社出版朱星的《新文体概论》。

9月

1日，《长江文艺》9月号发表杜埃的《创作问题上的一些片面观点》；周纳的《谈讽刺》；宋漱流的《文人必须要有行》；朱金丽的《有一位这样"体验生活"的所谓"文人"》。

《西南文艺》9月号发表《人民日报》社论《提高文艺干部的政治修养和艺术修养》；云蕾的《读〈阿诗玛〉的一点体会》。

4日，《文汇报》发表世镇的《人民为什么喜爱〈梁祝〉》。

5日，《工人文艺》9月号发表张锦璧的《推荐一部优秀的文学作品——〈保卫延安〉》；学徒群的《读〈我的表姊〉、〈夫妻关系〉》；薛浩的《读〈俩师傅〉》。

《文汇报》发表焦义祖的《反对以旧的观点、方法编印儿童读物》。

《南方日报》发表杜埃的《为农村剧团、民间歌手创作更多的演唱作品》。

7日，《人民文学》9月号发表王晓岚的《请满足工人同志们的要求吧》；希亮的《我们喜欢小品文》；郑信良的《我对群众语言的一点看法》。

《文汇报》发表姜薏的《介绍影片〈奇婚记〉》；刘川、顾宝璋的《谈谈三个独幕剧——〈人往高处走〉、〈百年大计〉、〈姊妹俩〉》。

9日，《文汇报》发表偶人的《战火下的丰收——介绍影片〈土地的主人〉》；路夫的《走向胜利前面的战士——看影片〈侦察兵〉》；顾仲彝的《举办朝鲜电影周的重大意义》。

11日，《文汇报》发表张骏声的《谈话剧〈在时代的列车上〉》。

12日，《解放军文艺》9月号发表王玉良、马士成的《关于连队群众创作》；壮士的《〈生产待命〉是一个坏作品》。

13日，《文汇报》发表高文晋的《谈谈〈家〉的上演》。

15日，《文艺报》第17号发表许湛的《读几篇短篇小说》；敏泽的《读〈一面小白旗的风波〉》；《对一些文学作品的意见》（读者来件综述）；纪芒的《对两篇戏剧批评的意见》。

《文艺月报》第21期发表社论《庆祝第一届全国人民代表大会胜利开幕》；《解放日报》社论《努力开展话剧运动》；伊兵的《关于朝鲜古典名著〈春香传〉的演

出》；桑弧的《戏曲与银幕》；刘金的《感情问题及其他》；荒草的《评路翎的两篇小说》；叶学信的《我对小说〈金桃的婚事〉的几点意见》；罗大云的《我对〈边寨一年〉的意见》；曲天文的《我们需要政论性的散文》；张成文等的《我们需要讽刺文学》。

《江苏文艺》第 9 号发表静人的《看苏剧、常锡剧和维扬戏杂谈（下）》；麟的《读〈不能上钩〉和〈喂牛草〉》；艾煊的《看戏杂记》。

《浙江文艺》9 月号发表黄逸宾的《为创作更多更好的文学艺术作品，为争取我省文学艺术的繁荣而奋斗》。

18 日，《文汇报》发表阮文涛的《谈儿童剧〈祖国的园地〉》。

20 日，《戏剧报》9 月号发表记者的《戏剧界热烈响应解放台湾的伟大号召》；梅兰芳的《为兵服务——从朝鲜到广州》；祁兆良、刘木铎、黄克保、唐湜的《萧长华先生谈"一台无二戏"》；雷平的《我创造静子的一些体会》；韩尚义的《谈舞台美术设计问题》；张庚的《中国话剧运动史初稿（七）》；李甡的《"连赶"与"连演"》；张福祥的《"指导证"与"审查席"》。

23 日，《文汇报》发表陈伯吹的《我读〈考验〉》。

25 日，《文汇报》发表王定的《毛主席像太阳——介绍两本歌颂毛主席的书》。

26 日，《大众电影》第 18 期发表卢梦的《评影片〈英雄司机〉》；岳野的《在英雄光辉的照耀下》；吕班的《〈英雄司机〉的主题、情调、人物》。

27 日，《文艺学习》第 6 期发表洪遒的《读〈把一切献给党〉重写本》；吴倩的《生活细节与生活琐事》；周立波的《回答〈文艺学习〉编辑部的问题》（三）；杨朔的《回答〈文艺学习〉编辑部的问题》（四）；黄药眠的《谈人物描写》；孙犁的《写作漫谈》；舒森的《从生活出发（读〈测量员与老羊倌〉）》；傅泊青的《应该重视语言学习》。

28 日，《文汇报》发表方培的《美丽的叙事诗——介绍影片〈萨特阔〉》；方清的《介绍话剧〈种橘的人们〉》。

30 日，《文艺报》第 18 号发表李希凡、蓝翎的《关于〈红楼梦简论〉及其他》；记者的《重视文艺批评》。

《文汇报》发表《社会主义创造性劳动的颂歌——介绍影片〈英雄司机〉》。

本月，中南文艺出版社出版［苏］安东诺夫著、李一柯译的《论短篇小说》。

10 月

1日,《人民日报》发表冯雪峰的《五年来我国文学创作的发展方向》。

《西南文艺》10月号发表马茂元的《〈儒林外史〉的现实主义》;何剑熏的《谈鲁迅先生的〈起死〉》;萧殷的《应当写出与人物言行相适应的性格》;殷白的《〈社务委员〉的人物描写》。

3日,《剧本》10月号发表杨溉森的《谈剧作〈红旗〉及其演出中的加工》。

5日,《工人文艺》10月号发表丽天的《诗与生活》;王连杰的《读〈张连长〉后》。

《文汇报》发表王定的《真实的生活,现实的教育——读〈和爸爸在一起坐牢的日子〉》。

《辽宁文艺》(半月刊)创刊,辽宁文艺社编辑出版。

7日,《文汇报》发表姜薏的《〈不可战胜的人们〉的历史背景》。

8日,《文汇报》发表高扬的《谈影片〈不可战胜的人们〉中的正面人物》。

《南方日报》发表于燕郊的《介绍影片〈不可战胜的人们〉》。

10日,《南方日报》发表方歌今的《影片〈一对青年夫妇〉的教育意义》。

12日,《文汇报》发表芦叶的《光辉的榜样——〈青年英雄的故事〉读后记》。

《解放军文艺》10月号发表萧殷的《谈人物精神面貌的描写》;王磊、魏振群的《读〈再见吧,战友们〉》。

14日,《文汇报》发表杨朔的《京城漫记》。

《南方日报》发表洪志圣的《辅导工农兵进行文艺创作的一点经验》。

15日,《文艺报》第19号发表牛汉的《谈谈殷夫的诗》。

《文汇报》发表周让的《读〈志愿军〉》;庄辛的《坚持斗争就是胜利——读〈狱中十六年〉》。

《文艺月报》第22期发表舒舍予、丁玲、巴金、沈雁冰的《在第一届全国人民代表大会第一次会议上的发言》;冯雪峰的《五年来我国文学创作的发展方向》;夏衍的《在欢乐的日子里》;《庆祝中华人民共和国成立五周年(华东作家协会座谈会记录)》;李金波的《鲁迅先生的爱和憎》;秋越的《"肮脏的脚"与肮脏的戏》;

叶知秋的《从游泳说起》；以群的《谈艺术的真实和生活的真实》；朱端约的《读〈种橘的人们〉》；王保林的《读最近几期〈文艺月报〉的杂感随笔》；卢展的《〈种橘的人们〉是一个好剧本》。

《江苏文艺》第 10 号发表社论《为加强我们刊物的战斗性而努力》；钱静人的《为进一步发展江苏的文学艺术事业而斗争》。

《浙江文艺》10月号发表沈虎根的《我学习创作的经过》。

17 日，《文汇报》发表方索的《讽刺喜剧〈炼印〉的成就》。

18 日，《文汇报》发表容城的《一个意大利悲剧——谈〈偷自行车的人〉》；汪澄的《一部优秀的影片》。

19 日，《文汇报》发表平心的《青年向鲁迅学习什么——纪念鲁迅逝世十八周年》。

《南方日报》发表楼栖的《论鲁迅的讽刺》。

20 日，《戏剧报》10月号发表田汉的《一年来的戏剧工作和剧协工作》；马少波的《关于京剧艺术进一步改革的商榷》；顾仲彝的《亨利·菲尔丁的戏剧作品》；熊佛西的《我看〈罗森堡夫妇〉》；沙科夫的《看〈汉姆雷特，丹麦王子〉在列宁格勒的演出》；本报资料室的《近五年来苏联戏剧在我国演出统计》；以群的《谈艺术的真实和生活的真实》。

21 日，《文汇报》发表崔景泰的《民间艺人塑造的旧知识分子角色——谈倒七戏〈讨学钱〉》。

24 日，《人民日报》发表李希凡、蓝翎的《走什么样的路？——再评俞平伯先生关于〈红楼梦〉研究的错误观点》。

《南方日报》发表雪伦的《谈山歌剧写作上的一些技术问题》。

26 日，《人民日报》发表《中国作家协会讨论关于〈红楼梦〉研究问题》。

《文汇报》发表丽宁的《我看了〈钢铁运输线〉》。

27 日，《文艺学习》第 7 期发表舒辛的《向文学作品汲取精神力量（问题讨论总结）》；郭预衡的《鲁迅是怎样指导青年读书的》；周建人的《略谈鲁迅的观察力和读书方法》；何家槐的《〈孤独者〉》；黄敬文的《我的母亲和〈祥林嫂〉》；艾芜的《回答文艺学习编辑部的问题》（五）；黄药眠的《谈人物描写》（续完）；邹明的《一个工人作者的成长》；孟明的《关于〈老杨买表〉》；李贵庆的《关于〈药〉里的乌鸦及其他》。

28日,《人民日报》发表袁水拍的《质问〈文艺报〉编者》。

《文汇报》发表崔景泰的《表现历史英雄的舞台艺术——谈山东梆子〈两狼山〉》。

30日,《文艺报》第20号发表冯雪峰的《检讨我在〈文艺报〉所犯的错误》;舒芜的《坚决开展对古典文学研究中资产阶级思想的斗争》。

本月,《文艺书刊》第1期发表林静的《读〈铁道游击队〉》;如坚的《〈铁道游击队〉与读者》;山雨的《关于〈大苗山交响曲〉》。

11月

1日,《长江文艺》11月号发表谭丕谟的《杜甫诗歌中的现实主义精神》;王大海的《我们应当有自知之明》;王黎拓的《读吉学霈的几篇短篇小说》;剑熏的《不能这样对待批评》。

《西南文艺》11月号发表《克服虚夸和骄傲,努力提高政治修养和艺术修养》;黄铁的《从云南文艺干部的学习情况谈起》;邱扬的《试谈川剧〈彩楼记〉的表演》;席明真的《评〈稀罕的客人〉》。

3日,《剧本》11月号发表张光年的《学习苏联戏剧工作的先进经验》;张真的《漫谈王金龙的阶级成分和人物评价》。

4日,《文汇报》发表《华东作家协会召开〈红楼梦研究〉讨论会》。

5日,《工人文艺》11月号发表宁克中的《从〈写你所熟悉的〉谈起》。

7日,《人民文学》11月号发表陈涌的《论鲁迅小说的现实主题》;罗根泽的《陶渊明诗的人民性和艺术性》;林淡秋的《裸体舞和悲剧》;[苏]尼古拉耶娃作、刘宾雁译的《创作人物形象的道路》。

8日,《长江日报》发表钟洛的《应该重视对〈红楼梦〉研究中的错误观点的批判》。

9日,《南方日报》发表钟洛的《应该重视对〈红楼梦〉研究中的错误观点的批判》。

10日,《广东文艺》11月号发表杜埃的《对待民间戏曲问题上的一些偏向》;曾刚的《农业社中的文化艺术活动》;文华冰的《我对〈何老憎〉的意见》;金玉的《把重点放在农业社》。

《长江日报》发表王若水的《肃清胡适的反动哲学遗毒——兼评俞平伯研究〈红楼梦〉的错误观点和方法》。

《南方日报》发表李希凡、蓝翎的《关于〈红楼梦简论〉及其他》。

11日,《大众电影》第21期发表王云缦的《谈影片〈春风吹到诺敏河〉》;安波的《关于〈春风吹到诺敏河〉的主题》。

《南方日报》发表李希凡、蓝翎的《评〈红楼梦研究〉》。

12日,《南方日报》发表李希凡、蓝翎的《走什么样的路?——再论俞平伯先生关于〈红楼梦〉研究的错误观点》。

《解放军文艺》11月号发表傅钟的《当前部队的文艺创作问题》;陈其通的《关于〈万水千山〉的创作》;张立云的《在前进的道路上——评话剧〈万水千山〉》;习文的《读〈草荡里的枪声〉》;艾文的《向团指挥员崔克坚学习》;壮士的《短篇写作中的新气象》。

13日,《南方日报》发表王若水的《清除胡适的反动哲学遗毒——兼评俞平伯研究〈红楼梦〉的错误观点和方法》。

14日,《文汇报》发表秋分的《奇异的"窍门"——读〈白焰〉的片段感想》。

《南方日报》发表冯雪峰的《检讨我在〈文艺报〉所犯的错误》。

15日,《文艺报》第21号发表王瑶的《从俞平伯先生对〈红楼梦〉的研究谈到考据》;黄药眠的《俞平伯〈红楼梦研究〉的讨论中所联想到的和体会到的》;范宁的《俞平伯〈红楼梦研究〉是反爱国主义的》;吴小如的《我对于讨论〈红楼梦〉问题的认识和感想》。

《文艺月报》第23期发表社论《坚决和文艺领域中的资产阶级思想作斗争》;钟洛的《应该重视对〈红楼梦〉研究中的错误观点的批判》;方隼的《坚持原则,坚持批判》;若望的《考证引入的迷宫》;本刊记者的《华东作家协会召开关于〈红楼梦〉问题的讨论会》;于伶的《致热爱生活的人们——华东区话剧观摩演出大会艺术专题报告》;曰木的《纯洁我们的"灵魂"》;峻青的《正确的对待生活》;柯蓝的《关于〈扫秦〉》;伊兵的《谈〈炼印〉》。

《文汇报》发表张立云的《读〈沼地上的火焰〉》。

《浙江文艺》11月号发表本刊编辑部的《复一位青年诗作者》。

《湖北文艺》第11期发表任清的《努力创造反映新的农村生活的作品》；止戈等的《读〈月亮湾上的姑娘〉后的意见》；徐风的《我对〈少年〉的一点意见》；蔡桂芳的《要真实的描写生活》。

17日，《南方日报》发表楼栖的《在古典文学研究领域树起马克思列宁主义的光辉旗帜》。

19日，《天津日报》发表王颂英的《我看了〈战线南移〉》。

20日，《人民日报》发表何其芳的《没有批评就不能前进》。

《辽宁文艺》第4期发表《中国作家协会召开关于〈红楼梦〉研究的讨论会》；《读〈罗贤芝上学〉》。

《戏剧报》11月号发表焦菊隐的《表演艺术上的三个主要问题》；记者的《戏曲的艺术改革问题的初步讨论》；李纶的《关于戏曲艺术改革的一些感想》；《反对黄色戏曲和下流表演》（短评）；何海生的《再向赵燕侠敲一次警钟》；贺敬之的《欢迎苏联国立莫斯科音乐剧院在中国的演出》；郭乃安的《关于歌剧〈刘胡兰〉新作的演出》；张庚的《读〈万水千山〉里的人物》。

《河北文艺》11月号发表远千里的《谈提高——从讨论〈大地的儿女〉谈起》。

21日，《文汇报》发表卫明的《美丽想象的化身——看吕戏〈王定保借档〉》。

24日，《天津日报》发表雪波的《我看了〈冲破黎明前的黑暗〉以后》。

27日，《文艺学习》第8期发表《不能容忍资产阶级思想继续盘踞古典文学研究的领域》；许之乔的《〈红楼梦〉是属于人民的》；林梦云的《从〈红楼梦〉的讨论所想到的》；舒辛的《向文学作品汲取精神力量（问题讨论总结）》；巴人的《〈青年近卫军〉的艺术构成及其人物形象》；黎白的《小说〈保卫延安〉成长过程中的二三事》；洛思的《可贵的是饱满的政治热情》。

28日，《文汇报》发表崔景泰的《表现新人新事的新评弹——谈中篇评弹〈刘胡兰〉的演出》。

30日，《文艺报》第22号以"对《文艺报》的批评"为总题，发表臧克家、刘白羽、胡风、康濯、袁水拍和老舍的发言；同期，发表编辑部整理的《一年来读者对〈文艺报〉的批评》；陈亦絮的《谈批评家的批评与自我批评》。

本月，《文艺书刊》第2期发表简柔的《〈东平选集〉在思想和艺术上的成就》；

魏海平的《〈他高高举起雪亮的小马枪〉》;陈年的《介绍〈海上英雄〉》。

本月,新文艺出版社出版以群的《文艺思想问题笔记》。

工人出版社出版老舍的《和工人同志们谈写作》。

12 月

1日,《文学丛刊》创刊,中国作家协会沈阳分会编辑,辽宁人民出版社出版,本辑发表李希凡的《走什么样的路》;杨公骥、公木的《论中国原始文学》。

《长江文艺》12月号发表社论《展开对〈红楼梦〉研究中错误观点的批判,肃清古典文学研究领域中的资产阶级思想》;冯雪峰的《检讨我在〈文艺报〉所犯的错误》;刘绶松的《俞平伯的错误思想主要表现在哪里》;李蕤的《彻底清除胡适反动思想在文艺领域的遗毒》;万林的《不朽的革命人道主义战士严中良》。

《西南文艺》12月号发表何剑熏的《论〈红楼梦〉的主题思想》;康坚的《在关于〈红楼梦〉的论争中学习》;张文新的《介绍短篇小说集〈路〉》;李珂等的《我们读〈社务委员〉》。

《河南文艺》第114本发表李嘉言的《从关于〈红楼梦〉的讨论吸取教训》;任访秋的《古典文学研究中的考证与批评问题》;万曼的《俞平伯在〈红楼梦〉主题和人物形象分析上的自然主义倾向》;《关于对〈红楼梦〉研究中错误思想的批判与讨论》。

3日,《文汇报》发表黄裳的《艺术家的辛勤创造——关于〈盖叫天的舞台艺术〉》;何家槐的《俞平伯的〈红楼梦〉研究给予青年的毒害》。

《长江日报》发表佘树声的《关于贾家的典型性及其他——向李希凡、蓝翎同志商榷》。

《辽宁文艺》第5期发表项冶的《读〈红楼梦〉》;林启的《我的一点体会——批判〈红楼梦〉研究中的错误观点的学习笔记》;王淑芝的《〈罗贤芝上学〉读后》。

《剧本》12月号发表方涛的《读〈战线南移〉》;陈朗的《对〈读西厢记随笔〉的商

榷》;陈凡的《答〈对《读西厢记随笔》的商榷〉》。

4日,《文汇报》发表姚芳藻的《谈谈木偶片》。

5日,《文汇报》发表知一的《学习——生活中的大事——读〈新朋友〉的感想》。

7日,《人民文学》12月号发表老舍的《〈红楼梦〉并不是梦》;白盾的《贾宝玉的典型意义》;林冬平的《〈红楼梦〉的现实主义成就》;杜文川的《工人对小说体裁的意见》。

《文汇报》发表许之乔的《〈红楼梦〉是属于人民的——给一位青年同志的信》。

8日,《文汇报》发表黎文望的《什么是诗,什么不是诗——介绍艾青〈诗论〉中的几篇文章》。

《南方日报》发表《广州市文化局和广州市文联联合召开座谈会讨论开展一九五五年元旦及春节演唱材料的创作问题》。

10日,《广东文艺》12月号发表丁东父的《反对用资产阶级观点来看〈红楼梦〉》;黄宁婴的《读〈林彩娇好姻缘〉》;陈政端的《我是这样学写山歌的》。

12日,《南方日报》发表杜埃的《社会主义现实主义三个基本特征的体会——读书笔记》。

《解放军文艺》12月号发表荒草的《清除资产阶级错误思想,为建设我国社会主义文化而奋斗!》;张因凡的《记奥维奇金谈特写》;魏钢焰的《〈保卫延安〉是怎样写成的》;中南军区战士文化读物社的《要写出英雄的精神品质》;牛成明的《谈谈我怎样锻炼写作》;壮士的《短小些、通俗些、生动些》;麻仲谦、铁兵的《注意反映现实生活》。

15日,《文艺月报》第24期发表本刊编辑部的《热烈的欢迎更广泛、更尖锐的批评》;程千帆的《从〈红楼梦底风格〉看资产阶级的美学观点》;田庐的《必须开展文艺批评和自由讨论》;罗荪的《斗争需要力量》;夏衍的《为提高和发展新时代的戏曲艺术而奋斗》;丁景唐的《对于工人业余文艺活动的意见》;景贤的《专业文艺工作者要多关心工人文艺》;雁序的《"义士"和"空想家"》;杨凡的《拿出一点热情来吧》;于长江的《从害怕和敬爱谈起》;水舟、蒋一匡的《关于〈东去列车〉》。

《浙江文艺》12月号发表闻竹雨的《谈谈"小演唱"创作上的几个问题》。

16日,《河南文艺》第115本发表刘溶的《不能那样看待〈红楼梦〉》。

17日,《文汇报》发表沙鸥的《俞平伯的方法论和世界观是什么》。

20日,《文汇报》发表舒芜的《分歧是什么》。

《辽宁文艺》第6期发表《〈红楼梦〉研究座谈会记录摘要》;王化南的《从会演中看沈阳市群众艺术活动中的若干问题》;孟令乙的《〈初到工地来〉是一篇有积极意义的作品》;申展的《读〈老福禄〉》。

《戏剧报》12月号发表《关于〈文艺报〉的决议》(一九五四年十二月八日中国文学艺术界联合会主席团、中国作家协会主席团扩大联席会议通过);张光年的《从〈文艺报〉的错误吸取教训,切实检查并改进我们的编辑工作——十二月九日在中国戏剧家协会编辑出版部扩大会议上的报告》;老舍的《谈"粗暴"和"保守"》;宋之的的《对于京剧改革问题的一些意见》;吴祖光的《谈谈戏曲改革的几个实际问题》;马彦祥的《是什么阻碍着京剧舞台艺术进一步的发展》;吴祖光的《为马彦祥同志的发言再谈几句话》;梅兰芳的《对京剧表演艺术的一点体会》;赵树理的《我对戏曲改革的看法》;夏衍的《为提高和发展新时代的戏曲艺术而奋斗》;张艾丁的《谈福建古典戏的演出》;本报编辑部的《读者对戏曲艺术改革问题的意见》。

21日,《文汇报》发表何相如的《从坏到好——读〈晴朗的日子〉的感想》。

26日,《大众电影》第24期发表柯蓝的《谈〈伟大的起点〉中的工人形象》;艾明之的《充溢在心中的激情——写作〈伟大的起点〉的几点感想》。

27日,《文艺学习》第9期发表李希凡、杨建中的《论〈红楼梦〉悲剧性突出的时代意义》;《对〈红楼梦〉研究问题的意见》;佘树声的《略谈林黛玉》;彭慧的《谈〈被开垦的处女地〉》;张岩的《谈话剧〈万水千山〉》;孙犁的《回答文艺学习编辑部的问题》(六);王瑶的《回答文艺学习编辑部的问题》(七);安珍的《略谈〈三茗子〉的写作特点》;金近的《关于童话的现实意义》。

28日,《文汇报》发表赵自的《〈把一切献给党〉读后散记》。

30日,《文艺报》第23、24号发表《关于〈文艺报〉的决议》;郭沫若的《三点建议》;茅盾的《良好的开端》;周扬的《我们必须战斗》;蔡仪的《胡适思想的反动本质和它在文艺界的流毒》。

《文汇报》发表一纹的《建立美好的生活需要斗争——〈在我们的村子里〉观后》。

本月,《文艺书刊》第3期发表黎文望的《什么是诗?什么不是诗?》;吴轶方的《读小说集〈生长〉》;石季文的《修改后的〈楼台会〉及其他》;莫扬的《革命的风暴,无产者的成长》;方红的《介绍李伏娃的小说〈在森林地带〉》。

本月,中南文艺出版社出版于黑丁的《生活、学习、创作》。

新文艺出版社出版王西彦的《从生活到创作》。

晨光出版社出版阿英的《下厂与写作》。

工人出版社出版白川的《工农兵写作教学的初步经验》。

1955年

1955年

1月

1日,《广西文艺》第1本发表社论《坚决展开对〈红楼梦〉研究中资产阶级观点的斗争》;《关于开展〈红楼梦〉研究的批判的意见》。

《长江文艺》1月号发表本刊编辑部的《欢迎广大读者对〈长江文艺〉提出严肃的批评》;于黑丁的《加强战斗,扩大创作队伍》;姚雪垠的《俞平伯底美学思想底腐朽性及其根源》;宋凝的《读〈雨〉》;黄天骏的《读〈秧〉》;子祥的《对〈初航〉的意见》。

《西南文艺》1月号发表何牧的《〈西南文艺〉发表的关于〈红楼梦〉和〈西游记〉的评介中的问题》;鄢方刚的《评介〈雪山英雄〉》;《读者对〈越先进越能发现落后〉的意见》。

《剧本》1月号发表一九五四年十二月八日中国文学艺术界联合会主席团、中国作家协会主席团扩大联席会议通过的《关于〈文艺报〉的决议》;张光年的《从〈文艺报〉的错误吸取教训 切实检查并改进我们的编辑工作》;瞿白音的《评剧本〈种橘的人们〉》;李珂的《评歌剧〈杏林记〉》。

《群众文艺》1月号发表杨甦的《可喜的第一步》;傅相干的《我在学习写作中的一些体会》;余薇野的《读〈午饭〉》。

3日,《人民日报》发表林淡秋的《胡适的文学观批判》。

4日,《人民日报》发表《对胡风在文联和作协主席团扩大会议上的发言的意见》。

5日,《人民日报》发表李蕤的《读胡风的影评〈人道在控诉〉》。

《江苏文艺》第1号发表聘正的《批判〈红楼梦〉研究工作中的资产阶级唯心论是怎么一回事?》。

《辽宁文艺》第1、2期发表《文化部、团中央联合发出指示加强农村春节文化艺术活动》;《中华全国总工会发出关于春节期间宣传工作的通知》;陈旗的《批判韩彤、里扬在文艺创作出版上的恶劣倾向和庸俗作风》;徐正的《如此"创作干部"》;李嘉廉的《读剧本〈刘莲英〉》;刘家骐的《〈崔大娘〉读后》。

《南方日报》发表廖苾光的《怎样看〈红楼梦〉——谈〈红楼梦〉所反映的生活和所提出的问题》。

7日,《长江日报》发表许文的《影片〈一场风波〉的社会意义与教育意义》。

8日,《文艺学习》第1期发表静仪的《从贾宝玉谈到张岩——看古典作品里的正面人物》;《读者们在关心着〈红楼梦〉研究问题》;力扬的《文艺的特征和教育作用》;李蔚的《对〈谈谈读《水浒》的态度〉一文的意见》;李猛的《熟悉生活,理解生活》。

《文汇报》发表林淡秋的《胡适的文学观批判》。

《长江日报》发表刘绪贻的《加强领导,发展创作,进一步开展与提高职工业余文艺活动》。

《光明日报》发表孟瑜的《对胡风〈人道在控诉〉的意见》;邱扬的《〈明朗的天〉中的三个人物》。

9日,《人民日报》发表邓拓的《论〈红楼梦〉的社会背景和历史意义》。

《南方日报》发表詹安泰的《进一步挖掘俞平伯研究〈红楼梦〉的错误思想的根源》。

10日,《工人文艺》1月号发表短论《批判〈红楼梦〉研究中的错误观点是无产阶级思想对资产阶级思想的斗争》;向太阳的《正确地认识工厂生活,创造工人阶级的英雄形象》;柯金的《读〈路遇〉》;刘青的《谈谈"抢救""抢修"一类的稿件》。

《广东文艺》1月号发表谭林的《农村剧团必须为互助合作运动服务》;郑森夫的《介绍话剧〈出路〉的演出》;李雁的《表现现代生活的好戏曲》。

11日,《大众电影》第1期发表洪钟的《我们的农村在前进——看影片〈一件提案〉》;谷峪的《我打算在〈一件提案〉中表达些什么》;白桦的《一首动人的战斗抒情诗——推荐影片〈渡江侦察记〉》;冰心的《我看了〈一个女人的新生活〉》。

12日,《解放军文艺》1月号发表荒草的《如何看〈万水千山〉?》;李兴贵的《〈地上的长虹〉是一篇好作品》;张志魁的《对于筑路英雄的深刻描写》;于德同的《一篇主观臆造的小说》;韩涛的《英雄应该从群众中生长出来》。

13日,《南方日报》发表潘允中的《对"新红学家"的唯心观点和形而上学方法的批判》。

14日,《人民日报》发表周姬昌的《胡风先生的立场是什么——读胡风在中国文学艺术界联合会主席团和中国作家协会主席团扩大联席会议上的发言》。

15日,《文艺月报》第25期发表罗荪的《向胜利的苏联文学学习》;本刊编辑部整理的《读者、通讯员对〈文艺月报〉的批评》;孙峻青的《对〈文艺月报〉的意见》;刘大杰的《薛宝钗的思想本质》;伊兵的《也谈〈扫秦〉》;谭连的《新苏话剧团应该切实改正错误》。

《安徽文艺》1月号发表紫草的《略谈说唱作品的情节与故事性》;程志群的《对〈中国人民底心〉的意见》;姜凤山的《〈借牛〉是篇臆造的作品》。

《浙江文艺》1月号发表胡小孩的《谈〈两兄弟〉的创作》;黄韶、顾兆元、姚易非的《关于〈水车〉的讨论》;徐季子、张锋的《对〈老师好!〉的意见》。

《湖南文艺》第1本发表魏猛克的《从〈红楼梦〉问题谈起》。

16日,《文汇报》发表姜薏的《新知识分子的道路——看影片〈一个女人的新生活〉的感受》。

17日,《人民日报》发表李希凡、蓝翎的《"新红学派"的功过在哪里?》。

19日,《文汇报》发表白树的《"精神上的锈"造成的悲剧》。

《河北文艺》1月号发表沙立的《简说王熙凤的性格》;吴华南的《严正清算资产阶级唯心主义思想的影响》;以"《草料帐》讨论"为总题,发表李韧的《忽视了刻画人物的阶级感情》,张庆田的《也来商榷〈草料帐〉》。

21日,《人民日报》发表鲍昌的《我们必须和胡风的文艺思想划清界限》。

22日,《人民日报》发表李希凡、蓝翎的《评〈红楼梦新证〉》。

《戏剧报》1月号发表华夫的《排除戏剧界的庸俗空气》;陈丁沙、梁灏的《清除胡适反动理论在戏剧界的影响》;张庚的《对〈中国话剧运动史初稿〉中错误的初步认识》;李纶的《更多地、更有效地为工农兵演出》;王亚平的《为发展繁荣首都的戏曲艺术事业而奋斗——北京市第一届戏曲观摩演出总结报告(摘要)》;丁里的《评话剧〈万水千山〉的演出》;记者的《介绍话剧〈东海最前线〉》;张云溪的《我希望通过实践找出改革的道路》;叶盛兰的《我的意见,我的希望》;龚和德的《关于京剧的艺术改革中舞台美术的创作问题》;吕思的《我怎样扮演繁漪》;兢华的《我怎样演"拷红"中的红娘》;丁卒的《影片〈梁山伯与祝英台〉给我们的启示》;贝叶等的《让邪风邪气走投无路吧》;本报记者的《各地报刊展开对赵燕侠色情下流表演的批评》。

26日,《大众电影》第2期发表叶一峰的《谈影片〈渡江侦察记〉中的几个英雄人物》;沈默君的《我是怎样创作〈渡江侦察记〉的?》。

27日,《文汇报》发表王昆仑的《关于曹雪芹的创作思想》。

29日,《文汇报》发表王知伊的《评〈红楼梦新证〉及其他》。

30日,《文艺报》第1、2号发表刘绶松的《批判胡适在"五四"文学革命运动中的改良主义思想》;钟敬文的《批判胡适在民间文学研究上的观点和方法》;吴颖的《关于〈诗与现实〉的批评》;杜鹏程的《生活永远是紧张的战斗》;常琳的《对〈洼地上的"战役"〉的几点意见》;路翎的《为什么会有这样的批评?》(第三、第四号续完);以"对胡风在文联和作协主席团扩大联席会议上的发言的意见"为总题,发表姚文元的《分清是非,划清界限》,刘天寿、余钟惠的《我们愤慨》,吴颖的《关于〈诗与现实〉的批评》等文。

31日,《人民日报》发表王瑶的《不能按照胡风的"面貌"来改造我们的文艺运动》。

本月,《文学书刊介绍》1月号发表邓易的《从〈保卫延安〉看中国人民解放军的同志关系》;孟夏的《读〈保卫延安〉笔记》;赵中的《我读〈保卫延安〉》;黄铣铭的《〈保卫延安〉读后的一点体会》。

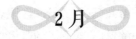

2月

1日,《人民日报》发表李希凡、蓝翎的《胡风在文学传统问题上的反马克思主义观点》。

《广西文艺》第2本发表莫强的《善于生活善于表现》;《略谈〈红楼梦〉这本书》。

《长江文艺》2月号发表社论《做好工作,支援解放台湾,粉碎美蒋条约!》;李达的《胡适反动思想在政治上的表现》;本刊编辑部整理的《读者对〈长江文艺〉的意见》;本刊记者的《对〈长江文艺〉底缺点和错误的批评》。

《西南文艺》2月号发表林彦的《胡适的〈尝试集〉批判》;周渊的《展开对胡适的反动思想的批判》;孙省的《反对对〈文艺报〉批评中的资产阶级错误思想》;《读者对〈红楼梦〉研究问题的几点反映》。

《河南文艺》第118本发表徐士年的《薛宝钗的典型意义》。

《湖北文艺》第2期发表刘绶松的《推荐一篇比较优秀的小说——〈少年〉》。

2日,《天津日报》发表张天翼的《〈西游记〉札记》。

3日,《人民日报》发表吴忠匡、江山的《鲁迅笔下的胡适》。

《辽宁文艺》第3期发表《可不可以这样写?》。

《光明日报》发表李仲旺的《谈胡风的"主观战斗精神"》。

《剧本》2月号发表颜振奋的《胡适在戏剧文学方面反动的唯心观点》;楚白纯的《〈万水千山〉的艺术成就》;张光年的《为社会主义现实主义而奋斗的中国话剧》;邓明遐的《对〈收割的时候〉的意见》。

4日,《南方日报》发表远炎的《辉煌的人民解放军英雄业绩——介绍影片〈渡江侦察记〉》;《解放军侦察人员谈影片〈渡江侦察记〉》。

6日,《解放日报》发表叶如桐的《评影片〈渡江侦察记〉》。

8日,《人民文学》2月号发表山东大学师生集体讨论的《我们对〈红楼梦〉的初步看法》;张毕来的《〈老残游记〉的反动性和胡适在〈老残游记〉评价中所表现的反动政治立场》;王智亮的《胡风先生及其小集团曾经怎样斗争过?》;王速的《阿垅的"马克思主义追求"》;沈流的《胡风先生肯定什么? 否定什么?》。

《文艺学习》第2期发表李庚的《应当重视描写真实英雄人物的文学作品》;黄秋耘的《谈胡风先生的"五把刀子"》;王景山的《鲁迅先生笔下的胡适》;天蓝的《关于〈建设山区的人们〉》;斯庸的《为祖国劳动,为祖国战斗——谈谈〈海鸥〉》;臧克家的《"五四"以来新诗发展的一个轮廓(上)》;丁玲的《一点经验》;刘绍棠的《给爱好文艺的青年同学们》。

9日,《人民日报》发表李龙牧的《从报刊工作的角度揭露胡风的"文学运动的方式"的实质》。

《戏剧报》2月号发表王亦放的《批评〈戏剧报〉的编辑作风》;本报编辑部整理的《对〈戏剧报〉的批评和建议》;袁行的《关于演员和角色的关系问题》;萧崎的《关于〈万尼亚舅舅〉的排演》;龚牧的《朝中人民友谊的花朵——越剧〈春香传〉的演出》;史民的《为推翻剧目轮换演出制而奋斗》;季茫的《谈剧目轮换演出制》;戴再民的《省剧团能否试行剧目轮换演出制?》;[苏]兹拉托果罗夫等作、高莽译的《解答中国艺术工作者所提出的关于歌剧方面的问题》;戴不凡的《勤学苦练的榜样》;宋谋场的《略谈对待戏曲遗产的态度问题》;新凤霞的《评剧〈刘巧儿〉的创作过程》;马可的《从评剧〈志愿军的未婚妻〉的音乐谈起》;何慢的《我们怎样帮助一个民间职业剧团工作》；昌前的《一个下流的娱乐场所》；姚林的《反对韩兰根的下流演出》。

11日，《大众电影》第3期发表谢觉哉的《伟大的"活书"——看了影片〈六亿人民的意志〉后》；叶圣陶的《〈六亿人民的意志〉》；许广平的《我们在前进——看了〈六亿人民的意志〉》。

12日，《人民日报》发表《作家协会主席团扩大会议决定展开对胡风的资产阶级唯心主义文艺思想的批判》。

《解放军文艺》2月号发表［苏］阿·苏尔科夫的《苏联文学的现状和任务》；荒煤的《论正面人物形象的创造》；沈默君的《〈渡江侦察记〉的创作经过》。

15日，《文艺报》第3号发表蔡仪的《批判胡风的资产阶级唯心论文艺思想》；姚虹的《鲁迅和瞿秋白笔下的胡适》；《中国作家协会主席团关于开除孔厥会籍的决定》；侯金镜的《使高山低头，河水让路的英雄性格》；叶一峰的《谈张立云对〈万水千山〉的批评》；壁厚的《关于戏曲的艺术改革问题的讨论》。

《文艺月报》第26期发表王若望的《学习苏尔科夫的报告，向胡风的错误文艺思想作斗争》；黄源的《胡风的歧路》；张春桥的《在红星照耀着的地方》；李信的《介绍两个工人业余创作的剧本》；欧阳翠的《被腐蚀的青年》；唐弢的《什么叫"旧红学"和"新红学"》；石灵的《对〈红楼梦研究〉的一点看法》；吴颖、陈健的《对蔡仪〈中国新文学史讲话〉的几点意见》；李永寿的《评吴奔星的〈春蚕分析〉》；徐开垒的《胡适串演的丑剧》；曰木的《从一个座谈会上所想起的》；褚树森的《读〈王志平和他的妻子〉》；赵汉光、于长江的《〈王志平和他的妻子〉的矛盾是怎样解决的?》。

《安徽文艺》2月号发表孟青的《〈一家人〉的创作过程》；马依群的《对〈老板和老板娘吵架〉的意见》。

《江苏文艺》第2号发表施德楼的《加强农村文艺宣传》；平凡的《农村文艺活动应该经常化》。

《浙江文艺》2月号发表应志正等的《关于〈老师好!〉的讨论》。

《湖南文艺》第2本发表立青的《〈一条牛和一匹布〉读后》；衡钟的《我们需要大众化的东西》；朱锦琳的《对〈谢婆子〉的意见》；守忠的《我对农村剧团的提高问题的意见》。

16日，《人民日报》发表《文艺报》记者的《请看看孔厥的丑恶行为》。

18日，《人民日报》发表老舍的《反对文人无行》。

19日,《光明日报》发表颜一烟的《纯洁我们的文艺队伍》。

《河北文艺》2月号以"《草料帐》讨论"为总题,发表高峰的《要正确的刻画人物的个性》,沂歌的《〈草料帐〉的人物性格》,杨伯亚的《我对脚骡子二的认识》,李铁山的《脚骡子二是个忠实社员》,李惠池的《艺术地反映了真实生活》,陈文月的《我是这样考虑的》,李兴春的《离开了历史唯物观点的文艺批评》,贾水珩的《两点意见》。

20日,《辽宁文艺》第4期发表《关于〈文艺报〉的决议》;化十的《对〈妈妈放宽心〉的商榷》;罗继仁的《希望刊登一些通俗文艺理论》;孟令乙的《开展正确的文艺批评》。

《人民日报》发表袁水拍的《从胡风的创作看他的理论的破产》。

21日,《人民日报》发表曹禺的《胡风先生在说谎》。

25日,《南方日报》发表社论《华南文艺创作新阶段的开始》。

26日,《大众电影》第4期发表许文的《影片〈一场风波〉的社会意义与教育意义》,羽山的《三个女人的命运——谈谈〈一场风波〉的主题和人物》。

《光明日报》发表邓友梅的《作家不能有两重生活》。

28日,《文艺报》第4号发表秦兆阳的《论胡风的"一个基本问题"》;绿原的《我对胡风的错误思想的几点认识》;于晴的《"真诚"、"虚伪"及其它》;何为的《真实的意图在哪里?》;臧克家的《胡风的宗派情绪》;敏泽的《胡风是怎样歪曲和取消文艺的党性原则》。

《南方日报》发表杜埃的《批判胡风的资产阶级唯心论的文艺思想》。

本月,《文艺书刊》第2期发表梅抱秋的《谈京剧〈四进士〉和〈武松〉》。

本月,华南人民出版社出版杜埃的《论生活与创作》。

3月

1日,《文学丛刊》第2辑发表师田手的《怎样认识〈红楼梦〉》;韶华的《关于

〈红楼梦的思想性与艺术性〉》；单复的《读〈春天来到了鸭绿江〉》。

《长江文艺》3月号发表俞林的《什么是胡风的现实主义》；杜埃的《批判胡风的资产阶级唯心论的文艺思想》；王大海的《我们必须明辨是非》；李培坤的《胡风先生为什么替阿垅辩护》；张慧的《我们需要什么样的"单纯"和"美"》；苗延秀的《关于〈长江文艺〉批评栏的一些问题》。

《西南文艺》3月号发表康坚的《胡风底文艺思想的资产阶级唯心论本质》；邱璜峰的《胡风是怎样阉割和曲解马克思列宁主义的文艺理论的》；何牧的《批判胡适对〈红楼梦〉和〈水浒传〉的歪曲》；《读者对〈西南文艺〉的批评和意见》；《读者对〈论《红楼梦》的主题思想〉的意见》。

《河南文艺》第120本发表任访秋的《批判胡适反动的文学思想——形式主义与自然主义》。

《群众文艺》3月号发表蓝定彬的《读〈治病救人〉》；蒋岱莹的《对一篇唱词的意见》；金戈戈的《谈〈铺路〉》；甘牛的《读〈重点照顾〉》；王凯的《〈在养老的时候〉读后》。

《湖北文艺》第3期发表李希凡、蓝翎的《俞平伯研究〈红楼梦〉的主要错误是什么》。

3日，《辽宁文艺》第5期发表丝恨、徐正、鳖黛、清倩的《读〈两组长〉》；水孚的《对小说〈棉桃〉的意见》。

《内蒙古文艺》3月号发表丁翰的《谈歌剧〈冬去春来〉》；鹏飞的《怎样从事业余写作》。

《南方日报》发表秦牧的《略谈群众业余创作评奖获选的散文和小说》。

《剧本》3月号发表赵寻的《坚决清除资产阶级的文艺思想为提高刊物的思想性而奋斗——在剧本月刊编辑部工作检查总结会上的发言》；光年的《曹禺的创作生活的新进展——评话剧〈明朗的天〉》；涟星的《话剧〈万水千山〉的人物描写》；陶雄的《纯化戏曲语言》。

4日，《南方日报》发表黄雨的《从生活、斗争中来的诗歌——谈几首获奖的群众诗歌》。

5日，《南方日报》发表茜菲的《新中国的人民要为婚姻幸福而斗争——影片〈一场风波〉观后》。

7日，《南方日报》发表华嘉的《谈谈作家的道路——学习第二次全苏作家代表大会文件的一点体会》；秦牧的《作家的品质、劳动与技巧》。

8日，《人民文学》3月号发表王速的《评胡风的〈有关现实主义的一个基本问题〉》；公盾的《评胡风对于我国文学遗产的资产阶级虚无主义观点》；李长之的《胡适〈白话文学史〉批判》；丁玲的《生活、思想与人物》；荒煤的《学习发展苏联文学的伟大纲领》；老舍的《多给青年们写点》。

《文艺学习》第3期发表社论《不要阅读黄色小说》；白朗的《孔厥的"灵魂"已死》；刘守华的《创作实践和思想改造》；李庆的《道德和文章》；张毕来的《略谈〈老残游记〉》；王积贤的《抗美援朝通讯报告的优秀作品》；艾克思的《王老九和他的诗作》；臧克家的《"五四"以来新诗发展的一个轮廓》；贵庆的《进步作品为什么要描写爱情生活？》；齐鸣的《从生活到创作——略谈〈保卫延安〉的创作过程》。

9日，《戏剧报》3月号发表田汉的《在斗争中建立戏剧理论》；吴雪的《事实不容捏造》；刘沧浪的《胡风先生下错了断语》；陈多的《反对中国戏剧史研究中的资产阶级唯心论思想——评周贻白著〈中国戏剧史〉》；左莱的《谈〈明朗的天〉中几个演员的创造》；邓斌的《进一步地"面向连队，为兵服务"——介绍中国人民解放军文工团（队）活动情况》；马少波的《关于京剧艺术进一步改革的再商榷》；孙由美的《对戏曲的艺术改革问题讨论中某些发言的不同意见》；宗劬采的《京戏的艺术改革不能离开它的特殊样式》；陈石的《武正霜的作风应该改变》。

10日，《广东文艺》3月号发表记者的《批判胡风的资产阶级文学理论》；李门的《谈几个得奖的戏曲剧本》；黄谷柳的《关于处理小说中的矛盾冲突》。

11日，《大众电影》第5期发表缪音的《谈影片〈在前进的道路上〉》；岳野的《生活在前进，斗争在继续——〈在前进的道路上〉公映前的感想》；王云缦的《他的声音就是人民的声音——我看影片〈人之歌〉》；邵燕祥的《你的生命就是一支歌——电影〈人之歌〉观后》。

12日，《解放军文艺》3月号以"关于胡风文艺思想的讨论"为总题，发表《论生活的真实——中国人民志愿军某师关于路翎几篇作品的座谈记录》；马寒冰的《胡风是怎样歪曲和污蔑部队文艺工作的》；何家槐的《胡风是反对作家底思想改造的》；魏巍的《纪律——阶级思想的试金石　谈路翎的小说：〈洼地上的"战役"〉》；同期，发表荒草的《我怎样帮助高玉宝同志修改小说》；冯健男的《读〈把一切献给党〉》。

14日，《人民日报》发表《中国文联主席团扩大会议决定在文艺领域内开展反对资产阶级思想的斗争》。

15日，《文艺报》第5号发表茅盾的《必须彻底地全面地展开对胡风文艺思想的批判》；熊复的《在反"拉普"派旗帜下的胡风真面目》；孙静轩的《关于民族形式问题的几点辩论》；金江的《作家必须深入工农兵》；杨朔的《与路翎谈创作》。

《文艺月报》第27期发表唐弢的《不许胡风歪曲鲁迅》；王元化的《胡风的反马克思主义的立场观点》；施昌东的《评胡风的"创作实践"》；姚文元的《胡风歪曲马克思主义的三套手段》；施君澄的《读〈走向胜利〉》；钱基、叶朗的《评〈唐诗的翻译〉》；杨树山的《评胡山源的〈小说是什么〉》；魏金枝的《先从报告特写入手》。

《江苏文艺》第3号发表周旋的《文化工作者要学习和宣传马克思列宁主义唯物论》。

《安徽文艺》3月号发表本社的《面向工农群众，一定要把刊物办好》；小凤子的《对〈对《老板和老板娘吵架》的意见〉》。

《浙江文艺》3月号发表《关于越剧〈岩青嫂〉》。

《湖南文艺》第3本发表郑秀梓、李旭樵的《对〈这不是家务事〉的意见》；若冰的《我对〈夜〉的意见》。

16日，《河南文艺》第121本发表孟防溢的《读〈不仅是一头骡子的问题〉》；郭邑的《读〈小董和第四号仓库〉》。

《河北文艺》3月号以"《草料帐》讨论"为总题，发表向潮的《问题在于脱离生活》，轧钢工人劳操的《谈〈草料帐〉及其批评》，张璞的《如何了解文学作品》；同期，发表王天保的《严肃地对待创作》。

18日，《南方日报》发表本报记者的《可贵可喜的开端——祝话剧〈生命的呼唤〉演出》。

19日，《南方日报》发表苏晨的《描写了一个厂长的基本品质——看〈生命的呼唤〉演出》。

20日，《辽宁文艺》第6期发表徐正的《我对独幕喜剧〈两个母亲〉的意见》；庄慧的《反对用公式化概念化要求作品》；张久利的《希望文艺工作者多写些国营商业题材的作品》；潘学文、刘宝田的《应加强农村业余剧团的领导》。

22日，《南方日报》发表本报文学艺术部剧评组、张碧天、黄雨、童哲、毕彦集体讨论的《评话剧〈生命的呼唤〉》。

25日，《南方日报》发表《话剧〈出路〉演出的教育意义》。

27日,《南方日报》发表周国瑾的《我们是怎样写话剧〈生命的呼唤〉的》。

30日,《文艺报》第6号发表黄药眠的《论胡风的"主观战斗精神"》;王瑶的《批判胡适的反动文学思想——形式主义与自然主义》;林原的《关于〈一个女话务员的日记〉的批评和讨论》;张天翼的《作家们不要再沉默了》;金丁的《不是典型的而是歪曲的形象》。

本月,《文学书刊介绍》3月号发表许晨的《向何士捷学习些什么?》;方白的《〈春天来到了鸭绿江〉读后》;王靖的《一对青年工人的成长》;余福铭的《略谈陈登科的〈淮河边上的儿女〉》;叶耘的《从现实发展中表现人物》;文骁的《〈彩楼记〉和〈玉簪记〉》。

《文艺书刊》3月号发表柳景的《丰富正面人物的形象》;丁一的《一部优秀的短篇小说集》;刘文铣的《北汉江南岸》;简习的《越剧〈春香传〉》;王洁的《小说中的人物究竟是虚构,还是实有其人?》。

4月

1日,《人民日报》发表郭沫若的《反社会主义的胡风纲领》。

《长江文艺》4月号发表施子愉的《评〈红楼梦新证〉》;方既的《对〈关于国画的现实主义问题〉中一些基本观点的商榷》;以"对苗延秀《关于〈长江文艺〉批评栏的一些问题》的意见"为总题,发表沈一的《究一究"是非"也好》,卫翔的《正确地对待批评》,薄冰的《一篇错误的批评》,杜华的《这是什么批评》,余庆华的《是"反批评"还是反对批评》。

《光明日报》发表黎辉的《胡风的"主观战斗精神"的反动实质》。

《西南文艺》4月号发表何剑熏的《"社会主义现实主义者"不应该"首先具有工人阶级的立场和共产主义的世界观"吗?》;曾克的《读〈保卫延安〉》。

《作品》(月刊)创刊,中国作家协会广州分会、《作品》编辑委员会编辑,华南人民出版社出版,本期发表王匡的《胡风如何反对马克思主义世界观》;杜埃的

《文学中的党性原则》；曾敏之的《谈曹雪芹与〈红楼梦〉》；赵深的《孔厥事件的教训》；陈善文的《谈〈喜讯〉》。

《湖北文艺》第 4 期发表俞林的《必须彻底批判胡风的文艺思想》。

2 日，《光明日报》发表张艾丁的《没有艺术的真实，就没有艺术的诗——谈越剧〈春香传〉的演出》。

3 日，《光明日报》发表张绪荣的《高叫"炸毁"民族形式的唐·吉诃德——胡风先生》。

《剧本》4 月号发表姚虹的《胡风怎样反对马克思主义》；焦勇夫的《论胡风的"主观战斗精神"》；张光年的《反对胡风的诬蔑，迎接胡风的挑战！》；魏连珍的《胡风为什么反对培养新作家》；敏泽的《胡风的题材论》；辛生的《胡风的语言及其他》；胡可的《关于创作配合〈一定要解放台湾〉这一任务的剧本问题》。

5 日，《工人文艺》4 月号发表木禾雨的《不能简单的描写思想活动》；阳的《胡风奇怪的创作源泉》。

《辽宁文艺》第 7 期发表朱玉的《让我从〈李淑英〉身上吸取什么？》；刘丽的《〈一个女报务员的日记〉是好作品》。

《内蒙古文艺》4 月号发表秦新民的《读诗随感》；屈解、弓引的《用什么态度对待批评》。

《长江日报》发表李准的《我的感想——参加作协武汉分会第一届会员大会学习的体会》。

8 日，《人民文学》4 月号发表陈涌的《〈财主的儿女们〉的思想倾向》；沛翔的《在接受民族遗产问题上胡风怎样歪曲了鲁迅先生》；未央的《努力提高思想水平》；盛荃生的《要以不朽的诗篇来讴歌我们的时代》。

《文艺学习》第 4 期发表沈承宽的《略谈社会主义现实主义与批判的现实主义的区别》；述而的《胡适、俞平伯、胡风思想的批判对我们有什么作用？》；陈伯吹的《安徒生童话的创作思想》；叶君健的《关于安徒生的〈卖火柴的小女孩〉》；李希凡的《〈水浒〉的细节描写与性格》；巴丁的《烧毁生活中的落后现象》；舒雨的《不能简单地了解人的生活和感情》；马铁丁的《谈小品文》；苏予的《关于"找题材"》。

9 日，《戏剧报》4 月号发表欧阳山尊的《胡风先生关于话剧运动的"组织路线"》；刘念渠的《胡风对民族戏曲的虚无主义态度》；祝肇年、付晓航的《批判胡适的学术思想对中国戏剧史研究工作的影响——评周贻白著〈中国戏剧史〉》；徐述纶的《清除莎士比亚介绍中的资产阶级思想》；黄克保的《王瑶卿先生怎样设计京剧〈柳荫记〉的唱腔》；李火华、卓挚的《漫谈"木偶戏"》；李广义的《是什么原因造就了青年演员的苦闷》；"读者来信"栏发表李方的《请为工人多多演出吧》，李淑鹤的《我们希望看有积极意义的戏》；胡考的《〈万尼亚舅舅〉人物速写》。

10日，《广东文艺》4月号发表江萍的《胡风取消文艺的党性原则》；陆风的《我写粤曲〈二叔赶墟〉的经过》；卓华的《把写作水平提高一步》；袁抒明的《〈暗号〉读后感》。

《解放日报》发表黄骏的《关于人物形象的创造——学习第二次全苏作家代表大会的笔记》。

《长江日报》发表丁力的《从一封信所想到的》；章秋的《多写些这样的速写》。

11日，《人民日报》发表社论《展开对资产阶级唯心主义的思想的批判》。

《大众电影》第7期发表方浦的《英雄形象的创造——影片〈真正的人〉分析》。

12日，《解放军文艺》4月号以"关于胡风文艺思想的讨论"为总题，发表穆欣的《斥胡风对鲁迅的曲解和污蔑》，虞棘的《胡风的目的何在》；以"关于《地上的长虹》的讨论"为总题，发表东木的《读〈地上的长虹〉》，袁一宗的《对〈地上的长虹〉及其批评的一点看法》，孙平的《应该根据现实生活来评作品的好坏》。

13日，《文汇报》发表蒋希贤的《表现工农是作家的历史任务》。

15日，《文艺报》第7号发表郭沫若的《反社会主义的胡风纲领》；张光年的《论胡风的"精神奴役的创伤"》；周巍峙的《民族艺术的兴旺》。

《文艺月报》第28期发表郭沫若的《反社会主义的胡风纲领》；吴颖的《评胡风反现实主义的文艺纲领》；以群的《胡适在"五四"文学中做了些什么？》；晓立的《为什么会有这样的反驳》；刘金的《我的回答》；珊草、陈情的《评朱彤的〈鲁迅作品的分析〉》；罗荪的《"潮流派"是怎么回事？》；曹阳的《"伤风"和"共鸣"》；谷田的《从〈果戈理的手稿〉说起》；王展意的《从三个具体问题看胡风对待人民文艺的态度》；戴深燕的《和赵汉光、于长江谈〈王志平和他的妻子〉》；傅育行的《我对〈王志平和他的妻子〉的一些看法》。

《江苏文艺》第4号发表《人民日报》社论《进一步开展群众文艺活动》；颜而谭的《关于工人文艺活动的时间问题》。

《安徽文艺》4月号发表刘骥的《关于〈老板和老板娘吵架〉的争论》；蒋文翔的

《〈打井的故事〉读后》。

《浙江文艺》4月号发表黎央的《粉碎胡风资产阶级文艺思想的进攻》。

《湖南文艺》第4本发表袁作模的《我也谈谈〈这不是家务事〉》。

17日,《长江日报》发表南云的《大力反映祖国的社会主义建设——谈〈长江文艺〉上的三篇作品》。

18日,《文汇报》发表任海的《谈〈四进士〉对宋士杰的人物性格的描写——读〈周信芳演出剧本选集〉》。

《河北文艺》4月号发表陈大远的《胡风的"实践"和"主观精神"》;夏晏的《读林琦的两篇小说》。

20日,《辽宁文艺》第8期发表项冶的《共产主义世界观对文学艺术创作的作用》;本刊编辑部的《拢一拢几个问题》。

23日,《民间文学》创刊,中国民间文艺研究会编辑,编辑委员钟敬文、贾芝、陶钝(以上为常务编辑委员)、阿英、王亚平、毛星、孙剑冰、汪曾祺,本期发表孙剑冰的《略述六个村的搜集工作》。

24日,《南方日报》发表方歌今的《〈山间铃响马帮来〉观后》。

27日,《人民日报》发表黄药眠的《评胡风对文学的内容和形式的看法》。

《文汇报》发表白地的《我看〈山间铃响马帮来〉》。

29日,《光明日报》发表爱求实的《胡风反马克思主义的"实践观"批判》。

30日,《文艺报》第8号发表杨献珍的《从哲学的根本问题看胡风小集团的思想本质》;吴强的《胡风的〈意见书〉是胡风反党思想的明证》;吴厚的《评雪峰的文艺思想》;叶如桐的《〈黎明的河边〉读后》。

《人民日报》发表林默涵的《雪苇——胡风的追随者》。

5月

1日,《广西文艺》第5本发表陆地的《谈作家的立场和世界观》;徐君慧的《怎样学习文艺》。

《文学丛刊》第 3 辑发表草明的《马克思主义不容歪曲》;林珏的《论胡风的"生活实践"与"思想改造"》;冉欲达的《胡风先生"真诚的心愿"是什么》;师田手的《论胡风的"主观战斗精神"和"创作实践"》。

《长江文艺》5 月号发表欧阳山的《论胡风文艺思想的毒害》;《工人作者座谈〈实习生〉〈检验工叶英〉》;李准的《从两件事说起》;丁力的《不要把人物简单化》;本刊编辑部的《〈长江文艺〉编辑部工作检查》;江文的《读〈架工和安全员的故事〉》;驼丁等的《对苗延秀〈关于〈长江文艺〉批评栏的一些问题〉的意见》。

《西南文艺》5 月号发表《人民日报》社论《展开对资产阶级唯心主义思想的批判》;星火的《驳胡风对部队文艺工作的"意见"》;潘布桑的《在"主观战斗精神"里"燃烧"》。

《作品》5 月号发表杨康华的《论胡风文艺思想的哲学根源》;章明、乔林的《我们迫切需要革命的浪漫主义》;董每戡的《胡适在〈西游记考证〉中的诡计》。

《河南文艺》第 124 本发表万曼的《胡风在现实主义问题中的反马克思主义观点》。

3 日,《人民日报》发表何浩如的《注意小品文的特点》。

《南方日报》发表于燕郊的《苏联青年道德品质的成长——和青年们谈谈苏联影片〈同志的荣誉〉》。

《剧本》5 月号发表楚白纯的《反对粗暴的批评和对青年作者无情打击的态度》;张光年的《胡风怎样反对社会主义现实主义?》;本报记者的《关于讽刺剧中的问题》;方涛的《略谈〈炼印〉的主题、风格和创作方法》;文雍的《评独幕讽刺剧〈墙报〉》。

5 日,《辽宁文艺》第 9 期发表本刊编辑部的《关于〈一个女报务员的日记〉的批评和讨论问题》;项冶的《深入工农兵》;任剑英的《发掘新的题材》。

《内蒙古文艺》5 月号发表高歌的《试谈〈爬山歌〉》。

8 日,《人民文学》5 月号发表何其芳的《胡适文学史观批判》;陈涌的《我们从〈洼地上的"战役"〉里看到什么》。

《文艺学习》第 5 期发表刘子久的《要更好地帮助和指导职工群众的文艺活动》;冯雪峰的《〈阿 Q 正传〉》;臧克家的《李季的〈生活之歌〉》;德理、笑冰、郭崇道、赵和、王盾的《〈海鸥〉笔谈》;刘樱邨的《〈西游记〉的现实性》;韩悦行的《怎样理解巴金的〈家〉的现实意义?》；柳公天的《文艺作品里为什么要描写风景呢?》；孟照的《新人物形象为什么写得单薄概念》。

《长江日报》发表程千帆的《不能孤立的描写英雄人物》。

9日，《戏剧报》5月号发表马少波的《看梅兰芳的〈穆柯寨〉、周信芳的〈扫松下书〉随感》；黄鸿的《梅兰芳先生在〈宇宙锋〉中的新创造》；龚红的《对周信芳艺术成就的几点认识》；邱扬的《从周信芳先生的〈乌龙院〉谈起》；同时的《读〈舞台生活四十年〉》；朱丹的《木偶戏皮影戏的发展情况和艺术成就》；阮文涛的《记木偶戏皮影戏观摩演出会》；王亦放的《万尼亚舅舅形象的魅力》；黄克保的《王瑶卿先生怎样设计京剧〈柳荫记〉的唱腔》；江东的《谈侗戏〈秦娘梅〉与僮戏〈宝葫芦〉》；金兆的《为什么看不到戏和没戏看》。

10日，《广东文艺》5月号发表江萍的《胡风反对作家站在工人阶级立场》；黄雨的《写作漫谈》；记者的《记群众写作问题座谈会》。

11日，《大众电影》第9期发表天澜、李文的《评影片〈淮上人家〉》；苏平的《值得深思的问题——介绍影片〈不能忘记这件事〉》；安然的《不仅对作家有意义——影片〈不能忘记这件事〉的故事》。

12日，《解放军文艺》5月号发表言木的《胡风怎样反对作家获得共产主义世界观》；冯健男的《驳胡风关于抒情诗的谬论》；陈文杰的《读〈党费〉》；刘守华的《英雄的诗篇》。

13日，《长江日报》发表朱凡夫的《我们喜欢读到反映基本建设的作品》。

15日，《文艺月报》第29期发表海仪的《矛盾并没有解决(评〈王志平和他的妻子〉)》；王若望的《雪苇替胡风鼓吹些什么?》；靳以的《胡风笔下的"新人物"》；胡渗的《我要控诉胡风》；恽海的《历史的风暴》；来稿综合《驳路翎的反批评》；周艾文、陌生的《胡风理论的忠实实践者——芦甸(评〈第二个春天〉)》；天明的《介绍〈天线工人之歌〉》；左弦的《短篇评弹〈王崇伦〉对新评弹的作用》。

《江苏文艺》第5号发表黄穗的《为什么要批判胡风思想》；李兵的《一个经验的来源》；静人的《向青年朋友们推荐一部优秀的小说——〈保卫延安〉》。

《安徽文艺》5月号发表王峙衡的《评〈老板和老板娘吵架〉》；杜勃的《我对〈老板和老板娘吵架〉的看法》。

《浙江文艺》5月号发表耘耕的《胡风怎样反对党对文艺事业的领导》；程帆的《谁做梦？谁说谎?》；辛之的《谈贾宝玉》。

《湖南文艺》第5本发表傅紫荻的《为什么要批判胡风的文艺思想》;铁可的《谈谈〈盘盒〉与〈谈对湘剧〈盘盒〉的修改〉》。

20日,《北京文艺》创刊,北京市文学艺术工作者联合会编辑,主编老舍,编辑委员老舍、田家、吴晓铃、石煌、汪刃锋、李微含、李岳南。主编老舍在《发刊词》中指出,《北京文艺》在文字上要力求通俗、简明,内容上"首要的任务是反映在总路线的照耀下,首都的经济建设、文化建设以及各方面的现实生活与斗争,歌颂这斗争中的新人新事,批判保守落后"。

《河北文艺》5月号发表陈大远的《关于〈草料帐〉的几个问题》;本刊编辑部整理的《读者对〈草料帐〉的意见》;五羊的《必须要有强烈的爱憎》;晓文的《要正确地反映互助合作运动》;张庆田的《〈支部书记〉作者给本刊的来信》;邱真的《评戏〈武松与潘金莲〉中的问题》;百天的《读〈刘小所〉和〈年轻的司令〉》。

《辽宁文艺》第10期发表张殿润的《〈搬家〉是有教育意义的作品》。

22日,《南方日报》发表燕士的《评影剧〈山间铃响马帮来〉》。

23日,《民间文学》5月号发表钟敬文的《批判胡风错误的人民口头创作观》;郗潭封的《评书〈杨家将〉的整理》;公刘的《有关〈阿诗玛〉的新材料》。

26日,《大众电影》第10期发表叶一峰的《〈渡江侦察记〉有没有表现出党的领导力量?》。

29日,《南方日报》发表李文的《警惕性——思想的武装 影片〈不能忘记这件事〉观后》。

30日,《文艺报》第9、10号发表社论《认真学习中国共产党全国代表会议的决议 为增强文学艺术事业的党性而斗争》;本期集中发表批判胡风思想的34篇文章。

《南方日报》发表戴镏龄的《伟大的人文主义和现实主义小说〈吉河德先生〉》;曾敏之的《鲁迅与思想改造》。

本月,《文艺书刊》5月号发表邓琪的《优秀的工人文艺创作》;何相如的《〈上海工人文艺创作选集〉》;石牧的《可喜的收获》;习之的《读〈红河波浪〉》;望辛的《战斗在祖国边疆的英雄》;方诗铭的《漫谈〈游仙窟〉》。

本月,作家出版社出版本社编的《胡风文艺思想批判论文汇集(第一至第四集)》。

陕西人民出版社出版周扬等的《我们必须战斗——批判资产阶级唯心主义

思想》。

中国青年出版社出版黄秋耘、李仲旺的《反马克思主义的胡风文艺思想》。黑龙江人民出版社出版关沫南的《从批判胡风文艺思想中学习什么》。

6月

1日,《广西文艺》第1本发表林焕平的《批判胡风在题材问题上的错误》;胡明树的《谈诗》;方大伦的《我们对江波等同志整理的〈龙女与汉鹏〉一剧的几点意见》。

《长江文艺》6月号以"《祖国,我回来了》笔谈"为总题,发表袁水拍的《未央的诗》,天一的《几点感想》,羊翚的《读未央的诗》,公刘的《给未央同志的一封公开信》,岚祥的《未央和他的诗》;粟丰的《文学作品中的土语方言问题》;王大海的《反对文学样式的贵族主义者》;刘绍亭的《〈杜甫诗歌中的现实主义精神〉读后》。

《西南文艺》6月号发表谭洛非的《社会主义现实主义者,必须具有共产主义的世界观》;席明真的《光辉的典型(读〈海鸥〉)》。

《南方日报》发表江秋菊的《在祖国与集体的关怀下成长起来——看儿童影片〈祖国的花朵〉》。

3日,《剧本》6月号发表石鼎的《从路翎的〈云雀〉看胡风反党集团的思想实质》;杜高的《路翎的〈英雄母亲〉反映了什么》;郁都的《〈灯火辉煌〉和〈最珍贵的礼物〉》;朱青的《独幕剧〈刘莲英〉读后》;文雍的《评〈葡萄熟了〉》。

5日,《辽宁文艺》第11期发表何沐华的《写人物的一点体会》。

8日,《人民文学》6月号以"提高警惕,揭露胡风"为总题,发表刘白羽、周立波、臧克家、艾芜、适夷、黄钢、玛拉沁夫、雷加、姜丁名、贾存周和田慧君、周定一、姚凤敏、胡倩平、盛荃生的批判文章。本期始,胡风的名字不再在《人民文学》编辑委员名单中出现。

《文艺学习》第6期发表关予素的《对共青团员劳动的颂歌(〈勇敢〉读后)》;

陈介超、陈如云、钟楷的《英雄周大勇鼓舞着我们前进》；高士其的《把科学和文艺结合起来》。

9日，《戏剧报》6月号发表戴不凡的《向戏曲艺术中的资产阶级思想作斗争》；汪普庆的《江苏省几个剧团检查了资产阶级文艺思想》；王文娟的《我怎样创造春香的形象》；黄克保的《王瑶卿先生怎样设计京剧〈柳荫记〉的唱腔（续完）》；叶林的《谈歌剧〈草原之歌〉的音乐创作》；祁兆良、张宇慈的《从"洛神"看梅兰芳先生的革新精神》；李雁的《谈潮剧〈海上渔歌〉的演出》；陈刚的《到工矿、农村中去演出》；何海生的《赵燕侠开始有了进步》；方中的《韩兰根依然故我》；汪润生的《武正霜还在散布黄色毒素》；仲子的《反对戕害儿童的剧团和演出》。

10日，《广东文艺》6月号发表黄雨的《谈写新人新事》；丁东父的《〈逃回祖国见青天〉是一首好诗》；钟影的《介绍〈一定要解放台湾〉》；陈德的《介绍〈前途似锦〉》。

12日，《解放军文艺》6月号发表陈沂的《胡风到底算干什么的》。

15日，《文艺报》第11号发表《人民日报》社论《必须从胡风事件吸取教训》；郭沫若的《严厉镇压胡风反革命集团》。

《文艺月报》第30期发表《人民日报》社论《必须从胡风事件吸取教训》；社论《提高警惕，扑灭胡风反革命集团》；以"坚决彻底粉碎胡风反革命集团"为总题，发表巴金、靳以、许杰、贺绿汀、吴强、罗荪、黄宗英、张瑞芳、石灵、哈华、谷斯范、任桂珍、熊佛西、周而复、丁善德、柯灵、傅雷、严独鹤、周小燕、王文娟、卞之琳、王西彦、舒绣文、金焰、秦怡、流泽、丁瑶的批判文章；同期，发表于寄愚、刘溪、陈海仪的《揭露胡风在党内的代理人刘雪苇的罪恶行径》；王牧群、刘东远等的《刘雪苇在"新文艺出版社"的恶行》；赖少其的《为胡风反革命集团忠诚服务的刘雪苇、彭柏山》；刘金的《胡风反革命集团的挑拨造谣活动举例》；峻青的《胡风反革命集团在"新文艺出版社"的破坏活动》；王道乾的《阿垅向〈文艺月报〉的一次反扑》。

《江苏文艺》第6号发表《人民日报》社论《必须从胡风事件吸取教训》；社论《提高革命警惕，粉碎胡风反革命集团！》；方光焘、徐进、钱静人、周村、陈中凡、艾煊等的《坚决肃清胡风集团和一切暗藏的反革命分子》；新群的《胡风集团是怎样进行反革命活动的？》；兆言的《围绕在以互助合作运动为中心的农业增产运动大力开展农村群众文化工作》。

20日，《北京文艺》6月号发表《中国文学艺术界联合会主席团、中国作家协会主席团联席扩大会议决议》;《北京市文学艺术工作者联合会召开理事会扩大会议通过拥护中国文联、作家协会主席团联席会议决议》;以"坚决彻底粉碎胡风反革命集团"为总题,发表张季纯、曾平、胡蛮、张梦庚、凤子、赵枫川、孙振华的批判文章;同期,发表臧克家的《谈一个青年工人的诗》;蒋和森的《略谈曹雪芹的表现艺术》,李克的《这不只是"生活小事"》。

《河北文艺》6月号发表冀县师范文艺小组佳木执笔的《我们对〈支部书记〉的意见》;刘庆山的《不能忘记特写的教育作用》;孙艺的《我的认识》。

23日,《民间文学》5月号以"彻底揭露和清算胡风反革命集团的罪行"为总题,发表剑虹、王伟、和即仁、韦其麟、今旦、贾芝、陶钝、王尊三等人的批判文章。

30日,《文艺报》第12号发表《〈关于胡风反革命集团的材料〉的序言》;本刊编辑部辑录的《关于胡风反革命活动的一些事实》;康濯的《路翎的反革命的小说创作》。

本月,湖北人民出版社出版程千帆的《关于文艺批评的写作》。

7月

1日,《广西文艺》第7本发表社论《彻底粉碎胡风反革命集团的罪恶阴谋》。

《文学丛刊》改为《文学月刊》,中国作家协会沈阳分会、《文学月刊》编辑委员会编辑,本期发表《中国作家协会沈阳分会、辽宁省文联筹委会拥护开除胡风作家协会会籍等决议的声明》;草明的《坚决肃清胡风反革命集团和一切暗藏的反革命分子》;邓立的《〈海鸥〉和它的作者比留科夫》。

《作品》7月号发表林焕平的《谈文学的党性原则》。

《长江文艺》7月号发表杜华的《〈小队的"秘密"〉读后》;记者的《记〈家务〉和〈友情〉的讨论》。

《湖北文艺》第7期发表于江的《积极参加粉碎胡风反革命集团的斗争》;路丁等的《坚决肃清胡风反革命集团和一切暗藏的反革命分子》。

2日,《南方日报》发表张醁村的《伟大的和平力量——影片〈激流之歌〉观后》。

3日,《剧本》7月号发表《人民日报》社论《必须从胡风事件吸取教训》;《中国文学艺术界联合会主席团、中国作家协会主席团联席扩大会议决议》;张光年的《百倍的提高警惕》;风子的《读〈考验〉》;叶鲁的《对讽刺剧中几个问题的看法》;《读者对讽刺剧问题的来信》。

5日,《工人文艺》7月号发表秦功的《读〈十斤红海椒〉》。

《文汇报》发表赖少其的《漫画是战斗的艺术——〈肃清胡风反革命集团漫画展览会〉介绍》。

8日,《人民文学》7月号发表俞林的《〈三里湾〉读后》;车薪的《读〈三里湾〉随感》。

《文艺学习》第7期发表萧殷的《从胡风集团的"爱"和"憎"谈起》;谷受民、赵焕然的《工人读〈铁水奔流〉》;侯枫的《谈海滨激战中的反面形象》;马烽的《关于〈韩梅梅〉的复信》;禾子的《读〈送款〉》。

9日,《光明日报》发表臧克家的《不是歌颂,是歪曲和侮辱——胡风〈为了朝鲜,为了人类!〉一"诗"的实质》;沙鸥的《从芦甸的诗看他反革命的面貌》;许国荣的《〈海滨激战〉的现实意义》。

《戏剧报》7月号发表社论《戏剧界必须对胡风集团和一切暗藏的反革命分子展开坚决的斗争!》;章钊先、邵璜《为什么要上演胡风分子芦甸的剧本》;伊兵的《揭露胡风分子刘雪苇破坏戏剧事业的罪行》;屠岸的《胡风分子彭伯山向戏剧战线的进攻》;据中国青年艺术剧院演员座谈会记录整理的《路翎在中国青年艺术剧院的罪恶活动》;陈恭敏的《耿庸在上海人民艺术剧院的反革命罪行》;周信芳、薛觉先、陈戈、秦友梅、陈伯华的《彻底消灭胡风反革命集团》;《全国戏剧界一致坚决要求肃清胡风集团和一切暗藏的反革命分子》;郭乃安的《谈歌剧〈草原之歌〉》;冬青的《看〈海滨激战〉的演出》;李勤的《兰州演出话剧〈在康布尔草原上〉》;叶乔的《川剧名丑周企谈丑角的表演艺术》;贝叶的《反对舞台美术工作中的唯美主义思想和浪费现象》;颜振奋的《创作更多更好的独幕剧和小型歌剧》;金兆的《争取更进一步地搞好剧院工作》。

10日,《广东文艺》7月号发表易巩的《报告文学和小说的分别》;符公望的《介绍〈把一切献给党〉》;郑莹的《群众创作的收获》;萧艾的《农村剧团的活动必须适应合作化的发展》。

11日,《大众电影》第13期发表卢梦的《请大家接受这些重要教训——重看影片〈伟大的公民〉后》;柳溪的《看影片〈不能走那条路〉》。

12日,《解放军文艺》7月号发表刘福瑞、韩保章等的《彻底肃清胡风集团及一切暗藏的反革命分子》;〔苏〕戈鲁鲍夫的《军事艺术散文的几个问题》;方格的《〈荣军锄奸记〉读后》;张慕飞的《读〈一网打尽〉》;群愤的《从〈海滨激战〉谈起》。

14日,《南方日报》发表《人民日报》社论摘要《积极改进电影放映工作》。

15日,《文艺报》第13号发表艾青的《公刘的诗》。

《文艺月报》第31期发表《〈关于胡风反革命集团的材料〉的序言》;《加强对党员和群众的政治教育 进一步推动反对胡风集团的斗争》;罗瑞卿的《提高警惕,反对麻痹》;陈冰的《我们必须学习得更好些》;魏金枝的《胡风反革命集团在上海的活动概况》;理明的《揭露胡风分子在南京文艺界的罪行》;方纪的《阿垅的嘴脸》;亦成的《剥掉反革命分子方然的伪装》;唐弢的《我所接触的胡风及其骨干分子的反革命活动》;巴金的《关于胡风的两件事》;靳以的《"一首五百多字的分行散文"》;苏南的《"滑"不"过去了"》;丁文的《"怪书"不奇怪了》;老舍的《关于文学的语言问题》。

《江苏文艺》第7号发表《人民日报》社论《肃清一切暗藏的反革命分子》;戴石明的《胡风分子是如何在"作品"里侮辱劳动人民的?》;兆杨的《必须加强工矿文化艺术工作》。

《浙江文艺》7月号发表《人民日报》社论《必须从胡风事件吸取教训》;本刊编辑部的《多写些短小精悍的演唱作品》;潘剑霞的《我们需要这样的作品》。

《安徽文艺》7月号发表黄志皋的《对职业剧团黄梅戏演出的意见》;凌宗学的《〈吴老汉〉读后》。

16日,《河南文艺》第129本发表南丁的《谈"大吃一惊"》;王璞的《扔掉多余的温情》。

《长江日报》发表鲁永兴的《必须重视基本建设单位中的工人文艺活动问题》。

20日,《北京文艺》7月号以"坚决肃清胡风集团和一切暗藏的反革命分子"为总题,发表艾青的《接受教训,提高警惕,肃清一切反革命分子》,连阔如的《我们说唱演员应积极参加战斗》;同期,发表鲍昌的《胡风反革命集团的性质及其特征》。

《河北文艺》7月号发表五羊的《问题在哪里?》;卢万选等的《不真实的作品》;夏麟贵的《对〈人——祖国底财产〉的意见》;本刊编辑部的《关于批评〈最珍贵的礼物〉的检讨》。

《辽宁文艺》第14期发表宜安的《当心胡风式的"温暖"》;戴翼的《是"不合时宜"呢,还是"螳臂挡车"?》。

23日,《民间文学》7月号发表本刊编辑部的《提高警惕,肃清一切暗藏的反革命分子》;剑虹的《试谈〈花儿〉》;陶阳的《读长诗〈百鸟衣〉》。

30日,《文艺报》第14号发表魏璧佳的《胡风反革命理论的前前后后》;俞林的《谈谈李准的创作》;王朝闻的《论艺术的技巧》。

《光明日报》发表丁力的《由鲁藜的〈绿叶集〉来看他的反革命立场》。

31日,《南方日报》发表杨焕章的《一部反映伟大的土地改革斗争的影片》。

本月,《文学书刊介绍》7月号发表冯健男的《读小说〈铁水奔流〉》;张奇的《介绍一部新的诗集——〈唱一唱农村〉》。

8月

1日,《广西文艺》第8本发表麦寒、源节的《略谈阮英同志的三个独幕话剧》。

《文学月刊》8月号发表于冶青的《控诉胡风分子刘雪苇对旅大青年的毒害》;本刊编辑部的《胡风反革命黑帮的丑恶面目》;刁云展的《〈晴雨表〉不灵了》;敬宜的《不要做可欺的"君子"》;于雷的《〈工地主任〉读后》。

《长江文艺》8月号发表迟轲的《努力深入人民生活的核心》。

《西南文艺》8月号发表孙森洲等的《从土地改革中看胡风的反革命活动》;尹琪《路翎的反动小说集〈朱桂花的故事〉》;张文浙的《〈洼地上的"战役"〉的反革命实质》。

《河南文艺》第130本发表克西的《从胡风的〈和新人物在一起〉看他怎样污蔑万曼的英雄人物》;南丁的《从两首"诗"看芦甸这条毒蛇》。

《群众文艺》8月号发表艾白水的《一本歪曲和污蔑工人阶级的小说》;刘传仁的《从〈红旗手〉看鲁藜的反革命罪行》。

2日,《长江日报》发表方平的《介绍话剧〈海滨激战〉》。

3日,《剧本》8月号发表社论《加强戏剧战线上对敌斗争的宣传工作》;李珂的《路翎剧本中的英雄人物》;颜振奋的《大力创作对敌斗争的剧本》;王芬的《谈两个表现对敌斗争的苏联独幕剧》;孔砚的《介绍〈镇压反革命分子专刊〉》;韦启玄的《〈边寨之夜〉读后》;容曜的《读独幕剧〈钥匙〉》。

5日,《工人文艺》8月号发表柯金的《光辉的劳动。建设的花朵》。

6日,《文汇报》发表黄裳的《辛辣的喜剧——读赣剧〈借靴〉》。

《光明日报》发表韦讯的《及时演出防奸反特的剧本——〈剧本〉月刊"镇压反革命分子专刊"读后》。

8日,《人民文学》8月号发表巴金的《谈〈洼地上的"战役"〉的反动性》;臧克家的《胡风反革命集团底"诗"的实质》;霍松林的《批判阿垅的反动的诗歌"理论"》;蔡群的《鲁藜的反革命诗歌》;颜振奋的《胡风在新人物幌子下的反革命阴谋》。

《文艺学习》第8期发表轻雷的《谈谈胡风所写的孙玉敏和别的英雄人物》;循心的《〈泥土〉这首诗究竟说些什么?》;李任、尹宝聚的《一枝反革命的毒箭——〈诗是什么〉》;平仑的《胡风的"到处有生活"论为什么是反革命的?》;陈三百、竹马、魏德保、临源的《我们读了〈勇敢〉》;沈澄的《他在革命的人民中永生(读〈不死的王孝和〉)》;陈伯吹的《读〈白杨礼赞〉》;邵燕祥的《做好写诗的准备》;刘厚明的《我怎样开始写儿童文学读物》;李泰的《谈谈两篇同类题材的小说》。

9日,《戏剧报》8月号发表田汉的《我们怎样更好地为第一个伟大五年计划服务》;李之华的《反革命的路翎》;凤子的《更多地演出以警惕性为主题的戏》。

11日,《大众电影》第15期发表适夷的《英雄民族的英雄史诗——介绍影片〈伟大的战士〉》。

12日,《长江日报》发表钟英的《影片〈党证〉教育我们些什么》。

15日,《文艺报》第15号发表唐挚的《给一切暗藏的反革命分子以无情的打击!(〈海滨激战〉观后感)》;华应申的《创作更多的通俗读物》。

《文艺月报》第32期发表巴金的《在第一届全国人民代表大会第二次的会

议上最美丽、最光荣的事情》;何引流的《拨去迷雾,认识阶级斗争的现实》;王楚江的《胡风集团的"点滴斗争"及其危害性》;以群的《从〈伟大的公民〉谈起》;罗荪的《从〈财主底儿女们〉看路翎的反革命立场》;芦芒的《胡风集团的"诗"是特务文艺的典型》;冯雪峰的《关于创作中的概念化问题》;唐弢的《论"难为水"》;黎维建的《揭露胡风分子王元化》;刘金的《人民的死敌——张春晓》;郑伯永的《反革命分子冀汸为什么长期迷惑了我们》;缪文渭、王安友、苗得雨的《刘雪苇是怎样毒害了工农作家的?》。

16日,《南方日报》发表金戈的《永远不让敌人的阴谋得逞——影片〈斩断魔爪〉观后》。

20日,《北京文艺》8月号发表老舍的《文艺工作者都忘我的劳动起来吧》;刘念渠的《从历史上看胡风怎样配合蒋匪帮进攻革命》。

《河北文艺》8月号发表本社的《克服脱离政治的倾向进一步提高创作水平》;洗明的《关于学习群众语言》。

21日,《南方日报》发表韩北屏的《从影片〈游击队的姑娘〉谈起》。

22日,《湖南文艺》第8本发表朱凡的《保卫人民的文艺,大量培养文艺批评家》;刘斐章的《关于区别传统剧目中的封建迷信与人民性问题》。

27日,《光明日报》发表万弓的《需要更多更好的惊险小说》。

30日,《文艺报》第16号发表方照的《社会主义新人的胜利》;黄秋云的《无畏的英雄,不朽的史诗》;李希凡、蓝翎的《关于曹雪芹的世界观与现实主义创作》。

本月,《文艺书刊》第8期发表知侠的《我怎样写〈铁道游击队〉的》。

本月,新文艺出版社出版罗荪的《战斗需要力量》。

9月

1日,《广西文艺》第9本发表毅夫的《谈陈成初同志的山歌创作》;蜀人的《写作漫谈二则》。

《文学月刊》9月号发表谢挺飞的《略谈几篇文学作品的警惕性主题》;思基的《〈在奴隶的语言〉底后面》;解甲兵的《略谈〈高玉宝〉及其他》;黄广武的《读〈他是好党员〉》;禾余的《坚决、彻底、干净、全部地肃清一切反革命分子》。

《长江文艺》9月号发表天一的《路翎在"洼地上"跟我们打仗》;叶丁的《〈六个瓷瓶〉读后》;星林的《读〈初春时节〉》。

《西南文艺》9月号发表刘玮的《在"歌颂"新人物的幌子下》;郑均吾的《什么是绿原的"起点"?》;李南力的《反革命的作品〈浪涛中的人们〉》;袁珂的《读〈三里湾〉》。

3日,《剧本》9月号发表宋之的的《从〈白毛女片论〉里看阿垅底特务嘴脸》;孙家琇的《揭穿胡风分子阿垅对莎士比亚戏剧的恶意歪曲》;陈丁沙的《两个表现对敌斗争的独幕剧》;苏隽的《要善于表现农村中的阶级斗争》;以"反对坏戏,反对在整理改编戏曲剧目中不严肃的态度"为总题,发表许万恒的《〈女中魁〉是一个不好的戏》、李曾贵的《反对这样的改编》,唐警铃的《对民族戏曲整理工作的一点意见》。

4日,《长江日报》发表洪洋的《献身给社会主义建设事业——介绍影片〈为了十四条生命〉》。

5日,《辽宁文艺》第16、17期发表老舍的《文艺工作者忙起来吧》;丁玲的《学习第一个五年计划草案的一点感想》。

《内蒙古文艺》9月号发表董舒的《关于目前群众文艺活动的几个问题》。

6日,《长江日报》发表吉学霈的《介绍影片〈不能走那条路〉》。

8日,《人民文学》9月号发表专论《学会同暗藏的反革命分子作斗争》;茅盾的《把斗争进行到底并在斗争中获得锻炼》;巴金的《学问和才华》;艾芜的《我从胡风反革命案件中取得的教训》;王子野的《谈书生气》;李蕤的《切莫做"吃草的幻想家"和"泥做的人"》;贾芝的《胡风对民间文学的反革命攻击》;柳央的《希望多写些反映"肃反"斗争的作品》。

《文艺学习》第9期发表静仪的《从胡风反革命集团被揭发后看资产阶级文艺思想对青年的侵蚀》(读者来信述评);张毕来的《读〈秀才造反〉》;王耕的《释〈温暖〉》;臧克家的《一首有力的讽刺诗》;周立波的《谈〈三国志演义〉(上)》;蓝翎的《永远与历史的步伐一致(读〈茹尔宾一家〉)》;胡冰的《谈叶圣陶的短篇小说》;陈伯吹的《读〈一件小事〉》;萧殷的《作品为什么和它所描写的人物的生平不完全

一致?》。

9日,《戏剧报》9月号发表吴雪的《肃清剧院中暗藏的敌人》;《洪深同志生平事略》;夏衍的《在西区编剧讲习会结业式上的讲话》;本报记者的《戏剧教育必须适应社会主义建设事业的需要》;黄克保、刘木铎、祁兆良的《萧长华先生谈"激权激瑜"》;潘凤霞的《我所理解的祝英台的性格》;魏镇清的《一个深入农村的戏曲剧团》;朋鸟的《我们不欢迎这样的"名演员"》。

《长江日报》发表李江潮的《撕破反革命分子的一张"护身符"——看楚剧〈中秋之夜〉的一点感想》。

12日,《解放军文艺》9月号发表[苏]亚·克隆的《戏剧创作中的军事主题》;[苏]谢·夏吉洛夫的《伟大崇高的主题》。

15日,《文艺报》第17号发表本刊记者的《曹禺〈明朗的天〉的创作》;余冠英的《胡适对中国文学史"公例"的歪曲捏造及其影响》。

《文艺月报》第33期发表社论《青年们,投身到伟大的社会主义建设事业中去!》;李俊民的《从肃清新文艺出版社内胡风黑帮的斗争中得到的几点体会》;晓立的《路翎侮辱劳动人民的阴险手法》;心慧、庆英的《反动而淫乱的小说——冀汸的〈走夜路的人们〉》;曹国楷的《反革命的"人"和反革命的"生活"》;柯灵的《关于电影剧本的创作问题》(文艺写作辅导讲座);欧阳文彬的《从阿·托尔斯泰看世界观与创作的关系》;王愚的《谈〈三里湾〉中的人物描写》;《对〈彻底揭发暗害分子胡风〉一文的批评和检讨》(读者·作者·编者)。

《广东文艺》8、9月号发表加因的《理想变成现实》。

《安徽文艺》9月号发表吕宕的《不许歪曲现实,污蔑现实,宣传资产阶级的反动思想——评孙文操〈营业员〉〈百里风雪〉》;林乡的《"笑面老虎"和"翘尾巴狼"》。

16日,《长江日报》发表江文的《勇敢机智和坚强——影片〈游击队员之子〉观后》。

20日,《北京文艺》9月号发表侯宝林的《关于相声问题的解答》。

《河北文艺》9月号发表本刊编辑部的《关于〈支部书记〉及其讨论》;高烨的《谈豫剧〈唐知县审诰命〉》;张北县文艺学习小组宇水整理的《生动的表现了一个劳动妇女的形象》。

23日,《民间文学》9月号发表董均伦、江源的《搜集、整理民间故事的一点体会》。

25日,《江苏文艺》第8、9号发表契采的《处理反动、淫秽、荒诞的图画是当前阶级斗争中的重要政治任务》;钟山秀的《大家动手,创作群众文艺活动材料》。

26日,《大众电影》第18期发表董玉的《两个值得学习的人物——看影片〈游击队员之子〉和〈最高的奖赏〉后》。

30日,《文艺报》第18号发表刘白羽的《加强文学的党性》;冯雪峰的《用工作来改正我们的错误》;谢云的《读〈双铃马蹄表〉和〈一个笔记本〉》;钟惦棐的《〈为了十四条生命〉的结构艺术》。

本月,《文学书刊》9月号发表知侠的《我怎样写〈铁道游击队〉的》。

10 月

1日,《文学月刊》10月号发表葛兰的《读〈厂房夜歌〉》。

《长江文艺》10月号发表社论《为实现第一个五年计划付出我们的全部智慧与劳动》;徐懋庸的《学习鲁迅的革命精神》;李冰的《谈〈百鸟衣〉》;湘文等的《〈冰化雪融〉读后》。

《西南文艺》10月号发表陈易、祥瑞的《试谈〈新苗〉》;王自若的《读〈新苗〉后》;本刊编者的《读者对〈新苗〉的意见》;徐明蕙的《〈战斗的青春〉是一篇不好的作品》。

《南方日报》发表王予、闻风、汪声裕、赵振荣的《最美丽的友谊花朵——介绍影片〈友谊花朵处处开〉》。

3日,《人民日报》发表袁鹰的《扩大少年儿童文学的作者队伍》。

《剧本》10月号发表鲍昌的《论芦甸的反革命剧本——〈第二个春天〉》;张立云的《论提高革命警惕性的创作主题》;李珂的《谈表现警惕性主题剧本中的人物创造》;赵寻的《表现新生活的新喜剧》;陈子君的《试谈儿童剧本创作中的几个问题》;戴再民的《从〈擦亮眼〉看农村中的阶级斗争》;应实的《谈谈独幕剧〈母女

俩〉》;蔡培繁的《一个优美的儿童剧》。

4日,《南方日报》发表启德的《人民推动了历史,也创造了英雄——介绍影片〈伟大的战士〉》。

5日,《工人文艺》10月号发表老舍的《文艺工作者忙起来吧》;柯金的《提高革命警惕,消灭一切敌人——〈红色保险箱〉读后》。

8日,《人民文学》10月号发表王朝闻的《语言艺术的肖像》。

《文艺学习》第10期发表焕南的《文艺的形象鼓舞着我前进》;周立波的《谈〈三国志演义〉(下)》;蓝光的《谈谈独幕剧的写作特点》。

9日,《戏剧报》10月号发表祁兆良、黄克保的《萧长华先生谈京剧小生的"笑"》;胡波夫的《高尚爱情的诗篇》;天衣的《"评弹"的新生》;金宝环的《党把我们当做人民的花朵来爱护和培养》。

12日,《解放军文艺》10月号发表华革飞的《谈谈〈中国人民志愿军战士诗〉》。

15日,《文艺报》第19号发表唐弢的《学习鲁迅的战斗精神》;冯雪峰的《〈野草〉》;赵树理的《〈三里湾〉写作前后》;甘惜分的《清除胡风反动思想在文学史研究工作中的影响》(评《中国新文学史稿》下册)。

《文艺月报》第34期发表熊复的《为保持文艺队伍的纯洁性和统一性而斗争》;唐弢的《鲁迅谈作家的思想锻炼》;罗荪的《为孩子们创作是艺术家的光荣责任》;王秋陵的《一个老牌特务的形象——介绍苏联反特小说〈底萨河畔〉》;鲍昌的《粉碎阿垅的反革命的诗歌"理论"》;何家槐的《〈队长骑马去了〉是一本反动的诗集》;宋云彬的《略论〈恨不起来〉》;徐革的《工人们向作家、艺术家们要求些什么》。

《浙江文艺》10月号发表萧容的《从习作〈不能这样完成计划〉中得到的体会》。

16日,《河南文艺》第135本发表李允的《读〈旷野的春天〉》。

19日,《人民日报》发表陈涌的《认真向鲁迅学习——纪念鲁迅先生逝世十九周年》。

20日,《北京文艺》10月号发表曹禺的《必须认真考虑创作问题》;蒋和森的《〈童话〉——黑色的"诗"集》;吴晓铃的《从舞台语言存在的问题谈到文艺工作者和语言规范化的关系》。

《河北文艺》10月号发表张凤村的《谈〈武松与潘金莲〉》;张雅兰的《英雄人民的女儿》。

《辽宁文艺》第20期发表《对独幕话剧〈子女问题〉的意见》。

22日,《光明日报》发表寋先艾的《必须认真地批判重才不重德的思想》。

23日,《民间文学》10月号发表钟敬文的《略谈民间故事》。

30日,《文艺报》第20号发表杨耳的《作家、艺术家和个人崇拜》;康濯的《读赵树理的〈三里湾〉》;王瑶的《从错误中吸取教训》;吴晓铃的《文艺工作者应该重视语言和汉语规范化的工作》。

本月,《文学书刊》10月号发表峻青的《〈黎明的河边〉的创作》;林溪的《集体的力量——〈明天要到海洋去〉读后》。

本月,长江文艺出版社出版刘绶松的《文艺散论》。

11 月

1日,《广西文艺》第11本发表胡明树的《从"开卷有益"谈起》;蜀人的《略谈〈三里湾〉》。

《文学月刊》11月号发表吴伯箫的《作品和读者》;汪齐邦的《马加新著〈在祖国的东方〉》;申蔚的《谈"一一三"号烟头》;希扬的《胡风分子鲁藜的圈套》;王雨的《〈友谊农场诗钞〉读后》。

《作品》11月号发表欧阳山的《迅速反映社会主义的革命运动》;加因的《大家来繁荣少年儿童文艺园地》。

《长江文艺》11月号发表刘绶松的《批判刘雪苇的〈论文学的工农兵方向〉》;潘旭澜的《评〈试评《儒林外史》的思想性〉》;吉学霈的《读〈老监察〉所想到的》。

《西南文艺》11月号发表马戎的《反革命反现实主义的〈饥饿的郭素娥〉》;陈炜谟的《论〈红楼梦〉的倾向性与人物描写》(遗作);吴京的《读〈十月的早

晨〉》；余光远的《〈脑云锥上的红旗〉感动了我》。

3日，《剧本》11月号发表胡丹沸的《我在写作〈春暖花开〉过程中所经历的》；张弓弩的《关于〈擦亮眼〉的创作意图和修改过程》。

5日，《光明日报》发表孙谦的《〈关于农业合作化问题〉读后》。

《辽宁文艺》第21期发表项冶的《谈谈〈辽宁文艺〉发表的肃反题材作品》；崔德志《我怎样写〈刘莲英〉》。

8日，《人民文学》11月号发表罗荪的《加强文学编辑工作的党性》；王若望的《鲁迅对少年儿童文艺的热情关怀》；蓝翎的《给孩子们写出更多美好的作品》；陈植的《现实生活、幻想及其它》；叶圣陶的《响应号召》；冰心的《一人一篇》；纪叶的《重视儿童电影文学剧本的创作》。

《文艺学习》第11期发表赵树理的《谈课余和业余的文艺创作问题》；[民主德国]库尔特·斯特恩作、韩世忠节译的《什么是现实主义？》；张奇的《大戈壁滩上的劳动花朵（读〈玉门诗抄〉）》；张白山的《读茅盾的〈蚀〉》；何家槐的《关于〈多收了三五斗〉》；念熊的《农民很少识字，为什么文艺要为他们服务？》。

9日，《戏剧报》11月号发表吴雪的《评吕剧〈李二嫂改嫁〉的演出》；《文化部艺术局和剧协召开吕剧座谈会》；东川的《从越剧在国外演出中所体会到的若干问题》；朱丹的《一部不成功的影片〈两亩地〉》；陈刚的《辛勤的艺术劳动者——记青年积极分子吕瑞英》；欧阳予倩的《京剧一席谈》。

12日，《光明日报》发表刘绍棠的《勇敢地、真实地反映农业合作化运动中的阶级斗争》；李家兴的《娜斯嘉，激动人心的形象——读尼古拉耶娃的小说〈拖拉机站站长和总农艺师〉》。

《解放军文艺》11月号发表胡可的《创作是阶级的事业》。

15日，《文艺报》第21号发表林默涵的《党性是我们的文学艺术的灵魂》；于晴的《农村社会主义高潮到来的图景》；陈洪的《可喜的收获——读方之的小说》。

《文艺月报》第35期发表毛泽东的《关于农业合作化问题》；罗荪的《文学落后于现实》；叶如桐的《重要的关键》；若望的《从"烂摊子"谈起》；孰诺的《"积重难返"》；哈华的《"闹情节"的根由》；牟崇光的《"金骡驹"的故事》；江桥的《〈马兰花〉读后》；本刊记者的《苏尔科夫谈文学创作与文学工作上的几个问题》；王朝闻的《谈人物的心理描写》；王秋陵、江国曾的《青年工人费礼文在文艺创作上的成长》；姚以铮的《评徐中玉〈鲁迅生平思想及其代表作研究〉》。

《浙江文艺》11、12月号发表宋云彬的《大家动起笔来》；陈学昭的《更好地学习毛主席的文艺方向》。

19日，《光明日报》发表黄秋云的《试谈〈铁水奔流〉的人物形象》。

20日，《北京文艺》11月号发表欧阳予倩的《欢欣鼓舞迎接农业合作化的高潮》；侯宝林的《谈相声艺术的表现形式(上)》。

《河北文艺》11月号发表李韧、袁罡的《京剧〈贫女泪〉观后》；高歌今的《胡风写新人物的罪恶目的》。

《辽宁文艺》第22期发表文西的《独幕话剧〈黄花岭〉读后》；《多写有关农业合作化运动的作品》；于丁的《读〈老两口〉》；少先的《〈拔牙〉是有现实意义的作品》。

23日，《民间文学》11月号发表陶阳的《内蒙古民间艺术是丰富多彩的》；戴不凡的《略谈地方戏中的讽刺剧》。

30日，《文艺报》第22号发表《人民日报》社论《作家、艺术家们，到农村中去》；李兴华的《迎接社会主义的春天——读王希坚的〈迎春曲〉》。

本月，《文艺书刊》第11期发表余一的《读唐弢的杂文集〈学习与战斗〉》；刘绍棠的《勇敢地、真实地反映农业合作化运动中的阶级斗争》；太一的《为普及服务的两种笔记小说选本——介绍〈笔记文选读〉与〈汉魏六朝小说选〉》；洪野的《谈谈〈换地〉》；石敏的《读韩映山的〈水乡散记〉》。

《文学书刊》11月号发表刘金的《读刘绍棠的〈运河的桨声〉》；金怡的《撕开胡风黑帮及其"作品"的外衣——介绍〈感情问题及其他〉》；石牧的《青年们的光辉道路——略谈〈方士信的道路〉》；邓吉的《读〈铜墙铁壁〉后的一点体会》；蓝翎的《一个光辉的少年形象——读李克斯诺夫的〈小家伙〉》。

本月，作家出版社出版本社编的《胡风反革命"作品"批判》。

12月

1日，《广西文艺》第12本发表源节的《读〈司机长回来了〉》。

《文学月刊》12月号发表蔡天心的《学习毛主席〈关于农业合作化问题〉》;于长江的《读〈断线结网〉》。

《作品》12月号发表《中国作家协会广州分会理事会关于华南文学创作应积极反映农业合作化运动的决议》;欧外鸥的《论儿童文学的创作方法问题》。

《西南文艺》12月号发表李易之的《农业合作化与文艺工作》;渥丹的《深入到农业合作化的斗争中去》;陈介操的《看清问题的本质和主流》;文履平的《读〈拖拉机站站长和总农艺师〉》;《关于讽刺小品〈内在的美〉的意见》(读者·作者·编者)。

《长江文艺》12月号发表张啸虎的《〈水浒〉里的妇女形象》;王五魁的《让讽刺艺术在斗争中成长》;韦其麟的《写〈百鸟衣〉的一些感受和体会》;朱仪的《谈集中反映农村生活的新年画》。

3日,《人民日报》发表李希凡、蓝翎的《正确估价〈红楼梦〉中"脂砚斋评"的意义》。

《剧本》12月号发表《人民日报》社论《作家、艺术家们,到农村中去》;卞济远的《关于表现农业合作化的戏剧创作中的几个问题》;楚白纯的《吕荧在〈曹禺的道路〉译文中的反动论点》。

5日,《工人文艺》12月号发表社论《加强组织领导,开展为生产服务的工人业余文艺活动》;郑伯奇的《对西安市职工业余文艺活动的三点建议》;陈山英的《积极开展工人文艺活动》;伶风的《观剧杂谈》;李文媛的《我演〈刘莲英〉的一点体会》。

8日,《人民文学》12月号发表燕凌的《社会主义的农村一定会出现》;王冬青的《读〈检验工叶英〉》。本期,《人民文学》编辑委员会改组,主编严文井,副主编秦兆阳、葛洛,编委何其芳、吴组缃、秦兆阳、张天翼、葛洛、严文井。

《文艺学习》第12期发表蔡天心的《真实地反映农村生活的本质和主流》;陈学昭的《我在农村生活中的一些体会》;李古北的《歌颂农村生活里的社会主义力量(读〈三里湾〉)》;方树动的《谈谈几部苏联文学作品里的爱情描写》;何家槐的《谈〈非攻〉》;李文元的《我在学习写作的道路上》。

9日,《戏剧报》12月号发表《江苏省文化局组织地方剧团至农村巡回演出工作总结》;唐斌、刘一虹的《一个有领导的农村业余剧团》;张治的《关于剧团实行企业化问题》;叶林的《歌剧〈孔菊与潘菊〉的艺术成就》;王亦放的《谈三个独幕喜剧的演出》。

《广东文艺》12月号发表黄庆云的《把为儿童写作的光荣任务担负起来》。

15日,《文艺报》第23号发表马铁丁的《勇敢地突破常规》;李准的《关于对生活的敏感》;乔羽的《谈谈表现农村生活的剧本》;李文元的《在学习创作的路上》;黎之的《读李文元的〈婚事〉》;陶萍的《把合作化运动的高潮推向前进》(读小说《两位县委书记》);曹阳的《〈文艺报〉缺少了一些什么?》;舒谨的《品质坏的"作家"能写出好作品吗?》。

《文艺月报》第36期发表《人民日报》社论《作家、艺术家们,到农村中去》;罗荪的《必须通过艺术形象表现党性》;陈鸣树的《评许杰的反现实主义的"小说论"》;魏金枝的《谈短篇小说中的疵块》;王克南的《评儿童剧〈纽扣〉和〈夏天来了〉》;靳以的《〈茹尔宾一家〉的三代》。

《安徽文艺》12月号发表锋的《我们欢迎〈耿大海进城〉这样的作品》;张念缙的《纠正业余剧团的偏向》。

17日,《光明日报》发表陈尚哲的《读闻捷的诗——又一组优美的抒情歌曲》。

20日,《北京文艺》12月号发表梅兰芳的《为创造丰富多彩的剧目而努力》;马铁丁的《关于小品文的两个问题》;侯宝林的《谈相声艺术的表现形式(下)》;曹菲亚的《积极扶持群众创作,丰富群众文艺生活》。

《河北文艺》12月号发表杜修林的《对〈一本歪曲劳动人民的小人书〉一文的意见》;雨葵的《关于小人书〈十一郎〉》。

23日,《民间文学》12月号发表徐琳、木玉璋的《关于〈逃婚调〉》;木玉璋的《傈僳族的文艺生活》;王晦的《谈民间故事里的狐狸》(问题讨论)。

30日,《文艺报》第24号发表《掀起文学艺术创作的高潮》(社论);夏衍的《打破常规,走上新路》;熊秉谦的《我对体验生活的片段体会》;沙鸥的《费礼文小说的几个特点》;张俊祥的《电影剧本为什么会太长》;草婴的《〈被开垦的处女地〉的新篇章》;晏学、周培桐的《肖军的〈五月的矿山〉为什么是有毒的?》。

本月,《文艺书刊》第12期发表高浪的《读知侠的短篇小说集〈铺草〉》;陈鑫的《任何狡猾的敌人都逃不出人民的巨掌——介绍〈断线结网〉和〈阴谋〉》;管安的《掌握讽刺的武器——读讽刺诗集〈碰壁而归〉》;季芝的《儿童剧〈捉拿魔鬼〉读后》;钟睿的《谈谈任干的特写——读〈永远前进〉》。

本月,新文艺出版社出版臧克家的《在文艺学习的道路上》。

1956年

1956年

1月

1日,《广西文艺》第1本发表毅夫的《略谈戏剧》;方大伦的《要研究剧本》;蒙赐高的《要正确理解丑角》。

《文学月刊》1月号发表赵韶华的《充分描写生活中的主导力量和本质事物》;公木的《和初学写诗的同志漫谈关于写诗的问题》;崔琪的《读〈鲁大娘〉》;张景敏的《我们对〈断线结网〉的一点看法》。

《作品》1月号发表于逢的《〈八月的风〉读后》;季思的《把话说清楚,把文章写清楚》;郑莹的《克服粤剧创作的落后现象》。

《西南文艺》1月号发表箭鸣、千禾的《试谈鲁迅小说研究中的一些问题》;李效厂的《文学作家和汉语规范化》;应节的《一幅生动的农村阶级斗争的画面(《迎春曲》读后)》;殷白的《较多写到的和很少写到的》;吕子房、胡积珠的《读〈森林中的火光〉》。

《长江文艺》1月号发表李冰的《不能让诗歌留下空白》;淑耘的《读三篇关于儿童的习作》;李蕤的《大风暴前夕的农村图画》;潘耀琼的《娜斯嘉——青年的榜样》;董伯超的《真正的战士》;程千帆的《题材、主题、主题思想》。

《湖南文艺》第1本发表《湖南文学艺术工作者联合会关于动员和组织全省文艺工作者热情地迎接农业合作化运动的高潮的决议》;高岳森的《谈农业合作化题材的文艺创作》。

3日,《剧本》1月号发表赵寻的《多方面表现农业合作化运动》;安波的《我对于下乡及写剧本的一点体会》;蓝光的《〈神手〉的人物创造与艺术技巧》;李钦的《表现农业合作化运动中积极的力量》。

5日,《文艺月报》1月号发表张春桥的《我们的希望》;李希凡的《〈水浒〉的作者与〈水浒〉的长篇结构》;唐弢的《谈鲁迅的〈一件小事〉》;赵自的《谈胡万春的几篇作品》;以"关于〈拖拉机站站长和总农艺师〉的讨论"为总题,发表李国涛的《娜斯嘉——难忘的形象》,王楚江的《向娜斯嘉学习》。

《工人文艺》1月号发表《文化部和中华全国总工会联合发布关于进一步开展工矿文化艺术工作的指示》;《人民日报》社论《加强对工矿文化工作的领导》。

《内蒙古文艺》1月号发表戴再民的《农业合作化题材给戏剧艺术创造的强大力量》。

《北京日报》发表黎之的《娜斯嘉的斗争精神——读〈拖拉机站站长和总农艺师〉》。

7日,《光明日报》发表包同之的《为谁服务?》;焦勇夫的《生活的激流在奔腾——读沙汀的新作〈卢家秀〉》;《作家要为农民写作》;沈仁康的《光辉的母亲形象——读海默的〈母亲〉》。

8日,《文艺学习》第1期发表茅盾的《迎接第一次全国青年文学创作者会议》;巴人的《一部反对保守主义的作品(读〈拖拉机站站长和总农艺师〉)》;沈承宽的《站在农业合作化运动前列的人(〈前途似锦〉读后)》;王若望的《一部污蔑党、污蔑工人阶级的反动小说(评〈五月的矿山〉)》;樊骏的《文学的阶级性党性》;袁水拍的《讽刺诗中的反面人物和正面人物的形象》;李准的《我怎样学习创作》;孟南的《谈谈习作者关于农业合作化来稿中一种倾向》。

9日,《戏剧报》1月号发表马彦祥的《山西长治专区领导民间职业剧团在农村巡回演出的一些经验》;王鹤龄的《农民喜爱这样的民间职业剧团》;李伯钊的《一个追求真理的戏剧家》;李汉飞的《关于剧目轮换演出制的一些问题》;本报记者的《首都话剧界讨论繁荣戏剧创作问题》;夏淳的《谈〈幸福〉的演出》;李冰、楚奇的《谈〈春暖花开〉的演出》;屠岸的《吕剧〈王定保借当〉中两姐妹的形象》。

10日,《湖北文艺》第1期发表《湖北日报》社论《努力开展群众文化艺术活动,为伟大的社会主义事业服务》;密加凡的《目前群众文化艺术活动中的几个问题》;史子荣的《正确地、全面地、系统地贯彻党的文艺方针》;于黑丁的《迎接伟大的社会主义革命的新高潮》;陈国剑的《文艺工作者必须积极创作扫盲作品,迎接文化建设高潮》。

《广东文艺》1月号发表李门的《谈演唱作品里的语言问题》。

12日,《解放军文艺》1月号发表李大春的《读〈西游记〉的几点心得》。

15日,《文艺报》第1号发表贾芝的《诗篇〈百鸟衣〉》;沙鸥的《年轻人火热的声音》(谈邵燕祥的诗);刘肖无的《受到群众欢迎的〈平原游击队〉》;朱靖华的《为什么会有这种现象》;林可的《也是作家们的责任》;叶林的《让农村中出现更多的"村姑合唱"》;丁诺的《请听来自农村的声音》;彭慧的《阿·托尔斯泰的创作说明了什么》。

《边疆文艺》(月刊)创刊,云南省文联、《边疆文艺》编辑委员会编辑,本期发表袁勃的《为社会主义革命高潮服务》;李原的《深入群众,创作为群众喜闻乐见的作品》;李广田的《运用各种文艺武器为边疆服务》。

20日,《北京文艺》1月号发表梁元动、李维廉的《关于业余创作问题的讨论》。

《辽宁文艺》第2期发表文菊的《大力开展农村文化艺术活动》。

《河北文艺》1月号发表王青的《读〈社员短歌〉》;颖辉的《读小说〈郭大强〉》。

29日,《人民日报》发表《关于文学艺术中的典型性问题(苏联〈共产党人〉杂志专论摘要)》。

30日,《文艺报》第2号发表马铁丁的《前途似锦,快马加鞭!》;乐黛云的《华岗在〈鲁迅思想的逻辑发展〉中的剽窃行为》;《斥"一本书主义"》(专论);赵寻的《评〈考验〉》;张季纯的《话剧〈在康布尔草原上〉》;鲁达的《缺乏爱情的爱情描写(谈〈三里湾〉中三对青年的婚姻问题)》;方浦的《谈电影剧本〈夏天的故事〉和对它的批评》。

本月,《文艺书刊》第1、2月号合刊发表洪野的《新的收获——读〈上海工人文艺创作选集〉第二集》;苗子的《介绍〈在文艺学习的道路上〉》;鲁歌的《真切、朴素的生活的歌唱——读〈苗得雨诗选〉》;管安的《人民在斗争中前进——读短篇小说集〈警惕〉》。

1日,《广西文艺》第2本发表蜀人的《积极反映合作化运动的本质和主流》。

《文学月刊》2月号发表旭旦的《人民服务员和〈包身工〉》;裴秀筠的《读〈滑冰赛〉和〈途中〉》。

《作品》2月号发表司徒汉平的《喜歌、惊愕及其他》;文稼的《积极地反映农业合作化运动的主流》。

《长江文艺》2月号发表陆耀东的《生活激流中的乐章》;王璞的《评张有德的儿童故事》;于逢的《读〈前途似锦〉》;林希翎的《谈〈勇敢〉中的卡普兰》;俞林的《为什么"有生活"写不出来》;安扬的《谈谈从农村寄来的一些诗》;于黑丁的《使思想适合整个情况的发展》;林焕平的《小说、特写、报告的特点和区别》。

《西南文艺》2月号发表童思高的《试论〈西游记〉的主题思想》;陈懋谱的《谈谈儿童文学的题材问题》;沈仁康的《读〈谈诗的技巧〉》;扬禾的《李茂荣的小说》;游藜的《读〈阴谋〉》;余朗斓的《〈阴谋〉是一篇好作品》;蒋维的《读〈在一个社里〉》;梁鸿辉的《幽美的抒情诗〈草原夜歌〉》。

《湖南文艺》第2本发表铁可的《学习戏曲的传统,提高现代剧目的质量》;李啸仓的《谈传统戏曲剧目的人民性问题》;青霓的《丰富多彩的湖南戏曲艺术》。

3日,《剧本》2月号发表毛泽东的《〈中国农村的社会主义高潮〉的序言》;佘一军的《剧作家们,迎头赶上社会主义前进的步伐!》;柏繁的《观众不欢迎反映现代生活的戏曲吗?》;记者的《老舍先生谈讽刺剧〈西望长安〉的创作》;张光年的《给〈巴音敖拉之歌〉作者的信》;崔尚德的《〈刘莲英〉写作过程》;任萍的《一个歌剧剧本的诞生》;郁都的《小歌剧〈扔界石〉的艺术特点》;屠岸的《〈海上渔歌〉的人物刻划》。

4日,《光明日报》发表子西的《表现了农村的阶级斗争——谈孔文的短篇小说〈粮食〉》。

5日,《辽宁文艺》第3期发表编者的《向爱好文艺的青年们谈谈创作态度问题》;李芒的《娜斯嘉给我的启发和教育》。

《工人文艺》2月号发表社论《开展工矿业余文艺创作活动》;胡斌的《分析剧情,掌握角色思想》;任金凤的《通过动作表现情感》;谭增成的《〈换布证〉〈劝公公〉观后》;本刊记者的《使刊物更好地为职工文化生活服务》;专栏"通俗文艺讲座"发表《第一讲:谈写作的立场》。

《文艺月报》2月号发表宇万的《谈文艺创作中的若干戒律》;以"关于《拖拉机站站长和总农艺师》的讨论"为总题,发表沈仁康的《娜斯嘉和林娜》,林颖的《省委书记索柯洛夫》。

7日,《人民日报》发表苏蓝的《更多更好地反映伟大的现实》。

8日,《人民文学》2月号"短论"栏发表公孙剑的《需要满怀热情的工作》,王子野的《骄傲就是毁灭》,马铁丁的《初战胜利之后》,钟惦棐的《千呼万唤——出来了》,唐挚的《必须干预生活》;同期,发表张春桥的《掌握自己命运的人们》;江韦的《没落者的悲哀》;叶橹的《激情的赞歌》;力扬的《谈闻捷的诗歌创作》;沙鸥的《在成长中的青年诗人》。

《文艺学习》第 2 期发表公木的《读〈新春〉和〈海边的诗〉——写给青年诗人张永枚的一封信》;马寒冰的《〈高玉宝〉是怎样写成的?》;李兴华的《评张恨水的〈啼笑因缘〉》;宋曼的《写抒情诗依靠灵感还是依靠生活?》;陈伯吹的《谈儿童文学作品中写人物》;金近的《我怎样学习写少年儿童文学作品的?》;江山野的《创作少年儿童作品的一些体会》;孟明的《初学写惊险小说应注意哪些问题(兼评〈幕后人〉)》。

9 日,《戏剧报》2 月号发表李章的《表演先进人物的一些体会》;欧阳予倩的《苏联戏剧专家普·乌·列斯里同志对中国戏剧运动的巨大贡献》;陈丁沙的《可喜的收获》;王亦放的《谈〈如兄如弟〉的演出》;郎咸芬的《向生活学习,向传统艺术学习》;何慧的《谈戏曲音乐表现现代生活的问题》;刘英华的《戏曲应更多地反映现代生活》;江俊的《我非说不可的话》;江东的《到人民需要的地方去》;张扬的《旅大剧团为什么能多演出》;张润华的《河北省的"一个好戏"运动》;《地方戏怎样搞"语言规范化"?》。

10 日,《湖北文艺》第 2 期发表湖北省文化局、文联的《大力开展群众性文艺创作活动》。

《浙江文艺》2 月号发表卞济远的《关于表现农业合作化的戏剧创作中的几个问题》;沈虎根的《汇报我的学习写作情况》。

11 日,《光明日报》发表朱靖华的《谈从维熙的小说》。

12 日,《解放军文艺》2 月号发表穆欣的《和腐朽的保守主义作斗争——介绍〈奥维奇金特写集〉》。

15 日,《文艺报》第 3 号发表社论《迎接中国作家协会理事会(扩大)会议》;戈扬的《向新的高潮前进》;黄钢的《奇异的对照》;周若予译、曹葆华校的《关于文学艺术中的典型问题》;《勇敢地揭露生活中的矛盾和冲突》(作家协会创作委员会小说组对三个作品的讨论);《沸腾的生活和诗》(作家委员会诗歌组对诗歌问题的讨论)。

《边疆文艺》2 月号发表冯牧的《为社会主义的边疆而歌唱》;碧波的《迫切需要短小的文艺作品》;梅定的《谈对新事物的敏感》。

20日,《北京文艺》2月号发表王国祥的《关于业余创作问题的讨论(二)》。

《辽宁文艺》第4期发表贺秋的《要正确的运用语言》;景富的《〈一个有意义的节目〉教育了我》;王山川的《对小说来稿的意见》。

《河北文艺》2月号发表张朴的《谈谈文学作品的主题》;刘雨葵的《一首优美的抒情诗》。

23日,《民间文学》2月号发表本刊编辑部的《光荣的历史任务和我们对于农村俱乐部的希望》;王车、阿余搜集的《苗族新"游方"歌》;杨正旺的《积极地发掘和整理少数民族的民间文学》;[苏]普洛普著、王智量译的《英雄叙事诗研究中的一些方法论问题》。

28日,《文艺报》第4号发表刘白羽的《火炬与太阳》;郭沫若的《鲁迅礼赞》;赵寻的《从〈如兄如弟〉谈话剧冲突》;欧阳山尊的《无限勤恳地追求生活的真实》;敏泽的《主题的现实性和明确性》;林默涵的《两年来的短篇小说》;王世德的《评〈新文体概论〉》。

29日,《人民日报》发表李希凡、蓝翎的《关于文学研究中的庸俗社会学倾向——从〈红楼梦〉人物刘姥姥的讨论谈起》。

3月

1日,《广西文艺》第3本发表王维中的《读〈最初的工作〉》;林启吉的《读〈爱牛〉后的一点感受》。

《文学月刊》3月号以"迎接全国青年文学创作者会议"为总题,发表文菲的《要关怀文学创作的新生力量》,鲁坎的《大量的培养青年作家》,方励的《刻苦学习、认真创作》,孙芋的《剧作〈黄花岭〉的艺术表现》,舒慧的《习作〈黄花岭〉的一点体会》;同期,发表罗丹的《略谈不能骄傲》;云泥的《无愧于这样的时代》;戴翼的《谈学校中的业余写作》;符今的《〈生活委员〉和〈鞋〉》;阿千的《欢迎这样的作品》。

《作品》3月号发表苇青的《在文化高潮到来之前》；齐云、瑞芳的《反对保守，为新事物开辟道路》；杨康华的《迎接全国青年文学创作者会议》；周钢鸣的《祝文学创作的青春花朵盛开》；江萍的《发展新生力量，壮大文学创作队伍》。

《长江文艺》3月号发表《毛泽东同志关于反对党八股和改进报刊编辑工作的指示》；李培坤的《试论李准的创作》；陆耀东的《谈吉学霈的写作道路》；江健的《工地生活的图画》；未央的《我学写诗的体会》；辛雷的《在学习写作的道路上》；李蕤的《把个体融化到集体的海洋里》；刘绶松的《问题的关键仍在于思想改造》；苏群的《关于细节描写》；靳以的《〈茹尔宾一家〉中的几个人物》。

《西南文艺》3月号以"迎接全国青年文学创作者会议"为总题，发表傅相干、雁翼、毕绍文、于季尧、流沙河等人的文章；洪钟的《英雄事业的礼赞，劳动的颂歌》(评雁翼诗集《大巴山的早晨》)；马戎的《热烈的追求》(评张晓的《开始》)；杨甦的《评陈鉴尧的三篇作品》；谢诃的《〈大巴山的早晨〉读后》；王肇先的《读〈农业合作社组诗〉》。

《群众文艺》3月号发表茅盾的《迎接第一次全国青年文学创作者会议》；席明真的《我所接触的关于青年工人业余创作的一些问题》。

《湖南文艺》第3本发表傅紫荻的《让生活中涌现出更多的娜斯嘉来》；青霓的《介绍影片〈夏天的故事〉》；枒的《多写一点儿童读物》；崔鹤森的《农村剧团不应该演出庸俗的戏》。

3日，《光明日报》发表赵寻的《把话剧创作推向新的高潮》；王冬青的《一个反映农村阶级斗争的独幕剧——读〈黄花岭〉》。

《剧本》3月号发表专论《迎接话剧会演，繁荣话剧创作》；田汉的《争取话剧创作进一步的繁荣》；余明的《不必写这么多人物》；焦菊隐的《和青年剧作家们谈谈剧本的台词》；孙芊的《写作剧本中的几点感受》。

5日，《文艺月报》3月号发表峻青的《必须整顿队伍》；钟望阳的《肃清"一本书主义"的有害思想》；丰村的《青年写作者的苦闷》；哈宽贵的《多关心，支持青年写作者！》；叶圣陶的《文艺作者怎样看汉语规范化问题》；张怀瑾的《论文学的人民性》；王秋陵的《谈郑成义的诗》；芦芒的《上海工人创作的好诗》；郭以哲的《读〈文艺月报〉发表的几首诗》；以"关于《拖拉机站站长和总农艺师》的讨论"为总题，发表张自强的《"包工头"阿尔卡琪》，应启后的《最重要的是为人民服务的心》，王世德的《谁是新生力量？》。

《辽宁文艺》第5期发表麦青的《谈演唱来稿中的问题》。

《工人文艺》3月号发表《扩大创作队伍,繁荣文艺创作》;专栏"通俗文艺讲座"发表《第二讲:主题和题材》。

6日,《长江日报》发表《在中国作家协会理事会扩大会议上陈毅同志谈文艺创作问题》。

8日,《人民文学》3月号发表何直的《欢迎文学战线上新的生力军》;徐盈的《在向科学进军的行列中》;李蕤的《试谈刘真的创作》;其矫的《读严阵的诗》;叶圣陶的《关于使用语言》。

《文艺学习》第3期发表陈荒煤的《青年作家要踊跃地参加电影剧本创作》;周明等的《文学战线上的青年们》(介绍何开、胡小孩、杨润身、沈虎根、阮英、张有德);舒群、艾芜、李纳的《青年作者笔下的英雄形象》;黎白的《读〈东线〉随感》;李翔的《评独幕剧〈挡不住的洪流〉》;蔡群的《文学的形象性》;金陵的《试谈反映农村生活的诗习作》;欧阳山尊的《关于话剧》。

9日,《戏剧报》3月号发表田汉的《话剧艺术健康发展万岁!》;江俊的《失败和成功的经验》;李默然的《我所走过的弯路》;桑夫的《演员蓝马和他的角色创造》;意舟的《谈童话剧〈马兰花〉》;花剁的《〈在康布尔草原上〉的演出》;黄克保的《邱吉彩先生在〈祭头巾〉中的创造》;徐沙的《谈邵阳花鼓戏〈韩梅梅〉》;常南的《坚决肃清戏曲界的剽窃、侵夺行为》;江都县文化馆的《农村剧团要适应合作化运动的新形势》;何海生的《组织观众是剧场的重要任务》。

10日,《浙江文艺》3月号发表李文元的《我在学习写作的道路上》;黄世钰的《真实而细致的刻画人物》。

12日,《解放军文艺》3月号发表刘正东的《谈青年诗人张永枚的〈海边的诗〉》;王展意的《亲切动人的诗篇——〈我的愿望〉读后》。

14日,《人民日报》发表蓝翎的《歌颂劳动和斗争的组曲——读中国作家协会编的〈短篇小说选〉》。

15日,《人民日报》发表邵燕祥的《诗歌创作上的新收获——读中国作家协会编的〈诗选〉》。

《边疆文艺》3月号发表本社的《文艺工作者的新任务》;黄铁的《争取反映边疆的〈万朵争春〉》。

16日,《天津日报》发表刘绍棠的《要忠实于生活》。

17日,《人民日报》发表林淡秋的《前进,文艺轻骑队——中国作家协会编选的〈散文特写选〉读后》;《天津日报》发表《全国青年文学创作者会议继续举行,茅盾在会上作"关于艺术的技巧"的报告》。

20日,《辽宁文艺》第6期发表吴兢的《剧本创作中的几个问题》;贺忠国的《一个农村业余文艺创作组》。

《河北文艺》3月号发表大风的《一篇动人的儿童故事》。

22日,《人民日报》发表峻青《做一个真正的作家》。

《天津日报》发表韩映山的《献出我们的青春的力量——写作回忆》。

23日,《民间文学》3月号发表老舍的《关于兄弟民族文学工作的报告》。

24日,《人民日报》发表梁汝怀的《儿童文学前进的脚印——中国作家协会编选的〈儿童文学选〉读后》。

《光明日报》发表丁芒的《究竟怎样表现正面人物?——对穆芝同志的〈"风趣"的正面人物〉一文的意见》。

25日,《人民日报》发表茅盾的《培养新生力量,扩大文学队伍——在中国作家协会理事会会议(扩大)上的报告(摘要)》;周扬的《建设社会主义文学的任务——在中国作家协会第二次理事会会议(扩大)上的报告(摘要)》。

《文艺报》第5、6号以"中国作家协会第二次理事会会议(扩大)"为总题,发表周扬的《建设社会主义文学的任务》,康濯的《关于两年来反映当前农村生活的小说》,茅盾的《培养新生力量,扩大文学队伍》;以"社会主义的文学新兵们一路顺风"为总题,发表社论《让文学的青春力量更快更多地成长起来》,唐挚的《勇敢地干预生活的激情——从叶英和刘莲英所想到的》,于黑丁、王淑耘的《培养青年作家是我们的责任》。

27日,《北京日报》发表刘波泳的《老舍先生的创作劳动》。

30日,《人民日报》发表唐弢的《同庸俗社会学倾向作斗争》。

31日,《人民日报》发表社论《前进,文学战线上的新军》。

本月,作家出版社出版[苏]法捷耶夫著、冰夷译的《论文学》。

新文艺出版社出版何其芳的《关于现实主义》,李何林的《关于中国现代文学》。

4 月

1日,《广西文艺》第4本发表《把文艺创作赶上社会主义革命高潮》;秦似的《为群众创作更多更好的演唱作品》;黄超伦的《〈还是农业社好〉是一篇好山歌》;阮英的《在学习写作的道路上》;陈成初的《学习写作中的一些体会》。

《文学月刊》4月号发表社论《发展繁荣创作,扩大文学队伍》;马加的《一点愿望》;崔璇的《跟着文学队伍前进》;韶华的《培养新生力量——我们的社会责任》;亚丁的《看图有感》;投石的《粗暴和严格》;云泥的《普洛克拉斯提之床》;一丁的《躲开点,评头论足的先生们》;李明的《谈大群的创作》;大群的《我是怎样开始学习写作的》;梦华《学习鲁迅对待权威和新生力量的态度》;思基的《谈巴金的"激流"三部曲》。

《长江文艺》4月号发表社论《让我们为创作的繁荣忙起来》;李冰的《关于诗的杂感》;于黑丁、王淑耘的《培养青年作家是我们的任务》;王朴的《读南丁的几篇小说》;骆文的《读张瀛的诗创作》;紫荻的《良好的开端》;余庆华的《由典型问题引起的一点感想》;刘绶松的《为什么要学习文学史》。

《西南文艺》4月号发表艾湫的《读化石的诗》;吴雅谷的《我们的时代迫切地需要特写》。

《作品》4月号发表杜埃的《批评家和作家》;郑莹的《文艺批评必须活跃起来》。

《河南文艺》复刊号发表《全国青年文学创作者会议》。

3日,《剧本》4月号发表本社的《两年来独幕剧创作的重要收获》;曹禺、李伯钊、陈其通、胡可在中国作家协会第二次理事会会议(扩大)上的发言;李钦的《老剧作家、青年剧作家和群众业余剧作者携起手来!》;包竹的《"越帮越忙"与"越拉越长"》;汪钺的《〈在康布尔草原上〉的写作过程》;舒慧的《习作〈黄花岭〉的一点体会》;罗芬的《又一个珍贵的收获》;田干的《谈〈幸福〉的喜剧风格》;容曜的《儿童剧来稿中的一些问题》。

5日,《工人文艺》4月号发表公木的《诗与感情》;白志杰的《更虚心、踏实地学习》。

《文艺月报》4月号发表社论《壮大我们的队伍》；以"为繁荣文学创作而奋斗"为总题，发表靳以的《振奋的十天》，许杰的《一个迫切要求》，罗荪的《热情的创造》，唐弢的《把暖流带回到工作中来》，宇万的《把培养青年作者的责任担当起来》；同期，发表《中国作家协会主席团关于加强电影文学剧本创作的决议》；姜慧的《发展电影美术片剧本的创作》；张振宇的《读南丁〈检验工叶英〉》；田砚的《谈任干的〈永远前进〉》；魏金枝的《谈〈故乡〉中的两个人物》；仙的《我对〈冯狮子〉的意见》。

《内蒙古文艺》4月号发表纪慧的《从〈孩子们〉到〈白丁香〉》；王志彬、任功铎、盛守谋的《评〈黄老汉入社〉》。

7日，《人民日报》发表陈其通的《评话剧"保卫和平"》。

8日，《人民文学》4月号"短论"栏发表公孙剑的《略论"热烘烘"与"冷冰冰"》，陈天生的《我们需要适合朗诵的诗歌》；同期，发表何直的《从谷峪的三篇小说中所看到的问题》；李希凡、蓝翎的《论〈红楼梦〉的艺术形象的创造》；陈伯吹的《试谈童话》。

《文艺学习》第4期发表老舍的《青年作家应有的修养》；茅盾的《关于艺术的技巧》；公木的《几年来青年诗歌创作上的成就》（关于青年诗歌创作问题的发言的一部分）；马烽的《必须深入生活干预生活》（关于小说散文创作的发言的一部分）；袁鹰的《创造鲜明的少年儿童典型形象》（关于少年儿童文学创作的发言的一部分）；袁文殊的《电影艺术的特点》（关于电影文学剧本创作的发言的一部分）；本刊记者的《为了创造出更多更好的诗歌》（诗歌一、二两组的讨论情况）；林希翎的《一部歌颂农业合作化运动的诗篇》（读秦兆阳的"在田野上，前进！"）；孟南的《三篇反映少年儿童生活的作品》。

9日，《戏剧报》4月号发表何汉的《话剧艺术的丰收》；左莱的《谈〈不能走那条路〉的艺术创作》；夏淳的《谈几个演员的创造》；梅阡的《观摩随笔四则》；蓝马的《努力塑造长征英雄的崇高形象》；刘一民的《演英雄也教育了我自己》；李琦的《在探索中前进》；刁光覃、于是之的《给正面人物以个性吧！》；丁直的《剧作家应该参加讨论》；牟的《坚决克服轻视群众角色的错误思想》；钦的《争取独幕剧创作的更多大成就》；张拓的《我们是怎样学习斯坦尼斯拉夫斯基演剧体系的》。

10日，《湖北文艺》第4期发表人民日报社论《作家们，努力满足人民的期望！》；宏纶的《谈李建纲的创作》。

《延河》(文学月刊)创刊,中国作家协会西安分会、《延河》编辑委员会编辑,延河文学月刊社出版,本期发表《作家们,努力满足人民的期望!》;《中国作家协会主席团关于加强电影文学剧本创作的决议》。

《贵州文艺》第 7 本发表工里的《思想修养与文艺创作》;王自若的《我对〈奇儿记〉的几点看法》。

11 日,《人民日报》发表袁水拍的《谈青年作者张永枚的诗》。

12 日,《解放军文艺》4 月号发表陈沂的《欢迎青年作家写现代化军队》;西虹的《〈东线〉读后》;沙鸥的《来自生活深处的歌唱》(评顾工的诗)。

14 日,《光明日报》发表石方禹的《生活的颂歌——读李季的〈玉门诗抄〉》。

15 日,《文艺报》第 7 号发表《中国作家协会 1956 年到 1967 年的工作纲要》;肖玫、东小折的《缺乏文艺特征的文艺作品(评〈红花才放红〉)》;箭鸣、千禾的《鲁迅小说研究中的错误倾向》;欧阳山尊的《最高任务与真实——给〈处处是春天〉的导演洪涛同志的一封信》;本刊编辑部的《作家应尽的职责》(专论)。

《边疆文艺》4 月号发表黄铁的《戏曲的丰收》;碧波的《从〈三访亲〉看花灯剧的发展道路》。

16 日,《人民日报》发表欧阳予倩的《谈昆剧〈十五贯〉和〈长生殿〉的演出》。

《江西文艺》第 4 本发表本刊编辑部的《深刻地反映农业合作化运动》;谢忠的《我们欢迎这样的作品》。

18 日,《人民日报》发表林淡秋的《评〈三里湾〉》。

19 日,《光明日报》发表万弓的《让我们的思想活跃起来》;陈沂的《一部对现实具有重大教育作用的历史剧——从昆曲〈十五贯〉看我们的民族遗产》。

《河北文艺》4 月号发表《人民日报》评论员的《不要歧视和打击业余文学创作者》;思南的《真实的描写儿童心理》;贾大中的《青年人的好榜样》。

20 日,《北京文艺》4 月号发表刘念渠的《走上新的知识分子的道路》;颜振奋的《略谈独幕剧写作上的特点》;黄药眠的《关于抒情诗的形象问题》。

《辽宁文艺》第 8 期发表鲁坎的《把工人业余创作提高一步》。

21 日,《光明日报》发表杜黎均的《评长篇小说〈在田野上,前进!〉》。

23 日,《民间文学》4 月号发表毛星的《不要把幻想和现实混淆起来》。

25 日,《贵州文艺》第 8 本发表度之的《良好的开端》。

29 日,《北京日报》发表何洛的《拿起散文特写的武器来——从〈人民文学〉的几篇特写谈起》。

30日，《文艺报》第8号以"关于典型问题的讨论"为总题,发表张光年的《艺术典型与社会本质》,林默涵的《关于典型问题的初步理解》,钟惦棐的《影片中的艺术内容》,黄药眠的《对典型问题的一些感想》;同期,发表陈子君的《少年儿童文学也要跑步前进》;肖殷的《要更多地和更深地理解生活》(评刘绍棠的小说)。

本月,《文艺书刊》4月号发表罗荪的《社会主义新人的颂歌——读〈上海工人文艺创作选集〉第二集》;邓吉的《评几本反映农业合作化的青年作者的作品》;苗子的《新鲜的生活、年青的人——谈谈翼峰的〈同学们在矿井里〉》;管安的《读杨润身的〈心连着心的人们〉》;木易的《伟大的不朽的形象——介绍〈我们是祖国的战士〉》。

5月

1日,《广西文艺》第5本发表李晋的《反映生活的矛盾和冲突》。

《文学月刊》5月号以"参加全国青年文学创作者会议归来"为总题,发表任晓远的《走向生活》,佟震宇的《深刻的教育》,满锐的《我们生长在幸福的时代》,周蒙的《要写出更多的作品来》,云亭的《社会就是学校》,潘洪玉的《一点感想》;同期,发表吴时音的《为什么再也写不出来》;仁康的《谈不朽》;张云动的《温水式的电影评论》;厉风的《坚持业余文学创作》;克杞、贾放、宏林、康企的《让生活作证》(对肖军《五月的矿山》的批判);张望的《必须克服违反社会主义现实主义的创作倾向》;陈丁沙的《剧作〈刘莲英〉的主题和人物》;伟群的《到生活中去锻炼》;寒江的《对"侦察小说"的一点意见》。

《西南文艺》5月号发表刘莲池的《关于〈一个木工〉的创作经过》;沈光的《〈一个木工〉在北京》;本刊综合述评《没有反应出社会主义的真实》(评小说《星期日》);何冶的《反对文学批评中的抄袭现象》。

《作品》5月号发表李谦的《必须艰苦地深入生活》;《站在工作岗位上,勤学苦练,坚持业余创作!——出席全国青年文学创作者会议归来的广东作者座谈记录》。

《长江文艺》5 月号发表何家槐的《读〈林家铺子〉》;周洁夫的《对三篇习作的意见》;赵树理的《和青年作者谈创作》。

《哈尔滨文艺》(月刊)创刊,哈尔滨文艺社编辑出版,本期发表陈振球的《为培养新生力量开辟道路》。

3 日,《剧本》5 月号发表戴再民的《关于超克图纳仁和他的〈巴音敖拉之歌〉》;颜振奋的《在冲突中多方面表现人物的性格》;王军的《〈海滨激战〉创作中的一些回忆和体会》;陈桂珍的《谈谈我是怎样创作讽刺剧〈家务事〉的》;鲁青的《树立严肃的创作态度》。

5 日,《文艺月报》5 月号以"青年文学创作者笔谈"为总题,发表毛炳甫的《我的体会》,金云的《向文学创作进军》,汪培的《最好的教育》;同期,发表欧阳文彬的《怎样理解陀思妥耶夫斯基》(纪念陀思妥耶夫斯基逝世 75 周年);沙鸥的《略谈青年诗人创作中的几个问题》;李国涛的《讽刺剧〈葡萄烂了〉》;吴江枫的《"从抽象的定义出发"一例》。

《光明日报》发表曹子西的《我们欢迎这样的特写——谈刘宾雁的特写〈在桥梁工地上〉》。

《辽宁文艺》第 9 期发表林樾的《谈谈〈姻缘〉》。

《工人文艺》5 月号专栏"通俗文艺讲座"发表《第三讲:人物与故事》;秦功的《大量建立业余文学创作小组》。

6 日,《人民日报》发表巴人的《况钟的笔》;胡愈之的《人民生活是写作的唯一源泉——介绍〈韬奋文集〉》。

7 日,《人民日报》发表孙维世的《克服话剧导演表演艺术中的自然主义倾向》。

8 日,《人民文学》5 月号专栏"创造谈"发表李珂的《从套子里走出来吧》,巴人的《生活本身是公式化的吗?》,海屏的《关于日月星辰》;同期发表叶橹的《关于抒情诗》;老舍的《有关〈西望长安〉的两封信》;毗水、朱志泉的《希望作家不要滥用方言土语》。

《文艺学习》第 5 期发表袁水拍的《诗的感性形象》(在全国青年文学创作者会议上的发言的一部分);陈其通的《从事文艺工作的体会》(在全国青年文学创

作者会议上的发言）；陶钝的《要重视和发展曲艺创作》（在全国青年文学创作者会议曲艺组讨论会上的发言）；冯至的《海涅的〈西里西亚纺织工人〉》；沈仁康的《"风波"》；陈永芳的《介绍〈海员朱宝庭〉》；郭预衡的《关于丁易所著〈中国现代文学史略〉》；毛惠文的《娜斯嘉是否无组织无纪律》。

9日，《戏剧报》5月号发表田汉的《面向广大演员，提高创作与演技水平，为完成祖国建设服务》；梅兰芳的《我看昆剧〈十五贯〉》；白云生的《谈浙江昆苏剧团演出的〈十五贯〉》；孙维世的《为创造鲜明的，丰富多彩的舞台艺术形象而努力》；马晨曦的《陈立中和她所塑造的李大娘》；董小吾的《谈舞台上的"朴素"与"大胆创造精神"》；陈刚的《前进中的民间职业话剧团》；李少春的《京剧界应以实际行动来拥护汉语规范化》；陶君起整理的《记戏曲与汉语规范化问题座谈会》；陈嘉平的《肩负起指导群众文艺活动的光荣任务》。

10日，《人民日报》发表《整理评弹艺术遗产》。

《湖北文艺》第5期发表《湖北日报》社论《扩大文艺队伍繁荣文艺创作》；费谦的《不要孤立的描写儿童》。

《延河》5月号发表张修竹的《开展工人业余文艺创作活动》。

11日，《人民日报》发表陈陇的《在职工群众中开展业余曲艺活动》。

12日，《解放军文艺》5月号发表谢词的《读叙事诗〈威武的骑兵〉》。

15日，《文艺报》第9号发表伊兵的《昆曲〈十五贯〉的新面目》；李兴华的《试谈〈东线〉的创造性和局限性》；所云平的《应该提倡什么样的戏剧冲突？——评话剧〈如兄如弟〉兼谈赵寻同志对它的批评》；王尔宜的《且说当前的文艺批评——二十八篇文艺评论的读后感》；以"关于典型问题的讨论"为总题，发表陈涌的《关于文学艺术特征的一些问题》；巴人的《典型问题随感》。

《边疆文艺》5月号发表冯牧的《坚持文学事业的党性原则》；王松的《做一个新时代的青年作家》。

16日，《河南文艺》第4本以"关于业余文艺创作问题"为总题，发表克西的《坚持业余创作》，黎可的《要刻苦学习》，梁寅的《为社会主义写出更多更好的作品来》。

17日，《人民日报》发表夏衍的《论〈十五贯〉的改编》。

18日，《人民日报》发表《文艺界人士举行昆曲〈十五贯〉座谈会，周总理称赞这个戏是"百花齐放，推陈出新"的榜样》；阿甲的《向〈十五贯〉的表演艺术学习什么》；社论《从"一出戏救活一个剧种"谈起》。

20日，《北京文艺》5月号发表李兴华的《真实的理想的英雄形象》；长之的《什么是自然主义？什么是庸俗社会学？》。

《辽宁文艺》第10期发表邵武的《读〈姻缘〉》；李克勋的《对〈姻缘〉的意见》。

《河北文艺》5月号发表海天的《不要避开生活中的矛盾》。

22日，《人民日报》发表李叶的《英雄的诗篇——读峻青的短篇小说集〈黎明的河边〉》。

23日，《民间文学》5月号发表刘超的《试谈"儿歌"》；[苏]高尔基作、孟昌译的《谈故事》。

25日，《人民日报》发表袁文殊的《优秀的电影文学剧本〈母亲〉》。

29日，《北京日报》发表董凤桐、孟宪尧的《相声〈都不怨我〉的创作和修改》。

30日，《文艺报》第10号发表社论《百花齐放，百家争鸣》；安旗的《不能没有自由谈论》；公木的《建设的歌》；柳夷的《艾青为什么"看不到"、"写不出"呢？》；以"关于典型问题的讨论"为总题，发表王愚的《艺术形象的个性化》；李幼苏的《艺术的个别和一般》。

本月，中国青年出版社出版殷白的《谈写作与阅读》，[苏]留里柯夫著、殷涵译的《关于社会主义现实主义的几个问题》。

6月

1日，《人民日报》发表本报评论员的《作家们能够心情平静地度过今天吗？》。

《广西文艺》第6本发表胡明树的《试谈童谣对儿童的教育意义》。

《文学月刊》6月号发表松如的《真实与集中——给一位读者的信》；刁云展的《高尔基——青年文学作者的导师》；孔方的《一个好剧本——评〈光荣的岗位〉》；吴琼的《从生活到创作》；羽佳的《豪迈的歌》；胡景芳的《正确地对待业余创作》；潘芜的《尊师爱徒》；张秉舜的《关于业余创作》；江陵的《是"抓住时机"的问题

吗?》；郭墟的《读〈我和班长〉和〈两块玻璃〉》；汪洪的《读〈和好〉》；赵殿清的《〈生活委员〉读后感》；青林的《读〈小会计的歌〉》。

《长江文艺》6月号发表刘守华的《谈民间讽刺故事》；梅白的《谈业余的初学写作者如何体验生活》；司马濂的《谈湘剧〈拜月记〉》；吴培德的《一部壮丽的革命交响乐》；秦牧的《谈精炼》。

《西南文艺》6月号发表毛宗瑛、徐永年的《读〈奥维奇金特写集〉》。

《作品》6月号发表紫风的《端正对待业余创作的态度》；采采的《不要让作品落后于儿童生活》；曾炜的《为什么都是一样》；中国作家协会广州分会诗歌组座谈会的《谈一年来〈作品〉发表的诗歌》；徐盛桓的《从两篇剧评所看到的》。

《河南文艺》第5本发表蓬拜的《谈〈河南文艺〉上的民歌》；波蓝的《来自生活的形象》。

《哈尔滨文艺》第2期发表《加强党对业余文艺活动的领导》；胜男的《读〈我和小荣〉》；何景珩的《对〈副食品商店颂〉的意见》。

《湖南文艺》第5、6本发表高岳森的《湖南的散文创作》；铁可的《关于戏剧创作上的几个问题》。

2日，《解放日报》发表陈鸣树的《略谈鲁迅与儿童文学》。

3日，《剧本》6月号发表张光年的《为了在舞台上创作社会主义新人的典型性格而奋斗》；张庚的《向〈十五贯〉的成功经验学习》；徐胡沙的《关于戏曲剧本的创作》；李少春的《我所理解的〈黄泥岗〉的人物》；安娥的《谈谈儿童剧的写作》；陈正的《希望创作出更多的童话剧》；田雨的《崇高的〈友情〉》；张真的《学习戏曲文学的遗产》；苏隽的《需要更多更好的新剧本》；于洋的《我对于京剧中丑角戏的一点希望》；严军的《我们不需要如此"新"戏》；程玉英的《我坚决把"后部〈情探〉"从舞台上撵出去》。

5日，《文艺月报》6月号发表社论《推动文艺创作繁荣的途径》；巴金的《在建设社会主义文学的旗帜下前进》；陈伯吹的《谈有关儿童文学的几个问题》；[苏]克鲁普斯卡娅作、才强译的《论儿童读物》；李希凡、蓝翎的《〈红楼梦〉后四十回为什么能存在下来?》；李秉达的《一本记录了人民友谊的"通讯集"》；茹志娟的《美丽的事业》；赵自的《份内的事儿》；媪韬的《迫切需要儿童文学的理论书籍》；徐中玉的《读了几位同志对拙作〈鲁迅生平思想及其代表作研究〉的批评以后》；以"青年文学创作者笔谈"为总题，发表耿龙祥的《我要认真学习》，李楚城的《我们要挤出奶来》,哈宽贵的《学习笔记》。

《辽宁文艺》第 11 期发表尤蕴实、王连吉的《对〈光荣的家务〉的意见》;知难的《评〈春耕时节〉》。

8 日,《人民文学》6 月号"短论"栏发表何直的《论"缺少时间"》,稚洪的《论落后思想的顽固性和作家的任务》,司马龙的《"打"和"捧"》,赵自的《规律和规格》;同期,发表蒋和森的《贾宝玉论》;何直的《从特写的真实性谈起》;陈子君的《为什么会有这样的矛盾?》。

《文艺学习》第 6 期发表陈荒煤的《关于电影文学剧本的特征》(在全国青年文学创作者会议上的发言的一部分);贺宜的《就〈金色的海螺〉谈谈几个童话的特殊问题》;方白的《读〈骆驼祥子〉》;樊骏的《从乌鸦是不是象征革命谈起——评现代文学研究中"索隐"方法错误的实质》;王永生的《关于〈鲁迅小说里的人物〉》;孟南的《主题和题材》;公木的《读张天民的〈谷场诗草〉》;阿乙的《〈十五贯〉故事的三变》。

9 日,《戏剧报》6 月号发表《人民日报》社论《从"一出戏救活了一个剧种"谈起》;社论《反对戏曲工作中的过于执》;李少春的《浙江昆苏剧团〈十五贯〉的成就》;王传淞的《我演〈十五贯〉里的娄阿鼠》;戴不凡的《周传瑛和他在〈十五贯〉中的艺术创造》;黄克保的《昆剧〈十五贯〉中过于执形象的创造》;本报记者的《"百花齐放,推陈出新"的榜样》;阿甲的《看广东粤剧团〈搜书院〉的演出》;本报记者的《沪剧在发展中的一些问题》;伊兵的《也谈戏曲与汉语规范化的问题》;冉杰、屈白宇的《对〈我们是怎样学习斯坦尼斯拉夫斯基体系的〉一文的几点意见》;王正化的《对京剧〈秋江〉的处理提几点意见》。

10 日,《湖北文艺》第 6 期发表刘真的《可怕的比例》;王淑耘的《应该根据儿童的特点进行写作》。

《浙江文艺》6 月号发表陈学昭的《积极繁荣文学创作,为社会主义建设服务!》;方介兴的《谈谈〈去报名的路上〉》。

《贵州文艺》第 11 本发表工里的《多多为少年儿童写作》;胡学文的《在少数民族地区深入生活的一些体会——在中国作家协会重庆分会第一届会员大会上的发言(摘要)》;草涵的《努力写出较好的作品来》;周青明的《大胆干预生活》。

《广东文艺》6 月号发表本社的《深入研究生活,大胆热情写作!》;秦牧的《在文学创作的道路上》;芦荻的《为光辉的时代写出壮丽的诗篇》;罗定县文化馆的

《我们辅导群众业余文艺创作的一些体会》。

15日,《文艺报》第11号发表于晴的《给读者一些什么——从〈风雪之夜〉和〈在前进的道路上〉所想到的)》。

《边疆文艺》6月号发表冯牧的《象高尔基那样爱护和培养新生力量》。

《延河》6月号发表谢逢松的《珍贵的开端》。

16日,《河南文艺》第6本发表《关于文学艺术中的典型问题》。

20日,《北京文艺》6月号发表张季纯的《昆曲〈十五贯〉改革工作的几点经验》。

《辽宁文艺》第12期发表张景敏的《〈姻缘〉是一篇不好的作品》。

《河北文艺》6月号发表刘文彬的《试谈谷峪创作上的错误倾向根源》;兆京的《关于文艺批评》。

《北京日报》发表沈雁冰的《在文艺工作中贯彻"百花齐放,百家争鸣"的方针》。

24日,《人民日报》发表《文学艺术工作中的关键问题——文化部长沈雁冰在全国人民代表大会第三次会议上的发言》。

30日,《文艺报》第12号发表沈雁冰的《文学艺术工作中的关键性问题——在第一届全国人民代表大会第三次会议上的发言》;以"怎样使用讽刺的武器?——关于相声《买猴儿》的讨论"为总题,发表良铮的《不应有的标准》,颜默的《富农郑老幌的形象——〈在田野上,前进!〉读后》,王汝俊的《三点意见——看了话剧〈如兄如弟〉和对它的批评所想到的》,朱光潜的《我的文艺思想的反动性》。

《解放日报》发表姚文元的《百家争鸣,健康地开展自由讨论》。

本月,人民文学出版社出版中国作家协会编的《中国作家协会第二次理事会会议(扩大)报告、发言集》。

长江文艺出版社出版俞林的《为创造新的人物典型而奋斗》。

作家出版社出版[苏]多宾著、黄大峰译的《论情节的典型化与提炼》。

7月

1日,《人民日报》发表玄珠的《关于田间的诗》;桑珂的《批评和障碍》。

《广西文艺》第7本发表万基父的《〈夜光珠与树顶芙蓉〉的特色》;单于的《从〈归家〉与〈多拉两个车〉所想到的》;肖泽昌的《〈眼瞎心明〉读后》。

《文学月刊》7月号以"关于典型问题的探讨"为总题发表艾叶的《对典型问题的一点粗浅认识》,丁洪的《作家的目的性》,蓝澄的《典型漫谈》,张望的《关于艺术特征的问题》,刘和民的《共性和个性》;曹汀的《一个洋溢着斗争激情的剧本——谈话剧〈不平坦的道路〉》;沈仁康的《"离婚"》;易云武的《关于"苹果""星星"及其他》;一丁的《帽子和摇摆》;齐邦的《要刻苦的劳动》;朱贵的《同志,扩大你的眼界吧》;孟令乙的《读〈热试轧前夕〉和〈信号〉》。

《长江文艺》7月号以"关于典型问题的讨论"为总题,发表陆耀东的《关于鲁迅小说中的典型塑造问题》,傅紫荻的《典型与社会力量的本质》,[苏]A·巴任诺娃作、杨琦译的《论社会典型与艺术中的典型性格》,肖殷的《谈抒情诗》;以"长诗《杨秀珍》的讨论"为总题,发表潘旭澜的《新的颂歌,新的收获》,叶橹的《对〈杨秀珍〉的几点意见》,周勃的《我读〈杨秀珍〉》;同期发表骆文的《谈〈十五贯〉》。

《作品》7月号发表郁茹的《我也谈谈业余创作的问题》;敖泉生的《新的主题,新的人物》;黄贻光的《谈谈〈作品〉发表的几篇儿童文学创作》。

《哈尔滨文艺》第3期发表陈振球的《把业余创作活动开展起来》;吕迈的《繁荣社会主义文学创作的动员大会》;王德钧等的《在党领导的文学创作道路上前进》;王和的《关于〈十五贯〉这出戏》;《关于〈副食品商店颂〉的讨论》。

《新苗》(月刊)创刊,湖南省文学艺术工作者联合会、《新苗》编辑委员会编辑,编辑委员魏猛克、傅紫荻、周微林、林河、黄起衰,本期发表袁滔的《和陈芜同志谈一谈创作问题》;黎石的《抒人民之情吧》。

《江淮文学》(月刊)创刊,安徽省文学艺术工作者联合会、《江淮文学》编辑委员会编辑,本期发表吴戈的《马效戎性格描写中的艺术特色》。

《萌芽》创刊,中国作家协会上海分会、《萌芽》编辑委员会编辑,本期发表巴金的《祝青年文学创作的发展和繁荣》；靳以的《祝〈萌芽〉的诞生》；唐弢的《新的〈萌芽〉》。

3日，《剧本》7月号发表伊兵的《〈搜书院〉——粤剧革新的路碑》；李珂的《评〈西望长安〉》；高歌今的《不要有话无戏》；杨哲民的《从况钟与巡抚大人的斗争想起》；李逸生的《改编与胡编》；贺朗的《谈"大作品"与小形式》。

4日，《人民日报》发表汗夫的《话说散文》。

5日，《人民日报》发表陆希治的《读〈本报内部消息〉》。

《文艺月报》7月号发表张骏祥的《关于展开戏剧冲突的一些问题》；王明堂的《这是什么研究——对徐中玉〈鲁迅生平思想及其代表作研究〉的批评》；傅雷的《评〈三里湾〉》；王世德的《评短篇小说〈荣誉〉》；周绍曾的《读〈潘先生在难中〉》。

《红岩》7月号发表社论《担负起时代的光荣的任务》；以"中国作家协会重庆分会第一届会员大会"为总题发表曾克的《认真把建设社会主义的文学任务肩负起来》，章晶修的《谈抒情诗》，王余的《有关抒情诗的一些问题》，石曼的《消除对待创作的偏颇态度》。

《辽宁文艺》第13期发表蓝澄的《生活与创作》；边仁行的《从〈凤求鸾〉说起》。

《工人文艺》7月号专栏"通俗文艺讲座"发表《第四讲：谈写人物》。

8日，《人民日报》发表徐保厘来信《文学作品的插图》。

《光明日报》以"笔谈'百家争鸣'"为总题发表钟敬文的《三点愿望》，林庚的《漫谈百家争鸣》，罗根泽的《开展实事求是的研究和批评》，陈友琴的《"百家争鸣"和对批评态度的问题》，王汝弼的《我对"百家争鸣"和"百花齐放"的一点体会》。

《文艺学习》第7期发表蔡羽的《向导和游历——文艺学习杂谈》；萧也牧的《谈谈惊险小说》；陈荒煤的《关于电影文学剧本创作的特征（下）》；臧克家的《闻一多的爱国主义诗篇》（作品分析）；以群的《世界观和文艺创作》；金雁痕、茅盾的《"关于艺术的技巧"的通信》；肖犁的《初开的花朵　梁上泉的〈喧腾的高原〉》。

9日，《人民日报》发表祝嘉的《也谈"一字千金"》；胡椒的《少作空洞的赞扬》；贺麟的《朱光潜文艺思想的哲学根源》（附编者按）。

《戏剧报》7月号发表社论《发掘整理遗产，丰富上演剧目》；田汉的《必须切实关心并改善艺人的生活》；《文化部负责人谈丰富戏曲上演剧目问题》；陈思的《从〈十五贯〉整理工作中所学到的》;本报记者的《记全国戏曲剧目工作会议》;吴天保的《几点感想》;何慢的《我们这里"剧目荒"》;汪培的《没有根蒂的花朵不能盛开》;严朴的《积极发掘和整理京剧传统剧目》;李啸仓的《谈滇剧〈送京娘〉》;范溶的《描写蒙古人民生活的京剧〈三座山〉》;直鲁言的《从"不宜肯定过早"谈起》;慕军的《为什么演不好军人》;吕佐文的《有关昆剧的几点意见》;明深的《这道"墙"在哪儿?》。

10日,《广东文艺》7月号发表黄笃维的《谈青年艺术的花朵成长》;吴阿六的《总结经验,大力培养群众作者》;辛耘的《谈谈销行新粤剧》。

《延河》7月号以"关于典型问题的讨论"为总题,发表寇效信的《艺术概括和个性化》,安旗的《关于文学艺术特征的一些意见》,傅庚生的《"对生活作艺术的认识"》;同期,发表金葳、左正的《大胆地揭示生活中的矛盾和冲突》;燎原、杨未歘的《反对文艺批评中的庸俗化、简单化的倾向》。

《湖北文艺》第7期发表张敬安的《从学习"百花齐放,百家争鸣"所想起的》;魏开泰的《为什么上演剧目如此贫乏?》;苏扑的《打破关于题材问题的清规戒律》;苏群的《"框框"里的"人"》。

《草地》(月刊)创刊,四川省文联草地编委会编辑,四川人民出版社出版,本期发表座谈《贯彻"百花齐放,百家争鸣"的方针》;张泽厚的《谈谈艺术概括与夸张》;陶晓卒的《谈谈〈十五贯〉中的人物对话》;秀田的《〈四川文艺〉一至十五期小品文读后》;邱乾昆的《也谈〈套子〉》。

《浙江文艺》7月号发表王杰夫的《关于民间故事的几点体会》。

11日,《人民日报》发表桑珂的《批评和可怕》;王占英的《短篇不短》。

15日,《文艺报》第13号发表秋耘的《锈损了灵魂的悲剧》;萧乾的《一篇拒绝"点题"的文章》;陈伯吹的《和青少年谈谈旧日子——读〈我们一家人〉》;卞易的《动人心弦引人深思的一个短篇》;舒霈的《一篇有特色的特写》;李霁野的《忆在北京时的鲁迅先生》;张夷的《正确地理解传统戏曲剧目的思想意义》;刘仲平的《评〈西望长安〉》;彭慧的《一个农民的艺术典型——谈梅谭尼可夫》。

《边疆文艺》7月号发表社论《调动各民族积极因素,实现百花齐放、百家争鸣》;禾子、斯光的《可喜的收获——读〈欢笑的金沙江〉》;显畅、德宏等的《关于发掘整理民族文学遗产的讨论(对〈望夫云〉的意见)》。

《新港》(月刊)创刊,中国作家协会天津分会、《新港》编辑委员会编辑,本期发表谷梁春的《"百家争鸣"随感》；李希凡、蓝翎的《〈红楼梦〉的现实主义悲剧结构》。

《园地》（月刊）创刊，福建省文学艺术工作者联合会、园地月刊社编辑，本期发表张鸿的《谈谈向文学进军问题》；耿冬生的《发展工人的业余创作》；苗青的《谈谈闽东北的山歌》。

16日，《人民日报》发表《促进文学创作和文艺批评健康发展，中国作家协会研究执行"百花齐放，百家争鸣"的方针》。

《江西文艺》第7本发表本刊编辑部整理的《克服文学创作中的公式化概念化倾向》。

19日，《天津日报》发表董乃相的《大胆干预生活——读〈一个据说思想并不先进的先进生产者〉》。

20日，《北京文艺》7月号发表张梦庚的《破除清规戒律，丰富上演节目》；李岳南的《关于诗歌的节奏、音韵问题的解答》。

《辽宁文艺》第14期发表短论《重视曲艺创作》；刘永衡的《从〈对〈姻缘〉的意见〉谈起》；红戈等的《关于〈姻缘〉的商榷》；张晓黎、林辉英、傅铁山、聂振邦、朱星、杨春生、文辛、马成太、沈学中、李振久的《对〈姻缘〉的意见》。

《河北文艺》7月号发表江昊的《试谈诗的想象》。

22日，《人民日报》发表干预的《寓言和补白》。

23日，《民间文学》7月号发表蒋光任的《我们是怎样开展山歌活动的》；袁忠岳的《关于阿凡提的傻行为》；张鉴三的《对阿凡提女人分析的意见》；[苏]科列斯尼兹卡娅作、余绳孙译的《别林斯基论民间文学》。

24日，《人民日报》发表罗荪的《三十比一》；《在首都：文艺工作者连续举行座谈会讨论贯彻执行"百家争鸣"方针》。

27日，《人民日报》发表尤宜的《非好即坏》。

《天津日报》发表夏玉泉的《对周立波同志〈谈《三国演义》〉一文的两点意见》。

30日，《文艺报》第14号发表闻山的《挚情的、凝练的诗——读贺敬之的〈回延安〉》；谢云的《诗里面的议论——从张明权的〈梯子〉谈起》；黄沫的《"正面力量"种种》；老舍的《谈讽刺》；何迟的《我怎样写又怎样认识〈买猴儿〉？》；黄药眠的《论食利者的美学（朱光潜美学思想批判）》。

本月,《文艺书刊》7月号发表邓吉的《读〈九月的田野〉》;鲁歌的《从翠枝儿到莲枝姑娘——读〈曙光升起的早晨〉》;管安的《依靠群众,坚持战斗——读〈雪地上的血迹〉》;邵子崖的《"神秘谋杀案"的真相——介绍〈野草在歌唱〉》;梦青的《飞,飞向理想的高峰——介绍充满生活气息的剧本〈翅膀〉》。

本月,人民文学出版社出版艾青的《诗论》;新文艺出版社出版[俄]车尔尼雪夫斯基著、辛未艾译的《车尔尼雪夫斯基论文学》。

8月

1日,《广西文艺》第8本发表《迎接文学艺术发展的新阶段》;李凡的《诗的花朵》;青草的《读〈没有结束的斗争〉》;钱腾蛟的《关于儿童诗》。

《文学月刊》8月号以"关于典型问题的探讨"为总题发表师田手的《典型问题随笔》,显德的《谈"社会本质"》,[苏]薇拉·凯特玲斯卡娅的《生活与典型》,[苏]瓦·尼·索布柯的《典型杂谈》;同期,发表陈语的《"熊猫画虎"和独立思考》;吴山的《去掉批评和创作上的障碍》;真塞的《曲光镜与棍棒》;梁季的《习惯的力量》;孙中田的《光辉的战斗的结晶——读瞿秋白同志的杂文》;方冰的《谈谈〈十五贯〉的艺术成就同它的现实意义》;陈丁沙的《谈精炼——兼评〈两个心眼〉》;单复的《〈姻缘〉及其批评》;青林的《读王书怀的诗所想到的》;寒江的《让人物活起来》;肖音的《给青年同学》。

《长江文艺》8月号发表姚雪垠的《谈打破清规与戒律》;周勃的《略谈形象思维》;挥剑的《谈武汉市楚剧团演出的〈十五贯〉》;佟景韩的《从梅尔尼科夫的工作想起的》。

《作品》8月号发表秦牧的《真理不害怕争论》;尔东的《突破公式主义的框子》;许诺的《谈广州市学生业余创作的几个独幕剧》。

《哈尔滨文艺》第4期发表《关于〈副食品商店颂〉的讨论》;真的《要从生活出发》;吕迈的《一个受欢迎的喜剧》。

《江淮文学》8月号发表高山的《傅雷评〈三里湾〉》;陈登科的《从〈十五贯〉引起的》;齐奇的《"变"》;朱寿龄的《读〈合肥——我的城市〉》;胡铁华的《形象,艺术文学的特征》。

《新苗》8月号发表刘丹霞的《创造与模拟》;鲁之洛的《反对文学批评领域中的过于执》;苗沱的《"诗的合金"》;铁可的《从〈十五贯〉剧本创作中得到的启示》;刘勇的《我对〈水车〉的看法》;鲁之洛、徐哲兮、陈迪的《试谈〈水车〉及其评论》。

3日,《剧本》8月号以"关于古典戏曲剧本〈琵琶记〉的讨论"为总题,发表黄芝冈的《论〈琵琶记〉的封建性和人民性》,冬尼的《〈琵琶记〉是封建说教戏吗?》,陈多的《略谈高则诚〈琵琶记〉》,温凌的《试谈〈琵琶记〉的主题思想》,柏繁的《百家争论〈琵琶记〉》;同期,发表韦白的《展开创作问题的自由讨论》;蒋庆的《精炼一些》。

4日,《光明日报》发表沙鸥的《从田间的诗集〈汽笛〉谈起》;崔巍的《略谈对文艺批评的批评》。

5日,《工人文艺》8月号发表沙陵的《读〈钓鱼〉之后》;晚霞的《为什么要删去〈歌唱山区好地方〉的前一部分》;专栏"通俗文艺讲座"发表《第五讲:谈作品中的语言》。

《文艺月报》8月号以"百花齐放,百家争鸣"为总题,发表丁是娥的《从沪剧有没有传统谈起》,钱瘦铁的《因人废言的事实》,余一的《观众的声音》,杨文斌的《一个编辑的意见》;同期发表张德林的《对典型问题的一些体会——谈文艺教学上所存在的问题》;刘金的《茁壮的新苗,在生活的沃土中生长——读〈萌芽〉的最初两期有感》;郑松生、刘泰隆、陈鸣树、叶征崇、吕正之、邓啸林、方非、雁序的《关于徐中玉的〈鲁迅生平思想及其代表作研究〉及对这本书的批评问题的讨论》;许可的《关于〈鲁迅生平思想及其代表作研究〉的一些问题》;徐中玉的《怎样批评?争些什么?》。

《辽宁文艺》第15期发表凯宁的《先把基本的东西弄清楚》;李俊才的《谈影片〈大家庭〉和小说〈茹尔宾一家〉》;人荣的《我对〈姻缘〉的意见》;贡秀春的《也来谈谈〈姻缘〉》;《要求严肃处理〈玲玲的指头〉所揭发的问题》。

《延河》8月号以"关于典型问题的讨论"为总题,发表王愚的《党性和典型》,杨小一的《古典作家是否都没党性》,宋茂儒的《对典型与社会本质的初步认识》;同期,发表洪永固的《搬掉文学批评工作的挡脚石》;胡秉中的《火辣的讽刺,犀利的批评》。

7日,《红岩》8月号发表特丹的《艺术形象的生命力》;晓梵的《把正面人物的形象塑造得更丰满些》;洪钟的《黄健明的典型化问题》;王大虎的《从"卖座不好"说起》;本刊记者的《关于贯彻"百花齐放,百家争鸣"的政策》;范国华的《读〈火热的心〉》。

《长江日报》发表苏群的《劳动与幸福的颂歌——看影片〈通向拉萨的幸福道路〉》。

8日,《人民文学》8月号发表茅盾的《从"找主题"说起》;白榕的《主观主义的调味派》;贺宜的《目前童话创作中的一些问题》;王若望的《关于文学创作中党的领导干部形象》;李凤的《从〈结婚〉说起》。

《文艺学习》第8期以"文艺学习谈座"为总题,发表何直的《论"尖锐"之"风"》,杜黎均的《花落知多少》,泽路的《从〈春节〉是否歪曲了大学生的面貌谈起》;敏泽的《评〈在田野上,前进!〉》;乐黛云的《〈春蚕〉中农民形象的性格描写》;张凤村的《谈宋江和阎婆惜》;以群的《文学的风格和流派》;读者意见综述《读〈关于鲁迅小说里的人物〉》;苗子的《翼峰的〈同学们在矿井里〉》(初开的花朵)。本期起,《文艺学习》编辑委员调整为公木、艾芜、李庚、萧殷、杜麦青、韦君宜、黄秋耘、彭慧、谭丕谟。

9日,《戏剧报》8月号发表本报记者柏繁的《对〈琵琶记〉的热烈讨论》;赵景深的《谈〈琵琶记〉》;李静慈的《意见两点》;杨敏珉的《关于编剧力量》;张真的《关于扩大戏曲上演剧目》;马德奎的《〈连环套〉不能原封不动地搬上舞台》;雨明的《〈四郎探母〉、〈连环套〉我见》;黎青的《根生在群众中,花开在舞台上》;纪慕弦《〈十五贯〉教育了我》;朱新辉的《〈马兰花〉中的脸谱》。

10日,《湖北文艺》第8期发表荣树杰的《为什么上演剧目愈来愈少?》;李建纲的《要独立思考》;迟轲的《〈搏斗〉和〈行者迷路〉》;韶华、英生的《略谈构图上的公式》。

《草地》8月号发表冯妇的《"争鸣"与"忧虑"》;谭洛非的《必须提倡文学题材、形式和风格的多样化》;何序的《川剧工作中的两个问题及其它》;刘荣升的《对"百家争鸣"的一点体会》;苍穹的《非"家"也可以"鸣"》;席明真的《读剧琐谈之一》;游祥芝的《〈月琴的歌〉读后》。

《广东文艺》8月号发表欧文的《谈谈戏曲工作的"百花齐放,百家争鸣"》;麦华的《不能简单化的对待群众创作》。

11日,《人民日报》发表冯明的《谈〈粗暴〉》。

12日,《解放军文艺》8月号发表张海涛的《政治工作者的形象——李诚》;宁干的《不高明的议论》。

《长江日报》发表鲁非的《试谈〈家〉〈春〉〈秋〉》。

15日,《文艺报》第15号发表[日]内山完造作、王孝宏译的《思念鲁迅先生》;长之的《八个问题,两种答案——参加〈琵琶记〉讨论会有感》;李真的《能用这样的量文的绳子么?(关于小说《姻缘》的讨论)》;王萍生的《〈如兄如弟〉的戏剧冲突站不住脚吗?》。

《江西文艺》第8本发表郭蔚球的《热情洋溢的诗篇》;袁茂华等的《关于〈上犹江上〉组诗的讨论》;黄耀宗、宓用的《读〈饲养员张老汉〉》;本刊编辑部韵文组的《试谈诗歌的形象性》。

《边疆文艺》8月号发表洛汀的《为了歌唱新的边疆》;云山的《从一首诗想到的》;岳军的《两耳须闻窗外事》;以"关于发掘整理民族文学遗产的讨论"为总题发表雷斯光的《不能同意这种说法》、杨飚的《〈望夫云〉中的几个问题》,杨毓才的《试谈南诏的历史背景和〈望夫云〉的主题思想》,萧藩的《〈望夫云〉中的矛盾和冲突》。

《新港》8月号发表宋垒的《党委书记的"命运"》;周明的《奇怪的现象》。

《园地》8月号发表孙明的《关于自由讨论》;赵家欣的《谈"百花齐放,百家争鸣"》;一廷的《从〈十五贯〉想到的一点意见》;孜辛的《重视对文艺作品的推荐工作》。

16日,《萌芽》第4期发表若望的《评〈永不熄灭的火焰〉》;陈山的《海水可不可以磨刺刀》;燕平的《我为什么要写作》。

20日,《北京文艺》8月号发表李岳南的《由"牛郎织女"来看民间故事的思想性和艺术性》;李凤的《谷峪的〈傻子〉和星火对它的批评》;何森的《对讽刺作品有什么教育意义的解答》。

《辽宁文艺》第16期发表人荣的《谈社会力量的本质》;罗树华的《〈姻缘〉及其批评》;里达的《对〈小庙台〉的意见》。

《河北文艺》8月号发表五羊的《群众性诗歌创作的新气象》;夏昊的《〈选棉子〉是一个好剧本》。

21日,《人民日报》发表李业的《论等"行情"》。

22日,《人民日报》发表刘衡的《如果不是"转载"的》;马前卒的《"难言之隐"》。

23日,《人民日报》发表叶秀的《为什么老写孩子的"错误"和"转变"?》。

《民间文学》8月号发表社论《民间文学需要百花齐放、百家争鸣》;索夫的《必须认真对待民间文学资料的编撰工作》。

25日,《贵州文艺》第16本发表罗秉延、苟德孚的《生活的逻辑与人为的矛盾》;王自若的《评〈小山的故事〉》。

27日,《人民日报》发表李希凡的《为批评家说几句话》。

29日,《人民日报》发表蹇先艾的《创作的时间》;王亚南的《试论我国的指导思想和百家争鸣方针的统一》。

30日,《人民日报》发表《甘肃工人业余文艺工作活动》。

《文艺报》第16号发表萧也牧的《谈滕洪涛散文五十篇》;陈梦家的《看戏杂谈》;刘大杰的《中国古典文学与现实主义问题》;罗荪的《从"典型公式"谈起》。

本月,中国青年出版社出版中国青年出版社编辑的《全国青年文学创作者会议报告、发言集》。

9月

1日,《人民日报》发表田晴的《学术批评的两种态度》。

《广西文艺》第9本发表胡明树的《读〈虹〉》;源节的《从桂剧〈十五贯〉的演出谈起》;记者的《畅谈"百花齐放,百家争鸣"》;陆地的《关于文艺学习问题》;记者的《关于〈两担好花生藤〉的争论》;基父的《关于儿童诗的内容》;邓纯武的《对〈小先生〉的意见》。

《文学月刊》9月号以"百花齐放,百家争鸣"为总题发表杨角的《解放个性,放宽尺度》,唐景阳的《漫谈"百家争鸣"》,丕一的《在"百家争鸣"中让戏曲的花朵开得更多、更美、更好》,亚丁的《百家争鸣与研究精神》;同期,发表代一的《应当"万紫千红,引吭高歌"》;梁季的《"梳子"和"斧子"》;沈仁康的《评论文章应该是艺术品》;沙丁的《为什么会公式化概念化》;艾菲的《这能怨领导吗?》;朱敦源的《谈谈〈姻缘〉及其讨论中的问题》;唐景阳的《谈谈特写》;一丁、未巳的《激动人心的生活之歌(读三篇特写)》;方冰的《介绍剧本〈两个姑娘〉同它的创作经过》;沈仁康的《读〈祝福〉》;关晨的《略谈"特写""通讯"文学体裁》。

《长江文艺》9月号以"百花齐放,百家争鸣"为总题,发表嵇文甫的《演奏出雄壮的交响曲》,徐国华的《快从"死胡同"里转回来》,田一文的《激奋平凡的话语》,张景相的《应该有新文豪》,记者的《为了"万紫千红"》。

《作品》9月号发表周钢鸣的《创作的解放》;黄宁婴的《"齐放"与"独放"、"争鸣"与"独鸣"》;陈善文的《关于童话〈慧眼〉的一些问题》;黄庆云的《从儿童文学创作的要求看〈慧眼〉》;加因的《童话中的幻想和现实结合问题》。

《哈尔滨文艺》第5期发表张德裕的《学习"百花齐放,百家争鸣"所想到的》;佟震宇的《只是个人意见而已》;鲁夫的《"争鸣"还是应声》。

《江淮文学》9月号发表吴戈的《"狂人"和"疯子"——鲁迅小说人物论之一》。

《新苗》9月号发表傅白芦的《最关紧要的事情在于独立思考》;李桑牧的《力量和喜悦的源泉》。

《萌芽》第5期发表丁谷的《没有亲身经历过的事情也可以写》;丁谷萍的《错误的解释》。

2日,《人民日报》发表凡人的《批评的资格》。

3日,《剧本》9月号以"关于古典戏曲创作《琵琶记》的讨论"为总题,发表许之乔的《蔡伯喈论辩》,李长之的《从〈琵琶记〉的结构上看〈琵琶记〉的主题思想》,徐朔方的《关于〈琵琶记〉的结尾》;同期,发表王杰的《不要把批评文章看成"禁戏"的命令》;张真的《尊重原作的独创性》;柳江的《杂谈剧评的"文风"》;吴绳武的《试谈〈如兄如弟〉的矛盾是否真实》;杨哲民的《关于话剧〈如兄如弟〉的争论》;王芬的《略谈〈迎春花开了〉》;于是之的《我们所喜欢的和不喜欢的》。

5日,《文艺月报》9月号发表于伶的《回忆鲁迅先生对一次话剧演出的批评》;吴颖的《如何理解〈故事新编〉的思想意义》;平襟亚的《重视评弹工作》;余一的《笔下留情》;劳人的《"感想"的感想》;黎文的《给人物做"鉴定"》;以群的《谈直接干预生活的特写》;魏照风的《生活的激流在动荡——介绍影片〈春〉和〈秋〉》。

《工人文艺》9月号发表方涛的《谈关于诗的公式化概念化的一些问题》；专栏"通俗文艺讲座"发表《第六讲：结构和情节》。

《内蒙古文艺》9月号发表王志彬、任功铎的《读独幕讽刺剧〈角落〉》；鲁汉的《试谈〈角落〉里的人物形象》。

《延河》9月号发表王愚的《写失败了的人物形象——谈〈在田野上，前进！〉中张骏的形象》；李培坤的《谈青年作家特写集〈枫〉的几个特色》。

《辽宁文艺》第17期发表许广平的《鲁迅先生的写作生活》；欧阳季的《〈姻缘〉是一篇坏作品吗？——对〈姻缘〉及其批评的意见》；编者的《关于小品文〈玲玲的指头〉的调查结果》。

7日，《红岩》9月号发表周慕莲述、余夫记录整理的《我怎样演〈刁窗〉》；游藜的《论"思想的科学"及其他》；石曼的《〈一个木工〉的题材是典型的吗？》；何牧的《奇怪的"夸张"论》。

8日，《人民文学》9月号发表何直的《现实主义——广阔的道路》；彭慧的《论〈红楼梦〉的人民性和它是否是"市民文学"问题》。

《文艺学习》第9期发表吴伯箫的《试谈文学教学的目的和任务》；唐弢的《鲁迅对文学的一些看法》；杜维沫的《对马烽作品〈结婚〉的意见》；李泰的《人民是不可侵犯的——谈〈人民在战斗〉的艺术表现》；张平治的《诗的含蓄》；小安的《不能忽略儿童的特点》（读稿随谈）；杜方明的《带血带泪的故事》（初开的花朵）。

9日，《戏剧报》9月号以"关心艺人的生活，尊重艺人的劳动"为总题，发表黄振元的《请听我们的呼吁》，魏光荣的《不应该把老艺人赶走》，张衍任的《为什么要欺负剧团》，赵纪良的《我们的困境》，沈云陔的《让楚剧像楚剧》，麦浪的《一位导演"专家"》，屠岸的《四不像》，《保护女艺人和她们的孩子》，《认真抢救遗产》；同期，发表"百花齐放"的花园里也应该给"连台本戏""采头戏"一席地位；吴祖光的《为豫剧〈穆桂英挂帅〉喝彩！》；萧赛的《谈〈十五贯〉中三个官员的表演》；郑天健的《关于喜剧的艺术处理》；辛若平的《富有创造性的徐菊华》；安娥的《谈〈四郎探母〉在思想内容上的问题》。

10日，《湖北文艺》第9期发表苏群的《怎样看待作品里的人物形象？》；《草地》9月号发表段可情的《要有百家争鸣，才能百花齐放！》；孙静轩的《谈谈抒情诗的问题》；施幼贻的《演员与角色》；王克华的《对〈谈谈艺术概括与夸张〉的几点意见》；席明真的《〈打红台〉的"肖方"》（读剧琐谈之二）。

《浙江文艺》9月号发表朱松生的《评〈张老爹的真心话〉》;陆永芳等的《〈乌金矿〉读后感两则》;陈广浙的《"创作热情"》。

《广东文艺》9月号发表罗政举的《对民间故事"大田螺"的意见》;谢鑫昌的《不要使读者莫名其妙》;姚文元的《中心问题何在》;莫驰等的《对群众创作问题的意见》。

12日,《解放军文艺》9月号发表陈亚丁的《用自己的脚站立起来吧》;大荒的《作家的勇气从何而来?》。

13日,《人民日报》发表完颜荔的《"反动的无聊的小说"质疑》。

14日,《人民日报》发表李策的《这样的批评家》。

15日,《文艺报》第17号发表黄进德等执笔的《鲁迅小说里的知识分子形象》;巴人的《"题材"杂谈》;邵燕祥的《致雁翼》;曹景元的《美感与美(批判朱光潜的美学思想)》。

《边疆文艺》9月号发表白祖颁、龚肃政、祝发清、王道、周泳先等的《关于发掘整理民族文学遗产的讨论》;方确的《不该简单地处理矛盾和冲突》。

《新港》9月号发表张仲的《哀莫大于心死》;罗咸的《从洗脚水谈起》;樊骏的《深夜的灯光》;司马龙的《半间房随笔》;毛锜的《"争鸣"和勇气》;白藻的《如此"爱情"》。

《园地》9月号发表丁殳的《鲁迅——中国社会主义现实主义文学的奠基人》;《"百花齐放"中的"百家争鸣"》;水奠的《谈〈草原之歌〉》;火龙的《关于〈垦荒记〉》;何今的《我看〈三家林〉》。

16日,《河南文艺》第12本发表黄振孚、贾林青的《关于〈刘胡兰〉的停演》;李晴的《"争鸣"有感》。

《萌芽》第6期发表姚文元的《僮族青年的歌声》;萧藩的《写自己熟悉的题材》;王志湘的《业余创作和工作矛盾是可以解决的》。

20日,《辽宁文艺》第18期发表肖生的《秋夜读〈秋夜〉》;艾非的《关于"百家争鸣"的思想障碍》。

《河北文艺》9月号发表李继之的《贯彻"百花齐放,百家争鸣"的政策,为进一步繁荣我省文学创作而斗争》;申伸的《培养新生力量　繁荣文学创作》。

23日,《民间文学》9月号发表文的《〈边疆文艺〉展开对〈望夫云〉的讨论》。

30日,《文艺报》第18号发表社论《把一切积极因素发挥出来》;侯金镜的《试谈〈腹地〉主要的缺点以及企霞对它的批评》；吴明的《关于〈志愿军英雄传〉编写的几件事》；叶耘的《用鲜血和胜利写成的诗篇——读〈志愿军英雄传〉》；顾工的《一首吸取了民歌乳汁的长诗——读公刘的长诗〈望夫云〉》；唐祈的《一组出色的抒情诗》；张庚的《反对用教条主义的态度来"改革"戏曲》。

本月，作家出版社出版沙鸥的《谈诗》，陈涌的《文学评论集二集》。

新文艺出版社出版苏联《共产党人》杂志专论、廷超译的《关于文学艺术中的典型问题》，[苏]别·斯·梅拉赫著，蔡时济、沈笠译的《列宁与十月革命前的俄罗斯文学问题》。

10 月

1日，《广西文艺》第10本发表丘行的《培养新生力量有感》；落木的《读书和创作》；阮英、邱淑蓉等的《关于〈两担好花生藤〉的争论五篇》。

《文学月刊》10月号以"纪念鲁迅先生逝世二十周年"为总题发表唐景阳的《鲁迅思想发展的道路》，思基的《谈鲁迅的散文诗〈野草〉》；同期，发表谢挺宇的《谈思想解放》；柳拂的《生活创作杂谈》；代言的《文艺批评是可怕的么？》；眉青的《谈"好人"》；刘辛的《"菊花可以酿酒"》；老舍的《关于文学创作中的语言问题》；高桂馥的《谈"看花容易绣花难"》；寒江的《打击和赞扬》；温松生的《一首激情的颂歌》；汪洪的《儿童园地的一朵鲜花》；本刊编辑部整理的《对小说〈初乘〉的意见》。

《长江文艺》10月号发表梅广平的《关于鲁迅的杂文》。

《长春》(月刊)创刊，长春文学月刊社编辑，本期发表冯文炳的《纪念鲁迅》；锡金的《鲁迅的杂文》；晓村的《漫谈〈祝福〉及其他》；文光的《"粗暴"乱谈》；王肯的《"二人转"不只是两个人转》；丙丁的《从"如林的烟囱"谈起》。

《作品》10月号发表陈则光的《鲁迅论讽刺》；吴颖的《略谈鲁迅对继承民族文学遗产的看法》；敖泉生的《〈呐喊〉〈彷徨〉试论》；刘崇善的《鲁迅与儿童文学》；巴人的《关于创作》；冯健男的《一个具有独创风格的剧本》。

《河南文艺》第 13 本发表苏金伞的《克服对创作问题认识上的主观主义》；李准的《"百花齐放"和艺术的特色》；青勃的《关于诗》；梅广平的《略谈鲁迅的杂文》。

《哈尔滨文艺》第 6 期发表吴中匡的《鲁迅的战斗道路》；胡冰的《学习鲁迅的战斗艺术——〈伪自由书〉简论》；曹让庭的《对〈副食品商店颂〉及其批评的意见》；孙一新的《读书与写作》。

《新苗》10 月号发表高岳森的《略述鲁迅的文学理论》；魏东明的《鲁迅的杂文与我们》。

《江淮文学》10 月号发表吴戈的《"羿"与"禹"——鲁迅小说人物论之二》；阿杰的《评〈捉纺织娘〉》；孟卿的《读〈捉纺织娘〉有感》。

《萌芽》第 7 期发表肖冲的《不能忽视想象在塑造形象中的作用》。

《火花》创刊，山西省太原市文联、《火花》编辑委员会编辑，本期发表林芜斯的《阿 Q 精神不死》；唐仁均的《学习鲁迅先生》；寒声的《禁令在哪里？》。

《文汇报》发表郭沫若的《文学与社会——答墨西哥文学杂志问》。

3 日，《剧本》10 月号发表戴不凡的《赵五娘的悲剧》；李诃的《剧本创作的新生面》；胡可的《从〈如兄如弟〉的讨论想到的》；周礼的《还要打破这样的框子》；史民的《改编、整理，首先要尊重传统》；中国青年艺术剧院经理王叔和、俞佳奇的《剧作家应熟悉观众的心理》。

5 日，《工人文艺》10 月号发表柯金的《学习鲁迅战斗的精神》；方涛的《略谈祥林嫂的艺术描写》；向太阳的《谈〈阿 Q 正传〉》；谭立平的《对"订计划"的意见》；李鑫峰的《试谈描写工地的诗》；黎甦的《〈十五块钱〉读后》；专栏"通俗文艺讲座"发表《第七讲：写作与生活》。

《延河》10 月号以"纪念鲁迅逝世二十周年"为总题，发表王愚的《试谈鲁迅作品中多样性的典型化手法》、姚虹的《关于"狂人"的典型意义和鲁迅的创作思想》、侯建民的《鲁迅论文学在社会生活中的作用》、张仓礼的《评朱彤先生对祥林嫂的分析》。

7 日，《人民日报》发表刘白羽的《走向自由竞赛的道路》。

《红岩》10 月号发表周扬的《让文学艺术在建设社会主义伟大事业中发挥巨大的作用》；秦阳间的《从阿 Q 看文学作品中的典型问题》；林如稷的《鲁迅杂文的思想与艺术特点》；宋永高的《〈伤逝〉的社会意义》；业中铁的《鲁迅与革命美术》；

陈觉银的《鲁迅对儿童文学的贡献》；杨安伦的《鲁迅对创作的一些意见》。

8日，《人民文学》10月号发表陈涌的《为文学艺术的现实主义而斗争的鲁迅》；文迅的《关于"矛盾冲突"》。

《文艺学习》第10期发表郭预衡的《学习鲁迅的杂文》；何家槐的《谈谈〈理水〉》；以群的《文学的典型性》；茅盾、施宗灿、金雁痕的《"关于艺术的技巧"的通信》；宋垒的《艺术倾向和政治问题不能混为一谈》；金近的《谈儿童诗》；林心的《取材的多样性》；康濯的《创作漫步》。

《文汇报》发表许广平的《鲁迅如何对待祖国文化遗产》。

9日，《广东文艺》10月号发表许广平的《鲁迅先生的写作生活》；陈扬明的《论山歌的"味道"》；叶汉青的《读〈早晨的歌〉》；陈炳华等的《对群众创作问题的意见》。

《天津日报》发表孙丕荣的《谈继承中国古典传统问题》。

《戏剧报》10月号发表社论《改善艺人的生活和工作条件》；丁修询的《试谈昆曲表演的舞台动作方法》；孙道临的《我们要"争鸣"》。

10日，《文艺月报》10月号发表茅盾的《如何更好地向鲁迅学习？》；陈望道的《纪念鲁迅先生》；巴金的《秋夜》；王统照的《第一次读鲁迅先生小说的感受》；巴人的《杂忆、杂感和杂抄》；宋云彬的《鲁迅和章太炎》；周晔的《鲁迅是怎样独立思考的？》；唐弢的《鲁迅与戏剧艺术》；罗稷南的《漫谈鲁迅的翻译工作》；钦文的《鲁迅先生和古典文学》；徐淦的《〈祝福〉和绍兴的风俗迷信》；王世德的《读鲁迅著作有感》；陈安湖的《论〈狂人日记〉的思想》；叶鹏的《读〈阿Q正传〉》；袁雪芬的《重演祥林嫂有感》；白杨的《生活是一切创作的源泉》；戚雅仙的《我演祥林嫂的几点体会》；顾月珍的《我演祥林嫂的一些体会》。

《湖北文艺》第10期发表于狄的《鲁迅杂文点滴谈》；沙茵的《小品的趣味》；毕免午的《介绍〈狂人日记〉》；苏群的《再谈怎样看待作品里的人物》。

《草地》10月号发表孙静轩的《也谈诗的感性形象——对袁水拍〈诗的感性形象〉一文的一点异议》；山莓的《由"一点点的感受"所想起的》；红枫的《似曾相识》；履冰的《让事实说话——评段可情先生的一篇文章》；阳天的《从川戏剧目问题谈起》。

12日，《人民日报》发表徐淦的《鲁迅小说里的两条小命》。

《解放军文艺》10月号发表张泗洋的《论〈阿Q正传〉》；郭预衡的《略谈鲁

的文艺批评》;公盾的《谈〈水浒〉》。

13日,《人民日报》发表臧克家的《鲁迅写的纪念文章》。

《光明日报》发表长之的《鲁迅对文艺批评的期待》;宋云彬的《因纪念鲁迅而想到章太炎》。

15日,《文艺报》"鲁迅纪念专号"发表宋庆龄的《让鲁迅精神鼓舞着我们前进!》;许广平的《为鲁迅逝世二十周年作》;王远的《鲁迅反对改良主义、自由主义的斗争》;王瑶的《论鲁迅作品与中国古典文学的历史联系》;姚虹的《关于〈采薇〉》;巴人的《鲁迅小说的艺术特点》。

《新港》10月号发表张均瑶、张磊的《略论鲁迅小说中的知识分子形象》;文柔的《杂谈批评》。

《园地》10月号发表郑朝宗的《百家争鸣中怀鲁迅》;蔡师圣的《鲁迅小说中的农妇形象》;李拓之的《鲁迅先生在厦大二三事》;火龙的《大胆地开放戏曲传统剧目》;俞元桂的《文学的形象性》。

《文汇报》发表赵俪生的《稍谈研究鲁迅的方法》。

16日,《人民日报》发表何其芳的《论阿Q》。

《河南文艺》第14本发表任访秋的《从〈过客〉中看鲁迅先生思想的发展》;王大海的《〈阿Q正传〉笔记》;翟永坤的《回忆鲁迅先生》。

《萌芽》第8期发表许杰的《鲁迅怎样指导青年写作的?》魏金枝的《对〈示众〉的一些臆测》。

17日,《人民日报》发表姜维朴的《学习鲁迅先生论连环画的文章的体会》。

19日,《人民日报》发表赵景深的《鲁迅先生与民间文学》;陈涌的《伟大的唯物主义的思想家(鲁迅作品研究)》。

《文汇报》发表以群的《鲁迅的文艺批评论——鲁迅文艺思想管窥之一》。

20日,《光明日报》发表林志浩的《学习鲁迅小说精炼的艺术语言》。

《北京文艺》10月号发表白云生的《生搬硬套,危害非浅——对轻视戏曲艺术遗产的批判》;方白的《解答文学的真实性》。

《河北文艺》10月号发表田可的《学习鲁迅精神,关心、培养青年业余文学创作者》;萧殷的《深入个别观察,克服概念化和公式化》。

《东海》(月刊)创刊,浙江省文学艺术工作者联合会、《东海》编辑委员会编辑,本期发表周扬的《论文学艺术在建设社会主义伟大事业中发挥巨大作用》;本社的《研究鲁迅,学习鲁迅》;王西彦的《鲁迅小说中的知识分子》;张仲浦的《读〈起死〉》;陈学昭的《生活并不如此简单》。

21日,《人民日报》发表王琦的《鲁迅论木刻创作问题》。

22日,《文汇报》发表平心的《论鲁迅后期思想发展的历史准备》。

23日,《民间文学》10月号发表周遐寿的《鲁迅与歌谣》;汪曾祺的《鲁迅对于民间文学的一些基本看法》;黄沙初稿、路工重订的《鲁迅与民间文学》。

25日,《贵州文艺》第20本发表江承纲的《鲁迅和民间文艺》;翟强的《为什么对〈祝福〉的演出本应该再改编》;比边的《读〈聪明人和傻子和奴才〉》。

《天山》(月刊)创刊,新疆维吾尔自治区文联、《天山》编辑委员会编辑,本期发表朱旭整理的《繁荣文艺的先声》。

27日,《文汇报》发表钟惦棐的《评〈祝福〉》。

28日,《中国电影》(月刊)创刊,《中国电影》编辑委员会编辑,本期发表陈荒煤的《关于电影艺术的"百花齐放"》;黄钢的《读〈祝福〉电影剧本》;李弘的《评〈大众电影〉》。

30日,《文艺报》第20号发表唐弢的《鲁迅杂文的艺术特征》;王瑶的《谈鲁迅作品与中国古典文学的历史联系》(续完);钦文的《鲁迅先生与故乡》;阿英的《关于〈中国小说史略〉》;钟惦棐的《重要的和不重要的》;张真的《谈戏曲工作中的偏向》。

本月,《文艺书刊》9、10月号发表蓝近的《顽强的人——读〈替哥哥当矿工〉》;苗子的《动人心魄的抗日英雄故事——介绍杨明的〈越扑越旺的烈火〉》;钟青的《朴素的生活,朴素的创作——略谈阿凤、滕洪涛、郑固藩的作品》。

本月,长江文艺出版社出版于黑丁的《培养青年作家,繁荣文学创作》。

新文艺出版社出版[苏]阿波列相著、戈安译的《列宁和艺术的人民性问题》。

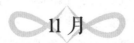

11月

1日,《文学月刊》11月号以"纪念鲁迅先生逝世二十周年"为总题发表锡金的《鲁迅诗本事》，李昭恂的《鲁迅精神的几个方面》，郭墟的《默默的启示者》；同期，发表冉欲达的《文采和风流》；霍存慧的《从"听不懂"谈起》；沙丁的《排除庸俗社会学的批评空气》；一丁的《一个新颖而动人的描写爱情的短篇》；杨羽、芦萍的《谈〈妻〉和〈加丽亚〉》；辛乙的《提高文学作品的翻译水平》。

《长江文艺》11月号发表曾惇的《在"八大"的光辉照耀下前进》；朱彤的《鲁迅前期杂文的战斗意义》；刘绶松的《读鲁迅诗一首》；沙鸥的《试谈〈百鸟衣〉的浪漫主义特色》；马立鞭的《谈抒情诗的细节描写》；江澄的《一个真实、生动的人物形象》。

《长春》第2号发表今匆的《一首诗所引起的》；林丁的《生活感受和素材积累》。

《哈尔滨文艺》第7期发表张志岳的《略谈鲁迅先生的旧诗》；金重华的《读〈答北斗杂志社问〉的一些体会》。

《作品》11月号发表文冰的《"无冲突论"与"各打五十大板主义"》；陈健的《谈〈中国小说史略〉》；李汝伦的《略论杜甫的讽刺》；黄宁晏的《关于抒情诗的"我"及其他》；村夫的《评〈海上擒匪记〉》。

《河南文艺》第15本发表万曼的《鲁迅小说中的知识分子形象》；刘溶的《略谈鲁迅先生与民间文学》；方晨的《读诗杂谈》。

《江淮文学》11月号发表稚声的《科举制度下的牺牲者——"孔乙己"和"陈士成"》；胡铁华的《主题、思想和题材》。

《新苗》11月号发表公孙龙的《读〈从绳子的束缚下摆脱出来〉有感》；刘回春、青霓的《谈辰河戏》；李桑牧的《我对冯放同志意见的答辩》；陈步的《生活的真实、矛盾和冲突》；一笑的《读〈水车〉的评论后》。

《萌芽》第9期发表哈华的《谈模仿》；赵自的《缺少人情之常》；刘爱的《将要发生的事情也可以写》；金仁奎的《写自己熟悉的生活》；郭泰峰的《光有亲身经历还不够》。

3日，《剧本》11月号发表包竹的《为剧作家们呼吁！》；沙弗的《谈话剧上演剧目〈百花齐放〉》；伊兵的《谨慎地继承戏曲遗产》；李逸生的《谈谈古典戏曲中的"忠""孝""节""义"》；赵羽翔的《从习作〈两个心眼〉谈谈我对题材提炼的体会》。

5日，《文艺月报》11月号发表袁水拍的《也谈"把生活简单化"》；谷斯范的《从对〈冯狮子〉的批评谈起》；赵自的《被什么缚住了手脚》；吴文蜀的《谈编辑的职责》;刘金的《编辑与作家之间》;翟永瑚的《我们需要的是公正的批评》;以群的《鲁迅的现实主义创作精神》;徐中玉的《鲁迅论文学研究的方法》;李桑牧的《〈故事新编〉的主要作品是针对现实的讽刺作品,还是历史作品?》;峻明的《我是这样来理解〈故事新编〉的》;翟奎曾、马中伏的《关于〈故事新编〉中的"油滑之处"》;刘大杰的《鲁迅的旧诗》;姚文元的《关于"名单学"及其他》;司徒徽的《从侮辱女性谈起》。

《工人文艺》11月号发表王侠的《评〈试谈描写工地的诗〉》;唐才兴等的《〈试谈描写工地的诗〉笔谈》;阿盛的《"庸俗社会学"浅谈》;专栏"通俗文艺讲座"发表《第八讲:谈细节描写》。

《内蒙古文艺》11月号发表张士耕的《我对剧本〈角落〉的看法》;冉纹的《讽刺——强有力的武器》;红晨的《谈讽刺——评鲁汉的批评》。

7日,《红岩》11月号发表木将的《鲁迅的五种创作》;[苏]波斯伯洛夫作、燎辉译的《艺术典型化的一些问题》;苏洪昌的《关于吴敬梓的世界观和创作方法(上)》。

8日,《人民文学》11月号发表李长之的《文学史家的鲁迅》;杜黎均的《谈反面人物的性格描写》。

《文艺学习》第11期发表萧也牧的《一个火车司炉的散文(阿凤的二十六篇散文读后感)》;袁玉伯的《不要把丰富多彩的生活简单化》;康濯的《创作漫步》;肖犁的《爱情诗的"框子"》。

9日,《戏剧报》11月号发表社论《戏曲革新不能脱离传统》;耘耕的《戏曲艺术是一种真正的艺术形式》;田汉的《学习前辈艺人勤学苦练到老不懈的精神》;田汉的《为演员的青春请命》;唐湜的《〈天仙配〉中严凤英的表演》;写工的《三个精彩的徽戏》;任德耀的《〈暴风骤雨〉演员生活片段》;萧平武的《桂花为什么开不好》;阮文涛的《山东戏曲会演观摩散记》;本报记者的《反对戏曲音乐工作中的粗暴作风》。

10日,《广东文艺》11月号发表本社的《加强领导,提高质量,进一步活跃农村群众业余文艺活动》;李门的《对农村业余戏剧会演的一些意见》;戚俊民的《促进群众创作繁荣的途径》;李作辉等的《对群众创作问题的意见》;记者的《"百花齐放"中的一大盛事》。

《湖北文艺》第11期发表李旭樵的《读〈笑老头看戏〉》;初鸣的《对〈山谷的早

晨〉的一点意见》；燕剪波的《〈春花姑娘〉读后》。

《草地》11月号发表白堤的《胡桃壳里的抒情诗》；沙里金的《关于〈关公寄刀〉》；之岚的《记〈打红台〉表演艺术座谈会》；陈犀的《看戏之后》；王季洪的《目前戏剧创作不振的根源》；丘原的《剧本为什么抓不住人》。

《贵州文艺》第21本发表易兆的《不要只向生活伸手》。

12日，《解放军文艺》11月号发表黄药眠的《论鲁迅的文艺思想底发展》；臧克家的《鲁迅对诗歌的贡献》；陈伯吹的《鲁迅和中国儿童文学》；王林的《"情"和"景"》；林泉的《重视诗歌创作中的语言问题》；李英郁的《过分夸张的儿童形象》。

15日，《江苏文艺》第11号发表社论《祝省第二次文代大会开幕》；苏隽的《农业社如何领导农村俱乐部》。

《文艺报》第21号发表巴人的《重读〈毁灭〉随笔》；[日] 德永直作、梅韬译的《关于高尔基的"创造真实的人"》（特约稿）；阿英的《俄罗斯和苏联文学在中国》；姚雪垠的《现实主义问题讨论中的一点质疑》；唐祈的《〈六十年的变迁〉的创作（记一个关于〈六十年的变迁〉的座谈会）》。

《边疆文艺》11月号发表本刊记者的《费孝通同志谈民族民间文艺遗产问题》；洛汀的《为什么不能串改和随便添补？》；勒黑的《我对整理民间传说的意见》；德宏的《一点不同的看法》。

《新港》11月号发表叶耕的《框框主义及其他》；于开河的《也从洗脚水谈起》；周明的《从食堂主任谈起》；罗咸的《谈"愁"及其他》；李何林的《鲁迅文艺思想的发展》。

《园地》11月号发表火龙的《再谈大胆地开放戏曲传统剧目》。

16日，《河南文艺》第16本发表社论《前进，文学上的新军！》；李准的《细致的刻划，准确的描写》。

《萌芽》第10期发表若望的《没有亲身经历过的事情可以写吗？》；吴城的《大学生活不值得写吗？》。

《文汇报》发表朱煮竹的《也谈〈森林〉》；辛若平的《不要"一花独放"——听淮调有感》。

20日，《文汇报》发表罗稷南的《关于阿Q的几个"古怪"问题》。

《河北文艺》11月号发表江汉的《文艺批评中的清规戒律》；李满天的《替一个剧本说话》；赵增锴的《读彦芳的三首诗》。

《东海》第2期发表魏金枝的《打倒教条主义和公式主义》；鲁地的《略谈〈三国演义〉中的关羽》；[苏]尼·米海洛夫作、许天虹译的《高尔基提示的一个题材》。

22日，《文汇报》发表傅雷的《艺术创造性与劳动态度》。

23日，《民间文学》11月号发表刘守华的《慎重对待民间故事的整理编写工作》；申文凯的《不要搞乱儿歌的范围》；赵景深的《鲁迅先生与民间文艺的精华和糟粕》。

24日，《光明日报》发表丁力的《诗的内容、题材应该多样化》。

25日，《天山》11月号发表周扬的《让文学艺术在建设社会主义伟大事业中发挥巨大的作用》；南雁的《学习鲁迅先生的创作态度》；曹南的《初学写作者的"关"》。

28日，《中国电影》11月号发表蒲若是的《写青年人的和青年人写的（兼评〈锦绣年华〉）》。

30日，《文艺报》第22号发表萧也牧的《编辑·作者·作品》；徐调孚的《杂忆和杂写》；冯康男的《关于"地方"和"中央"》；艾芜的《我与苏联文学》；刘大杰的《中国古典文学史现实主义的形成问题》；叶恭绰的《读了李六如的〈亡命走钦州〉的感想》；张羽的《传记文学的真实性》；本刊记者的《关于剧本〈如兄如弟〉的讨论》。

本月，山东人民出版社出版鲁特的《谈谈青年作者的创作问题》。

广东人民出版社出版黄雨的《群众写作漫谈》。

作家出版社出版何其芳的《关于写诗和读诗》。

通俗读物出版社出版黎之的《和农民谈写作》。

新文艺出版社出版吴强的《文艺生活》。

12月

1日，《光明日报》发表方殷的《略谈田间的〈汽笛〉及其他》。

《文学月刊》12月号发表锡金的《鲁迅的三次大规模战斗及其思想发展》；胡雪岗的《鲁迅关于讽刺文学的意见》；吴忠匡的《鲁迅和新诗歌运动》；欧阳江的《谈"齲"》；代言的《疥疮》；北方客的《"推敲"及其他》、《白居易的作诗》；克·企·放的《不准"模特儿"作证吗？》；云泥的《从"不真实"谈起》；伟群的《扩大题材，百花齐放》；时音的《关于〈姻缘〉和对它的评论》；丹为的《谈谈加丽亚这个人物》；孟冬的《为加丽亚鸣不平》。

《长江文艺》12月号发表周勃的《论现实主义及其在社会主义时代的发展》；艾如焚的《读〈芋头籽〉》；胡树国的《诗的比喻》；杨恒锐的《"这全是事实"》；思瑜的《"此害鸟也"》。

《作品》12月号发表罗劲的《读萧也牧的小说重印本有感》；陈伯吹的《从〈慧眼〉谈童话特征与创作》；既白的《我对抒情诗的一些看法》。

《河南文艺》第17本发表刘家骥的《在诗园地，要"百花齐放"》；宋悟民的《特写——文学的战斗体裁》。

《长春》第3号发表陶然的《鲁迅是怎样培养青年作家的》；新亮、刘恕的《略谈〈新来的会记主任〉的人物塑造》。

《广西文艺》第12本发表曾敏的《戏剧来稿杂谈》；杜若英的《问题在哪里》。

《哈尔滨文艺》第8期发表晓泊的《谈〈装鬼及其他〉》；云浦的《谈讽刺喜剧〈一站之长〉》。

《新苗》12月号发表易宣的《试谈〈杀蔡鸣凤〉》；青霓、守忠的《〈杀蔡鸣凤〉的主题思想》；冯放的《关于〈幸福的家庭〉》。

《江淮文学》12月号发表白瑜的《鲁迅笔下的墨翟与庄周——论〈非攻〉和〈起死〉里的两个人物》。

《萌芽》第11期发表赵自的《"面孔差不多"的由来》；杨贤勇的《机关生活可以写》；苏菊的《热情家空想等于……》。

《火花》12月发表西门寓的《从"陶朱事业"的理论说起》；未冰的《读〈四年不改〉和〈七月古庙会〉以后》；魏永安的《〈密松林〉是好戏》。

《文汇报》发表老舍的《救救电影》。

3日，《剧本》12月号发表马可的《我对创作歌剧的看法》；本刊记者的《曹禺同志漫谈〈家〉的改编》。

《文汇报》发表石挥的《重视中国电影的传统》。

4日,《文汇报》发表杨村彬的《根本问题是不符合艺术特征》。

5日,《文艺月报》12月号以"关于诗歌问题的讨论"为总题发表龙榆生的《我们应该怎样继承传统来创作民族形式的新体诗》,姚文元的《论对句》,杨汝纲的《学习古典诗歌的艺术技巧》;同期,发表以礼的《一个戏的命运》;王世德的《值得研究的爱情问题》;晓立的《小说必须塑造真实生动的人物形象》;王西彦的《读〈朝花夕拾〉札记》;许杰的《"幸福的家庭"》;汤廷诰的《不可一笔抹杀》。

《延河》12月号发表王愚的《浪漫主义——文学园地里一朵奇葩》;霍松林的《朱光潜对文艺的特征把握住了一些什么东西》。

《辽宁文艺》第23期发表剑吟的《"生活里是这样的吗?"》;循环等的《关于〈寻儿记〉是否合情合理问题》;魏克的《〈命运〉是篇好小说》;晓潭的《谈〈不仅是为了爱情〉》。

《工人文艺》12月号发表姚虹的《更深刻、更完整地创造人物形象》;江火的《寓言的形象与内容》;潘雨丰的《质问诗人们》;胡为的《对相声〈影迷〉的意见》;专栏"通俗文艺讲座"发表《第九讲:文学的特征及教育作用》。

《文汇报》发表郭沫若的《"改"笔随谈》。

6日,《文汇报》发表师陀的《问题的症结在于工作制度》;社论《反对上演坏戏》;刘英华的《上海市在发掘传统剧目中的一些问题》;王西彦的《特色和"缺点"》;《让观众看到更多的好戏——上海市文化局召开第二次剧目工作会议》。

7日,《红岩》12月号发表渥丹的《也来谈谈〈一个木工〉》;李佩的《不是对症下药的批评》;苏洪昌的《关于吴敬梓的世界观和创作方法(下)》。

《文汇报》发表社论《如何对待传统剧目》;吴永刚的《政论不能代替艺术》。

8日,《光明日报》发表曾文斌的《论诗的新形式的创造》。

《人民日报》发表曹禺的《陋规(关于剧作者的上演报酬问题)》。

《人民文学》12月号发表沈仁康的《谈抒情诗的写作》。

《文艺学习》第12期以"关于《组织部新来的青年人》的讨论"为总题,发表林颖的《生活的激流在奔腾》,增辉的《一篇严重歪曲现实的小说》,王践的《清规戒律何其多》,王恩的《林震值得同情吗?》,王冬青的《生动地揭露了新式官僚主义者的嘴脸》,李滨的《真实呢,还是不真实?》,唐定国的《林震是我们的榜样》;同期,发表公木的《谈〈和平的最强音〉》;乐黛云的《〈华威先生〉的艺术形象》;彭慧的《关于〈士敏土〉一书的几个问题》;许可的《漫谈"批判性"》;子冈的《要战胜那难以战胜的——读〈不需要的荣誉〉》；朱绛的《谈谈歌词创作的技术问题(上)》；贵庆的《为什么缺少艺术内容？》(读稿随谈)；石牧的《铁牛也拖不住的人们》(初开的花朵)。

9日，《戏剧报》12月号发表陈朗的《集中艺人，发展昆剧》；陈宪武的《评于村扮演的托伐·海尔茂》；徐沙的《评祁剧高腔〈昭君出塞〉》；繁荣的《〈张古董借妻〉和〈借亲配〉》；新凤霞的《扮演现代戏的一些体会》；张拓的《有关斯坦尼斯拉夫斯基体系的几个问题》；艺蕊的《从一张说明书谈起》；林默予的《导演与演员之间》；张延华的《平凡的人，不平凡的贡献》；周柏春的《希望重视和支持滑稽戏》。

10日，《湖北文艺》第12期发表任清的《让戏曲的花朵开放得更繁盛》；万华的《为什么不能把杂文写得通俗些！》；唐白的《漫谈文学批评》；路的《读诗偶感》。

《草地》12月号发表社论《开好创作会议》；李鱼的《论抒情诗》；左连城的《简论李白的诗》；路由的《谈李劼人的〈死水微澜〉》；刘念慈的《谈几点川剧艺术上的问题》。

《贵州文艺》第23本发表陈若尘的《到生活中去寻找什么》；皮速的《读〈我照'教育原理'生活着〉后所想到的》。

《广东文艺》12月号发表林山的《贯彻"八大"精神，搞好农村群众业余戏剧活动》；李门的《把"戏"演得更好些》；星星、陈春陆等的《对群众创作问题的意见》。

《文汇报》发表马彦祥的《关于发掘和整理传统剧目的几个问题》。

12日，《解放军文艺》12月号发表陈辽的《〈三国演义〉怎样描写战争》；苏联《红星报》的《谈一种不正确的倾向》；王萍生的《读剧本〈在前进的道路上〉》；王欲英的《究竟谁是谁非？》(评《在前进的道路上》)；《文汇报》发表荒芜的《惠特曼与闻一多》。

13日，《长江日报》发表莫绍裘的《关于影片〈生的权利〉的两封通信》。

14日，《文汇报》发表司马瑞的《是前进还是要倒退？——读孙瑜的〈尊重电影的艺术传统〉之后》。

《天津日报》发表孙静轩的《从森林寄来的诗——〈猎手〉〈我爱这个民族〉〈杂谷脑河〉》。

15日，《光明日报》发表《郭沫若谈诗歌问题》；汪静之的《新诗的宣言》。

《江苏文艺》第12号发表王世德的《通俗文艺作品的艺术性》；晓峰的《让群众文艺活动更加丰富多彩》；承新平的《多看、多想、多写》。

《文艺报》第23号发表本刊评论员的《电影的锣鼓》；郭汉城的《有关传统剧目教育意义的几个问题》；本刊记者的《办好文学期刊，促进"百花齐放，百家争鸣"》；周培桐、张葆莘的《谈〈同甘共苦〉中几个人物的甘苦》；沙鸥的《与田间谈〈马头琴歌集〉》；敬三的《杂谈严秀的杂文》；王西彦的《也谈关于鲁迅小说中知识分子形象的问题》。

《边疆文艺》12月号发表朱宜初的《人民口头创作的三种整理方法》；周建木的《不要片面地反映生活》；岚风的《读〈十五棵向日葵〉》。

《新港》12月号发表舒芜的《对论敌也要公平》；劳荣的《"习明纳尔"之类有感》；慕容乙的《渐入净化镜》；罗咸的《关于"人情味"》；李希凡的《典型新论质疑》；杜黎均的《论眼观"一路"耳听"一方"》；曦龄的《从窃窃私语到正面"帮助"》；李杏桃的《八哥的哲学》。

《园地》12月号发表蓝于的《"爱英雄"及其鼓吹者》；江斌整理的《闽西情歌》。

16日，《萌芽》第12期发表许杰的《关于〈小巷深处〉》；费礼文的《抓住荷叶摸到藕》。

19日，《文汇报》发表马彦祥的《关于发掘和整理传统剧目的几个问题》。

20日，《辽宁文艺》第24期发表边仁行的《短文和长文》；陈继荣的《空口叫好的剧评》；宫殿东的《对农村业余剧团应演什么戏的意见》（问题讨论）。

《河北文艺》12月号发表天海的《吃鸡蛋和艺术欣赏》；于平的《不平则鸣》；邱真的《"四不象"和四象》。

《东海》第3期发表吴克坚的《论昆曲〈十五贯〉的教育意义》；金萝的《湖剧和它的传统剧目〈麒麟带〉》；林莘莞的《杭剧今昔谈》；小丁的《"迂夫子"们的"道德观"》；本刊记者的《波列伏衣、加林、扎雷金谈特写》。

22日，《人民日报》发表《国营剧团试行剧本上演报酬制度》。

《长江日报》发表周学南的《评影片〈生活的一课〉》。

23日，《长江日报》发表莫绍裘的《科斯嘉错了吗——谈〈生活的一课〉的一个细节》。

24日，《人民日报》发表《中国作家协会改选书记处》。

《贵州文艺》第24本发表《读者对小说〈秋收的一夜〉的意见》。

《文汇报》发表社论《电影讨论中的几个问题》。

26日，《文汇报》发表郑君里的《关于"和"与"分"》。

28日,《中国电影》12月号发表巴金的《给青年读者们的信(略谈影片〈春〉和〈秋〉)》;蔡振中的《〈情深谊长〉读后随感》;石岚的《不要让既定的"原则"束缚了我们的创作》;谷兴云的《农村故事片为什么不受人欢迎?》;木可的《也谈农村故事片》。

《文汇报》发表舒绣文的《谈创作友谊及其他》。

29日,《光明日报》发表齐云、瑞芳的《继承诗歌的传统形式问题》。

本月,工人出版社出版老舍等的《曲艺的创作和表演》。

山东人民出版社出版冯中一的《诗歌漫谈》。

学习杂志社出版"学习译丛"编辑部编译的《苏联文学艺术论文集(第二集)》。

新文艺出版社出版[苏]伊凡诺夫著、史慎微译的《列宁的文学党性原则》,巴人的《文学论稿(上册)》,[苏]谢尔宾那著、一之译的《典型与个性》。

1957年

1957年

1月

1日,《火花》1月号发表寒声的《从春节看民间艺术》;魏永安的《从〈领导有方〉喜剧中所看到的》;基凡的《〈一篇特写〉读后》;大海的《读〈大彪和二彪〉》。

《长江文艺》1月号发表公木的《谈中国古典诗歌传统问题》;沙鸥的《关于诗的情绪、感受及表现方法》。

《长春》1月号发表弘文、舒叶的《这样的描写人物应当改变》;林茂伟的《读稿随笔》;寒江的《〈猎雁记〉读后》。

《处女地》1月号发表陈伯吹的《读儿童文学作品谈写人物和用语言》;杨扬的《试谈典型问题的复杂性》;康濯的《生活、创作及其他》;于植元的《〈鲁迅诗本事〉质疑》;锡金的《关于于植元同志的质疑的答复和补充说明》;大群的《我是怎样从事业余创作的》;黄益庸的《生活、联想和想象》;胡复旦的《真实的描写农民》;单明的《作家们的生活和创作》。

《作品》1月号发表金近的《文学的特殊形式——童话》;程建汉的《读〈开花时节〉》。

《青海湖》(月刊)创刊,青海湖文学月刊社编辑,本期发表董绍萱的《〈桑巴久周〉读后》;刘沛的《从土族民间文学谈起》。

《哈尔滨文艺》1月号发表胡冰的《关于〈呐喊〉自序》;王简的《文艺刊物为什么不理睬电影》;张维明的《要破除职工业余文艺活动中的清规戒律》;本刊记者的《记电影艺术漫谈会》。

《江淮文学》1月号发表舒芜的《研究本省的文学艺术遗产》;周起凤的《文艺批评也应当是艺术》;吴戈的《"象征"、"暗示"及其他》;张平治的《怎样看待爱情诗》;幸人的《评〈向日葵的故事〉》;柯文辉的《批评家不要沉默》;筱良的《不要做"争鸣"的旁观者》。

《雨花》(月刊)创刊,《雨花》编辑委员会编辑,本期发表洪式良的《勇于"割爱"》;巴人的《"敲草榔头"之类》;范烟桥的《略谈弹词的发展》;胡小石的《屈原与古神话》;方光焘的《鲁迅先生在小说〈弟兄〉中所表现的现实主义精神》;朱彤的《论风俗画和风景画》。

《星火》（月刊）创刊，主编石凌鹤，副主编傅圣谦、范维祺，编委石凌鹤、时佑平、范维祺、陶孝国、斯群、程耘平、傅圣谦、熊化奇，星火文学月刊社出版，本期发表鲁莱的《试谈特写》；胡守仁的《学习中国古典文学的意义》；白丹的《真人真事与典型化》。

《陇花》（月刊）创刊，甘肃省文联、《陇花》编委会编辑。

《萌芽》第1期发表唐克新的《从何出发？》；胡万春的《从"短篇不短"中所想到的》。

《奔流》（月刊）创刊，奔流文学月刊社编辑，主编苏金伞，编委仲宇、苏金伞、李索开、赵青勃、钱继扬、庞嘉季、荣星，本期发表萧殷的《更真实地反映生活》；杜黎均的《无"情"的爱情诗》；荣星的《不能使作家抬着驴子走》；李晴的《杞人的忧虑》。

《漓江》（月刊）创刊，漓江月刊社编辑，本期发表林焕平的《关于典型问题的初步体会》；向北的《需要一个"温暖的湖"》；程万里的《看〈龙松〉有感》。

《新苗》1月号发表宋扬的《谈醴陵情歌》；人兵的《诗人的眼病》。

3日，《剧本》1月号发表本刊记者的《关于话剧〈同甘共苦〉的讨论》；启文的《一个健忘者的形象——读〈被遗忘了的故事〉》；徐胡沙的《闲谈歌剧》；徐铁的《剧本〈小林与秀春〉和浦今同志的〈不需要的荣誉〉》。

4日，《文汇报》发表朱煮竹的《为了前进》；《关于目前在上海上演的传统剧目的意见》（读者的话）。

5日，《工人文艺》1月号发表胡采的《谈有关写作中的几个问题》。

《文艺月报》1月号发表玄珠的《漫谈编辑工作》；杜方明的《创作和批评的障碍》；司空见的《教条主义者的镜子》。

《文汇报》发表夏写时的《济公戏及其他》；大同通俗剧团的《〈济公活佛〉是坏戏吗？》（读者的话）；赵景深的《章回小说的删改问题》。

《天山》1月号发表人言、木易的《读〈伊犁河畔〉》；鄙浒的《杂谈"含蓄"》。

《北方》1月号发表罗曼的《试谈抒情诗的形象》；徐之梦的《评〈一个姑娘的日记〉》；安晏的《谈谈〈一个姑娘的日记〉中的人物形象》。

《边疆文艺》1月号发表作协昆明分会的《努力发掘民间文学遗产和帮助各民族发展社会主义的文学》；陈荒煤的《新的尝试，新的创造》；张力的《读〈南望云岭〉》；童心秋、谢忠的《〈前辈人的歌〉读后》。

《芒种》(月刊)创刊,芒种月刊社编辑出版,本期发表钦文的《鲁迅先生对青年写作的指导》;蓝天的《"水性"和"痴情"》;刘宁的《〈月季花开了〉读后》。

《延河》1月号发表王永的《论〈红楼梦〉的语言艺术》。

7日,《人民日报》发表以群的《文化工作述评:漫谈"戏改"》;陈其通、陈亚丁、马寒冰、鲁勒的《我们对目前文艺工作的几点意见》。

《文汇报》发表李小峰的《古典通俗小说肯定可以删改》;芳群的《说繁简》。

《红岩》1月号发表吴谷枫的《虚伪的矛盾冲突,不能反映生活的真实》;温莎的《诗的构思与艺术》;小平的《让人物放出生命的光辉》;胡冰的《关于鲁迅的散佚著作》;泯峨的《粗暴和"谨慎"》。

《南方日报》发表白驹荣的《我对整理粤剧遗产的一些认识》。

《蜜蜂》(月刊)创刊,蜜蜂文学月刊社编辑,本期发表江昊的《试评长篇小说〈水向东流〉》。

8日,《人民文学》1月号发表王亦放的《娜拉出走以前》;[苏]瓦连钦·奥维奇金的《作家与读者》;李诃的《关于讽刺喜剧的几个问题》;[日]村松暎的《我对〈红楼梦〉二三问题的看法》。

《文艺学习》第1期发表鲍群译的《作家要和人民同甘共苦——1956年11月3日苏联〈文学报〉社论》;孟凡的《对"给青年第一流的东西"一说有感》;阿英的《关于〈二十年目睹之怪现状〉》;公兰谷的《叶圣陶的〈夜〉》;以"关于《组织部新来的青年人》的讨论"为总题,发表长之的《可喜的作品,同时是有严重缺点的作品》,彭慧的《我对〈组织部新来的青年人〉的意见》,戴宏森的《一个区委干部的意见》,刘绍棠、从维熙的《写真实——社会主义现实主义的生命核心》,一艮的《不健康的倾向》,赵坚的《伤了花瓣的花朵》,邵燕祥的《去病和苦口》;同期,发表朱绛的《谈谈歌词创作的技术问题(下)》;张天翼的《"在悬崖上"的爱情》。

《文汇报》发表本报资料室的《关于中国古典文学中现实主义问题的讨论》;

《鸿雁》(月刊)创刊,内蒙古群众艺术馆、《鸿雁》编辑委员会编辑,本期发表蕴子的《选择剧本及其他》。

10日,《广东文艺》1月号发表邓丹平的《谈创造角色的一些体会》;黄阳的《论〈大田螺〉的主题与〈金鱼〉的表现手法》;王明的《请深入体会主题》。

《文汇报》发表姚雪垠的《创作问题杂谈》。

《草地》1月号发表李累的《我们的文学创作》;谭洛非的《谈巴金的"激流"三

部曲——〈家〉、〈春〉、〈秋〉》；王克华的《情节散论》；田海燕的《三峡的民间文学》。

《学术月刊》创刊,学术月刊编委会编辑,本期发表沈志远的《我对于现阶段工人阶级和资产阶级的矛盾性质问题的看法》。

《园地》1月号发表何人的《"未来的拖拉机手"哪里去了?》；东晓的《"基本上的革命家"》。

11日,《文汇报》发表易而山的《从"过时"说起》。

《戏剧报》由月刊改为半月刊,每月11日、26日出版,第1期发表《文化部关于试行付给剧作者剧本上演报酬的通知》；蜀音的《一个重要措施》；丘扬的《从戚雅仙的演出谈表演上的"节制"》；鲁煤的《对"同甘共苦"的初步理解》；月山的《〈画梅花〉与〈迎贤店〉》(剧目评介)；以"让青年演员成长起来"为总题,发表汪培的《青年演员有什么苦闷》,叶锋的《戏曲"青工"的培养问题》,黎铿的《别让我们发锈》,张挥健的《续"为演员的青春请命"》。

12日,《光明日报》发表缪钺的《谈诗歌中语言的精炼》。

《文汇报》发表秦瘦鸥的《所谓"荒诞不经"》。

15日,《新港》1月号发表李霁野的《谈诗片语》；巴人的《论人情》；陆耀东的《关于〈狂人日记〉中的狂人》。

16日,《山花》(月刊)创刊,《山花》编辑委员会编辑,山花月刊社出版,本期发表张毕来的《夜读抄》；塞先艾的《略论编辑改稿》；陈果青的《学诗札记》；柳枏的《"好"与"坏"之间》。

《萌芽》第2期发表哈华的《人物的感情》；徐太行的《写爱情诗要从生活出发》；沙金的《了解人,关心人》。

17日,《文汇报》发表王知伊的《欢迎新编历史小说的出版——读〈中国上古史演义〉》。

18日,《人民日报》发表辛生的《让青年作者深入生活》。

23日,《文汇报》发表陈沂的《我也想到电影问题》；李健吾的《一个电影观众的话》。

《解放日报》发表叶鹏的《发扬文艺批评的传统特色》。

25日,《诗刊》(月刊)创刊,主编臧克家,副主编严辰、徐迟,编委田间、艾青、吕剑、沙鸥、袁水拍、徐迟、臧克家、严辰,诗刊社编辑,本期发表张光年的《论郭沫若早期的诗》；方纪的《〈不尽长江滚滚来〉后记》。

26日,《戏剧报》第2期发表吴雪的《从国际戏剧协会讨论会归来》;张庚的《二十万个祝贺》;史民的《民间职业艺人的喜讯》;刘燕瑾的《寻找角色的"种子"》;赵凡的《角色生活点滴》;杨华生的《滑稽戏的回顾与展望》;陈刚的《上海的滑稽戏》;黄文虎的《对〈秦香莲〉人民性的商榷》;刘乃崇的《"盗草"的不同演法》(观剧随笔);蜀音的《打破新歌剧的沉寂》;李波的《你永远活在人民心中》。

27日,《解放日报》发表刘金的《也谈人物的阶级成分》。

28日,《中国电影》1月号以"让我们的电影工作更加繁荣 对当前国产影片讨论中的某些问题的意见"为总题,发表陈亚丁的《关键在于电影剧本的创作》,马寒冰的《有领导的把影片搞好》,鲁勒的《摆脱教条,繁荣创作》,曹欣的《让电影的花朵更加旺盛地开放》,董小吾的《"电影的锣鼓"敲起的一点感想》;同期,发表袁文殊的《坚持电影为工农兵服务的方针——驳〈文艺报〉评论员的〈电影的锣鼓〉及其他》;方明的《不容忽视的现象》;叶尼的《凑合艺术及其他》;孟尧的《从"演员定型"想起》。

30日,《文汇报》发表辛未艾的《鲁智深与李逵》。

本月,《东海》月刊1月号发表马骅的《读〈理水〉》;胡秀眉的《"氓"》。

本月,新文艺出版社出版刘衍文的《文学概论》。

2月

1日,《火花》2月号发表马嘶的《一篇勇敢地干预生活的作品》。

《长春》2月号发表冯景阳的《读〈白玉的基石〉》;雨川的《草原上新生活的赞歌》;锡金的《关于短篇小说的体裁特征》。

《长江文艺》2月号发表李希凡的《赵五娘和〈琵琶记〉》;曾君儒、叶橹的《〈同甘共苦〉的喜剧冲突和人物性格》。

《江淮文学》2月号发表吴戈的《〈屈原〉——浪漫主义的诗篇》;高型的《学习〈红楼梦〉刻画人物的艺术手法》;小波的《从一段批语谈起》;王明康的《小品文也

要百花齐放》。

《处女地》2月号发表师凡丁的《百花齐放与厚此薄彼》;张福深的《灵魂的窗户》;翟奎曾的《试论〈故事新编〉》;邓友梅的《致读者和批评家》;《关于〈我们对目前文艺工作的几点意见〉的座谈》。

《作品》2月号发表尚吟的《形式和内容》;陈健的《必须抛弃这个公式》;曾敏之的《文艺二谈:一、谈人情味 二、谈朴素的美》。

《哈尔滨文艺》2月号发表司空鉴的《反批评,还是反对批评?》;晓泊的《也谈作家与编辑》;王学勤的《请缩小宿命论的地盘》;胡冰的《〈狂人日记〉的典型创造》(鲁迅作品丛谈);杨尘的《对〈洋铁匠的命运〉的几点意见》;洁忱的《有力的鞭挞(〈半犟不犟的人〉读后)》;以"写作问题讨论"为总题,发表王忠亮等的《在火热的生活斗争里,为什么还觉得没可写的?》,张德裕的《一个建议及其他》。

《奔流》2月号发表王大海的《请写"风俗史"》;波蓝的《文学语言的深度》。

《雨花》第2期发表刘金的《"性格"随感》;吴盛的《请准谈风月》;江源岷的《雪舟笔下的金山寺》;苏隽的《评〈浪头与石头〉》。

《漓江》第2本发表王之奂的《为什么鸣得不好》;盘桓的《读〈青年进行曲〉》;思鱼的《灯下杂感》;吉子的《桂剧剧目的发掘和争论》;麦寒的《反对诗歌批评中的教条主义》。

《新苗》2月号发表宋谋玚的《与李桑牧同志谈鲁迅笔下的知识分子形象》;野邨的《谈胆量》;白榕的《从"因噎废食"谈起》;刘样的《"鬼"、"鬼戏"》;衡钟的《批评家倒霉的年月》。

《星火》2月号发表石凌鹤的《创作反映革命历史的作品》;邓钟伯的《李杜诗歌述略》。

《陇花》2月号发表《写出更多的作品来》;夏羊的《写诗的一点体会》;汪铖的《有固定的方法吗》。

《萌芽》第3期发表鲍钧的《散文、小说中的写景》;陈霞的《作家的旧社会的生活经验》;福庚的《怎样写出工业环境中的人来?》。

3日,《南方日报》发表唐牟非的《小丑——舞台上的小品文》。

《剧本》3月号以"新歌剧问题的讨论"为总题,发表董小吾、任萍、方晓天的《新歌剧问题讨论太重要了》,乔羽的《新歌剧剧本创作琐谈》,程若的《为新歌剧说几句话》;同期,发表杜黎均的《论〈同甘共苦〉》;贺朗的《是"唯冲突论"或是"无冲突论"呢?》;木夫的《对剧院的几点希望——一个剧作者的意见》;罗明的《试谈李笠翁的"曲话"》;戴再民的《试论戏曲剧目中的"鬼魂"》。

4日,《文汇报》发表杜黎均的《下的功夫如何》。

5日,《工人文艺》2月号发表方涛的《兄弟民族文学的新花朵——读〈穆莎与海哲〉》;晚霞的《谈独幕剧的写作特点》。

《文艺月报》2月号以"文艺杂谈"为总题发表唐弢的《"求全责备"》,以群的《从"不怕片面"说起》,姚文元的《论"知音"》,王道乾的《创作的源泉及其他》;同期,发表华君的《什么是中国电影的优良传统?》;赵铭彝的《谈话剧学习遗产问题》;马前的《谈通俗话剧的传统》;赵景深的《读〈新剧史〉有感》;周原冰的《不要简单化》;许杰的《明辨是非的批评和反批评》;鲁宁辑译的《苏联文艺界展开对错误的文艺思想的批评》;以《〈浪头与石头〉笔谈》为总题,发表若望的《评〈浪头与石头〉》,冯健男的《读方之的新作〈浪头与石头〉》,谷斯范的《语言的花朵》。

《天山》2月号发表铁伊甫江·艾里由夫作、维义译的《略谈近日的维吾尔文学》;红樱的《从主题大小谈起》。

《文汇报》发表阮潜的《读〈电影的锣鼓〉》。

《北方》2月号发表裴晋南的《试谈儿童诗的基本特点》;宁玉珍的《谈谈〈家务事〉和〈马〉讨论中的几个问题》;黄贻光的《从童话创作的角度看〈慧眼〉》;方本炎的《谈谈文学作品中的对话》。

《边疆文艺》2月号发表岚风的《读〈雪松〉想到的》;温松生的《一篇朝气蓬勃的小说》。

《芒种》2月号发表楚水的《和陈其通、陈亚丁、马寒冰、鲁勒等同志商榷》;梁季的《门外诗谈》。

《延河》2月号发表安旗的《试谈诗的典型化方法的多样性》;辛毅的《没有浪花的"激流"》;王愚的《让我们感受到时代的精神》。

6日,《文汇报》发表姚文元的《教条和原则——与姚雪垠先生讨论》。

7日,《文汇报》发表马寒冰的《谈小品文》。

《红岩》2月号发表辛海的《对〈一个木工〉若干问题的商榷》;吴忌的《正确指导青年学习鲁迅的作品》;丁夫的《语言的推敲》。

《蜜蜂》第2期发表丁江的《从〈新婚之夜〉谈起》;夏昊的《〈交响乐〉中的〈不谐和音〉》;阿红的《读诗闲话》。

8日,《人民文学》2月号发表黄佩玉、沈仁康的《略谈抒情诗的构思》;安旗的《试谈诗的概括》;秦士求的《不真实的描写》。

《文艺学习》第2期发表静仪的《由〈解放了的唐·吉诃德〉说起》;李凤的《务请悬崖勒马》;秋耘的《一部用生命写出来的书——读〈小城春秋〉》;丁力的《关于宋江受招安的问题(上)》;以群的《文学的语言》;臧克家的《工人生活的新歌手——读丹心同志的诗》;以"关于《组织部新来的青年人》的讨论"为总题,发表杜黎均的《作品中的真实问题》,王培萱的《一篇有特色的小说》,江国曾的《要实事求是的分析作品》,艾克恩的《林震究竟向娜斯嘉学到了什么?》,马寒冰的《准确的去表现我们时代的人物》,邓啸林的《林震及其他》。

《文汇报》发表舒绣文的《请为电影女演员多想想》。

9日,《文汇报》发表李希凡的《评〈组织部新来的青年人〉》;张健的《思想改造是百家争鸣的前提》。

10日,《广东文艺》2月号发表本刊编辑部的《进一步繁荣群众创作》;庄荣平的《读〈生产队长〉》。

《草地》2月号发表黄鹿鸣的《〈草木篇〉书后》;陈思苓的《漫谈抒情诗的"情"》;《巴金谈创作——在四川文学创作会议上的演讲记录》;王克华的《王熙凤论》;石天河的《形象思维与逻辑思维》;冬尼的《继承川剧表演艺术传统的榜样》;小木的《夸张与想象》;文瑞的《文章的风格》。

《园地》2月号以"关于《阿K经历记》的讨论"为总题,发表蔡厚示的《揭露了生活中的阴影》,孙火星的《我感到不真实》,吕荣春的《两点意见》,张垣的《文学必须表现生活的真实》。

11日,《戏剧报》第3期发表郭沫若的《为〈虎符〉的演出题几句》;集锦的《大胆的尝试》;嘉居的《〈虎符〉排演场点滴》;田大畏编译的《苏联戏剧界目前的一些情况》;程嘉哲的《京剧〈一匹布〉的表现手法初探》;张郁的《一出震撼人心的独脚戏》;叶大兵的《温州乱弹剧目发掘工作的经验》;黄文虎的《关于提纲戏》;唐湜的《谈连台本戏》;姚向黎的《从生活到角色》;金式的《零陵祁剧团张郁培养青年演员》;《今年全国剧团巡回演出计划》。

12日,《文汇报》发表柳溪的《杂感》。

《解放军文艺》2月号发表陈沂的《对写"解放军三十年"征文的一些意见》;陈豆丁的《试谈几种有关公式化、概念化问题的有害论点》;袁玉伯的《脱离生活的故事情节》。

13日,《南方日报》发表余庶的《和海莹同志谈舞剧〈姑嫂岛〉的改编》。

《解放日报》发表王永生的《再谈人物的阶级成分》。

15日,《文汇报》发表黄成文的《如此的"爱"》。

《新港》2月号发表鲍昌的《典型问题商榷》;陈祥淑的《谈〈女人〉》;丁江的《杂文引起的风波》;罗咸的《谈〈人间王母〉》;苗林的《附和的独幕剧》。

16日,《山花》2月号发表放平的《贵阳记事》;陈艾新的《读了〈中国新诗选〉以后》;元野的《闲谈"人约黄昏后"》。

《萌芽》第4期发表萧殷的《论思想性、真实性及其他》;沙金的《关于爱情诗》;施君澄的《谈一个人物形象》。

18日,《文汇报》发表魏金枝的《"反客为主"》。

20日,《文汇报》发表柳溪的《先别这样批评》。

《北京文艺》2月号发表方浦的《漫谈讽刺》。

《辽宁文艺》第2期发表林樾的《感人的"命运"》;李长东的《〈一件小事〉读后》;钱月弘的《〈高原散歌〉读后》。

21日,《南方日报》发表钟海的《谈艺术片〈刘巧儿〉的表演》。

22日,《文汇报》发表倪吟耕的《不要否定一些正确的批评》。

23日,《文汇报》发表萧殷的《读〈青春万岁〉》。

《光明日报》发表安旗的《诗的创造性的构思》;周培桐、杨田村、张葆莘的《评陈登科的两篇小说》。

《民间文学》2月号发表陶阳的《保护和抢救民族民间文学艺术遗产》;吴超的《试谈谜语的特点及其表现方法》。

24日,《南方日报》发表杨影的《"车间文艺"方针是片面的和错误的》;《汕头市文艺界批判"车间文艺"方针》。

25日,《文汇报》发表唐挚的《什么是典型环境?——与李希凡同志商榷》;陈荒煤的《坚持电影为工农兵服务的方针——评〈电影的锣鼓〉与〈为了前进〉》。

《诗刊》第2期发表艾青的《望舒的诗》;陈梦家的《谈谈徐志摩的诗》;周良沛的《云彩深处的歌声》;王为一的《〈游牧之歌〉序》;吴腾的《五四以来的诗刊掠影》;专栏"诗集评介"发表宋兰的《黎明的城》,宛青的《白兰花》,方屿的《回声集》。

26日,《戏剧报》第4期发表张颖的《论〈同甘共苦〉的思想性》;李健吾的《看〈同甘共苦〉的演出》;丁石的《看〈上海屋檐下〉》;祁兆良的《高盛麟的"走麦城"》;何孝充等的《别忘了现代剧》;艾芜的《看〈谭记儿〉演出后的感想》;颜振奋的《谈几个小型歌剧》;剑吟的《一次成功的尝试》;大珂的《两出童话剧》;田文的《对〈必须忠实于戏剧冲突〉一文的意见》;黄克保的《对〈一些想法〉的想法》;任桂林的《戏曲作家们的光荣任务》;周企何的《青年演员问题杂谈》。

28日,《中国电影》1月号以"展开电影问题的论争"为总题,发表成荫的《谈谈我的看法》,赵慧深的《锣鼓声中的杂感》,海默的《不允许把工农兵赶出历史舞台》,岳野的《从〈同甘共苦〉引起的疑问谈起》;同期,发表张振华的《谈〈锦绣年华〉的矛盾与冲突》;依忠的《〈情长谊深〉的真实性》。

本月,《东海》2月号发表王西彦的《关于学习和研究鲁迅的几个问题》;梁聘唐的《闰土和杨二嫂》;魏金枝的《再谈〈故乡〉中的两个人物》。

本月,新文艺出版社出版巴人的《文学论稿(下册)》,李诃的《学步集》。

中国青年出版社出版萧殷的《谈谈写作》。

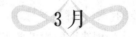

3月

1日,《人民日报》发表陈辽的《对陈其通等同志的"意见"的意见》。

《火花》3月号发表王瑶的《关于学习和研究中国文学的一些问题》;桑泉的《把我们读者们的文学欣赏能力提高一步》;耘明的《学习鲁迅先生的小说〈离婚〉的笔记》;冰的《读稿有感》。

《文汇报》发表伍孟平的《我看电影问题》;丁玲的《看川剧〈打红台〉(成都通信)》。

《长春》3月号发表阿红的《谈抒情诗语言的精炼》;舒叶的《言简意赅》;高桂馥的《谈勇气与创作》;天霖的《读〈小组长〉》;以"关于《猎雁记》的讨论"为总题,发表丁仁堂的《话说写〈猎雁记〉的一些想法》,秋白丁的《读完〈猎雁记〉之后》,唐子南的《北大荒上的野姑娘》,彤剑的《美的赞歌》,苏军的《歪曲了一个人物形象》。

《长江文艺》3月号以"关于社会主义现实主义问题的讨论"为总题,发表周纳的《不是唯一的,但是最好的》,郑秀梓的《对社会主义现实主义创作方法的一些看法》,姜弘的《作家的世界观与艺术实践》,贾文昭、陆耀东的《关于现实主义和社会主义现实主义的几个问题》。

《哈尔滨文艺》3月号发表曙军的《文学语言的巨大容量》;杜宇的《生活情调与艺术情调》;萧殷的《关于形象》;罗明哲、冯刚的《评话剧〈家〉两场戏的表演》;原野、文椿的《对影片〈母亲〉的观感》;红曼的《对讽刺喜剧〈一站之长〉的意见》。

《江淮文学》3月号发表罗秋帆的《我对〈爱〉的意见》;千云的《关于薛宝钗的典型分析问题》;吴钧的《周进与范进》。

《处女地》3月号发表张福高的《社会主义现实主义——最先进的创作方法》;杨扬的《论结构在塑造典型性格中的作用》。

《作品》3月号发表邹丰的《积极开展各种文学流派、创作方法的理论研究》;江萍的《社会主义现实主义是工人阶级的先进的创作方法》;齐云、瑞芳的《谈〈慧眼〉、〈亲疏〉和对它的批评》。

《雨花》第3期发表陈瘦竹的《论鲁迅小说的体裁》;许杰的《关于鲁迅的〈弟兄〉及其他》。

《星火》3月号发表嘉舫的《读〈老俱乐部主任〉》;杨扶道的《讽刺诗二首》。

《陇花》3月号发表肖田的《突破层层相因的风格》;师纶的《试谈李效武的三个短篇》。

《萌芽》第5期发表哈华的《矛盾冲突论辩》;现因的《论思想性、真实性及其他(续完)》;肖兵的《诗的容量》。

《奔流》3月号发表立云的《冲突和性格》;刘家骥的《诗的发掘和提炼》;夏昊的《无题与有题》。

《漓江》第3本发表蓝鸿恩的《试论桂剧传统剧目中的人民性》;水北的《也谈文艺特征》;钟元的《"争鸣""齐放"与"园丁"》。

《新苗》3月号发表欧阳荣昌的《诗林中的枯木》;诸葛敏的《问题在于……》;达兼的《谁害了"眼病"》。

2日,《光明日报》发表徐凯的《关于〈组织部新来的青年人〉的讨论》。

《文汇报》发表柳溪的《大胆的干预生活吧》。

《解放日报》发表伍实的《再谈风格》。

3日，《剧本》3月号以"新歌剧问题讨论"为总题，发表丁毅的《新歌剧，人民需要它》，邹荻帆的《祝福新歌剧》，徐胡沙的《谈谈歌剧的题材》，歌芬的《充满生命力的一束新开的花朵》；同期，发表［苏］康·西蒙诺夫作、朱立人译的《坚持社会主义现实主义原则》；王芬的《从〈同甘共苦〉主要人物性格的刻划，看剧本创作的优点和缺点》。

5日，《工人文艺》3月号发表燕风的《相声必须注重刻画人物》；柯金的《读〈不需要的荣誉〉》。

《文艺月报》3月号发表唐弢的《对题材问题的一点感想》；以群的《漫谈〈百无禁忌〉》；叶知秋的《关于〈爱情〉》；郭沫若的《〈红楼梦〉第二十五回的一种解释》；萧兵的《宋江论》；姚文元的《论诗歌创作中的一种倾向》；了之的《爱情有没有条件？》；赵自的《"难道生活是这样的吗？"》；赵铭彝的《谈上海滑稽戏的两个问题》；莫干河的《谈寓言》；本刊编辑部辑译的《莫斯科作家协会讨论创作问题》、《列宁格勒作家协会讨论创作问题》。

《文汇报》发表崔建工的《看影片〈上甘岭〉想到的》；黄沫的《不要抽象地思维——读马寒冰同志的两篇文章》。

《天山》3月号发表人言、可能的《试谈萌芽中的职工业余文艺创作》；王牧的《也谈"含蓄"》；李愚的《〈我和小王〉读后感》。

《北方》3月号发表安晏的《略谈描写》；姜富藩的《一篇缺乏生活基础的作品》；杨尘的《从〈童年的朋友〉中所看到的几个问题》。

《边疆文艺》3月号发表李乔的《如何正确的对待矛盾？》；马建木的《读优美的傣族叙事诗〈召树屯〉》；苍耳星的《初谈白族文学》。

《芒种》3月号发表鲁野、郭锋的《读〈洞箫横吹〉观后感有感》；甫周的《华云应该受到批判么？》；解甲兵的《相声的笑声及其他》。

《延河》3月号发表寇效信的《从李煜词的讨论谈起》；李幼苏的《如何理解文学艺术中的典型》；姚虹的《漫谈人物的转变和作者的态度问题》。

《解放日报》发表王道乾的《也谈风格》。

7日，《文汇报》发表王若望的《谈恋爱的题材兼评陈登科的〈爱〉》。

《红岩》3月号发表洪钟的《〈星星〉的诗及其偏向》；杨甦的《论〈解冻〉及其

它》;萧薇的《评〈草木篇〉》;罗泗的《评色情诗〈吻〉》;碧涛的《与〈星星〉编者谈"缪斯的七弦琴"》。

《蜜蜂》第 3 期发表华而实的《诗贵清新》。

8 日,《人民文学》3 月号发表何直的《关于"写真实"》;杜黎均的《作家的思想武装》;唐挚的《说"巧"》;丁慧君的《难以争鸣的"争鸣"》;朱彤的《鲁迅的语言艺术》;吴戈的《〈铸剑〉中的两个人物》。

《文艺学习》第 3 期发表臧克家的《读毛主席的四首词》;沙均的《危险地尝试(评陈登科的〈爱〉和〈第一次恋爱〉)》;公兰谷的《沙汀的〈在其香居茶馆里〉》;丁力的《关于宋江受招安的问题(下)》;以"关于《组织部新来的青年人》的讨论"为总题,发表秦兆阳的《达到的和没有达到的》,唐挚的《谈刘世吾性格及其他》,刘宾雁的《道是无情却有情》,康濯的《一篇充满矛盾的小说》,艾芜的《读了〈组织部新来的青年人〉的感想》。

9 日,《文汇报》发表汤廷诰的《由"木偶匹诺曹"所引起的》。

《光明日报》发表周培桐、杨田村、张葆莘的《"典型环境"质疑——与李希凡同志商榷》。

10 日,《广东文艺》3 月号发表陈舒的《谈粤剧〈搜书院〉的改编和整理》;李魁铨的《发展文艺批评》;良钢的《对〈二叔买牛〉的一点批评》。

《草地》3 月号发表谭洛非、谭兴国的《为捍卫无产阶级思想阵地而斗争》;田原的《在争论中所想到的》;山莓的《爱情和色情》;艾湫、艾芦的《夜读〈木屐〉随感》;田海燕的《邵子南与民间文学》;袁珂的《关于神话》。

《园地》3 月号以"关于《阿 K 经历记》的讨论"为总题,发表郭荫棠的《试谈阿 K 的性格及其他》,郭铁炼的《我对〈阿 K 经历记〉的意见》,沈清正的《歪曲了现实》,朱章松的《可喜的收获》;同期,发表沙仑的《对〈谁是杀人犯〉的几点意见》。

11 日,《文汇报》发表魏金枝的《从"祥林嫂"谈起》。

《戏剧报》第 5 期以"新歌剧问题讨论"为总题,发表朱立奇的《新歌剧就是新歌剧》,唐新江的《战士们的希望》,陈戈的《我们需要新歌剧》,本报记者的《让新歌剧开出更美的花朵》;同期,发表陈恭敏的《什么是陈白露悲剧的实质》;本报记者的《在"遍地黄金"的祖国》;龚和德的《对戏曲用景问题的几点浅见》;李慧芳的《也谈"盗草"的演法》(问题讨论);江华、李战的《陈素贞与"叶含嫣"》;苗芝华的《"集体创作"?》。

12日,《人民日报》发表林默涵的《一篇引起争论的小说》。

《文学研究》(季刊)创刊,《文学研究》编辑委员会编辑,人民文学出版社出版,本期发表蔡仪的《论现实主义问题》;何其芳的《〈琵琶记〉的评价问题》;郭绍虞的《中国文学批评理论中"道"的问题》;凡的《新版〈鲁迅全集〉第一、二、三卷的注释》;曲水的《中国科学院文学研究所讨论研究鲁迅与研究〈红楼梦〉的论文》。

《解放军文艺》3月号发表谢云的《漫谈反特惊险小说》;艾彤的《欢迎〈无风浪〉这样的作品》;宁干的《谈影片〈上甘岭〉的人物刻划》;曹欣、董小吾的《影片〈冲破黎明前的黑暗〉的成就和缺点》;唐湜的《京剧舞台上的赤壁之战》;枫野的《略谈〈三国演义〉里的几个人物》。

15日,《新港》3月号发表王西彦的《论〈故事新编〉》;张学新的《"人情论"还是"人性论"——评巴人的〈论人情〉》;慕一的《通俗问题》。

16日,《山花》3月号发表纪芒的《戏剧的语言与性格》;江离的《读〈山城记〉》;文山的《从三首旧体诗谈起》。

《萌芽》第6期发表哈华的《曲艺创作杂谈》;曾炜的《谈退稿》。

17日,《文汇报》发表周直言的《不能同意陈沂同志的意见》;李程的《继续讨论,消除改进障碍》。

18日,《人民日报》发表茅盾的《贯彻"百花齐放,百家争鸣",反对教条主义和小资产阶级思想》;老舍的《论悲剧》。

《文汇报》发表魏金枝的《不要走到另一条岔路上去》。

19日,《人民日报》发表张天翼的《文艺怎样表现人民内部的矛盾》;欧阳予倩的《听了毛主席的报告的几点体会》。

《南方日报》发表星火的《〈万水千山〉中的几个人物》。

《解放日报》发表潘旭澜的《谈语言的锤炼》。

20日,《北京文艺》3月号发表萧殷的《动机与效果为什么发生了矛盾?——与一位青年朋友讨论〈组织部新来的青年人〉》;长之的《社会主义现实主义可以怀疑吗?》;巴人的《拿出货色来》;端木蕻良的《略谈公式化概念化》。

《辽宁文艺》第3期发表项冶的《谈目前创作中的讽刺与爱情》;陈继荣的《某些作家笔下的爱情》。

22日,《文汇报》发表李业的《"出发点"与"结果"》。

23日,《光明日报》发表韶成的《谈谈〈同甘共苦〉的主题和人物》。

《人民日报》发表方萱的《目前苏联文艺界讨论的问题》。

《民间文学》3月号发表张文的《不要把特色整掉》;王尧的《藏歌——"谐"——浅论》;庄晶的《谈目前藏族民歌翻译整理中的几个问题》;王伟的《藏族民歌里的流浪歌》。

24日,《解放日报》发表胡为的《风格、调味品和领导》。

25日,《诗刊》第3期发表臧克家的《在1956年诗歌战线上》;李又然的《译诗随感》;专栏"诗集评介"发表高瞻的《天山牧歌》,方屿的《唐璜》。

26日,《戏剧报》第6期发表张真的《重视剧目的思想分析》;程砚秋的《谈戏曲演唱》;林艺的《看了一出好戏》;尔泗的《何所师承》(观剧随笔);钟亟的《给话剧演员们的一封信》;戴再民的《传统的表演艺术也要发掘》;大珂的《防止"十五贯"化》;以"新歌剧问题讨论"为总题,发表牧虹的《走更宽广的路子》,张定和的《歌剧的花海在望》,斐然的《"三原则"的前因后果》,方轸文的《新歌剧与"话剧加唱"》。

27日,《文汇报》发表李俊民的《奇特的删节法——对〈牛虻〉删节本的意见之一》。

28日,《中国电影》3月号发表张立云的《〈上甘岭〉的艺术概括和人物创造》;林杉的《深入向生活学习,忠实于生活——电影剧本〈上甘岭〉创作经过》;刘祖义的《略谈〈上甘岭〉中的人物描写》;孙文山的《应该重视影片的故事情节》。

30日,《光明日报》发表王浩的《关于美学问题的讨论》;刘念渠的《漫谈繁荣曲艺创作及其他》。

《解放日报》发表蓝茵的《风格到底受不受领导》。

本月,《东海》3月号发表丁江的《"高兴"与"骄傲"》;春天的《"门面"和"招牌"》。

本月,广西人民出版社出版林焕平的《谈青年文艺创作问题》。

4月

1日,《火花》4月号发表石丁的《写在看过山西人民话剧团演出的〈同甘共苦〉以后》;周初的《关于鲁智深》。

《长春》4月号发表邹酆的《文学作品中的背景描写》;林丁的《诗人与生活》;雷云的《读万寒的两首诗》;叶千红的《读小说〈老吴用〉》;以"关于《猎雁记》的讨论"为总题,发表公羊角的《我看〈猎雁记〉》,柳颖的《〈猎雁记〉真是一篇好小说吗?》。

《长江文艺》4月号发表吴戈的《论原型在阿Q造型中的作用》;宋谋玚的《关于中国诗歌传统问题的几点质疑》;叶橹的《试论现实主义创作方法的形成和发展》;陈栩的《谈作品的"主题"》。

《江淮文学》4月号发表白人寿的《是非与爱情——论〈爱〉兼及〈我对《爱》的意见〉》;王瑜、方白的《问题究竟在那里?——评〈在干旱的日子里〉及其批评》;锋的《"大胆"与"立场"》;流的《"理论"与"创作"》;雪子的《"乌鸦"与"花圈"——兼论〈药〉的结构》;吴运兴的《试论〈幸福家庭〉的主题思想》。

《作品》4月号发表楼栖的《关于创作方法的阶级性问题》;林焕平的《捍卫社会主义现实主义》;陈飘的《评〈跟接班人在一起〉》;江萍的《怎样干预生活?——评〈老油条〉的反现实主义倾向》。

《雨花》第4期以"关于《死亡》的讨论"为总题,发表方之的《〈死亡〉读后感》,张捷先的《优点是什么?缺点是什么?》,梅沐的《从素材到作品》;同期,发表王世德的《对生活进行创造性的艺术概括》;吴调公的《谈诗味》。

《星火》4月号发表莽彦的《关于抒情山歌的艺术感受》;文又的《试评江西山歌十五首》。

《陇花》4月号发表清波的《谈金吉泰的创作》;李幼苏的《不能否定理论和经验的指导作用》;萧藩的《文艺理论与创作实践》。

《萌芽》第7期发表加林的《诗歌的朗诵》。

《奔流》4月号发表徐士年的《唐人小说的近代现实主义特征》;梅广平的《"不薄今人爱古人"》;江剑吾的《做一个探索者》。

《漓江》第4本发表方城的《重要在于具体分析》;季华的《对桂剧剧目工作的一些意见》;杜若英的《在复杂的问题面前》。

《新苗》4月号发表王光照的《从宋江滴泪斩小卒说起》;金汉川的《"斩李虎"中的两个人物》。

2日,《南方日报》发表姚甸书的《匹克威克先生们》。

3日,《剧本》4月号以"新歌剧问题讨论"为总题,发表刘芝明的《繁荣与发展新歌剧》;张庚的《新歌剧必须与群众相结合》;梁寒光的《谈谈新歌剧和戏曲的关系》;董小吾的《新歌剧的回顾与展望》;黄源洛的《新歌剧应以音乐为主》;记者的《争取新歌剧艺术的"百花齐放"》;以"夏衍和他的《上海屋檐下》"为总题,发表夏衍的《谈〈上海屋檐下〉的创作》,吴祖光的《作家和战士》,袁水拍的《看〈上海屋檐下〉的一点体会》;同期,发表本刊记者的《观众——戏剧艺术的裁判员和保姆》。

4日,《人民日报》发表陈其通等的《〈我们对目前文艺工作的几点意见〉发表以后》。

《南方日报》发表于燕郊的《我们时代的杂文》。

5日,《工人文艺》4月号发表杨小一的《谈取材》;甘初华的《"一心一意"和"三心二意"》;阿红的《要有真实的感受》。

《文艺月报》4月号发表若望的《谈杂文的遭遇》;以群的《"题材无差别论"探索》;蒋孔阳的《关于社会主义现实主义》;王汉元的《我对现实主义的一点理解》;刘厚生的《试论与戏曲音乐工作有关的几个问题》;英郁的《谈最近上演的几个戏曲剧目》;许杰的《从〈宿命的灾难〉谈起》;苏隽的《"作家要和人民同甘共苦"》;吴奔星的《情诗的题材和写法的另一些方面》;罗灏白的《主题和变调》;吴运兴的《批评家的鼻子》。

《北方》4月号发表胡冰的《略论〈孔乙己〉——兼评朱彤等同志的论点》。

《边疆文艺》4月号发表众志的《谈谈〈山路〉中的矛盾冲突》。

《芒种》4月号发表张啸虎的《高度的精炼和高度的诗意》;贾放的《谈〈猴子〉及其他》;尚青的《无聊的〈猴子〉》。

6日,《光明日报》发表汤炳正的《从鲁迅先生的"像"说起》。

7日,《红岩》4月号发表公木的《继承与发扬中国诗歌的现实主义与浪漫主义传统》;洪钟的《雁翼的诗》;沙鸥的《谈谈杨星火的几首短诗》;余音的《试谈抒情诗的感情》。

《蜜蜂》第4期发表峭石的《也谈"奖章式"的爱情》;萧殿的《谈作者的爱憎》;梁斌的《"新生力量"与"老生力量"》。

《解放日报》发表秦渭的《小品文的"危机"》。

8日,《人民文学》4月号发表高瞻的《几篇描写爱情的好小说》;贺宜的《智慧的语言,锐利的武器》。

《文艺学习》第 4 期发表周和的《爱情和写爱情——略谈几个写家务事儿女情的短篇小说》；孟凡的《由对〈草木篇〉和〈吻〉的批评想到的》；萧也牧的《一幅动人的农村生活素描——读林斤澜的〈春雷〉》；乐黛云的《茅盾的短篇小说〈林家铺子〉》；李又然的《"安得广厦千万间"》；邵全建的《香菱学诗》；欧阳文彬的《〈雾海孤帆〉中的细节描写》；吴名的《庸俗的爱情诗稿》（读稿随谈）；管安的《高来升的〈替哥哥当矿工〉》（初开的花朵）。

《鸿雁》4 月号发表编者的《请为群众多写些歌剧》。

9 日，《南方日报》发表姚甸书的《爱伐尔的归来——对影片〈走向新岸〉一点不满足的地方》；岑谷的《也谈杂文》。

10 日，《人民日报》发表本报编辑部的《继续放手，贯彻"百花齐放，百家争鸣"的方针》。

《广东文艺》4 月号发表侯建材的《参加了业余创作组之后》；若草的《谈〈送粮小唱〉》。

《南方日报》发表何当的《给观众以积极的思想教育——谈粤剧〈桃花女斗法〉的缺点》。

《草地》4 月号发表《李劼人谈创作经验》；田原的《是干预生活，还是歪曲生活？》。

《学术月刊》第 4 期发表敏泽的《美学问题争论的分歧在哪里》。

《园地》4 月号以"关于《阿 K 经历记》的讨论"为总题，发表魏世英整理的《省、市文学工作者座谈〈阿 K 经历记〉》，杨穆的《阿 K 的典型性及其美学评价问题》，谭思肖的《讽刺诗永远需要的》；同期，发表李则明的《批评应该实事求是》；孙涛的《"关于情诗"答辩》。

11 日，《戏剧报》第 7 期发表夏衍、田汉、欧阳予倩、阳翰笙的《关于举办话剧运动五十年纪念及搜集整理话剧运动史资料出版话剧史料集的建议》；曲六乙的《漫谈鬼戏》；屠岸的《谈〈探阴山〉》；倪芳、张家宽的《不应该滥写鬼戏》；刘炽的《我对"新歌剧"的看法》；张云溪的《也谈〈三岔口〉的改编》；郑壮的《手里的戏和心里的戏》；唐湜的《叶香的形象》；陈启真的《迎春的花》；周端木、叶涛的《谈〈同甘共苦〉中的孟莳荆》；《本报编辑部举行〈虎符〉演出座谈会》；以"大家谈《虎符》"为总题发表张柱的《脱离了生活真实》，葛绳良的《舞台上的异彩》。

12 日，《解放军文艺》4 月号发表李诃的《论〈虎符〉的主题思想》；许钦文的《鲁迅先生的小说〈祝福〉》;张思恺的《评〈在前进的道路上〉兼评王欲英对它的批评》。

13日,《解放日报》发表石出的《创造方法＝艺术风格＝调味品?》。

14日,《人民日报》发表文泊的《〈文艺报〉改版后的新面貌》;《社会主义现实主义是什么? 北京市文艺界展开热烈讨论》。

《文艺报》改为以文艺评论为主的政治、社会、文学、艺术评论周刊;办刊宗旨为"积极干预生活,鼓励文艺创作,开展自由讨论,加强文艺领导",调整后的编委会为总编辑张光年,副总编辑侯金镜、萧乾、陈笑雨,编委王瑶、巴人、华山、陈笑雨、陈涌、侯金镜、康濯、黄药眠、张光年、钟惦棐、萧乾;本期发表社论《争取社会主义文学艺术的高度繁荣》;《茅盾同志谈:关于创作规划及其他》;本报记者吴言的《作家们制定长期创作规划》;俞平伯的《漫谈百家争鸣》;朱光潜的《从切身的经验谈百家争鸣》;韦君宜的《珍惜我们的阶级感情》;唐弢的《小题大做》;谢云的《一个激动人心的短篇》;黄沫的《读〈明镜台〉》;月华的《关于短篇小说特点的一个争论》;黎青的《片面性的论断——评〈电影的锣鼓〉一文》;侯金镜的《激情和艺术特色——1956年"短篇小说选"序言》。

《南方日报》发表于燕郊的《悲剧时代和悲剧性格》。

15日,《新港》4月号发表陈山的《怎样写诗》;吴烟的《谈情节》;《巴人同志来信》。

16日,《山花》4月号发表姚启文的《没有生活就没有诗》;阿衣莕甘诺的《〈阿布和阿亮〉读后》。

《南方日报》发表黄绿羽的《也谈杂文的"全面"与"片面"》;董每戡的《看赣剧〈梁祝姻缘〉和〈珍珠记〉》。

《萌芽》第8期发表魏金枝的《漫谈风格》;唐铁海的《草原上人们的爱和恨》;唐白的《咬文嚼字》。

17日,《人民日报》发表焦勇夫的《读〈小品文的新危机〉》。

18日,《人民日报》发表伊默的《介绍〈文学研究〉创刊号》。

《文汇报》发表《〈组织部新来的青年人〉作者王蒙谈自己的感受和体会》。

20日,《光明日报》发表陶小英的《批评也应从生活出发》。

《北京文艺》4月号发表老舍的《创作与规划》;王蒙的《关于写人物》;邓友梅的《简单的想法》;从维熙的《对社会主义现实主义的几点质疑》;刘绍棠的《现实主义在社会主义时代的发展》。

《辽宁文艺》第4期发表郭煌的《怎样看待讽刺与爱情?》;楚水的《〈雪里的冬

天〉读后感》。

《南方日报》发表刘逸生的《观赣剧团演〈梁祝姻缘〉》。

21日,《文艺报》第2号发表本报记者张葆莘的《曹禺同志谈剧作》;萧殷的《弯弯曲曲的前进》;顾工的《何去何从?》;光年的《〈文艺杂谈〉读后》;马铁丁的《谈肯定与否定》(文艺随笔);老舍的《三言两语》;钟敬文的《我们文学艺术未来的浓春》;舒芜的《春风化雨百花开》;烟波的《清除题材上的清规戒律》;陈涌的《关于社会主义的现实主义》;王若望的《板斧压不住阵脚》;袁鹰的《青鸟殷勤为探看》。

《南方日报》发表陈舒的《革命的种子撒播在草原上——谈影片〈暴风雨中的雄鹰〉》;董逃的《在逆流中前进——电影〈李时珍〉观后》。

《解放日报》发表葛忠义的《风格论辩》。

22日,《人民日报》发表《文艺刊物如何贯彻"放"的方针?》;《文艺创作不要受教条主义的束缚——解放军文艺工作者座谈"鸣""放"方针》。

24日,《文艺报》第3号发表郭沫若的《青年的明天》;郭沫若的《答"文化1957"问》;周信芳的《演老戏,也要演新戏》;张庚的《应该加强戏剧评论》;骆宾基的《以往和未来》;李长之的《现实主义和中国现实主义的形成》;邹荻帆的《读〈诗刊〉》;孙世恺的《焦菊隐谈〈虎符〉的演出》;草婴摘译的《论文艺》。

《文汇报》发表辛若平的《谈"神话"和"神话戏"》。

25日,《诗刊》第4期发表沙鸥的《艾青近年来的几首诗》;专栏"诗集评介"发表思颖的《〈蒲风诗选〉》。

26日,《文汇报》发表许姬传的《看川剧〈谭记儿〉〈拉郎配〉》。

《戏剧报》第8期以"大家谈《虎符》"为总题,发表田汉的《话剧要有鲜明的民族风格》,陈其通的《大胆学习民族戏曲传统》,阿甲的《戏曲程式不是万能的》,晏甬的《话剧演员练功有好处》,鲁亚农的《学传统也应有自己的创造》;同期,发表吴天保的《我对尊重传统继承遗产的体会》;俞振飞的《谈昆曲的唱念做》;金文丰的《不应忽视新文艺工作者的作用》;姚雪垠的《田野上的鲜花》;吴乙天的《几个讽刺剧》;张绳武的《巴陵汉剧的剧目和表演艺术》;刘承延的《百花聚汇,五彩缤纷》。

27日,《光明日报》发表王萍生的《读〈我们播种爱情〉》;郑乌的《"放"和"怕"》。

《人民日报》发表社论《大胆放手,开放剧目》;《让戏曲的花朵放得万紫千红——全国戏曲剧目工作会议确定大放手地发掘和整理传统剧目》。

28日,《文艺报》第4号发表黄沫的《编辑工作一定要适合当前的形势》;于晴的《文艺批评的歧路》;张恨水的《章回小说为何遭遇轻视?》;马铁丁的《创作需要鼓励,批评需要支持》;唐湜的《读〈戏剧论丛〉第一辑》;范朴斋的《编写剧本的一些体会》;超海的《谈谈文学翻译之花》;高中甫的《有关文学翻译的几点意见》。

《中国电影》4月号发表沈雁冰的《创造出更多更好的社会主义的民族新电影》;戈云的《简谈电影题材的广阔性》;舒若、竹山、孟蒙、刘超的《不是发展了原著,而是背离了原著——从影片〈祝福〉中祥林嫂砍门槛等问题谈起》;施宁的《它是美的呢?还是不美的呢?——从吴天〈我的想法〉到影片〈国庆十点钟〉》;石拓的《电影剧本〈海魂〉在人物创造上的特点》;桑弧的《谈谈戏曲片的剧本问题》。

本月,《东海》4月号发表蒲劳的《正确地对待爱情题材》;南山的《也谈"夸大阴暗面"》;贝加的《谈讽刺与诽谤》;谢狱的《关于"赶任务"》。

本月,甘肃人民出版社出版匡扶的《民间文学概论》。

中国青年出版社出版康濯的《创作漫步》。

陕西人民出版社出版胡采的《谈有关青年作者的创作问题》。

5月

1日,《长春》5月号发表白拓方的《读书札记》;周明的《灯下漫笔》。

《长江文艺》5月号发表李蕤的《温故而知新》;刘绶松、陆耀东的《学习〈在延安文艺座谈会上的讲话〉的一点体会》。

《江淮文学》5月号发表波光的《试论"放"与"收"》;于人的《论〈在干旱的日子里〉》。

《处女地》5月号发表文菲的《到生活中去》;单复的《教条主义的困惑》;林黎的《不能矫枉过正》;亚丁的《漫谈题材及其他》;从人的《试评〈谁是圣人?〉》;解洛、李作祥的《一篇思想晦暗的作品》;云展的《题材、真实和感情》;唐祈的《公刘的诗》;安旗的《谈谈诗的夸张》。

《作品》5月号发表齐云、瑞芳的《评所谓"社会主义时代的现实主义"的一些论点》;秦牧的《读青年工人作者苏世光的三篇小说》;李汗的《不是从一首诗想起的》;李国平、郭绪权的《〈老油条〉是反现实主义的作品吗?》。

《雨花》第5期以"关于《死亡》的讨论"为总题,发表陈椿年的《问题在哪里?》,上官艾明的《生活·思想·艺术技巧》,朱彤的《论〈死亡〉与典型创造问题》,吴奔星的《从创作方法看〈死亡〉》,郑造的《冷漠的态度》,牛孺子的《"死亡"的气味》,细辛的《〈死亡〉一论》,岳子纯等的《关于〈死亡〉讨论的来稿摘要》。

《星火》5月号发表熊飞的《谈旧诗新译》。

《青海湖》5月号发表周东生的《文艺作品怎样表现人民内部的矛盾》。

《萌芽》第9期发表哈华的《爱情的描写》;言无忌的《可笑的"聪明"》。

《奔流》5月号发表引车的《现实主义商兑》;敏泽的《从"宁要政治,而不要艺术"谈起》;罗夷的《题外杂谈》;江声的《"弦外之音"及其它》。

《漓江》第5本发表周钢鸣的《如何加强少数民族文艺工作》;鹄子的《进一步放手贯彻"百花齐放,百家争鸣"的方针》。

《新苗》5月号发表岳森的《欢迎这部纪实体裁的文学作品》;陈燕的《〈斩李虎〉的悲剧性》;钱琪的《谈〈斩李虎〉的悲剧效果》;朱立奇的《一曲动人的挽歌》;青霓的《我的看法》;达兼的《必须植根于劳动斗争之中》。

3日,《人民日报》发表李跃的《问题讨论:"讽刺"的危机》。

《文汇报》以"话剧创作及演出问题"为总题,发表《本报邀请上海人民艺术剧院部分导演、演员座谈记录(程宁琳、严丽秋、张北宗、罗玲、何适、章曼苹、程成、虞留德、周政、诸葛明、农中南、高中璘、张立德、澎湃、姚明荣)》。

《剧本》5月号发表黎彦的《田汉同志谈〈丽人行〉的创作》;赵寻的《戏剧创作的初春季节》;李伯钊、陈其通的《〈同甘共苦〉笔谈》;吕西凡的《评〈同甘共苦〉的三个主要人物》。

4日,《文汇报》发表虞弓的《从批评的冷与热,谈到鸭子,文物,猪……》。

《解放日报》发表应卫民的《再谈感情问题》。

5日,《工人文艺》5月号发表孔令保的《对相声〈质量问题〉的几点看法》。

《文艺月报》5月号以"纪念《在延安文艺座谈会上的讲话》发表十五周年　贯彻'百花齐放,百家争鸣'的方针"为总题发表张春桥的《坚持工农兵方向》,以群的《我们的文艺方向和创作方法》,柯蓝的《零星的回忆》,哈华的《回忆延安文艺运动》;以"关于现实主义问题的讨论"为总题发表钱谷融的《论"文学是人学"》;同期,发表回春的《真理归于谁家》;唐弢的《改变当前的文风》;叶知秋的《请免"代表"》;李斌的《争鸣中的障碍》;拾风的《如果鲁迅先生健在》;沈沂的《也有"一点感想"》;本刊记者的《作家协会上海分会热烈讨论"百花齐放,百家争鸣"》。

《文艺报》第5号以"短篇小说笔谈"为总题,发表茅盾的《杂谈短篇小说》,端木蕻良的《"短"和"深"》,俞林的《关于短篇小说的特点》,林斤澜的《闲话小说》;同期,发表晨风的《要不要"干预生活"?》;姚虹的《从写人的技巧看王汶石的短篇》;严秀的《"便宴"及其他》;张葆莘的《"百家争鸣"中谈戏曲评论》;李伯钊的《为第一次全国苏维埃代表大会演出的剧目》。

《芒种》5月号发表张啸虎的《诗无定格》;成均的《从几篇写爱情的稿子谈起》。

《延河》5月号发表霍松林的《诗的形象与诗人》;吴戈的《从"太虚幻境"看曹雪芹的创作思想》。

7日,《文汇报》发表《从〈组织部新来的青年人〉被修改谈起——作协讨论编辑和作家的矛盾》;姚文元的《一点补充——与若望同志交换一点意见》。

《天津日报》发表《王蒙小说哪些地方改坏了?——〈人民文学〉编辑部检查编辑工作中的错误》;王达津的《文艺创作和学术研究中的教条主义》。

《光明日报》发表徐凯的《关于社会主义现实主义的讨论》;钟敬文的《破浪前进》;《严肃对待作家的创作劳动》。

《红岩》5月号发表苏鸿昌的《试论目前在现实主义及社会主义现实主义讨论中存在的若干问题》;王克华的《社会主义现实主义的创作方法必须坚持》;秦阳间、秦鸿谋的《论作家世界观与创作的矛盾》;渥丹的《写于〈在延安文艺座谈会上的讲话〉发表十五周年》;白堤的《关于情诗》。

《蜜蜂》第5期发表五羊的《〈沧石路畔〉读后随记》;韩放的《王瑞峰老先生和他的诗》。

8日,《人民日报》发表周立波的《读〈六十年的变迁〉》。

《文汇报》发表姚文元的《一点补充——与若望同志交换一点意见(续)》。

《文艺学习》第 5 期发表萧殷的《生活应当和思想感情相融合》；刘绍棠的《我对当前文艺问题的一些浅见》；方怀的《从〈马路天使〉引起的问题》；李凤的《再谈谈加丽亚》；杜黎均的《论〈一个人的遭遇〉的创作特色》；吴小如的《读〈三侠五义〉札记》；赵树理的《不要这样多的幻想吧！——复夏可为》；夏可为的《给作家茅盾、赵树理的信》；许歌今的《基调并不就是"辅助的次要的主题"》；海燕的《对〈谈谈《说岳全传》〉的意见》；沈澄的《从"痴情女子负心汉"谈起》。

《鸿雁》5 月号发表布赫的《十年来内蒙古自治区的文化工作》；洛雨的《略论虐弓先生的三道杂文禁令》。

9 日，《人民日报》发表《部队中不能开展百家争鸣吗？——部队文艺工作者批评部队文化部门上的教条主义》；《〈人民文学〉编辑部对〈组织部新来的青年人〉原稿的修改情况》。

10 日，《人民日报》发表黄药眠的《我的看法》。

《广东文艺》5 月号发表丁东父的《为什么总是写不成？》；李里、志扬的《〈新官上任三把火〉读后》；东海的《关于〈十劝郎〉》。

《草地》5 月号发表华忱之的《更好的贯彻"百花齐放，百家争鸣"的方针》；段可情的《文艺泛谈》；山莓的《文艺必须为工农兵服务》；曹行的《学习，再学习》；傅仇的《为谁服务》；储一天的《谈"放"》；朗雪来的《谈江漫的两篇杂感》；周述舜的《对〈王熙凤论〉的几点意见》。

《园地》5 月号发表郑朝宗的《对目前贯彻"百花齐放，百家争鸣"方针的意见》；吕荣春的《加强和改进我们的文艺批评工作》。

11 日，《文汇报》发表施蛰存的《外行谈戏》。

《戏剧报》第 9 期发表本报记者游默、余仲华的《首都戏剧家谈"人民内部矛盾"》；社论《提高剧目，提倡竞赛》；刘芝明的《大胆放手开放戏曲剧目》；刘正平的《放手放心，依靠群众》；欠明的《能公开放毒草吗？》；本报记者的《记第二次全国戏曲剧目工作会议》；专栏"观剧随笔"发表凤子的《寄晓兰》，戴再民的《替愫方担忧》，夏写时的《淮剧〈三女抢板〉》；专栏"小品杂感"发表王观泉的《真和假》，红草的《从"锦上添花"想起》，方楚的《话剧也可以唱"对台戏"》；以"大家谈《虎符》"为总题，发表严正的《打开了一条路》，胡导的《我们的一些体会》，张梦庚的《老艺人赞成这种尝试》，张庚的《反对阻碍"百花齐放"的论调》。

12日，《文艺报》第6号发表草明的《在生活的新问题前面》；王若望的《评〈社会主义时代的现实主义〉》；黄药眠的《由"百花齐放"所想到的》；以"短篇小说笔谈"为总题发表冰心的《试谈短篇小说》，萧乾的《礼赞短短篇》，陈伯吹的《我这样地看短篇小说》，碧野的《略谈短篇小说的"长""短"》。

《解放军文艺》5月号发表《关于贯彻"百花齐放，百家争鸣"方针的讨论——在京部队作家座谈纪要》；陈斐琴的《坚决贯彻"百花齐放，百家争鸣"的方针》；杨星火的《熟悉人民，懂得人民的语言》；郭预衡的《漫谈文艺批评的标准》；张因凡整理的《〈在延安文艺座谈会上的讲话〉发表前后》；徐嘉瑞、公刘的《关于长诗〈望夫云〉的通讯》。

13日，《文汇报》发表吴永刚的《解冻随感录》；陈秉垚的《从鸭子，文物，猪想到杂文的讽刺》。

14日，《人民日报》发表杨双的《〈洞箫横吹〉和赵青拜师》。

15日，《文汇报》发表吴韦言的《要做具体的工作！——读于晴同志的〈文艺批评的歧路〉一文有感》；唐振常的《委婉的扼杀——对虞弓同志的意见的意见》。

《新港》5月号发表谷梁春的《全面地看待生活和文艺现象》；王林的《感觉到的和认识到的（对于小说〈腹地〉的争鸣）》；王淑明的《关于社会主义现实主义讨论中的几个问题》。

16日，《山花》5月号发表江离的《种花有感》；方兴的《谈"放"和"争"》；小蓓的《"百花齐放"不是降低质量》；凡予的《漫谈"放""鸣"》；柳栩的《文艺批评与"百花齐放"》；高岚的《小品文真有新危机吗？》；斯矛的《"扫荡式的批评"》。

《文汇报》发表范琰的《流沙河谈〈草木篇〉》；姚雪垠的《乐观与信心》。

17日，《天津日报》发表宝燕山的《为什么〈小矿工〉这样感人——学习心得杂记》。

18日，《光明日报》发表《通俗文艺作家要求重视通俗文艺》。

19日，《文艺报》第7号发表社论《新的革命的洗礼》；以"纪念毛主席《在延安文艺座谈会上的讲话》发表十五周年特辑"为总题，发表熊佛西的《一点体会》；周立波的《纪念，回顾和展望》，陈骢的《丁玲同志谈深入生活》，刘白羽的《文学的幻想与现实》，陈梦家的《我的感想》，朱光潜的《读〈在延安文艺座谈会上的讲话〉的一些体会》，舒芜的《鲁迅怎样进行人民内部的批评》，[日]藏原惟人作、梅韬译的《学习〈在延安文艺座谈会上的讲话〉》。

《文汇报》以"话剧创作及演出问题"为总题,发表《北京话剧界导演座谈会记录(焦菊隐、欧阳山尊、夏淳、梅阡、吴雪、张逸生、胡辛安、李力、丁里、史行、鲁亚农、巴鸿、蔡骧)》。

20日,《北京文艺》5月号发表黄药眠的《是社会主义时代的现实主义还是社会主义现实主义》;李希凡的《从生活的真实出发——读高延昌的四个短篇》;巴人的《以简代文——关于评〈论人情〉的答复》。

《辽宁文艺》第5期发表赫伦的《爱情细节描写的一些问题》;梁季的《也谈文学创作中的讽刺与爱情》;田的《小资料:延安文艺座谈会》。

22日,《文汇报》发表王蒙的《伟大的起点》;欧外鸥的《似暖还寒谈放鸣》。

《南方日报》发表罗品超、文觉非的《关于〈山东响马〉的整理及其他》。

23日,《人民日报》发表《在京作家畅谈深入生活的体会》。

《文汇报》发表吴伯箫的《北极星——纪念延安文艺座谈会十五周年》;梅阡的《一点"论据"——也谈"杂文的冷与热"》。

《民间文学》5月号发表黄芝冈的《泛论民间文艺研究和"百家争鸣"》;紫晨的《民间文学也要"争鸣"》;克冰的《关于"人民口头创作"》;马驰的《关于评价儿歌的尺度》;杨永泉的《谈客家儿歌中的游戏歌》;周汝诚的《对周良沛同志整理的〈游悲〉的意见》;本刊记者的《记民间文学在京专家座谈会》。

《南方日报》发表丁波、李门、黄宁婴的《我们对〈山东响马〉讨论中几个问题的看法》。

24日,《文汇报》发表彭慧的《从延安文艺座谈会讲话谈起》。

25日,《文汇报》发表羽山的《要不要电影文学》。

《诗刊》第5期发表老舍的《谈诗》。

26日,《文艺报》第8号发表蔡田的《现实主义,还是公式主义?》;汪静之的《补药和百花的灾难》;徐中玉的《有种好像永远都是正确的人》;景山的《谈"禁忌"》;征农的《也谈"百花齐放,百家争鸣"》;以"正确对待文艺界内部矛盾"为总题,发表陈梦家的《要十分放心的放》,吴组缃的《我的一个看法》,臧克家的《个人的感受》,白刃的《文艺界的主要矛盾在哪里?》,舒芜的《关于改进文学刊物现状的一个建议》,李希凡、蓝翎的《文学批评的队伍在哪里?》,姚雪垠的《要广开言路》。

28日,《人民日报》发表李健吾的《与乡人书——谈〈虎符〉演出的某几点》。

《文汇报》发表彭鼎的《续论悲剧》。

《中国电影》5月号发表鲁茸的《要研究电影的特性——电影理论和批评工作的迫切任务之一》;戴再民的《从电影〈天仙配〉的片头谈起》;甘惜分的《论孙谦的电影剧作》;谢力鸣的《从〈我和爷爷〉谈起——儿童不是孤立的》。

29日,《文汇报》发表唐湜的《闲话新诗的"放"与"鸣"》。

30日,《人民日报》发表周建人的《作家艺术家论坛:漫谈思想的自由》。

《文汇报》以"话剧创作及演出问题"为总题,发表《中国戏剧家协会、本报北京办事处召开的剧作家座谈会发言记录(岳野、贾克、吴祖光、陈白尘、陈其通、赵寻、黄悌、刘沧浪、李纶、严青、鲁煤)》。

31日,《文汇报》发表陈伯吹的《关于儿童文学二三事》。

《戏剧报》第10期(特大号)发表社论《大胆揭露矛盾,贯彻百家争鸣》;陈白尘的《话剧运动要求领导》;戴涯的《从青年演员的苦闷谈起》;陈其通的《陈其通同志的反批评》;辛兵的《剧作家压在心里的话》;裘盛戎的《对国家京剧院的几点意见》;张延华的《我看中国京剧院》;《对陈素真同志的批评是错误的》;以"首都戏剧界纷纷座谈揭露矛盾"为总题,发表陈朗的《北方昆曲剧院难产种种》,胡金兆的《中国京剧院有哪些矛盾?》,余仲华的《民间评剧艺人的申述》,《曲剧需要阳光雨露》,《北京话剧界提出了许多问题》,田罩柯《总政话剧团揭露矛盾》。

本月,《东海》5月号发表宋云彬的《略谈讽刺》;耿明的《解冻》;陈学昭的《大"放"声中一小鸣》;阳晓的《"唯一的办法"》;姚水娟的《行政方式代替不了艺术》;许钦文的《建议三点》;王参如的《重读毛主席〈在延安文艺座谈会上的讲话〉有感》;钦文的《今日读毛主席〈在延安文艺座谈会上的讲话〉》。

本月,天津人民出版社出版方纪的《学剑集》。

中国青年出版社出版蒋孔阳的《文学的基本知识》。

江苏人民出版社出版吴调公的《谈人物描写》。

新文艺出版社出版李希凡的《弦外集》。

6月

1日，《人民日报》发表《首都文艺界人士和部队举行座谈会批评部队文艺工作领导者的缺点》。

《长春》6月号以"关于《猎雁记》的讨论"为总题，发表杜黎均的《关于文学作品的评价问题》，雪白的《略谈〈猎雁记〉讨论中的几个问题》，今白的《〈猎雁记〉的人物、调子》。

《长江文艺》6月号发表邓叙萍的《读毛主席的四首词》；公木的《再论诗歌传统兼答宋谋玚同志》；剑奇的《继承古典诗歌的民族形式问题》。

《火花》6月号发表路直的《几个问题的我见》；桑泉的《试谈我们目前创作上存在的问题》；唐仁均的《大胆反映新型的冲突》；景文的《题材和阶级情感》；方彦的《不适合的批评和假想》；樟生的《爱情和爱情诗》。

《边疆文艺》5、6月号合刊以"笔谈'百花齐放，百家争鸣'"为总题，发表刘尧民的《从"有所不谈"到"无所不谈"》，任大卫的《"百花齐放，百家争鸣"与为工农兵服务》，范启新的《与李何林先生谈人民内部矛盾和治学态度》，徐怀中的《零星的感想》，张文动的《批评与"判决"》，李乔的《走马观花不如下马看花》。

《处女地》6月号发表文效的《仁为己任，善与人同》；王余杞的《放鸣以后》；张震泽的《论"放"和"鸣"》；关山雁的《"忠心耿耿"的教条主义及其他》；陈翼的《争鸣有感》；欧阳的《"抒人民之情"的我见》；唐克之的《爱情不是劳动的附件》；于雷的《作家的激情和形象的逼真》；戴言的《对幼小心灵的激情和赞歌》；苏黎的《谈〈在悬崖上〉中的加丽亚》；丁尔纲的《试论茅盾的"农村三部曲"》；幸兴林的《一篇失败的童话》；祖鞭的《动人心弦的歌声加"吻"》。

《作品》6月号发表邹丰的《关于现实主义几个问题的商榷》；曾敏之的《我们需要小品文》；胡明树的《谈谈"慧眼"及其所惹起的》；黄梅雨、翔风的《一篇写失败了的作品——评〈老油条〉》；易征的《从一篇批评文章想起的》。

《江淮文学》6月号发表林兰的《反对文艺批评中的教条主义》；胡笳的《从生活到艺术——论想象》。

《星火》6月号发表廖伯坦的《我看香花与毒草》；长空的《春风无限潇湘意》；

小宇的《文苑杂谈》;《关于〈东拉西扯〉和〈蒙头转向〉二文的反映》;廷穆的《杂谈"春野"和"秋思"》。

《陇花》6月号发表莫耶的《漫谈百花齐放和文艺工农兵方向》;吴坚的《要"雪里送炭"》;辛田的《含蓄和朦胧》;《读诗偶谈》。

《萌芽》第11期以"让文艺新军获得更多的扶植"为杂谈,发表费礼文、胡万春、福庚、郑成义、孟凡夏、徐锦珊、任大星、徐俊杰、浩荡等的文学笔谈。

《奔流》6月号发表罗夷的《解除思想上的禁令》;张有德的《儿童文学中的教条主义》;朱可先的《要兼容并包》。

《雨花》第6期以"笔谈'百花齐放,百家争鸣'"为总题,发表何其小的《论怕乱和乱怕》,张店的《也有感于环境和勇气》,方之、叶至诚、高晓声、陈椿年的《意见和希望》。

《漓江》第6本发表吴笔贤的《揭开沉默的盖子》;吴云的《由"顾虑"想起的》;唐剑文的《反对教条主义,大胆鸣放!》;和穆熙的《如何正确地表现人民内部矛盾》。

《青海湖》6月号发表王丁的《青海的"百花齐放"》;张惠生的《高尔基论艺术中的典型塑造》。

《新苗》6月号发表李冰封的《翻案·长牙齿·搞学问及其他》;阎开乾的《不同意袁滔等同志对陈燕同志的作品的批评》;以"湘剧《斩李虎》讨论"为总题,发表铁可的《我对〈斩李虎〉的一些看法》,易宜的《也谈〈斩李虎〉》。

《解放日报》发表以群的《"任务观点"和形式主义》。

2日,《人民日报》发表《作家协会党组连续召开座谈会,党外作家提出尖锐批评》。

《文艺报》第9号发表黄药眠的《解除文艺批评的百般顾虑》;李汗的《文艺刊物需要"个性解放"》;张葆莘的《能用带兵的方式带剧团吗?》;王正的《致刘芝明同志》;周文博的《访傅雷同志》;本报艺术编辑室的《张权同志的〈关于我〉一文发表以后》;蔡田的《现实主义,还是公式主义?(续完)》;李凤的《论"宁'左'勿'右'"》;甘树森的《教条主义和宗派主义阻碍着文学研究工作的开展》。

《南方日报》发表史辛的《让幼小的一代美好的成长——观苏联影片〈少年鼓手〉有感》。

3日,《文汇报》发表本报评论员的《反对曲解毛主席对文艺问题的讲话》;吴强的《看了〈布谷鸟又叫了〉》。

《剧本》6月号发表陈伯吹的《试谈"儿童戏剧"》；李纶的《放手开放剧目，让百花斗芳争妍》；任桂林的《迎接"竞赛"》；于均的《促成戏曲剧目新的繁荣》；本刊记者柳江的《反对清规戒律，更好的体现"百花齐放，百家争鸣"》；本刊记者白林的《老舍谈剧本的"百花齐放"》；李缀的《也谈讽刺剧》。

4日，《文汇报》发表宋云彬的《从一篇杂文谈到讽刺》。

5日，《人民日报》发表若水的《在争鸣中划清思想界线》。

《天津日报》发表《正确解决编者与作者的矛盾——作协天津分会举行文艺编辑座谈会》。

《文艺月报》6月号以"如何解决文艺工作中的内部矛盾问题"为总题发表郭绍虞的《"放"和"鸣"》，谷斯范的《打破创作的清规戒律框子》，周煦良的《从〈草木篇〉谈起》；魏金枝的《从〈文艺月报〉看"墙"和"沟"》，若望的《挖掉宗派主义的老根》，费礼文的《我的心里话》，赵自的《谈〈谈心〉》，高植的《读者与作者之间的高墙》，李凤的《"与政策精神相违背！"》；同期，发表张啸虎的《奇妙的逻辑》；肖兵的《论贾宝玉生病和赵姨娘发愤》；罗灏白的《建设性的批评》；弗先的《质的规定性》。

《天山》6月号发表李定朗的《试评〈锻炼〉》；周应瑞的《歌颂爱情的诗篇》；雪原的《贪多嚼不烂——评〈谈几个电影剧本的情节〉》。

《北方》6月号发表本刊编辑部的《春满江城，百花盛开》；王珏的《要让鲜花开得更美丽》；沫南的《需要劳动和勇气》；张原的《就鼓曲方面谈"鸣"和"放"》；晓泊的《开"花"除"草"谈》；裴晋南的《从几篇作品谈谈我省儿童小说的创作》。

《芒种》6月号发表陈继荣的《关于独立思考》；杜方芷的《爱情、色情、无情——读〈从几篇写爱情的稿子谈起〉一文有感》；无忌的《教条主义走投无路——参加文艺工作座谈会的几点杂感》；方洲的《人言辽河春来迟——参加省、市委召开的文艺座谈会之后有感》；野草的《杂记与杂感》；伍文的《夜读漫记》；显德的《〈啼笑皆非〉是一出好戏》；蒲公英的《关于戏曲艺术的真实性》。

《解放日报》发表莫于润的《创造，批评及其他》。

6日，《文汇报》发表吴心融的《评〈中国电影〉》。

《南方日报》发表马荫隐的《回望过去展望未来——纪念〈在延安文艺座谈会上的讲话〉发表十五周年》。

7日,《文汇报》发表徐懋庸的《过了时的纪念——重读〈在延安文艺座谈会上的讲话〉》;杜黎均的《关于周扬同志文学理论中的几个问题》;朱偰的《游记文学的清规戒律》。

《红岩》6月号发表张泽厚的《社会主义现实主义是现代文学发展的正确道路》;温莎的《生活——诗的土壤》;罗泗的《板斧砍了什么?》;余音的《读〈妻〉》;柏伯尔的《请重视独创性》。

《南方日报》发表罗炼的《〈教育的诗篇〉中得到的启示》。

《蜜蜂》第6期发表刘哲的《在已有的基础上前进》;思南的《诗无言外之意》;丰彗的《讽刺的善意与恶意》;郝建奇的《读〈最好的故事〉》。

8日,《人民文学》5、6月号以"纪念〈在延安文艺座谈会上的讲话〉发表十五周年"为总题,发表茅盾的《在已有的基础上继续努力》,张春桥的《把根扎深一些》,王瑶的《毛主席"讲话"在现代文学史上的重大意义》,樵渔的《从文艺统一战线看"百花齐放,百家争鸣"》,曾华鹏、范伯群的《郁达夫论》。

《文艺学习》第6期发表贺葵的《关于"典型环境下的典型性格"》;以群的《关于文学作品的情节》;《对〈移山后的"愚公"〉的意见》;沈澄的《谈谈教条主义对青年读者的影响》;宁馨的《漫谈学习诗的语言》。

《文汇报》发表冯亦代的《看〈上海屋檐下〉——并谈"中国青年艺术剧院"的演出》。

《天津日报》发表奎章的《谈"洗澡"文章》;野马的《读〈读《随感录》有感〉有感》。

《南方日报》发表岑木的《重在器量——和黄谷柳同志笔谈》。

《鸿雁》6月号发表翼丰的《读剧杂谈》;王英的《五彩缤纷的民间歌舞》。

9日,《文艺报》第10号发表唐挚的《烦琐公式可以指导创作吗?》;虞棘的《教条主义的文艺批评束缚了部队的文艺创作》;木呆的《通俗文艺作家的呼声》;杨朔的《写在〈六十年的变迁〉后》;[朝]韩雪野的《关于革命文学的典范性的文件》;姚莹澄的《〈北京人〉演出漫谈录》;常静文的《工人对文艺的渴望》。

《广东文艺》6月号发表加因的《放够了吗?鸣够了吗?》;岑木的《春风吹来了,还要降甘雨》;丁枫的《不要把群众创作看做"野花"》;张富文、寒荒、黄召平、陈一峰、彭继昌的《教条主义束缚着群众文艺创作》;李雁的《现代剧创作何以不繁荣!》;周佐愚的《上下夹攻,反掉教条主义!》;陈扬明的《可怜的香花!》;雪伦的

《摆脱教条主义的束缚》；黄雨的《群众创作要不要百花齐放——答范凯、李白衍等同志》。

《园地》6月号发表荆石的《再谈爱情、人性及其他》；楚均的《谈〈春动草萌芽〉的正面人物形象》；浩西的《歪曲可以当做批评吗？》；西陵的《批评必须说理》；何人的《并非随便说说》；本刊编辑部整理的《读者对〈园地〉的批评与建议》。

10日，《文汇报》发表陈山的《接受批评》。

11日，《戏剧报》第11期发表本报记者的《剧协的毛病在哪里？》；吴祖光的《谈戏剧工作的领导问题》；张梦庚的《国营剧团和民营剧团谁"优越"？》；王督的《欢迎开放禁戏》；陈朗的《"借茶"和"活捉"是怎样的戏》；李长之的《诗情画意的〈沙恭达罗〉》；仲可的《看豫剧〈王佐断臂〉》；月山的《落花时节话"中旅"》；林立木的《为"樊戏"和樊粹庭鸣不平》；陈素真的《我申诉在兰州的遭遇》；本报记者王蓓萱的《越调是不会被消灭的》；小柯等的《必须制止这种粗暴行为》；魏苍虹的《广告似的剧评》。

《南方日报》发表端木朔的《度量与火气——关于第十六顶帽子的争论及其他》。

12日，《文学研究》第2期发表何其芳的《回忆、探索和希望——纪念毛泽东同志在延安文艺座谈会上的讲话十五周年》；蔡仪的《再论现实主义问题》；董修智的《现实主义不断的发展着和完善着》；楼栖的《论郭沫若的诗》；耀东、毅伯、冠星、建领的《三部中国现代文学史》；郭元的《外国讨论现实主义和社会主义现实主义问题的近况》。

《解放军文艺》6月号发表李伟的《从军队文艺工作的角度谈"百花齐放，百家争鸣"》；张思恺的《"百花齐放"和"以歌舞为主"》；张毕来的《〈在延安文艺座谈会上的讲话〉在新文学史上的重要性》；丁毅的《新歌剧发展的道路》；伊凡的《鲁迅杂文中的典型问题》；钦文的《谈〈幸福的家庭〉》；高风的《论陈登科的创作》。

13日，《人民日报》发表傅雷的《克服一步登天的思想》。

《文汇报》发表以群的《谈文艺的政治性和艺术性》。

14日，《文汇报》发表卢弓的《再谈批评的冷与热》。

15日，《新港》6月号以"天津市文艺界笔谈'百花齐放，百家争鸣'"为总题，发表劳荣的《开拓题材，沿着工农兵方向前进》，李何林的《在"放""鸣"中的编者与作者》，袁静的《大胆"争鸣"迎接整风运动》。

16日,《山花》6月号发表杨帆的《与丁白同志商榷》;胡学文的《不同的意见》;刘智祥的《读〈祖德勒〉》;胡新生的《读叙事长诗〈祖德勒〉》;马光琳的《一个有意义的故事》;唐捍城的《关于〈祖德勒〉》。

《文艺报》第11号发表钟敬文的《为了完成高贵的共同事业》;周洁夫的《别忘了文艺的特性》;林焕平、胡明树的《闻者不戒,言者有罪?》;沛德的《迎接大鸣大放的春天》;洛雨的《从一篇杂文的遭遇谈到"今不如昔"问题》;赵铭彝的《通俗话剧的来历及其艺术特点》。

《文汇报》发表社论《驳储安平的谬论》;赵景深的《谈闽剧〈紫玉钗〉》。

《南方日报》发表希晋的《谈〈宋景诗〉影片里的一场戏》。

《萌芽》第12期发表吴伧之的《从〈布谷鸟又叫了〉试谈剧本创作》;以"让文艺新军获得更多的扶植"为总题,发表李准的《深入生活,加强修养》,孙肖平的《我立志在工地上扎根》。

17日,《光明日报》发表《一百多位作家座谈繁荣大众文艺问题,决定创办全国性大众文艺刊物》。

19日,《文汇报》发表蔡楚生的《漫谈〈苏六娘〉——看"潮剧"随笔》。

20日,《北京文艺》6月号发表杜黎均的《论新人形象的创造》;萧殷的《为什么不能发掘得更深些?》。

《辽宁文艺》第6期发表单复的《〈雪天〉读后》。

23日,《文艺报》第12号发表敏泽的《从几篇作品谈艺术真实性问题》;塞先艾的《多关心"作家老百姓"的疾苦》;吴奔星的《我所希望于〈文艺报〉的》;苏金伞的《肃清文学上的宗派主义》;陈瘦竹的《文艺放谈》。

《民间文学》6月号发表顾颉刚的《旧日民间文艺必须抢救》;刘魁立的《谈民间文学搜集工作》;陶阳的《关于云南的"邓川调"》;杨荫深的《试谈民间文学的范围》;王习顺的《从〈明清民歌选〉的编选标准谈到民间文学的范围问题》;乌丙安的《关于民间谜语的几个问题》。

24日,《文汇报》发表应云卫的《坚贞和勇敢的爱情——观闽剧〈荔枝换绛桃〉有感》。

26日,《戏剧报》第12期发表西山的《也谈戏剧工作的领导问题》;吴祖光的《吴祖光同志的来信》;吴白匋的《论连台本戏》;丘扬的《礼失而求诸野》(观剧随笔);凤子的《反对以官僚主义反官僚主义》;叔牟的《"三改一化"及其它》;汪培的

《上海戏曲演员的意见》;张郁的《南方昆曲界的呼声》;以"戏曲剧团往何处去?"为总题,发表张郁的《徐平羽建议上海的剧团一律改为民营,演员们认为这不是繁荣戏剧事业的好办法》,王春霖的《对解决国营戏曲剧团内部矛盾的几点意见》,关风的《民营剧团要求政治上的帮助》。

28日,《中国电影》6月号发表赵清阁的《谈谈有关电影编剧的几个问题》;丘陵的《从"要不要电影文学"谈起》;高承修的《对"要票房价值,还是要工农兵?"的异议》;邱扬的《后生谈〈家〉》;顾仲彝的《漫谈电影题材问题》。

30日,《文艺报》第13期发表本刊社论《反对文艺队伍中的右倾思想》。

本月,《东海》6月号发表刘金的《"题材广泛论"面面观》。

本月,长江文艺出版社出版俞林的《为创造新的人物典型而奋斗》。

7月

1日,《火花》7月号发表贺凯的《"鸣"和"放"》;肖河的《也谈〈过时的爱情〉》;王明建的《我对于〈笑荷花〉的看法》;殷商的《"思想性"图解》;杜源的《试评剧本〈领导有方〉》。

《长春》7月号发表白拓方的《"百花齐放,百家争鸣"的灵魂是什么》;江波的《关于小说中的抒情》;庐湘的《谈丁仁堂的小说创作》。

《处女地》7月号发表王成言的《风中杂记》;思基的《谈曹禺的〈雷雨〉和〈日出〉》;洪迅的《中国最早的一篇介绍社会主义现实主义的文章》;羽佳的《爱情诗中的时代精神》;灵秀的《也谈〈肖像〉》;斐章译的《在世界文学中关于现实主义的讨论》。

《作品》7月号发表杨康华的《关于贯彻"百花齐放,百家争鸣"方针的意见》;林默涵的《什么是危险?什么是障碍?——在作家协会广州分会召开的座谈会上的发言》;锡金的《关于方法、流派的理论研究的展开》;秦牧的《描写现实、剖析现实——对于小说〈老油条〉评价的一些意见》;瑞芳的《谈〈评《跟接班人在一起〉》;丘帆的《一页华侨的血泪史——评秦牧的〈黄金海岸〉》。

《雨花》第7期发表韦子文的《"历史人物"和"定评"》;钟山秀的《我对〈死亡〉的看法》;苏从林的《小说〈死亡〉给我们创作上的启示》;阿红的《谈写景物》。

《星火》7月号发表刘钟武的《对〈红色的孩子〉的意见》;长空的《关于革命故事的写作》。

《陇花》7月号发表《诗歌座谈会记录》。

《奔流》7月号发表沙鸥的《读风景诗札记》;叶橹的《公刘的近作》。

《漓江》第7本发表本社的《要干预,不要沉默》;李文剑的《关键在于加强党的领导》;韦雨平的《我对民族文学工作的意见》;刘真的《搞好桂剧艺术团的关键在哪里》;贺祥麟的《"人民资本主义"进行曲》。

《新苗》7月号发表周艾从的《漫谈〈金丝雀〉》;邓白州的《它给了我什么》;宋谋玚的《论"一棍子打死"》;罗灏白的《夜读散记》;何泊的《编辑生活二三事》;李桑牧的《关于〈幸福的家庭〉的主题理解》。

3日,《长江文艺》7月号发表王采的《把领导创作的思想提高些》;叶橹的《苦闷的根源何在?》;谷秀云的《究竟为谁服务?》;张啸虎的《谈气魄和胸襟》;柳央的《动人的故事动人的歌》;白桦的《关于长诗〈孔雀〉》。

《江城》(月刊)创刊,江城文艺月刊编委会编辑,本期发表龙文宇的《大鸣大放,繁荣社会主义的文学艺术》;林丁的《诗的形式与表现技巧》;刁彧舒的《也谈小说〈爱情〉》;夕林的《〈爱情〉失掉了真实性》。

《剧本》7月号发表范溶的《是什么妨碍着戏曲创作的繁荣?》;维颐的《"美丽"与"庸俗"》;颜振奋的《曹禺创作生活片断》;韦启玄的《陈其通同志谈〈同志间〉》;戴不凡的《谈〈红楼梦〉的改编》;夏淳的《也谈剧作家与剧院的矛盾》。

5日,《工人文艺》7月号发表方涛的《谈生活激情与深度》。

《文汇报》发表速牟的《文艺工作要不要党的领导》。

《文艺月报》7月号以"反对反党反社会主义的右派分子活动 正确对待文艺思想中的内部矛盾问题"为总题,发表巴金的《中国人民一定要走社会主义的路》,靳以的《有毒草就得斗争!》,顾仲彝的《读了毛主席〈关于正确处理人民内部矛盾的问题〉之后》,魏金枝的《"民不可辱"》,罗竹风的《从右派谈起》,艾明之的《一点感想》,罗荪的《锻炼》,唐弢的《〈草木篇〉新诂》,峻青的《在风暴中》,柯灵的《保卫真理》,姚文元的《驳施蛰存的谬论》,若望的《在反对右派分子的斗争中锻炼自己》，王道乾的《从许杰的几篇文章看他的右派面目》；专栏"诗论·谈诗"发表沙鸥的《璀璨如粒粒珍珠》，陈山的《诗歌"想象"的依据》，柱常的《旧体诗的两种偏向》，苏渊雷的《雨窗诗话》，邵洵美的《读了毛主席关于诗的一封信》。

《北方》7月号发表白石、郑应杰的《社会主义现实主义理论的几个问题》；郑应杰的《关于文学形象的特征》。

《边疆文艺》7月号发表洛汀的《关于反映边疆剧创作中的几类问题》；吴庄虞等的《再谈"如何正确的对待矛盾"》。

6日，《南方日报》发表钟海的《我看粤剧〈追鱼〉》。

7日，《文艺报》第14号发表本报记者集体采写的《彻底粉碎资产阶级右派分子的阴谋》；荃麟的《斗争锋芒指向右派》；张光年的《和吴祖光同志辩论》；李曦华的《"国营剧团"问题探索》；郑伯奇的《反映和意见》；刘凯、王春元的《给王正同志》；金曹错的《把废除了的版税制度改回来！》；马铁丁的《论歌德派》；唐祈的《白桦的长诗〈鹰群〉》；袁水拍的《"自由的艺术"》；唐湜的《谈表演的深度问题》；若予的《保卫社会主义现实主义》。

《红岩》7月号发表游藜的《应以批评和自我批评的精神，来代替粗暴和武断的不良作风》；明峨的《评"给省团委的一封信"》。

《蜜蜂》第7期发表唐白的《读词漫记》；张庆田的《我对普及与提高的认识》；余鹰的《不仅只是小品文的问题》；贾冰珩的《想象——真实》；高深的《从对〈吻〉和〈草木篇〉的批评中想到的》。本期刊登重要启事：本刊今后只刊发诗歌、短篇小说、特写、散文、杂文及理论批评文章。

8日，《人民文学》7月号发表李白凤的《写给诗人们的公开信》；徐懋庸的《我的杂文的过去和现在》；巴人的《〈遵命集〉后记》；杨风的《巴金论》。

《文艺学习》第7期发表以群的《谈文艺的政治性和艺术性》；高歌今的《也来谈谈公式化、概念化的根源何在》；陶蒂的《为什么看不到好的文艺作品？》；思蒙的《我读〈棱角〉》；《赵树理的复信发表以后》；翟奎曾的《关于〈理水〉中禹的形象的意义》；王琦的《什么是野兽主义与表现主义？》。

《鸿雁》7月号发表本刊记者的《内蒙古文艺界座谈二人台发展方向》。

9日，《广东文艺》7月号发表陈衣谷的《对山歌创作的一些意见》。

《文汇报》发表姚文元的《从"来函照登"说起——对〈文艺报〉上几篇文章的一些意见》；以群的《"宏道"与"宏文"》。

11日,《南方日报》发表曾敏之的《祥林嫂的悲剧时代结束了——介绍彩色电影〈祝福〉》。

14日,《文艺报》第15号发表张光年、侯金镜、陈笑雨的《我们的自我批评》;《本报召开全体工作人员大会检查编辑工作中的错误展开反右派的斗争》;《彻底反击右派》;马铁丁的《为什么放出一支毒箭》;陈璁的《记者是这样干的吗?》;华钦的《要点在于站稳立场》;周和的《反对对社会主义文学的虚无主义态度》;以"勇敢、坚决地展开反对右派分子的斗争"为总题,发表张根水的《我们不能走偏了》、陈斐琴的《三点意见》、萧也牧的《不要再沉默了!》、袁水拍的《阶级教育的生动的一课》;同期,发表辛若平的《正确地认识党在戏曲工作中的领导作用和成就》;孟超的《重读〈风雪夜归人〉谈到戏剧领导问题》;樊放的《一篇"牛头不对马嘴"的诗》;王城的《谈"但丁派"》;黎之的《右派分子反教条主义》;李凤的《"条件反射"新解》;桑夫的《我的回答》。

《解放军文艺》7月号发表社论《为什么要否定一切》;邓叙萍的《读毛主席诗词的一点感受》;陈沂的《驳敏泽的所谓文艺特性》;刘显荣的《对〈在前进的道路上〉的喜剧冲突的再认识》;师达的《让生活发言吧》。

15日,《人民日报》发表《北京文艺界举行座谈 周恩来、陆定一、康生、周扬等同志出席讲话》。

《戏剧报》第13期发表新华社的《北京戏剧界人士批判吴祖光的右派观点》;王颉竹的《怎样看戏剧工作的领导》;景孤血的《"外行领导内行"及其他》;吴祖光的《正确估计党在领导文艺工作上的成就》;汪培的《上海戏剧界的反右派斗争》;沈峻的《谈〈大劈棺〉的思想》;古风的《反对上演〈杀子报〉》;董天民的《为通俗话剧说几句话》;方珺德的《看〈北京人〉忆旧感新》(观剧随笔)。

《新港》7月号发表徐懋庸的《论"一朝天子一朝臣"》;王淑明的《论人情与人性》。

16日,《山花》7月号发表廖敏的《试谈花灯剧的发展》;皮速的《也谈"没有生活就没有诗"》。

18日,《南方日报》发表老邹的《农村新人的新貌——读沙汀近作》。

20日,《北京文艺》7月号发表社论《北京文艺界要积极投入反右派的斗争》;唐忠琨的《读了柳溪的两篇杂文》;金石的《对刘绍棠的反问》;丘山的《由"更相信人吧"来批判张明权的右派文艺观点》;马立鞭的《关于抒情诗的形象问题》;王亚平的《曲艺这朵花怎样才能开得好》;江枫的《混淆不得——与张葆莘同志商榷有关传记文学作品的问题》。

《春雷》7月号发表叶园的《夏衍的〈包身工〉》;杨启明的《茅盾写热闹场面的经验》。

21日,《文艺报》第16号发表社论《更坚决、更深入地开展反右派斗争!》;巴人的《驳"有种好像永远都是正确的人"》;马铁丁的《人民的立场,还是反人民的立场?》;张立云的《评"文艺茶座"》;木耳的《"从同志谈到红色专家"和"联合宣言"》;邹荻帆的《评〈闻者不戒,言者有罪?〉一文》;方土人的《从一条标题说起》;黎之的《斥何逢的"推墙"论》;冯牧、苏策的《关于部队文艺工作的一些看法》。

23日,《民间文学》7月号发表贾芝的《坚决击退右派分子们的进攻》;王骧的《试论谚语的性质与作用》;朱泽吉的《必须从原则上划清"民间文学"的范围》;锡金的《关于"民间文学"、"人民口头文学"的概念及其范围界限》;黄芝冈的《我对民间文学的几点看法》;巫瑞书的《关于整理民间故事的一些意见》;思苏的《整理本应忠实于口头材料》;记者的《当前民间文学工作中的问题》(座谈会记录)。

《南方日报》发表拜士的《分清文艺界的大是大非——驳韩萌的〈想起文艺批评〉》。

25日,《天津日报》发表陈璜的《党对文学艺术的领导不许动摇》。

《南方日报》发表史克辛的《箭头射向哪里?——批判廖冰兄所作漫画〈有的放矢〉》;希晋的《颠倒作的大题——杜方明的〈大题小做〉读后》。

27日,《文汇报》发表成谷的《是批判还是放毒?——谈"阿飞戏"的泛滥》。

28日,《文艺报》第17号发表茅盾的《必须加强文艺工作中的共产党的领导!》;靳以的《我们与文学界右派分子的根本分歧》;臧克家的《从一篇文章看萧乾的反动思想立场》;沙鸥的《折断张明权反党反马克思主义的毒箭》;徐逢五的《从杀父之仇看〈草木篇〉》。

《南方日报》发表许文山的《一篇充满毒素的文章——加因的〈鸣够了吗?〉读后》。

31日,《戏剧报》第14期发表本刊编辑部的《我们对在整风期间所犯主要错误的初步检查》;周扬的《在北方昆曲剧院成立大会上的讲话》;洪铭的《揭发右派分子进攻中国京剧院的阴谋》;吴了觉、唐玉伯的《毒草硬说是"香花",能站得住么?》;刘有宽的《同花剁同志讨论〈杀子报〉》;虞林的《关于京剧〈马思远〉》;刘英华的《评坏戏〈老妈开唠〉》;华犁的《〈黄氏女游阴〉确是一出坏戏》;《批判吴祖光的右派观点(北京戏剧界第三次座谈会发言摘要)》;寒非、张扬的《事实胜于"雄辩"》;吴祖光的《党"趁早别领导艺术工作"》;张秉仁的《与赵森林等同志评理》;左莱的《鲜明魅人的形象》;《记戏曲音乐工作座谈会》。

本月,《东海》7月号发表禾子的《剥去宋云彬的"学者"外衣》;陈学昭的《工人阶级的领导地位不允许动摇》;丁禾的《"错觉"论》;阳晓的《说"历史人物"》。

本月,广西人民出版社出版林焕平的《文学概论(初稿)》。

辽宁人民出版社出版冉欲达等的《文艺学概论》。

陕西人民出版社出版霍松林的《文艺学概论》。

8月

1日,《火花》8月号发表刘江的《谈姚青苗先生的几个错误论点》;常直的《驳〈思想性图解〉一文》。

《长江文艺》8月号发表试论《我们庄严的战斗任务》;三石的《这是哪一方面的声音?》;俞林的《"常没理"的根源何在?》;呼延豹的《提高些,还是降低些?》;黎少岑的《教条主义与"腐朽气息"》。

《长春》8月号发表社论《批判文艺队伍中的右倾思想》;今白的《漫谈戏剧题材》;张啸虎的《谈〈红楼梦〉里的服装描写》;秋白丁的《评〈青春之歌〉》;天霖的《没有余味的"笑"》。

《处女地》8月号发表苏明的《右派的嘴脸》;思基的《"过时"论》;成均的《"文人"和"反现状"》;离骚的《香花·毒草——蜜蜂·苍蝇》;都梁的《还它"乌鸦"原形》;戴言的《两种提法,一种思想》;田新的《反对爱情诗讨论中的右倾思想》;李岳南的《略谈古典抒情诗中的写情与写景》。

《作品》8月号发表周钢鸣的《作家,在阶级斗争中锻炼自己》;杨柳的《论宋江的典型形象》。

《星火》8月号发表文又的《评白煤的几首诗》。

《陇花》8月号以"诗歌创作问题讨论"为总题,发表师纶的《一点浅见》,李云鹏的《也来谈一点》,焦乡的《对〈霎那间我钉在路旁〉的意见》,苏文海、张永兴的《我们的意见》。

《萌芽》第15期发表呼延豹的《危险的想法》;胡万春的《我们需要的是什么?》。

《雨花》第8期发表东方生的《略谈修正主义》;奚巍鸣的《一首恶毒的诗》;陈辽的《简论中国古典小说家编织故事的艺术技巧》;陈海石的《缺乏戏剧特征的戏剧》。

《奔流》8月号以"反右派斗争特辑"为总题,发表社论《深入开展文艺界的反右派斗争》,李准、南丁、克西的《剥去右派分子荣星的外衣》,郑克西的《略论李白凤的诗和诗论以及其它》,任访秋、郭光、刘溶的《〈青春组诗〉是一束毒草》,李长俊的《"两点论"和"阴暗面"》。

《漓江》第8本发表本刊编辑部的《我们的初步检查》;本刊记者的《广西文艺界右派分子现形记》。

《新苗》8月号发表本刊编委会的《我们向读者的交代》;燕婴的《从两幅漫画看魏猛克》;衡钟的《"历史人物"与"定评"种种》;于沙的《对三篇文章的意见》。

3日,《江城》第2期发表林丁的《诗的语言》;师迅行的《从一张海报谈起》。

《剧本》8月号发表歌焚的《只有在党的领导下戏剧创作才能繁荣》;颜振奋的《我们的战斗任务》;吴祖光的《吴祖光谈后台》;田汉的《读〈吴祖光谈后台〉》;曹禺的《你为什么这样?——质问吴祖光》;严青的《吴祖光站在什么立场上谈后台》;凤子的《后台回忆》;王芬的《谈独幕剧创作》;吴启文的《丁西林谈独幕剧及其他》;刘沧浪的《重读〈王三〉杂记》;徐卓呆的《漫谈通俗话剧》。

4日,《文艺报》第18号发表刘白羽的《论文学上的右派寒流》;姚文元的《再谈教条和原则》;颜振奋的《田汉、曹禺驳斥吴祖光右派言论》;蓝宜的《驳〈且说'常有理'〉、〈精神世界里的级别〉等几篇短文》。

《南方日报》发表石门的《一株毒草——驳斥三流的墙里佳人》。

5日,《工人文艺》8月号以"坚决回击右派"为总题,发表郑伯奇的《声讨右派分子》,胡采的《温故而更加知新》,魏钢焰的《庄严地沉思》,肖草的《"反抗现实"的背后》,姚虹的《从"毒蛇"谈起》,何盖年的《问:"子为何臣"》;同期,发表杨小一的《一篇抒发反动情感的诗》；本刊编辑部的《提倡写生活小故事》。

《文艺月报》8月号以"揭露右派分子的阴谋　批判右派文艺思想"为总题发表靳以的《打退右派分子对社会主义文学事业的进攻》，赖少其的《找"裂痕"》，丁善德的《提高警惕，彻底粉碎右派阴谋》，罗荪的《反教条主义还是反社会主义》，魏金枝的《右派分子的本色》，周煦良的《两种讽刺文学和另一种》，石方禹的《随感二则》，唐弢的《宣传资产阶级右派思想的"文艺理论"——评许杰的鲁迅小说研究》，王世德的《揭露许杰点滴》，以群的《施蛰存并未"做定了"第三种人》，姚文元的《走哪一条道路？——批判王若望的反党反社会主义言论》，金文的《驳徐中玉向党进攻的六个论点》，天平、聂乔的《许杰对年青人的"关怀"》，纪实的《"基层"之"火"》，陈恭敏的《右派分子张立德的逻辑与策略》；同期，发表吴调公的《论"人学"与人道主义》。

《北方》8月号以"打垮右派分子猖狂进攻　保卫马列主义文艺路线"为总题，发表沫南的《我们的教训》，宁玉珍的《糖衣砒霜》，王书怀的《质问右派野心家》，李开北的《给右派分子画像》等；同期，发表方本炎的《漫谈"性格"》；钟尚钧的《略谈诗的含蓄》。

《芒种》8月号发表陈可的《"根子"和"幌子"》；吴欣的《右派战术谈》；离骚的《"左"还是"右"？》。

《延河》8月号发表胡采的《毒草要除，妖怪要捉，谬论要批评！》；郑伯奇的《右派文人的脸谱》；柳青的《请靠人民近些吧！》；王汶石的《骄傲、谦虚和政权》；玉杲的《论右派所谓"真正的文人"》；本刊编辑部的《本刊处理和发表"大风歌"的前前后后》；安旗的《这是一股什么"风"？》；于炼的《驳朱宝昌关于杂文的谬论》。

7日，《红岩》8月号以"反对文艺战线上的右派和右派言论！"为总题，发表杜若汀的《爵士与现代派爵士》；黄贤峻的《拿党籍作赌注的人》；雁翼的《这样的"朋友"》；杨禾的《"暗礁"原意》；余斧的《错误的缩小和缺点的夸大》；杨甦的《再论"解冻"及其他》；何牧的《〈西南文艺〉提倡写新事物时的教条主义偏向》；蹇先艾的《我也来谈谈短篇小说》；邵子南的《写于群英大会上》。

《蜜蜂》第8期发表刘艺亭的《能不要党领导文艺吗？》；刘哲的《不能放松思想改造》；阿红的《诗话余音》；文自成、刘子智、易允武、杨光芷的《感情——诗的生命》；吴阳的《可喜的声音》。

8日，《人民文学》8月号发表叶圣陶的《右派分子与人民为敌》；沈从文的《一点回忆、一点感想》；臧克家的《翻案》；艾芜的《"但丁"与"歌德"》；王瑶的《"衙门"与"俱乐部"》；杨朔的《起来！依靠我们的党！》；公木的《〈写给诗人们底公开信〉读后感》。

《广东文艺》8月号发表华嘉的《阶级斗争并没有结束》；李昭的《驳〈可怜的香花〉》；黄昭义的《〈群众创作要不要百花齐放〉一文读后》。

《文艺学习》第8期发表艾芜的《去掉文艺上的右倾思想》；沈澄的《〈草木篇〉事件是一堂生动的政治课》；常宏的《林希翎右史演义》；宋垒的《反对文艺队伍中的修正主义》；彭继昌的《正确地理解毛主席的〈在延安文艺座谈会上的讲话〉的意义》；乐黛云的《谈谈五四以来的小说（一）》；琢之的《一篇正义的庭外判决书——谈〈错斩崔宁〉》；宋扬的《谈湖南民歌》。

《草地》8月号发表龚昶的《论张默生的几个论点的反动实质》；林如稷的《张默生——老右派分子》；段可情的《谈毒草》；冬昕的《"百花齐放，百家争鸣"和政治标准》；施幼贻的《不准资产阶级思想在文艺领域内复辟》；潘述羊的《对〈批评家的批评家〉的剖析》；田海燕的《〈暗礁〉也是毒草》；方勉的《流沙河的又一支毒箭》。

《园地》8月号发表杨穆的《闽西民歌试论》。

9日，《南方日报》发表丁波的《试谈湖南湘剧》。

10日，《五月》（月刊）创刊，《五月》编辑部编辑。

11日，《文艺报》第19号发表《文艺界反右派斗争深入开展，丁玲、陈企霞反党集团阴谋败露》；欧阳予倩的《让吴祖光在太阳照耀下现出原形》；《请看吴祖光的反动言论：党"趁早别领导艺术工作"》；苏琴的《揭发和批判钟惦棐的反党言行》；张光年的《从一篇文章看黄药眠的右派思想》。

12日，《文汇报》发表肖凌的《〈戏改干部何处去？〉一文的反动实质——斥王若望向戏曲事业的一次恶毒挑衅》；唐振常的《所谓尊重电影传统的问题》；罗言的《关于反面形象——"阿飞戏"观后》。

《解放军文艺》8月号发表冯牧的《用事实来粉碎右派的进攻》；胡可的《对党的领导的一点理解》；侯金镜的《"戏"和"戏"的停滞与中断——试谈胡可的〈战斗里成长〉〈英雄的阵地〉〈战线南移〉》。

14日，《文汇报》发表社论《文艺界两条道路大辩论》；王西彦的《基调和主流——批判王若望在文学问题上的右派言论》；王琦的《党不能领导文艺吗？》。

15日,《新港》8月号发表王林的《论"灵魂深处"》;王昌定的《"天津的王蒙"从何说起?》;陈因的《斥资产阶级艺术家的谬论》。

16日,《山花》8月号发表宋吟可的《在斗争中锻炼自己》。

《戏剧报》第15号发表梅兰芳的《戏剧界必须加强思想改造》;陈白尘的《谈所谓"自由组合"与党的领导》;李克非的《看京戏〈纺棉花〉》;以"首都戏剧电影界向右派分子吴祖光展开大辩论"为总题,发表本刊记者的《批判吴祖光的座谈会纪要》,田汉的《吴祖光能不能过社会主义关》,曹禺的《吴祖光向我们摸出刀来了》,葛琴的《吴祖光的脸谱》,晏甬的《在培养戏曲新人方面,社会主义制度表现了无比的优越性》,张庚的《对于戏曲工作的两种估价和两种立场》。

17日,《南方日报》发表武三的《用意何在——驳黄谷柳的"器量、胆量、力量"》、《全心有意放火——斥时也的一篇谬论》。

18日,《文艺报》第20号发表《文艺界正在进行一场大辩论(周扬、邵荃麟、刘白羽、林默涵在中国作家协会党组扩大会议上的发言纪要)》;沙鸥的《丁玲的哲学及其他》;黄钢、贾霁、程季华的《钟惦棐对党的文艺路线的进攻》。

19日,《南方日报》发表筱鸣的《为什么会这样——评周围的一些论点》;张彪、鲁文的《"我们要大鸣大放"的实质》;希晋的《为谁发言——质曾敏之的"言路"》。

20日,《文汇报》发表姚文元的《重视工农知识分子——支持一个读者的建议》。

《北京文艺》8月号发表社论《必须坚持党对文艺工作的领导》;本刊编辑部的《为保卫党性原则而斗争》;老舍的《旁观、温情、斗争》;张立云的《刘绍棠在文学上的右派观点》。

《南方日报》发表水庄、村夫的《对秦牧〈地下水喷出了地面〉一文的批判》。

《春雷》8月号发表《是毒草就一定要除掉!——春雷编辑部讨论小说〈归来〉记录》;枫涛的《文学创作上的逆风》;宏林的《辨〈归来〉毒质》;王日新等的《读者对〈归来〉的批评》。

23日,《文汇报》发表罗荪的《绝不容许篡改社会主义的文艺方向——斥"本报评论员"对毛主席文艺问题讲话的歪曲》。

《民间文学》8月号发表吴超的《反右派斗争和民间文学》;裘弘的《第二次国内革命战争时期老根据地歌谣辑》;汪玢玲的《也来谈谈民间文学的范围》;董均伦、江源的《关于刘魁立先生的批评》。

24 日,《文汇报》发表张立云的《论创作自由》。

25 日,《人民日报》发表周建人的《谈作家的品质》。

25 日,《诗刊》第 8 期发表宛青的《"1956 年诗选"(诗集评介)》。

26 日,《文汇报》发表《文艺界正在进行一场大辩论——周扬、邵荃麟、刘白羽、林默涵在中国作家协会党组扩大会议上的发言纪要》。

28 日,《文汇报》发表沙金的《洛雨的诗——敌人的广告》。

《中国电影》8 月号发表虞棘的《谈银幕上的军事题材——兼驳右派的反党"锣鼓"》。

9 月

1 日,《火花》9 月号以"坚决彻底粉碎右派言行"为总题,发表李束为的《"有毒草就得进行斗争"》,陈钧的《旧货重点》,非右的《姚青苗为什么要骂人》,景文的《姚青苗的论点是有其历史性的》,李众夫的《批判姚青苗在戏剧界的右倾言论》。

《文艺报》第 21 号发表巴金的《反党反人民的个人野心家的路是绝对走不通的》;《丁陈集团参加者胡风思想同路人冯雪峰是文艺界反党分子》;宁干的《也谈所谓"军事文学"》;文秀摘译的苏联《共产党人》杂志专论《坚持文学艺术中的党性原则》。

《长江文艺》9 月号发表社论《坚决拥护和支持对丁陈反党集团的斗争》;本刊编辑部的《关于我们刊物的错误的检查》;于黑丁的《作家·阶级·时代》;苏群的《姚雪垠在几个根本问题上的错误》;骆文的《姚雪垠的"黑话"》。

《长春》9 月号发表社论《论文艺界右派分子向党进攻的三部曲》;白拓方的《思想与创作》;邹鄷的《谈人物性格的描写(上)》;师迅之的《谈〈过年〉的人物创造》。

《雨花》第 9 期发表陈辽的《我们和钱谷融在几个基本问题上的分歧》。

《作品》9月号发表华嘉的《反教条主义反到哪里去了？——评陈善文的〈挖掉教条主义的社会根源〉》；萧殷的《坚决保卫工农兵文艺方针》；易征的《一篇不老实的文艺报道——评秋耘的〈春风未绿江南岸〉》。

《处女地》9月号发表马加的《文学——党的事业》；蔡天心的《保卫文学的党性原则》；韶华的《向作家要求什么？》；离骚的《文坛上的走私"老客"》；思基的《论右派的反党阵地——〈芒种〉》；苗雨的《给流沙河的〈草木篇〉》。

《陇花》9月号发表社论《必须加强党对文艺工作的领导》；以"诗歌创作问题讨论"为总题，发表龚正全的《对写爱情诗的一点意见》，顾竺的《生活·爱情·诗及其他》。

《萌芽》第17期发表萧岱的《为什么要这样强调写坏人坏事》；肖兵的《性格·结构（读〈萌芽〉第13期的几个短篇）》。

《奔流》9月号发表《河南日报》社论《文艺界应该深入开展大辩论》；贺力震的《右派分子苏金伞的真面目》；牛星斗的《苏金伞的反动文艺思想》；李书的《"诗人"的秘密》；徐慎的《编辑工作不容污蔑》；舟山的《不容地主分子反攻倒算》；本期起《奔流》不设主编和编委名单。

《漓江》第9本发表李金光的《要从这次反右派斗争中学习辨识香花和毒草》；剑熏的《我们的成绩能一笔抹煞得了吗？》；原节的《在"反宗派主义"的幌子下》；羽佳的《一个诗人，他是怎样开始工作的呢？》；杨业荣的《〈漓江〉在大鸣大放中的政治动向》。

《新苗》9月号发表燕婴的《斥向恺然的〈丹凤朝阳〉》；水草的《〈论'一棍子打死'〉到底是在反对什么》。

2日，《文汇报》发表凤子的《〈沙道城的故事〉观后》；巴金的《关于坚强的战士》。

《南方日报》发表星火的《谈湘剧〈追鱼记〉》。

3日，《剧本》9月号以"向戏剧界右派分子吴祖光进行说理斗争"为总题，发表钱俊瑞的《必须彻底把吴祖光的画皮剥掉》，夏衍的《吴祖光是文艺界右派分子的典型》，老舍的《吴祖光为什么怨气冲天》，陈白尘的《让吴祖光自己回答吧》；同期，发表文萍的《王少燕反党反社会主义的两支毒箭》；范溶的《检查〈是什么妨碍戏曲创作的繁荣〉一文的错误》。

4日，《戏剧报》第16号发表钱俊瑞的《从批判吴祖光中吸取教训》；本刊资料室的《各地反右派斗争进一步深入展开》；史行的《加强党的领导，坚持为兵服务》；舒绣文的《〈名优之死〉和〈潘金莲〉观后》；戴不凡的《谈谈豫剧〈麻疯女〉》。

5日，《工人文艺》9月号以"坚决回击右派"为总题，发表《声讨丁玲、陈企霞反党集团》，向太阳的《文学艺术离不开党的领导》，沙陵的《李瑞阳反对什么》，姚虹的《社会主义是我们文学的命根子》，王愚的《什么是良心》，魏钢焰的《"为什么不买我呢"》。

《文艺月报》9月号发表社论《更深入地开展文艺上的反右派斗争！》；张春桥的《灵魂工程师的灵魂》；陈鸣树的《不许右派分子污蔑鲁迅——再论许杰对鲁迅小说的恶毒歪曲》；唐铁海的《剖析王若望的两篇反党特写》；胡万春的《斥王若望的"干预生活"的谬论》；赵自的《王若望要怎样的作家组织？》；西山的《吴祖光的"才华"和"灵魂"》；王明堂的《徐中玉的"鲁迅研究"》；王道乾的《徐中玉的狡辩术》；刘金的《"神经过敏"与"鼻子伤风"——读〈从《草木篇》谈起〉有感》；唐弢的《"真理归于谁家"》；鲍钧的《"学舌""断奶""独立思考"》；田之的《〈人民文学〉反右斗争获初胜》。

《北方》9月号发表以"打垮右派分子猖狂进攻　保卫马列主义文艺路线"为总题，发表梁志强的《捍卫党对文学艺术的领导》，晓泊的《党对文艺是"外行"吗？》，张兆林的《从有些人要办"同人刊物"谈起》，林霜的《一个"挂羊头卖狗肉"的花招》，一兵的《揭露右派分子向一的反党反社会主义言行》；同期，发表夏雨穿的《读巴人的〈论人情〉》；拾遗的《异和同》；尹进忠的《含蓄是诗的灵魂》；逸才的《〈《狂人日记》的典型创造〉质疑》。

《边疆文艺》9月号发表晓云的《我们之间的根本分歧》；王松的《谈作家的才华和思想改造》；苗歌的《谈作家对生活的态度》；洛汀的《这是什么样的文艺观点》。

《芒种》9月号转载《辽宁日报》社论《为什么必须批判〈芒种〉》；同期，发表文菲的《〈芒种〉往哪个方向走？》；曹汀的《批判〈芒种〉是文学界两条道路的斗争》；秀琳的《我们一定要歌颂新人新事》；范程的《"人情论"的新花样》；黎向的《关于〈零星集〉及其他》。

《延河》9月号发表柯仲平的《保卫党和党的领导》；《保卫社会主义文学》；王汾南的《丁玲何处去"落户"》；胡采的《驳朱宝昌的反党反社会主义的谬论》；傅正谷的《是毒箭，就该折断它！》；安旗的《从矫揉造作的"颂歌"到反社会主义的战歌》；沛翔的《"大风"吹来了什么？》；姚虹的《人民的洪流将席卷一切右派分子而去》；霍松林的《扑灭这股妖风》。

7日，《红岩》9月号发表洪钟的《逆流与群丑》；杨甦的《刀锋指向谁？》；晓梵的《铲除这株毒草——王少燕的〈墙〉》；蹇先艾的《坚决反击右派分子刘盛臣的进攻》；明峨的《斥〈仙人掌〉》；杨禾的《"情诗"录评》。

《蜜蜂》第9期发表光耀的《在"干预生活"的背后》；水川的《〈曲折的爱〉是一篇有害的文章》；钟尚钧的《简谈描写人物》。

8日，《人民文学》9月号发表社论《粉碎丁玲、陈企霞、冯雪峰反党集团，保卫党对文学事业的领导》；巴人的《几篇杂文的杂感》；黄钢的《驳斥吴祖光、钟惦棐的两点谬论》；姚文元的《社会主义现实主义文学是无产阶级革命时代的新文学》；王智量的《钱谷融〈论'文学是人学'〉一文的右派思想实质》；严青等的《对〈改选〉和〈美丽〉的意见》。

《文艺报》第22号发表《李又然、艾青、罗烽、白朗反党面目暴露》；儒朔的《刘绍棠之类的青年作家是怎样堕落的？》；老舍的《祝贺〈收获〉创刊》；侯金镜的《1954年检查〈文艺报〉的结论不能推翻！》；蔡若虹的《从党的原则来审查江丰的言行》；闻山的《致"黄岛"诗人》。

《文艺学习》第9期以"粉碎丁陈反党集团"为总题，发表草明、林梦云、萧殷等人的批判文章；同期，发表茅盾的《公式化、概念化如何避免？》；邵燕祥的《刘宾雁给"本报"指出的方向》；房树民的《刘绍棠是怎样走上反党的》；何家槐的《读〈孔乙己〉》；乐黛云的《试谈五四以来的小说（二）》。

《文汇报》发表邵荃麟的《文艺上两条路线的大斗争》。

《草地》9月号发表山莓的《斥"艺术超阶级论"者》；温莎的《隐士与吃肉与显士》；田海燕的《四川有条"流沙河"》；履冰的《从一只"死蚊子"谈起》；席方蜀的《王季洪射出的两支毒箭》；华忱之的《谈谈郭沫若诗歌创作的发展》；萧然的《〈红岩〉七月号上的毒草及其他》。

9日，《南方日报》发表容希英的《青春的光辉——略谈〈作品〉月刊几篇文章的中小学毕业生形象》。

10日，《广东文艺》9月号发表社论《必须加强党对群众文艺事业的领导》。

《五月》9月号发表肖方的《傲骨及其他》；戴言的《为什么这样仇视文艺批评》。

《文汇报》发表贺朗的《不能以资产阶级的真实代替文学的党性原则——评杜黎均的〈干预周扬同志文学理论中的几个问题〉》。

《园地》9月号发表路遥的《斥陈中的"思想自由"论》；石简的《扯落"文责自负"的假冠》。

11日，《文汇报》发表姚文元的《摄影也是阶级斗争的武器》。

12日，《文学研究》第3期发表本刊编辑部的《保卫文学的党性原则》；叶玉华的《试论中国文学史分期问题》。

《解放军文艺》9月号发表社论《为维护社会主义事业、为维护文艺界的团结而奋斗！》；以"《戒指》是一篇什么样的小说"为总题，发表松木的《〈戒指〉歌颂谁？辱骂谁？》，马忠的《创作的死胡同》，白桦的《我们应当警惕》，梁信的《〈戒指〉读后感》。

13日，《文汇报》发表林朴晔的《国产片〈女篮5号〉观后》。

《南方日报》发表郑达的《继续发扬话剧运动战斗传统》。

14日，《戏剧报》第17号发表本刊评论员的《克服温情主义》；赵铭彝的《评通俗话剧的"幕表制"》；萧冬的《谈〈九更天〉》；鲁人的《谈〈双钉记〉一类的奸杀戏》；刘保绵的《悲壮的〈阳河摘印〉》。

15日，《文艺报》第23号发表张盛裕的《黄药眠——披着进步学者外衣的政治阴谋家》；毛星的《陈涌反党的文艺思想》；张光年的《萧乾是怎样的一个人？》；杨志一的《他们是这样在"关心"青年人》；李季、阮章竞的《诗人乎？蛀虫乎？》；李宝靖的《李白凤歌颂的是些什么？》；呼延豹的《驳〈一个青年批评工作者的遭遇〉》。

《新港》9月号发表周和的《艺术探索的歧路——评〈田野落霞〉》；邹明的《略论"生活真实"》。

16日，《山花》9月号发表社论《我们必须更有力地战斗》；江离的《谈"士"》；伍仁艾的《谁在厌恶红、红色、红色的》；古淮的《"大同"与"大异"》；冬青的《从"官方"谈起》；林焕标的《抒情诗可以不要思想性与形象吗？》；苏小星的《试谈〈两妯娌〉的写作特点》；林艺的《一篇歪曲现实生活的特写》；唐佩琳的《读〈云雾山中〉》。

《南方日报》发表连咏的《新颖的影片〈女篮五号〉》；周钢鸣的《独立思考有没有阶级性》。

《萌芽》第18期发表宁宇的《一组优秀的抒情诗》;王天涛的《一篇歪曲生活的相声》;韩铁锤的《读〈黄豆芽的逻辑〉后》;沈翠珍等的《〈冒牌医生〉的表现方法有缺陷》。

20日,《北京文艺》9月号发表信涛的《坚决支持对丁玲、陈企霞反党集团的斗争》;昌建的《"一本书主义"的毒害》;田家的《谈一个右派"诗人"的"诗"》;老舍的《论才子》;禾波的《斥"今不如昔"的谬论》;李克的《考诚的丑恶的灵魂》;曹禺的《从一只凶恶的苍蝇谈起》。

《春雷》9月号发表林槭的《是一条什么样的路?》;樊酉人的《辨真假讽刺文学》;方韦白的《〈李时珍〉观后》。

22日,《文艺报》第24号发表[苏]尼·赫鲁晓夫作、辛化文译、曹葆华校的《文学艺术要同人民生活保持密切的联系》;陈笑雨、邹荻帆的《丁陈反党集团透视》;公木《在虚伪的后面》;阮章竞的《"宇宙歌王"》;闻捷的《塔塔木林画像》;苏代的《文学爱好者坚决反对你们走反党反社会主义的死路》。

23日,《民间文学》9月号发表《人民日报》社论《为保卫社会主义文艺路线而斗争》;林山、贾芝等12人的《抗议冯雪峰对待民间文学的贵族老爷态度》;昆明作协红河民间文学调查小组的《红河区民间文学调查报告》;广西省文联民族文学调查组的《三江侗族民间文学调查报告》。

《南方日报》发表村夫的《英雄人物的光辉形象——战士话剧团演出〈万水千山〉观后》。

24日,《南方日报》发表于逢的《怎样干预生活——从小说〈老油条〉所想到的之一》;范谦的《再驳"一花独放"谬论》。

25日,《江淮文学》8、9月号合刊发表本刊编辑部的《彻底扭转〈江淮文学〉的资产阶级方向,为坚持社会主义方向而奋斗!》;李冬生、陆德长的《评〈江淮文学〉的资产阶级政治方向》;季象图的《驳张禹的〈全面、片面及其他〉》;杨秀的《在反教条主义的幌子下》;李冬生的《〈路过红五月〉的反党反社会主义性质》;柳杏的《驳贾梦雷的反动诗〈辣椒两只〉》;沙白的《从话剧〈搏斗〉看戴岳的创作作风》;徐昧的《吕伯涛——省文联右派反党集团的"文艺理论家"》。

《诗刊》第9期发表黎之的《反对诗歌创作的不良倾向及反党逆流》;冯至的《〈西郊集〉后记》;[智利]聂鲁达的《诗和人民》。

28日,《戏剧报》第18号发表田汉的《争取社会主义民族戏剧更豪迈的成就》;欧阳予倩的《粉碎右派分子对社会主义戏曲事业的进攻》;张光年的《当心啊,青年人!》;欧阳山尊的《中国话剧的传统是革命的传统》;雁翎的《唐湜为什么这样"关心"老艺人》。

29日,《文艺报》第25号以"文艺界对丁陈反党集团的斗争获得很大胜利"为总题,发表《陆定一、周扬在作协党组扩大会议上作重要讲话》;邵荃麟的《斗争必须深入!(中共中国作家协会党组批判丁陈反党集团扩大会议的总结发言)》;郭沫若的《努力把自己改造成为无产阶级的文化工人(1957年9月17日在中共中国作家协会党组扩大会议上的讲话)》;茅盾的《明辨大是大非、继续思想改造(1957年9月17日在中共中国作家协会党组扩大会议上的讲话)》;巴金、靳以的《永远跟着党和人民在社会主义——共产主义的道路上前进(1957年9月17日在中共中国作家协会党组扩大会议上的讲话)》;老舍的《树立新风气(1957年9月17日在中共中国作家协会党组扩大会议上的讲话)》;钱俊瑞的《大大加强党对文艺事业的领导(1957年9月17日在中共中国作家协会党组扩大会议上的书面讲话)》;同期,发表王燎荧的《丁玲的小说——〈在医院中〉的反动性质》。

30日,《南方日报》发表于逢的《怎样写真实——从小说〈老油条〉所想起的之二》。

本月,《东海》8月号发表《人民日报》社论《为保卫社会主义文艺路线而斗争》;本刊的《严重的政治方向的错误》;一农的《粉碎右派集团的猖狂进攻,坚持社会主义的文艺路线》;金丽的《〈东海〉倡导了什么?》;烈马的《斥"外行不能领导内行"论》;于芷的《陈学昭的灵魂深处》;史莽的《斥宋云彬关于讽刺问题的谬论》;江南客的《从"一本书主义"者到反党"诗人"》;王荆的《含沙射影的"即小见大"和"以古证今"》。

本月,作家出版社出版竹可羽的《论文学与现实的关系》。

10月

1日,《火花》10月号发表李束为的《党能不领导文艺吗?》;好古的《鲁迅——

工人阶级知识分子的典型和榜样》；胡正的《拆穿"党不能领导文艺工作"的骗局》。

《长江文艺》10月号发表《武汉文艺界反右斗争深入开展,李蕤反党面目被揭露》；杜埃的《保卫文学事业的党性原则》。

《长春》10月号发表刘柏青、李昭恂的《发扬鲁迅的战斗传统,保卫党的文艺方向》；冯文炳的《必须做左派》；《辨毒草(小说〈并不愉快的故事〉座谈记录)》；邹鄪的《谈人物性格的描写(下)》。

《处女地》10月号发表社论《保卫社会主义文艺事业,深入开展文艺界反右派斗争!》；马加的《反对"一本书主义"》；柯夫的《笔,不能让他们拿！刊物,不能让他们办!》；文菲的《文艺事业——党的事业》；曹三的《〈归来〉是一支恶毒的箭》。

《作品》10月号发表于逢的《〈老油条〉为什么会引起这样的意见分歧?》；易征的《谈作品的思想倾向》；丘帆的《老一辈的工人形象》。

《雨花》第10期发表贺庆国的《一定要歌颂社会主义》；谢闻起的《对"探求者"的"政治观点"的探索》；春子的《〈江南草〉是什么草?》；本刊记者的《在文艺战线上两条道路的斗争》。

《江淮文学》10月号发表千云的《坚持毛泽东的文艺方向,保卫党的文艺事业》；子云、周任如的《有毒的〈白色的蔷薇花〉》。

《星火》10月号发表傅圣谦的《驳"无界限论"》；奋进、嘉舫的《一篇反社会主义的小说》；杰夫的《捍卫文学的党性》；程耘平的《消灭"第三种人"的幻影》；胡雪冈的《鲁迅和青年文艺工作者》。

《陇花》10月号发表社论《坚持工农兵文艺方向》；师纶的《痛斥党不能领导文艺的谬论》；志刚的《谈干预生活》；南航的《略谈〈人情〉》。

《萌芽》第19期发表哈华的《右派分子刘绍棠对苏联文学的诽谤》；洪汛涛的《消除王若望在儿童文学中的毒素》；邓秀的《"一阵风"及"一鸣惊人"》；张立云的《谈王愿坚的短篇集〈党费〉的技巧》；李西汉的《〈拆墙人语〉有缺陷》；王世忠的《〈风和牛车〉是一支毒箭》。

《青海湖》10月号发表程秀山的《驳右派分子"自由结社"的谬论》；方之南的《驳斥右派分子韩秋夫的"人性论"与"自由论"》。

《奔流》10月号发表社论《狠狠地打击右派,狠狠地改进工作,狠狠地改造思想》；杜希唐的《把文艺思想上的大辩论认真地开展起来》；仲宇的《在"肃清文学上的宗派主义"的后面》;余昂的《文艺一定要为革命的政治服务》;赵达田等的《读者对本刊几篇作品的批评(六篇)》。

《漓江》第10本发表《广西文艺界反右派斗争的重大胜利,胡明树、林焕平、李文钊反党集团阴谋完全败露》;青桐的《驳"文艺刊物需要'个性解放'"》;斯基、李晋的《一篇丑化工人形象的小说》。

《新苗》10月号发表社论《坚决拥护对丁陈反党集团的斗争,从这一斗争中吸取深刻的教训》;铁可的《斥刘样及其"前娘后母论"》;光春的《驳斥"前娘后母论"三则》;周汉平的《从几篇作品看陈维国的灵魂深处》;冯放的《批判魏猛克的反马克思主义的文艺思想》;光椿的《重读鲁迅先生〈关于左翼作家联盟的意见〉》。

《海燕》(月刊)创刊,海燕文学月刊社编辑出版,本期发表本刊编辑部的《关于〈海燕〉旬刊的错误的初步检查》;王同禹、李作祥的《批判于汪惟反党的"诗"》;宇心的《斥〈致青年〉》;文愫的《什么"公民"!》;阿难的《从"保险箱"说到思想改造》。

3日,《江城》第4期发表师迅行的《保卫党对文艺事业的领导》;谷斯宁的《到工农兵群众中去,到文学创作的宝库中去》;张国庆的《剖〈小海豹和八哥〉》;红水的《〈演说大王〉是篇什么作品》。

《剧本》10月号以"批判右派分子吴祖光、粉碎右派集团小家族"为总题,发表陈瑜的《从〈风雪夜归人〉看吴祖光》,岳野的《他们干的是什么勾当》,赵寻的《"小家族"是怎样腐蚀文艺青年的》,凡民的《建立工人阶级剧作家的队伍》;同期,发表狄小青的《回忆洪深同志的创作和生活》。

5日,《工人文艺》10月号以"坚决回击右派"为总题,发表郑伯奇的《从反击丁、陈反党集团斗争中吸取教训》,星曲的《丁玲的"气节"》;以"保卫党的文艺路线"为总题,发表李湜的《质问〈工人文艺〉》,本刊编辑部的《我们的初步检查》,姚虹的《鲁迅对文艺界右派的斗争》,小兵的《保卫我们社会主义的文学事业》,力因的《〈分房子〉是一株毒草》。

《天山》10月号发表张远的《一篇充满毒素的小说》;权宽浮的《驳斥"热爱阳光的人"》。

《文艺月报》10月号发表社论《坚持社会主义的文艺路线》;巴金、靳以的《永远跟着党和人民在社会主义—共产主义的道路上前进》;袁水拍的《反对冯雪峰的文艺路线》;艾芜的《冯雪峰是一贯反党的》;罗荪的《坚决反对关于文艺问题的右派观点》;刘知侠的《挖掉王若望的反党老根》;少年儿童出版社编辑部的《驳斥王若望在儿童文学中的谬论》;梁文若的《揭露右派分子洛雨的反党反社会主义活动》;才珍的《毒矛指向中国人民解放军——重读〈掩不住的光芒〉》;严独鹤的《一本书,两条路》;正谷的《说"偷"》;以"纪念鲁迅先生逝世廿一周年"为总题,发表姚文元的《论陈涌在鲁迅研究中的反马克思主义的修正主义思想》,王西彦的《鲁迅论知识分子的改造》,李桑牧的《一个知识分子灵魂的探索》;同期,发表王智量的《〈美丽〉是一篇充满毒素的小说》。

《北方》10月号以"打垮右派分子猖狂进攻 保卫马列主义文艺路线"为总题,发表熏风的《〈新连升店〉批判》,刘为的《试谈〈论'预先鉴定'及其他〉》,姜冰的《毒草必须铲除》,刘峰的《〈跳舞会不开了〉是只毒箭》。

《边疆文艺》10月号发表《人民日报》社论《为保卫社会主义文艺路线而斗争》;社论《坚决拥护粉碎丁、陈反党集团的斗争》;徐嘉瑢的《蓝芒的反动文艺思想》。

《芒种》10月号发表赵阜的《彻底打垮资产阶级右派,捍卫社会主义文艺事业》;浪淘沙的《斥〈谁是圣人〉》;孙芊的《从〈谁是圣人〉一类作品谈起》;方冰的《打着反教条主义的幌子,篡夺党对文艺工作的领导权》;思基的《评〈柳荫下〉》;路地的《〈星期天〉是一颗毒草》。

《延河》10月号以"保卫社会主义文学"为总题,发表朱云的《驳斥余念》,金葳的《我们和余念有着根本性质的分歧》,李湜的《余念为什么欣赏右派分子朱宝昌的杂文?》,李古北的《王愚贩卖的什么货色》,安旗的《再论抒人民之情——简斥右派分子平平的修正主义和人性论》,李古北的《从丁玲的"一本书主义"谈起》,柴世师、杨清南的《张贤亮是怎样的人?》。

6日,《文艺报》第26号发表社论《为了社会主义文艺建设的百年大计》;艾芜的《谈所谓写真实》;张骏祥的《钟惦棐要电影事业走上死路!》;舒霈的《〈记游桃花坪〉和〈臭袜主人〉——丁玲的自我颂歌》;魏金枝的《大纽结和小纽结(短篇小说漫笔之一)》。

7日,《红岩》10月号发表社论《反对丁、陈集团,保卫党性原则》;曾克的《在粉碎丁、陈反党集团的斗争中吸取教训》;沈重的《学习鲁迅保卫无产阶级文学的精神》;游藜的《毒蛇张默生》;何牧的《石天河——胡风的孤臣孽子》;荫培、冬韦的《〈墙〉——向党进攻的宣战书》;吴丽华、阮志强、马维姻、杨孟青的《斥〈春光明媚〉》。

《蜜蜂》第 10 期发表社论《坚定方向，反右清毒》；本刊记者的《彻底粉碎反党小集团篡夺〈蜜蜂〉的阴谋》；张庆田、王恺、宋振清、司汀、河浅、常学正的《〈曲折的爱〉是一颗毒草》。

8 日，《人民文学》10 月号发表阿英的《从对党的关系上揭发反党分子丁玲、冯雪峰的丑恶》；竹可羽的《论〈太阳照在桑干河上〉》。

《广东文艺》10 月号发表社论《群众文艺工作者必须到火热的斗争中去》；李门的《群众创作要为政治服务》。

《文艺学习》第 10 期发表刘白羽的《谈文学上的个人创造与个人主义》；赵树理的《青年与创作》；胡可、魏巍的《做什么样的作家？》；朱慕光的《驳所谓"写真实"和"写阴暗面"》；周和的《真实·认识真实·写真实》；臧克家的《艾青的近作表现了些什么？》；肖玫、王积贤的《刘绍棠笔下的大学生活》；瞿唐的《一个读者致丁玲的公开信》；向锦江的《从丁玲激赏林希翎说起》。

《草地》10 月号发表本刊编辑部的《彻底清除右派分子对刊物造成的毒害！》；小木的《斥流沙河的"个性论"》；刘开扬的《也谈张默生的"诗无达诂"》；王吾的《〈人民警察〉歪曲了民警形象》；英佳的《釜溪河上的一股反党逆流》；胡亭的《鲁迅先生对一切右派反动文艺的斗争》。

《园地》10 月号（反右派斗争专号）发表本刊编辑部的《检查〈园地〉的资产阶级方向》；何泽沛的《从丁玲反党活动谈起》；徐荆的《陈中杂文的反动实质》；陈炳岑的《现代的伟大天才必定是党的赤诚战士》；余溥等的《读者对〈杂咏七章〉的意见》。

10 日，《五月》9 月号发表肖方的《略谈〈莉莉〉与对〈莉莉〉的讨论》；王浩的《保卫党的文艺方向》；向阳的《对〈游元师陵〉一文的意见》。

12 日，《解放军文艺》10 月号发表李伟的《部队文艺工作者在大是大非面前》；郭预衡的《随感录》；刘大为的《清除丁玲在青年中间散播的毒素》；周文的《〈不好领导的人〉是篇坏作品》；后于的《〈不好领导的人〉读后》。

13 日，《文艺报》第 27 号发表《一个"文学团体"的反动纲领——"探求者"文学月刊社启事》；李乔的《请问吴祖光和刘宾雁》；何施良的《我们不需要这样的"诗人"》；魏金枝的《剪裁和描写（短篇小说漫谈之二）》。

《戏剧报》第 19 号发表李纶的《保卫戏剧事业的社会主义路线》；阳翰笙的

《斥"小家族"中人今不如昔的谬论》;丁玉兰的《二嫂子怎样借罗衣》;陶君豪的《看"挑滑车"有感》。

15日,《新港》10月号发表方纪的《文艺界的反右派斗争必须彻底进行》;李何林的《党的领导和"作品领导"》;王昌定的《在我们的生活中充满了诗意和阳光》。

16日,《山花》10月号发表本刊编辑部的《彻底粉碎丁玲、陈企霞反党集团》;江离的《驳斥许仁元的黑色小说——〈初春〉》;古淮的《从一篇文章看许仁元的丑恶面目》。

《萌芽》第20期发表唐弢的《坚持鲁迅培养青年的严格精神》;沙金的《双重人格的诗人——艾青》;孙肖平的《丁玲关心过青年作者吗?》。

19日,《文汇报》发表社论《发扬鲁迅的革命精神——纪念鲁迅逝世二十一周年》。

20日,《文艺报》第28号发表社论《从刘绍棠的堕落中吸取教训》;严文井的《刘绍棠反对的究竟是什么?》;儒朔的《"化大众"还是大众化?》;李影心的《刘绍棠所探索和追求的》;闻捷的《幻想、智慧、奇迹》;魏金枝的《两种趋势(短篇小说漫谈之三)》。

《北京文艺》10月号发表文芸的《到群众中去生根》;田家的《关于两个青年作家的堕落》;张梦庚的《戏曲界某些名演员怎样堕落成右派的?》。

《春雷》10月号发表张斐军的《论毒草》;村路的《含毒隐刺的〈巧相逢〉》;思基的《谈鲁迅的讽刺》;公柳的《斥〈批评家的妻子〉》;耿逸子的《〈草莽生涯〉读后》。

23日,《民间文学》10月号发表贾芝的《必须坚持为人民服务的方向》;紫晨的《民间文学能不要党的文艺方针吗?》;兰州大学中文系二年级民间文学小组的《以严肃的态度对待民间文学的整理》;丁雅、李林的《〈谈民间文学搜集工作〉读后》。

25日,《诗刊》第10期发表沙鸥的《艾青近作批判》。

26日,《戏剧报》第20号发表夏衍的《中国话剧运动的历史与党的领导》;范钧宏的《斥张伯驹"新旧并存"的谬论》;乔羽的《天才·组织制度·个人主义》;意舟的《漫话话剧〈骆驼祥子〉》;刘念慈的《周慕莲与〈情探〉》;贾建真的《谈僮剧》。

27日,《文艺报》第29号发表社论《改造思想,繁荣创作的关键》;许广平的《略谈鲁迅与苏联文学的关系》;竹可羽的《读〈雪峰寓言〉》。

28日,《文汇报》发表孙海峰的《读〈将军失手掉了枪〉有感》。

《中国电影》10月号发表本刊影评记者的《〈情长谊深〉创作中的几个中心问题》;以"谈《情长谊深》"为总题,发表陈默的《简评〈情长谊深〉》,徐庄的《〈情长谊深〉观感》,夏川的《〈情长谊深〉宣扬了什么?》,胡鹏的《这种友谊值得歌颂吗?》;同期,发表蔡楚生的《钟惦棐要继承什么样的电影传统?》;许之乔的《在创作实践的问题上驳斥钟惦棐》。

29日,《江淮文学》10月号发表千云的《坚持毛泽东的文艺方向,保卫党的文艺事业》;言荃的《张禹贩卖什么货色》;子云、周任如的《有毒的〈白色的蔷薇花〉》;本刊记者的《戴岳反党集团的面貌》;华凤起的《我的检讨》。

本月,《东海》10月号发表《文艺界对丁陈反党集团的斗争获得巨大胜利》;华杨的《文学艺术是集体的事业》;朱明溪的《"狮子龙灯"事件的真相》;陈庆英的《险恶的用心——〈西苑草〉及其他》;陈康白的《向鲁迅学习谦逊》;许钦文的《鲁迅是我们思想改造的榜样》;张仲浦的《鲁迅的〈出关〉》。

本月,新文艺出版社出版蒋孔阳的《论文学艺术的特征》。

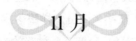

11月

1日,《火花》11月号发表韩文洲的《清除"一本书主义"的毒害》;王明庆的《一丁的小品集〈啊!!!〉是一株毒草》。

《长江文艺》11月号发表社论《作家艺术家必须抉择的道路》;李尔重的《和右派论过关》;田涛的《把自己改造成工农知识分子》;李准的《到农村去》;刘真的《原因在哪里?》;吉学霈的《和群众一起成长》;程云的《是反教条主义还是反党》;杨恒锐的《只有深入生活才能改造思想》;郑伯华的《社会主义现实主义的典范作品——〈母亲〉》;孟起的《从〈被告〉谈到所谓"写真实"》;王玉的《读者对本刊作品的一些意见》。

《长春》11月号发表金人的《〈青年近卫军〉英雄人物的塑造》;韩略的《一篇歪

曲现实的小说》;吴灌的《形式主义的歧路》;于波的《也谈公式化概念化》;闻山的《诗的"节约"》;陈继荣的《文学批评的"危机"》。

《处女地》11月号发表文菲的《深入生活,改造思想》;黄成文的《新颖、美丽的〈早霞短笛〉》。

《作品》11月号发表杜埃的《作家、艺术家与党的关系问题》;华嘉的《两种世界观的斗争》;韩北屏的《到群众中去,到火热的斗争中去!》;于逢的《〈接班人〉到底提出了一个什么问题》;齐云、瑞芳的《读〈在风雪到来之前〉》。

《江淮文学》11月号发表陆路的《鲁迅论文艺工作者的自我改造》;更生的《胡风思想的复活》。

《陇花》11月号发表社论《要为工农兵而写作》;于鞍的《斥"写真实"式的思想改造》;鲁钝的《在所谓"特殊性"的后面》;亚塔的《斥"有生活的地方,就是诗"的谬论》;林玫的《不许抹掉诗的教育意义》;果之的《关于抒情》;谷冰的《"红色作家"作了些什么》。

《雨花》第11期以"进一步开展文艺界两条道路的斗争,坚决、彻底、大胆地改进文艺工作"为总题,发表社论《在反右派斗争伟大胜利的基础上坚决、彻底、大胆地改进文艺工作》,方光焘的《驳斥"探求者"片面强调文艺特殊性的谬论》,施德楼的《且说文艺的重要性、特殊性》,陈中凡的《驳斥"探求者"所谓"人情味"》,陈瘦竹的《是文学流派还是反党宗派》,秦宣夫的《驳斥"探求者"启事中的一个论点》,邺夫的《从创作实践看"探求者"同人的反党面貌》,以铮的《"探求者"同人之一陈椿年的几篇反动作品》。

《奔流》11月号发表任毅的《把民歌快板的创作引导到哪里去》;张有德的《"题材杂谈"谈的什么》;刘溶的《文艺能"超阶级"么》。

《漓江》第11本发表本社的《学习苏联文学的经验,发展社会主义新文学》;丘行的《与人民生活保持密切联系,是社会主义文学的基本特征》;李金光的《要从文学界反右派斗争中吸取教训》;陈天的《程万里杂文的反动性》;尔隆的《"一本书主义"剖》;戈声的《斥不要主题思想论》;苗延秀的《评〈漓江〉的反党倾向》。

《新苗》11月号发表陈曦的《从丁陈反党集团的揭露吸取教训,进一步彻底批判资产阶级文艺思想》;铁可的《阴险恶毒的"意见"和"愿望"——驳斥傅紫荻的两篇文章》;乃植的《驳肖云端"艺术就是政治"的谬论》。

《海燕》11月号(庆祝苏联十月革命40周年专号)发表解洛成的《斥张琳的反

党的文艺观点》；华欣的《"吃得开"和"吃不开"》；解洛、李作祥的《于汪惟在提倡什么?》。

3日，《文艺报》第30号(伟大的十月社会主义革命40周年纪念专号(一))发表茅盾的《社会主义现实主义永远胜利前进》；老舍的《新的文学传统》；黄伊的《象日月一样光辉，象松柏一样常青(介绍〈红旗飘飘〉第4集)》。

《剧本》11月号发表辛生的《谈独幕剧〈王三〉及其他》。

5日，《工人文艺》11月号以"保卫党的文艺路线，把反右派斗争进行到底"为总题，发表田益荣的《加强党对〈工人文艺〉的领导，把反右派斗争进行到底》，龙天雨的《抛弃可耻的资产阶级个人主义的思想》，星曲的《反党的共同语言》。

《文艺月报》11月号发表罗荪的《共产党的领导是苏联文学成长和发展的基石》；杨陵的《十月革命给文艺带来了创作自由》；以群的《紧密地联系人民生活造成苏联文学的无比丰饶》；辛未艾的《苏联文学——世界文学的主潮》；水夫的《〈青年近卫军〉的修改、文学作品中的真实和党的领导》；草婴译的《为了前进(苏联作家论苏联文学的特点)》；徐杨、王冷的《如此"劝告"》。

《文汇报》发表峻青的《激动人心的史诗——〈革命的前奏〉》。

《北方》11月号发表以"打垮右派分子猖狂进攻 保卫马列主义文艺路线"为总题，发表黄益庸的《在"全民"牌的外衣里面》，晓泊的《铜臭和灵魂》，润荃的《离开党的领导鲜花能开得更美丽吗?》；同期，发表延泽民的《学习苏联文学艺术经验，为贯彻党的文艺路线而斗争!》。

《边疆文艺》11月号发表袁勃的《坚决、深入、彻底粉碎文艺界右派分子的进攻》；吴漾的《坚持工农兵方向》。

《芒种》11月号发表文世宽、刘鸿儒、林茉莉的《从郭墟的反党事件中吸取教训》；安危的《文学的真实性及其他》；井岩盾的《论"'虽然……但是'论"》。

《延河》11月号发表王汶石的《批判余念的反动社会思想和文艺思想》；宏均的《余念在〈延河〉编辑部干了些什么》；李古北的《〈方采英的爱情〉是一首严重歪曲现实生活的诗》；柳青的《走哪一条路?》；本刊编辑部的《接受本刊七月号错误教训 为保卫社会主义文学阵地而斗争》。

6日，《文汇报》发表吴强的《"十月革命"的光辉形象——介绍苏联影片〈仇恨的旋风〉》。

7日，《红岩》11月号发表社论《到工农群众中去，改造思想，把根扎得更深，更稳!》;黄贤峻的《新的人类,新的文学》;甘黎的《文学和生活的绝路》。

《戏剧报》第 21 号发表社论《苏联戏剧对我国戏剧运动的革命化影响》;欧阳山尊的《斯坦尼斯拉夫斯基体系在中国》;陈其通的《驳斥右派分子对部队文艺工作的诽谤》;王朝闻的《敲得响的语言》;陈白尘的《川剧杂感》;李焕之的《看了〈红霞〉以后》。

《蜜蜂》第 11 期发表顾家宜的《也谈"清除旧东西的'防空洞'"》。

8 日,《人民文学》11 月号发表李希凡的《所谓"干预生活"、"写真实"的实质是什么?》;姚文元的《文学上的修正主义思潮和创作倾向》。

《文艺学习》第 11 期发表姚文元的《新的时代、新的美和新的文学》;宋垒的《劳动、感情、创作》。

10 日,《文艺报》第 31 号(伟大的十月社会主义革命 40 周年纪念专号(二))发表曹禺的《十月革命与〈带枪的人〉》;臧克家的《向苏联诗人学习》。

《草地》11 月号发表履冰的《辨明是非,坚持文艺的党性原则》;刘思久的《批判流沙河反动的诗歌理论》;秀田的《从"一本书主义"里走出来》;文放的《无独有偶》;包亚东、毛冰的《李白凤默想些什么?》;席明真的《从康工弟的作品看其反动面貌》。

《园地》11 月号发表张鸿的《文学艺术不是个人事业》;本刊记者的《我们一刻也不能离开党(访问记)》;张子固等的《坚持社会主义的文艺路线》。

12 日,《人民日报》发表本部编辑部的《要有一支强大的工人阶级的文艺队伍》;《贯彻党的文艺路线 批判修正主义思想——作家协会大整大改》。

《文学研究》第 4 期发表本刊编辑部的《拥护两项伟大的革命宣言》;水夫的《暴风雨所诞生的——略谈十月革命后最初十年间的小说》;毛星的《论文学艺术的特性——评陈涌等关于文学艺术的特性的错误意见》;王燎荧的《抗战时期丁玲小说的思想倾向》;王瑶的《论巴金的小说》。

《文汇报》发表社论《作家当前的重大任务》;《深入到基层去,与工农兵群众相结合,为建立一支强大的工人阶级作家队伍和繁荣社会主义文艺事业而斗争——本报北京办事处邀请北京作家举行座谈会的记录》(1957 年 10 月 31 日,北京文联大楼文艺茶座,出席者为刘白羽、田间、骆宾基、萧殷、康濯、胡丹沸、郭小川、严文井、金近),同期发表刘白羽的《到劳动人民中去,到火热的斗争中去!——坚决贯彻作家与工农兵结合的方针》;田间的《经常保持和劳动人民的密切关系,创作的泉源才不致枯竭》;萧殷的《创作必须在生活气氛中进行——作家不是生活的旁观者》;康濯的《从根本上解决工人阶级作家的生活道路——只有在劳动人民中真正扎根》;胡丹沸的《感谢党的领导和作家组织的支持 满怀信心和决心到基层中去锻炼》;郭小川的《创作优秀的社会主义作品 关键在于作家深入生活》;严文井的《投入到生活和战斗中去,不要再漂浮在半空中》;金近的《感谢党给了我们改造自己的好机会,决心到群众中去参加实际斗争》;王命夫的《参加群众斗争 通过创作实践改造自己考验自己》。

《解放军文艺》11月号发表解驭珍、克地的《评〈论'文学是人学'〉》;虞棘的《公刘仇视什么？宣扬什么？》;胡可的《"顽强地表现他们自己"》。

13日,《人民日报》发表雷加的《生活的札记》;康濯的《坚决走上新的生活道路》。

《新港》11月号发表本刊编辑部的《我们的认识和态度》;王昌定的《离开党,还有什么个人创作》;李何林的《十月革命与中国文学》。

15日,《江淮文学》11月号发表伟的《略谈苏联文学的发展道路》;陆路的《鲁迅论文艺工作者的自我改造》;更生的《胡风思想的复活》。

16日,《文汇报》发表顾仲彝的《第三条道路是没有的——谈谈〈决裂〉剧中人物的思想》。

《山花》11月号发表汪小川的《立志做个有出息的文艺工作者》;去非的《粉碎"文艺必须反抗现实"的邪说》;劳郭、马正荣、文蒙的《我们必须彻底进行自我改造》;张征东、肖之亮、陈海涵、邱寅源的《驳老右派分子张汝舟的所谓"骨气"与"文学反抗现实"的谬论》。

《萌芽》第22期发表靳以的《作家——战士》;张立云的《反刘绍棠之道而行之》;阿凤的《"工人作家"滕洪涛为什么堕落》;[苏]柯切托夫的《怎样写工业题材?》;云翔的《鼓舞人们奋发前进的力量》;郭延荣的《〈在拳击台上〉读后感》。

17日,《文艺报》第32号(伟大的十月社会主义革命40周年纪念专号(三))发表罗苏的《苏联文学——强大的精神力量》;杨朔的《开天辟地的文学》;冯牧的《苏联文学加强了我们的思想武装》;巴人的《从〈毁灭〉到〈青年近卫军〉》。

20日,《北京文艺》11月号发表周扬的《十月革命和建设社会主义文化的任务》;老舍的《中苏文学的亲密关系》。

《春雷》11月号发表陈继庸的《谈〈雪里的冬青〉及吴山对它的批评》;林樾的

《一个恶毒的主题》。

21日,《文汇报》发表姚文元的《真理归于谁家?——批判徐懋庸杂文之一》。

22日,《光明日报》发表韩希梁的《永远不能脱离生活》。

23日,《民间文学》11月号发表本刊编辑部的《认真深入学习苏联先进经验 为发展我国民间文学事业而奋斗》;王尧的《责问冯雪峰、丁玲》。

24日,《文艺报》第33号(伟大的十月社会主义革命40周年纪念专号(四))发表以群的《苏联文学为思想的纯洁性而斗争》;张光年的《劳动的赞美诗》。

25日,《诗刊》第11期发表巴人的《也谈徐志摩的诗》。

26日,《文汇报》发表姚文元的《"联系实际"的魔术——批判徐懋庸杂文之二》。

《戏剧报》第22号发表社论《要在火热的劳动斗争中锻炼出一支工人阶级的戏剧队伍》;颜振奋的《〈革命的风浪〉和知识分子的道路》;本刊记者的《记北京京剧团的社会主义大辩论》;宋鸣的《请历史作证,让事实说话》。

29日,《文汇报》发表姚文元的《术语·花巧·杀气——批判徐懋庸杂文之三》。

本月,《东海》11月号发表秦亢宗的《高尔基论文学与真实》;袁卓尔的《鲁迅的叛徒——黄源》;王子耀的《在重视民族文化遗产的幌子后面》。

本月,北京出版社出版本社编的《短篇小说论集》。

12月

1日,《火花》12月号发表胡正的《骄傲引向堕落》;唐仁均的《谈"写真实"》;李国涛的《略谈新旧现实主义》;汪洋的《文艺工作者必须改造思想》;理石的《创作不自由吗?》。

《文艺报》第34号发表沐阳、阎钢的《到群众中去,到火热的斗争中去》;马铁丁的《批判徐懋庸》;甘惜分的《〈本报内部消息〉是一篇反动的特写》;姚虹的《发掘生活的矿藏——读骆宾基的小说集〈年假〉》。

《长江文艺》12月号发表解清的《加强文学刊物的思想性、群众性》；熊复的《长期地无条件地全心全意地到工农兵群众中去》；于黑丁的《坚持社会主义文艺路线》；李希凡的《批判刘绍棠的右派文学思想》。

《长春》12月号发表徐行的《要保卫〈在延安文艺座谈会上的讲话〉》；纪叶的《论"艺术良心"及其他》；陶然、庐湘的《谈公式化概念化的根源》；朱叶的《也谈〈并不愉快的故事〉》；今白的《文艺与现实》；黄益庸的《生活对抒情诗创作的作用》；临木的《读〈早晨〉》。

《作品》12月号发表黄宁婴的《温流和他的诗》(附温流诗选)；公木的《夸张与简练》。

《江城》第6号转载《中国青年报》社论《青年文学创作者走哪一条路》；同期，发表郭小川的《沉重的教训》；陈梦回的《为工农兵的文艺方向不能动摇》。

《处女地》12月号发表孙芋的《到群众中去》；村路的《在生活的土壤里扎根》；李鱼的《"吃糖果的人"和"孺子牛"》；曾伯藩的《对社会主义现实主义的一些看法》。

《星火》12月号以"社会主义现实主义创作方法笔谈"为总题，发表白丹的《写真实吧》，赖淮靖的《写真实与写英雄人物》，刘文源的《谈"写真实"》，胡守仁的《一点理解》，白煤的《我对写正面人物的看法》，李如树的《我要坚持写新人新事》，宜风的《唯一的源泉》；同期，发表斯群的《青年作者不应过早专业化》；一戈的《名利思想必须彻底清除》；郭蔚球的《杜和丰的短诗解剖》；万肃的《真正的距离》；方吾、罗蓬的《谈白阳的几篇小说》。

《陇花》12月号发表社论《坚决贯彻执行马克思列宁主义的文艺路线》；任之的《改造思想，听党的话》；重光的《所谓"文学自由"》；兰春崖的《斥〈两个副局长〉》。

《萌芽》23期发表《〈探求者〉的反动政治纲领与艺术主张》；高歌今的《从"本报内部消息"看刘宾雁的反党本质》。

《奔流》12月号发表本社的《文艺工作者应该怎样为发展农业出一份力量》；杜希唐的《为培养工人阶级的文艺队伍，建设社会主义的文艺而斗争》；安敦礼的《蒲公英及其他》；郑克西的《何人说话"难"》；嘉季的《驳钱继扬的两篇"编者的话"》；李长俊的《从〈戒备〉谈起》；李远冈的《一篇含有毒素的小说》；山川的《评

〈除夕曲〉及其他》；居修本的《不许歪曲党对文学艺术工作的领导》；王朴的《喜读〈乡下山上之歌〉》。

《雨花》第12期发表苏隽的《加强文艺理论工作，坚守思想阵地》；江树峰的《从作品看社会主义现实主义的优越性》；陈海石的《毒草不能当香花》；苏从林的《"探求者"高晓声的"不幸"》；张鸣的《通俗文艺不容诋毁》。

《漓江》第12本发表社论《锻炼自己，改造自己，是当前文艺工作者的首要任务》陆地的《当前文艺工作中的几个问题》；史乃展的《把文艺事业推向繁荣的重要关键》；王槐堂的《什么样的"人"？什么样的"环境"？》；伍明的《〈把生活多样化起来〉是一株毒草》。

《新苗》12月号发表胡代炜的《一本书主义批判》；草原的《从〈乌篷船上〉看"干预生活"论者的实质》；黄起衰的《创作的歧路——评李岸作品》；冯放的《在文艺问题背后》。

《海燕》12月号发表周洪芝的《关于"路子"》；华欣的《从于汪惟的引文谈文艺作品的政治标准》；亚尔的《斥"反教条主义"之类》。

3日，《剧本》12月号发表《人民日报》社论《要有一支强大的工人阶级的文艺队伍》；张光年的《杨角的个性是怎样解放的》；颜振奋的《李诃要把戏剧创作引到什么道路上去》；张颖的《谈王少燕的独幕讽刺剧的反动性》；徐肖的《谈〈被遗忘的事〉的思想缺点》；辛兵的《彻底粉碎"二流堂"右派集团》。

5日，《工人文艺》12月号以"保卫党的文艺路线，把反右派斗争进行到底"为总题，发表胡采的《加强文艺战线上两条道路的斗争》，本刊记者的《右派分子杨小一是怎样篡改了〈工人文艺〉的政治方向》，白龙的《看看这个"解放区"的"自由天地"里的人与货》，柳莓的《由〈寒窑散记〉所看到的》。

《文艺月报》12月号发表叶如桐的《谈"百花齐放，百家争鸣"》；峻青的《坚决到群众中去》；杜宣的《首先要成为劳动人民，才能成为劳动人民的作家》；李希凡的《论"人"和"现实"——驳钱谷融的〈论"文学是人学"〉》；姚文元的《论"探求者"集团的反社会主义纲领》；陈中凡的《"探求者"和〈莺啼序〉》；文美惠的《从〈红豆〉看作家的思想和作品的倾向》；庄农的《"文人性格"小议》；夏雨的《读〈探亲〉》；大可的《谈皮作玖整理的〈上海歌谣选〉》。

《天山》12月号发表宁凡的《〈冬夜〉是一篇歪曲现实的小说》；汪燕的《〈冬夜〉——作者灵魂深处的写照》；星曲的《斥〈杂谈含蓄〉》。

《北方》12月号发表以"彻底击败右派,坚决保卫社会主义文艺事业"为总题,发表梁志强的《略谈作家的世界观对文学创作的作用》,一兵的《保卫戏曲事业社会主义路线》,支援的《从深入生活问题谈起》,黄益庸的《含沙射影的毒诗——〈砂石集〉》,方萱的《"独立思考"和"独立见解"》;同期,发表谷波的《作者必须熟悉他所描写的生活》。

《边疆文艺》12月号发表刘树德的《主要问题在于思想改造》;鲁光的《彭荆风怎样堕落成为右派分子》;郭国甫的《"海""锚""风"是周良沛反动思想的写照》。

《芒种》12月号发表师田手的《论郭墟的〈真人真事〉》;邹天幸、傅墨的《彻底清除王、郭反党集团反动的资产阶级文艺思想》。

《南方日报》发表社论《一定要把粤剧改好》。

《延河》12月号发表孙子威的《社会主义现实主义不许取消》;郝御风的《"向太阳"?还是背太阳?》。

6日,《文汇报》发表姚文元的《"独一无二"的逻辑——批判徐懋庸杂文之四》。

《光明日报》发表瞿珊的《从"体验生活"想起的》。

7日,《红岩》12月号发表陆耀东、贾文昭的《评当前文学艺术中的两个修正主义观点》;雪蕾的《张泽厚偷售的黑货》;袁珂的《剽窃大师——张默生》;王余的《剥开右派分子、市侩"作家"张晓的画皮》。

《蜜蜂》第12期发表李继之的《吸取教训,改造思想,为建立一支强大的社会主义的文艺队伍而斗争》;林漫的《在反右派斗争胜利基础上繁荣社会主义的文艺事业》。

8日,《人民文学》12月号发表张春桥的《论十年树人》;霍松林的《批判冯雪峰反马克思主义的文艺思想》;姚虹的《揭穿冯雪峰的"现实主义"的魔术》。

《文艺报》第35号发表张庚的《没有党的领导,就没有话剧事业的繁荣》;陆耀东的《评目前研究五四以来作家作品的一种倾向》。

《文艺学习》第12期发表老舍的《文学修养》;公木的《这样是否浪费青春?》;《赵树理〈青年与创作〉一文发表以后》;欧阳文彬的《读〈收获〉》;何家槐的《关于〈莎菲女士的日记〉》;谢云的《漫谈诗里的比喻》。

10日,《广东文艺》12月号发表韩北屏的《文艺工作者必须和群众结合》;蔡迪支的《首先做一个社会主义建设的积极分子》;石菊的《谈谈群众创作"结合中心"的问题》。

《五月》12月号发表王浩的《关于写真实》;陈耀荣的《也谈写真实》。

《草地》12月号发表沙汀的《整顿文艺思想,改进领导工作,更好地为社会主义事业服务!》;赁常彬的《莫大的鼓舞——读〈艰苦的历程,英雄的诗篇〉》;萧崇素的《读〈旦巴俄勇的故事〉》;秀田的《一篇"画虎不成"的作品(〈最后一夜〉读后)》;冬昕的《艺术思想四题》;王克华的《彻底批判右派分子的反党谬论》。

《园地》12月号发表《人民日报》社论《要有一支强大的工人阶级的文艺队伍》;本刊记者的《从刘绍棠的堕落中吸取教训》;本刊诗歌组的《关于〈杂咏七章〉》;纹警的《对组诗〈海上吟〉的意见》。

11日,《戏剧报》第23号发表社论《拥护伟大的革命宣言》;宁宗宪的《为农民演戏是剧团的光荣任务》;《建立剧场艺术与为工农兵服务有没有矛盾?如何解决这个矛盾?》;肖林洗的《〈远方〉的思想意义》;青华的《工人同志赞扬〈带枪的人〉》;戴不凡的《阎婆惜和张文远》;李健吾的《〈焚香记〉与〈琵琶记〉》。

12日,《解放军文艺》12月号发表魏巍、胡可、陆柱国、韩希梁、寒风、杜烽、西虹、史超的《长期地无条件地全心全意地到工农兵群众中去》;村夫的《到基层去!到群众中去!》;公盾的《驳右派分子关于作家思想改造的谰言》;魏巍的《樊斌——一个反党逆子》;以"评《不好领导的人》"为总题,发表张惟的《"勇敢的苍鹰"D飞向何处?》,正言的《任锋、"我"及其他》,马忠的《这是宣传什么思想?》,草呆的《读〈不好领导的人〉和对它的评论后》,李翔的《对军队政治机关的诬蔑》。

13日,《文汇报》发表石武的《略谈新版〈红楼梦〉》。

15日,《文艺报》第36号发表梁明的《文学刊物必须面向群众》;康濯的《黄秋耘的修正主义倾向》;笑雨的《生活阴暗?还是眼睛阴暗?》;温莎的《高尔基——社会主义现实主义道路的灯塔》;胡愈之的《悼剑三》;艾克恩的《略论"遵命文学"》。

《江淮文学》12月号发表陆路的《论文学艺术中的真实性》;吴萍的《鲁迅论作家的思想、立场与创作的关系》;李冬生的《论"揭露生活的阴暗面"》;以"读者对本刊上毒草的批判"为总题,发表孙超的《充满毒素的"寓言四则"》,木呆的《拔掉这颗"蛀牙"》,曹兆龙的《斥〈谈"道貌岸然"〉》。

《新港》12月号发表王西彦的《论〈子夜〉》。

16 日,《山花》12 月号发表赵少农的《我们戏剧事业的道路与右派分子纪芒的道路是根本分歧的》。

《萌芽》第 24 期发表靳以的《做一个工人阶级出色的青年歌手》;张立云的《斥公刘的情诗》;叶玉辉的《一篇有严重思想缺陷的特写》。

17 日,《文汇报》发表姚文元的《无产阶级人性最合情理——批判徐懋庸杂文之五》。

19 日,《文汇报》发表王知伊的《从新刊〈拍案惊奇〉说起》。

20 日,《春雷》7 月号发表解洛成的《一篇歪曲生活的特写》;殷铨的《评短篇小说〈和平的考验〉》;文兵的《这是哪里的"会场小景"?》。

22 日,《文艺报》第 37 号发表张光年的《文艺界右派是怎样反对教条主义的?》;金受申的《读〈茶馆〉,话茶馆》。

《文汇报》发表张自强的《党的"百花齐放"方针的一个收获——访〈收获〉编辑部》。

23 日,《文汇报》发表姚文元的《从黑格尔到假洋鬼子——批判徐懋庸杂文之六》。

《民间文学》12 月号以"批判钟敬文"为总题,发表林山的《民间文学的两条道路》,记者的《打垮右派分子钟敬文对民间文学的进攻》,孙剑冰的《活教材》,陈子艾、谭雪莲的《钟敬文对于青年的毒害》。

25 日,《诗刊》第 12 期发表晓雪的《艾青的昨天和今天》;安旗的《关于诗的含蓄》;刘岚山的《歌唱北京的诗》。

26 日,《戏剧报》第 24 号发表《关于现代题材剧目的问题》;杜宣的《一年来上海话剧剧目的倾向》;应连的《不容忽视为工农兵服务的方针》;冬青的《三轮车夫工人谈〈骆驼祥子〉》。

27 日,《文汇报》发表姚文元的《徐懋庸提倡的是什么"小品文"?——批判徐懋庸杂文之七》。

28 日,《中国电影》12 月号发表夏衍的《中国电影的历史与党的领导》;顾仲彝的《批判〈情长谊深〉的资产阶级思想》。

29 日,《文艺报》第 38 号发表陆耀东的《评〈我在霞村的时候〉》;李希凡的《〈水浒〉和〈金瓶梅〉在我国现实主义文学发展中的地位》。

本月,《东海》12 月号发表朱明溪的《不许歪曲历史》;吴仲卫的《一篇歪曲现实的"作品"》;叔于田的《造谣污蔑的罪证》。

本月,长江文艺出版社出版吴调公的《与文艺爱好者谈创作》、李泽厚的《门外集》。

图书在版编目(CIP)数据

中国当代文学批评史料编年. 第一卷,1949—1957/吴俊总主编;肖进本卷主编. —上海:华东师范大学出版社,2016.5
ISBN 978 - 7 - 5675 - 5249 - 4

Ⅰ.①中… Ⅱ.①吴…②肖… Ⅲ.①中国文学－文学批评史－1949－1957 Ⅳ.①I206.7

中国版本图书馆 CIP 数据核字(2016)第 113937 号

中国当代文学史料丛刊

中国当代文学批评史料编年
第一卷 1949—1957

总主编	吴 俊
总校阅	黄 静 肖 进 李 丹
本卷主编	肖 进
策划编辑	王 焰
项目编辑	庞 坚
特约审读	孙 婷
装帧设计	崔 楚

出版发行	华东师范大学出版社
社 址	上海市中山北路 3663 号 邮编 200062
网 址	www.ecnupress.com.cn
电 话	021 - 60821666 行政传真 021 - 62572105
客服电话	021 - 62865537 门市(邮购)电话 021 - 62869887
地 址	上海市中山北路 3663 号华东师范大学校内先锋路口
网 店	http://hdsdcbs.tmall.com

印 刷 者	上海中华商务联合印刷有限公司
开 本	787×1092 16 开
印 张	19.5
插 页	4
字 数	301 千字
版 次	2017 年 9 月第 1 版
印 次	2017 年 9 月第 1 次
书 号	ISBN 978 - 7 - 5675 - 5249 - 4/I · 1529
定 价	95.00 元

出版人 王 焰

(如发现本版图书有印订质量问题,请寄回本社客服中心调换或电话 021 - 62865537 联系)